2004
현장비평가가 뽑은 올해의

좋은 소설

2004
현장비평가가 뽑은 올해의

좋은 소설

| 선정위원 |

김윤식(문학평론가 · 명지대 석좌교수)
김화영(문학평론가 · 고려대 교수)
이재룡(문학평론가 · 숭실대 교수)
성민엽(문학평론가 · 서울대 교수)
신수정(문학평론가 · 서울예대 교수)

현대문학

2004
현장비평가가 뽑은 올해의

좋은 소설

* 일러두기 : 작품은 작가의 등단 연도순으로 게재했다.

현장비평가가 뽑은
〈올해의 좋은 소설〉을 선정하고 나서

　금년에도 어김없이 한 해의 소설적 성과를 총결산하는 『현장비평가가 뽑은 올해의 좋은 소설』을 내놓는다. 이번 선정 대상 작품은 2003년 6월부터 2004년 5월까지 각종 문예지에 발표된 약 250여 편의 작품들이었다. 현대문학으로부터 선정위원으로 위촉된 다섯 명은 대상 작품들을 검토한 뒤 각각 10편 정도의 작품을 1차 선정했다. 그 결과 50여 편의 작품이 1차 선정되었다. 그러나 이 책의 참신성과 효율성을 위해 1차 선정된 작품들 가운데 문학상 수상 작품집이나 다른 소설집에 수록된 작품들을 제외하고 나니 총 34편만이 최종 선정 대상이 되었다. 아쉽게도 이 과정에서 선정위원들의 상찬에도 불구하고 신경숙의 「그 여자에 관하여」, 서하진의 「알 수 없는 날들」, 그리고 최일남의 「꽃버선」 등이 논외로 처리될 수밖에 없었다. 윤성희, 정지아, 김중혁, 정미경, 천운영 등의 최근 작품들 역시 마찬가지다. 좀더 다양한 작품들에게 기회를 제공하기 위한 고심 끝에 나온 결과라는 것을 알아주었으면 한다. 중요한 성과물들을 싣지 못한 점, 다시 한 번 해당 작가들과 독자들에게 양해를 구한다.

최종 선정회의는 지난 달 현대문학에서 이루어졌다. 회의는 1차 선정된 34편의 작품들 가운데 다섯 명의 선정위원들이 지지를 표명한 횟수의 다소에 따라 작품을 추려가는 방식으로 이루어졌다. 선정위원 전원 찬성이라는 영광은 조경란의 「국자 이야기」가 차지했다. 그 뒤를 전경린의 「여름휴가」와 박민규의 「카스테라」, 이혜경의 「틈새」와 구효서의 「시계가 걸렸던 자리」 등이 뒤따랐다. 윤대녕, 김남일 등의 작품들 역시 다수의 호응 속에 무난히 선정되었다. 결국 이와 같은 방식으로 작품집에 수록될 절반 이상의 작품을 선정할 수 있었다. 문제는 선정위원 1인에 의해 추천된 작품들이었다. 이들 가운데 몇 편을 추려내기 위해 선정위원들은 다시 1차 선정 결과를 바탕으로 논의를 거쳐 몇 편을 추가로 선정했다. 이렇게 여러 번에 걸친 투표와 구체적인 논평, 그리고 오랜 시간의 토론 끝에 총 12편의 작품이 『현장비평가가 뽑은 올해의 좋은 소설』로 선정되었다.

다시 한 번 강조하는 바이지만, 『현장비평가가 뽑은 올해의 좋은 소설』은 문학상 수상작품집이 아니다. 문학상이 지향하는 것처럼 어느 한 작품을 골라 그것을 기리기 위한 것이 아니라는 이야기다. 이 책이 지향하는 바는 해당 시기의 문학적 성과들에 대한 비평적 성찰이다. 문학이란 인간의 영원한 가치들을 다루고 있음에도 불구하고 그것이 당대의 시속이나 유행과 만나지 못한다면 동시대적 의미를 지니지 못하게 되는 영역이기 때문이다. 당대의 문학적 흐

름을 구체적으로 개관하고 우리 문학의 점진적 변화를 예상하고자
하는 것은 문학비평의 책무이기도 하겠지만 무엇보다도 이 책의
의도이기도 하다. 다섯 명의 선정위원들이 서로 머리를 맞대고 우
리 문학의 최근 작업들에 관한 자신의 입장을 다양하게 개진할 뿐
만 아니라 작품 말미의 해설을 통해 그것을 드러내고 있는 사례는
우리 앤솔러지의 짧지 않은 역사에 있어서도 그리 흔치 않은 일이
라 자부한다. 이 책을 통해 작품을 읽은 소감을 서로 나누어 가지
며 서로 간의 공감과 이견을 확인하는 시간을 가져보기 바란다.

　이 책에는 이승우와 같은 비교적 원로 작가부터 박민규, 김미월
등과 같은 이제 막 등단한 신인 작가들의 작품들이 골고루 섞여 있
다. 뿐만 아니라 김영현, 김남일 등과 같은 80년대의 대표적 작가
들과 윤대녕, 구효서 등 90년대의 대표적 신세대 주자들의 작품 역
시 한자리에 모여 있다. 비교적 전통적인 소설의 화법에 익숙하다
는 평을 듣고 있는 이승우, 이혜경, 조경란, 하성란 등으로부터 박
민규, 김경욱에 이르는 형식파괴주의자들까지 포함하고 있음은 다
시 말할 필요도 없다. 의도한 바는 아니지만 결과적으로 세대와 시
간, 그리고 소설의 형식을 넘어 나름대로 우리 문학의 전반적인 면
모를 다양하게 조명하게 되었다는 이야기를 할 수 있을 것이다. 사
실 우리 소설은 여전히 끝이 보이지 않는 미궁 속을 헤매고 있는
감이 없지 않다. 영화와 게임의 위력을 생각하면 소설이 설 자리가
점점 더 좁아지고 있다는 사실을 인정하지 않을 수 없다. 그럼에도
불구하고 『현장비평가가 뽑은 올해의 좋은 소설』을 선정하게 되는
과정에서 얻게 된 통찰이 있다면 소설은 여전히 소설만의 방식으
로 구불구불 자신의 길을 가고 있다는 사실에 대한 확인이다. 소설
의 기원을 되돌아보건대 그것은 소설이 위기를 살아내는 방식이기

도 했다. 그렇다면 우리 소설은 이제 소설의 발생론적 원점에 서 있다는 판단도 든다. 이것은 분명 소설을 둘러싸고 있던 거품들이 빠져나가면서 소설의 정수만이 남게 된 현상과 무관하지 않을 것이다. 2004년, 우리 소설의 현주소를 이 책을 통해 확인해보기 바란다.

2004년 7월

선정위원 | 김윤식, 김화영, 이재룡, 성민엽, 신수정

객지일기

이승우

1959년 전남 장흥에서 태어나 서울신학대학을 졸업했고
연세대 연합신학대학원에서 수학했다.
1981년 《한국문학》으로 등단했으며, 소설집으로 『구평목씨의 바퀴벌레』
『일식에 대하여』 『미궁에 대한 추측』 『목련공원』
『사람들은 자기 집에 무엇이 있는지도 모른다』 『나는 아주 오래 살 것이다』,
장편소설로 『에리직톤의 초상』 『가시나무 그늘』 『내 안에 또 누가 있나』
『생의 이면』 『식물들의 사생활』 등이 있다.
1993년 대산문학상, 2002년 동서문학상을 수상했다.

객지일기

1

노인은 세상의 공기가 붉은 기운에 젖어드는 해거름에 늙은 개를 데리고 산책을 했다. 산책길은 주로 기찻길과 이웃 마을로 이어지는 언덕이었다. 퇴근 시간이 일정하지 않은 나도 그 장면을 여러 번 보았다. 누가 누구를 끌고 가는지 종잡을 수 없었다. 노인의 손에 줄이 쥐어져 있었지만, 그리고 그 줄이 개의 목을 묶고 있는 건 사실이었지만, 그러나 노인이 개를 끌고 가고 있다고 단정해서 말하기는 곤란했다. 주인만큼이나 늙은 개가 자주 앞으로 뛰어나왔고, 노인은 개가 이끄는 대로 끌려가면서 뭐 하는 거야, 이 나쁜 놈, 천천히 가자, 천천히 가자니까, 하고 소리를 질렀다. 욕설도 섞여 나왔다. 노인의 몸동작은 뒤뚱뒤뚱했고, 걸음걸이는 금방이라도 넘어질 것처럼 불안했다. 그러나 노인이 결코 쓰러지지 않으리라는 걸 나는 알고 있었다. 노인과 개는 서로에게 워낙 익숙해서, 예컨대 노인은 개가 자신을 자빠뜨리지 않을 만큼만 속도를 낼 거라는 믿음을 가지고 있고, 개는 노인이 손에 쥐고 있는 줄에 힘을 주었다 풀었다 하면서 균형을 유지하리라는 믿음을 가지고 있는 것 같았다. 나는 고개를 숙여 인사를 하곤 했지만, 그는 아는 체를 하지 않고 이놈의 개새끼, 개장국집에 팔아버릴까 보다, 하고 소리 지르며 늙은 개에게 발길질을 했다. 비쩍 마르고 털이 누렇고 다리가 긴, 까만 눈망울에 물기가 축축해서 어쩐지 슬퍼 보이는 노인의 개는 짖지도 않고 노인 주변을 뱅뱅 돌았다. 그것으로 보아 노인의 협박에도 불구하고 개장국집에 팔려가는 일은 없을 거라고 확신하고 있는 것 같았다. 그런 확신이 어디서 근거한 것인지는 알 수 없지만 나에게도 노인의 그런 협박은 공연한 헛말에 불과한 것으로 생각되었다.

　노인이 하루도 빼놓지 않고 정해진 시간에 개와 함께 산책한다는 사실을 알려준 사람은 임생이었다. 내가 회사의 감원 바람을 피해 읍 소재지의, 직원이 세 명밖에 되지 않은 출장소로 자리를 옮겨온 것은 지난 3월이었고, 졸지에 홀아비 신세가 된 내가 혼자 먹고 잘 공간으로 구한 열여섯 평짜리 원룸 아파트 단지에서 처음 사귄 이웃이 임생이었다. 이사 오던 날, 정리 안 된 채 널브러져 있는 가방 몇 개가 전부인 내 이삿짐을 보고, 귀양이라도 온 사람 같구려, 하고 힐난인지 농담인지 모를 소리를 지껄인 사내가 있었는데, 그자가 임생이었다. 아닌 게 아니라 귀양이라도 온 것 같은 구차스런 기분을 겨우 다독이고 있던 참이라 나는 그자의 출현이 몹시 언짢고 성가셨다. 뒷목을 다 덮은 사내의 긴 머리도 거슬렸다. 낯선 사람에 대한 경계심으로 신경을 날카롭게 벼르고 있던 터이기도 했거니와 새로운 임지에서의 첫날 밤을 혼자 시간을 보내고 싶기도 했다. 대충 짐이나 정리한 후, 한번도 와본 적이 없고 티끌만 한 연고도 없는 이 소읍에서의 생활을 어떻게 꾸려가야 할지 차근차근 궁리해볼 심산이었다. 견디는 방법을 강구해야 한다고 바꿔 말해도 마찬가지이고, 벗어날 길이 없는지를 모색해보아야 한다고 해도 뜻은 같았다. 정 차장은 회사 사정이 최악이라는 걸 내세우면서, 몇 달 조용히 숨죽이고 있으면 기회를 봐서 불러 올리겠노라고 약속했다. 그 말을 전적으로 믿을 만큼 순진한 건 아니지만, 그 말에 희망을 걸지 않을 도리도 없었다. 믿어지지 않는 말이라도 믿어야 하는 처지였다고 해야할까.

이쪽의 의사도 타진하지 않고 열린 문 안으로 쑥 발을 집어넣은 사내는 대뜸 옆방에 산다고 자기 소개를 했다. 아무리 열 몇 평짜리 원룸 아파트라고 해도 옆집 대신 옆방이라고 표현하는 그의 말투는 좀 생경했다. 언뜻 들을 때 그와 내가, 나아가서는 이 아파트에 사는 모든 사람이 한집에 섞여 사는 것 같은 착각을 불러일으킬 수 있는 그 말은, 그러나 친근감 대신 거북함을 야기하는 효과를 냈다. 나는 갑자기 나를 가리고 있던 벽이 무너져 속옷 바람의 몸뚱이를 들킨 것 같은 참담한 기분을 느껴야 했다. 얼굴을 찡그렸지만 그는 눈치 채지 못한 것 같았다. 나는 그가 내 언짢은 기분을 눈치 채주기를 바라는지 어떤지 알 수 없었다. 이어서 그는 자기 이름이 임두석이고 나이는 서른다섯이라고 밝히고, 얼굴을 보니까 나도 자기 나이쯤 될 것 같은데 그렇지 않느냐고 물었다. 우연찮게도 내 나이가 서른다섯인 것은 사실이었지만, 내 눈에 그는 서른다섯 살처럼 보이지 않았다. 긴 머리 때문인지 자유분방해 보이는 어투 때문인지 나이가 한참 어려 보였다. 그러나 나는 그 말은 하지 않았다. 내가 서른다섯이 맞다고 하자 그는 대단히 어려운 퀴즈를 맞추기라도 한 것처럼 스스로 대견해하며 그럴 줄 알았다는 말을 몇 번이나 반복했다. '그럴 줄 알았다'는 말이 아무런 의미가 없이 그냥 뱉어내진 거라고 짐작은 하면서도 나는 이상스럽게 신경이 쓰여서 혹시 무슨 의미는 없나 하고 입속에서 몇 번이나 그 문장을 굴려보았다. 그는 옆방에 누가 이사 오는지 몹시 궁금했다고 하면서 불쑥 손을 내밀었다. 나는 엉겁결에 그의 손을 잡았지만, 솔직히 성가시다는 생각이 앞서는 걸 어쩌지 못했고, 앞으로도 성가실 일이 꽤 있겠구나 싶으니까 저절로 머리가 아파지려고 했다. 도대체 옆방에 누가 오는지 궁금해할 까닭이 무어란 말인가. 오지랖이 불필요하게 넓어서 오만 가지 일에 일일이 간섭을 하고 다니는 실없는 위인이거나 할 일이 없어 빈둥거리는 놈팽이일 가능성이 높았다. 어느 쪽이든 피곤하긴 마찬가지였다. "잘됐네요. 우리 친하게 지냅시다. 오늘은 환영하는 뜻에서 내가 한 잔 내겠습니다. 정리하고 이따가 제 방문을 두드리십시오." 그렇게 말하고는 '내 방'을 나갔다. 그러나 물론 나는 그날 밤 그의 방문을 두드리지 않았다. 꼭 그래야 하는 것은 아니지만 나는, 미리 말한 것처럼 그날 밤 혼자 있고 싶었다. 특별한 이유가 있어서는 아니었다. 혼자 있겠다고 마음먹었으니까 그래야 할 것 같았다. 그는 그저 순수하게 호의를 베풀고 있는지도 모를 일이긴 했다. 그렇다 하더라도 사정이 달라지는 건 아니었다. 그것은 내가 원치 않는 호의였고, 굳이 말하자면 나는 아무에게나 집적거리는 그런 류의 인간에게 썩 좋지 않은 선입견을 가지고 있었고, 무엇보다도 낯선 지방에 떨어진 내 기분이 착잡했다. 당장 다음날부터 출근을 해야 하는 처지였다. 무슨 일이 나를 기다리고 있을지 알 수 없는 노릇이었다. 나는 대충 짐을 정리하고 '혼자 있기 위하여' 밖으로 나갔다. 밥 생각이 없었으므로 호프집에 들어가 마른안주에 생맥주를 시켰다. 집에 전화를 건 것은 세 번째 잔을 비우고 난 후였고, 열한 시였다. 아내는 괜찮으냐고 물었고, 나는 아내의 그 포괄적인 질문이 고마웠다. 나는 괜찮다고 포괄적으로 대답했다. 아내는 더 묻지 않았다. 약간의 침묵이 흘렀고, 나는 그 침묵이 부담스러워서 언제 한번 와, 하고 말해버렸다. 그러나 그 말이 어울리지 않는다는 걸 나는 곧 알아차렸고, 그래서 어색하게 웃었다. 어떻게 될지는 모르지만 일단 주말마다 가족들이 살고 있는 서울로 올라갔다 내려온다는 것이 내 계획이었다. 아내도 어색한 분위기를 느꼈는지 몰래 한번 가야지, 하고 말하며 필요 이상으로 크게 웃었다. 나는 딸아이가 옆에 있느냐고 물었고, 아내는 조금 전에 잠들었다고 알려주었다. 그러고 보니까 이미 아이가 잠들었을 시간이었다. "늦었네. 당신도 자." 나는 전화를 끊고, 계산을 하고 약간 허탈한 기분으로 터덜터덜 걸어서 아무도 기다리지 않는 나의 새로운 집으로 돌아갔다. 무슨 살 궁리를 해보겠다는 건 마음이 그랬다는 거지 실제로는 아무 생각도 떠오르지 않았다. 나는 술만 마셨고, 술집에 앉아 술을 마신 것이 무슨 궁리를 하기 위해서가 아니라 원치도 않는 친절을 베풀겠다고 나선 이웃집 남자와의 대면을 피하기 위해서였다는 사실을 술집을 나서면서 깨달았다.

어두워서 그랬는지 열쇠가 자물쇠 구멍에 잘 들어가지 않았다. 복도의 어둠 속에 서서 문을 따느라 열쇠를 짤랑거리는데 어느 집에서 텔레비전을 켜놓았는지 웅웅거리는 소리가 들려왔다. 그 순간 가슴 저 밑바닥에서 겔 상태의 어떤 눅진한 감정이 끓어 오르려고 했다. 당장 문을 열고 들어가지 않으면 그 감정에 포획될까 두려워진 나는 몸을 웅크리고 주저앉아 왼쪽 오른쪽으로 열쇠를 마구 돌려댔다. 두 개의 자물쇠 중 보조 자물쇠가 말썽이었다. 여간해서는 열릴 것 같지 않았다. 뜨거운 기운이 얼굴까지 뻗쳐서 화끈거렸다. "혼자 있는 방에 들어가기가 어지간히 싫은 모양이로군요. 내가 뭐랬습니까. 오늘은 나랑 한잔 해야 한다니까요." 바로 등 뒤에서 그자의 목소리가 들려왔다. 나는 화끈거리는 내 얼굴을 들킬까 봐 몸을 일으킬 수가 없었다. 급한 마음에 열쇠를 마구 다루느라 시끄러운 소리를 냈고, 결과적으로 그자를 불러낸 꼴이 되었다는 사실을 깨달았다. 그는 자물통이 가끔 말썽이라고, 하지만 걱정할 건 없다고, 자기에게 스프레이가 있다고, 얼마 전에 자기도 그런 경험을 해서 사다뒀다고, 그걸 뿌리면 된다고 말했다. "우선 제 방으로 들어오세요." 그는 집 대신 방이라는 말을 줄기차게 썼다. 도리가 없었다. 그가 여태 나를 기다렸다고 말할 근거는 없지만 그렇지 않다고 단정할 근거도 마찬가지로 없었다. 더구나 그는 내 방으로 들어가게 해줄 수 있는 사람이었다. 나는 몸을 일으켜 세웠고, 허공에다 손짓을 하듯 헛헛하게 웃었고, 기분이 좀 그래서 한잔 했습니다, 하며 뒤통수를 긁었고, 그러는 내 모습이 무의식적으로 그에게 잘 보이려 하는 것처럼 보이지 않을까 염려스러웠고, 하지만 그때 이미 그는 자기 방을 향해 걸어가고 있었으므로 내 말을 알아듣지 못했을지도 모른다는 생각을 했고, 어느 쪽이든 상관없다는 생각을 하며 그를 따라 그의 방으로 들어갔다. 그의 방에는, 내 방 정도는 아니지만 짐이 별로 없었다. 나는 단박에 남자 혼자 사는 사람의 방이라는 걸 알아차렸다. 텔레비전과 비디오와 냉장고와 가스레인지가 눈에 띄었다. 냉장고는 소형이었고, 텔레비전은 대형이었다. 이불은 반쯤 개켜진 채 바닥에 깔려 있었고, 옷가지들이 그 위에 널려 있었다. 퀴퀴한 냄새도 났다. 방 한 켠에 놓인 앉은뱅이책상과 그 주변에 아무렇게나 쌓인 책들이 조금 의아스럽긴 했지만, 수상하다고 할 정도는 아니었다. 나는 책의 제목을 살펴보았다. 헌법학 원론, 형법 집중 강의, 민법 판례 강의, 형사소송법 특강, 행정법 연습……. 지저분합니다, 하고 그는 말했고, 나는 정말로 지저분하다고 생각했지만 뭐, 괜찮은데요, 하고 대답했다. 그는 포도주병과 잔 두 개를 들고 바닥에 앉았다. "앉으세요." 그는 앉은뱅이책상 위에 올려져 있던 책들을 바닥으로 쓸어내버리고 거기에 포도주잔을 놓았다. "보르도산입니다, 맛이 괜찮을 겁니다." 그가 잔을 건네고는, 객지에서의 삶에 대해 주절주절 늘어놓기 시작했다. 객지에서 산다는 건 말입니다, 비유하자면 모래바람 속을 걷는 것과 같아요, 몸을 친친 동여매고 눈도 감고, 그러니까 세상과 접촉하기 위해 자기를 여는 것이 아니라 어떻게든 세상과 접촉하지 않으려고 최대한 몸을 사려야 한단 말입니다. 참된 만남도 없고 휴식이란 더욱 없지요. 그러니까 짐을 풀고 못 살아요, 객지 생활 3년에 골이 빈다는 말이 과장이 아니에요……라고 말했다가, 그런데 그럴 필요가 뭐 있어요? 유목민들 생각해보세요, 그 사람들에게는 객지 아닌 곳이 없고, 그렇다고 객지인 곳도 없어요, 정착이란 개념이 없으니까 유랑도 없는 거지요, 다만 세상이 있을 뿐, 그러니까 그 사람들은 언제든 어디로든 움직일 준비를 하고 있는 사람들이고, 어딜 가든 최소한의 짐만 소유해요, 진짜로 필요한 것만, 언제든 훌쩍 떠날 수 있게……. 오죽하면 자기들이 먹고 자는 집까지 가지고 다니잖아요, 집이란 움직이지 않는 거다, 땅에 붙박인 구조물이다, 그런 식의 우리 관념으로는 도무지 이해할 수 없는 사유고 생활 태도이지요, 그렇게 생각하면 편해요, 고향이라고 객지보다 나으란 법도 없는 거고……하고 주워섬겼다. "선생도 여기가 객지인 모양입니다." 그가 포도주를 입에 가져가기 위해 잠시 말을 중단한 틈을 이용해서 나는 한마디 했다. "보시다시피." 그는 눈짓으로 자기 방을 휘두르며 말했다. "그런데, 이 책들은……." 나는 방바닥에 함부로 뒹굴고 있는 책들 가운데 한 권을 집어 들고 물었다. 내 손에 들린 책은 태학출판사에서 나온 민사소송법이었고, 겉장도 넘겨보지 않은 듯 깨끗했다. 으허으허허, 그는 유난히 크게 웃고는, 제가 그러니까, 말하자면, 이른바 고시생입니다, 하고 다시 으허으허허 공허하게 웃었다. 나는 그의 허풍과 도를 넘는 너스레가 실은 외로움의 표현이라는 걸 짐작할 수 있었다. "임 고시생. 줄여서 임생이라고 합니다. 앞으로 그렇게 불러주십시오." 나는, 여기 오래 있지 않을 거라고 말하려다 그만두었다.

그날 이후 그의 방에 들어가 포도주를 얻어 마신 일이 잦았고, 정말로 그를 임생이라고 불렀다. 처음의 인상과는 달리 그는 경우를 전혀 모르는 사람이 아니었고, 제멋대로 구는 종류의 인간도 아니었다. 특유의 붙임성은 솔직히 놀라운 바가 있었지만, 그것 역시 오랫동안 혼자서 객지살이를 해온 시간으로부터 배워 가진 일종의 처세술이라고 생각하면 이해 못할 바도 아니었다. 모래 바람 속을 뚫고 가는 일이란 그렇게 만만한 일일 수 없었다. 멀리 갈 것 없이 기왕의 거북함을 잊고 그의 초대를 받아들인 내 태도 역시 객지살이의 외로움에 맞붙어 싸우려는, 또는 맞붙지 않고 피해보려는 나름의 처세술이라는 건 부정할 수 없는 사실이었다. 임생과 내가 친구가 될 수 있었던 것은 순전히 처지가 같았기 때문이었다. 처지가 같은 사람끼리만 친구가 될 수 있는 것은 아니지만, 처지가 같은 사람에게 더 쉽게 이끌리는 건 인지상정이라고 할 수 있었다. 우리는 텔레비전을 보면서 세상에 떠도는 이야기를 화제로 시답잖은 대화를 나누거나 포도주나 맥주를 마셨다. 말은 주로 그가 했고, 포도주는 그의 냉장고에서 나왔다. 가끔 나는 맥주를 사들고 갔다. 그는 음식 솜씨가 좋은

편은 아니지만, 음식 만드는 걸 제법 좋아했고, 자기가 만든 음식을 이웃 사람과 나눠 먹는 걸 더 좋아했다. 김치와 햄과 소시지와 콩나물을 넣고 끓인 전골 요리는 그가 가장 잘 만드는 음식이었다. 내가 감탄하면, 그는 곧 나도 자기처럼 될 거라고, 혼자 산다는 건 그런 거라고 말하곤 했다. 미안한 마음에 가끔 나도 포도주와 안주거리를 사들고 그의 방문을 노크하기도 했지만, 그러나 그런 일은 드물었고, 또 그가 원하지도 않았다. 나중에 들어서 알게 된 것이지만, 그는 이름만 고시생이지 실제로 책은 들춰보지도 않고 부모가 보내준 돈을 가지고 빈둥거리며 놀고먹는 이른바 놈팽이였다. 아파트 단지 안의 비디오 대여점에 있는 비디오를 지난 6개월 동안 섭렵했다고 그는 자랑했다. 요새는 신간 비디오 숫자가 왜 이렇게 적은지, 이 업계도 불황을 타는 거요, 하고 익살을 부리기도 했다. 비디오를 보지 않는 날은 낚시하러 간다고 했다. 허우대 멀쩡한 남자가 일을 하지 않고 빈둥거리기도 쉬운 일은 아닐 터였다. 내가 놀고 싶어서 놉니까? 하고 한번은, 약간 술이 오른 참이었는데, 대들듯 소리쳤다. 내가 그의 심기를 불편하게 하는 말을 했는지는 기억에 없다. 그랬을 수는 있지만, 설혹 그랬다고 하더라도 그것 때문에 그가 나에게 악감정을 가진 거라고 할 수는 없었다. 나는 갇혀 있는 거라고요, 할 때는 정말로 묶여 있기라도 한 것처럼 두 발목을 맞붙여 보였는데, 나는 그의 목소리에 운무처럼 어리는 습기를 눈치 챘고, 그래서 사연을 물을 수가 없었다. 스스로 내놓지 않으면 억지로 내놓으라고 요구할 이유가 없다는 것이 내가 견지하고 있는 신념이라면 신념이었다. 그도 멋쩍었는지 얼른 표정을 바꾸고 본래의 모습으로 돌아갔다.

이사 오고 이주일쯤 지났을까, 어느 날 밤에, 그날도 그의 방에서 포도주를 홀짝거리고 있었는데, 어디서인지 울음소리가 들려왔다. 목 놓아 우는 것 같은 그 울음소리는, 일정한 간격을 두고 되풀이되었고, 몹시 처절했고, 밤이라 그런지 털끝을 쭈뼛 일으켜 세우는 송연함이 느껴졌다. 저 소리 들려요? 하고 물은 것은, 와락 일어난 무섬증을 잠재우기가 쉽지 않아서였다. 무슨 소리요? 하고 대수롭지 않게 반문을 한 임생은 잠깐 귀를 기울이더니 아, 저거? 옆집 개가 우는 거예요, 하고 역시 대수롭지 않게 대답했다. "개 울음소리예요?" 믿어지지 않아서 나는 다시 물었다. 고양이라면 혹시 모를까 개가 사람처럼 운다는 건 처음 듣는 소리였다. 서울의 본사에 근무할 때 밀린 일처리를 하느라 자정이 지난 시간까지 사무실에 앉아 있다 보면 어디서인지 아기 울음소리가 들리곤 했다. 아무리 다르게 들으려고 해도 영락없는 아기 울음소리였다. 그것이 발정기를 맞은 고양이가 짝을 부르는 신호라는 걸 모르지 않으면서도 그 소리를 들으면 소름이 돋고 기분이 언짢아지는 걸 어쩌지 못했다. 주차장에 세워진 자동차 밑의 어둠 속에서 불쑥 튀어나와 놀라게 하는 그놈들을 보면 저절로 비명이 터져 나왔다. 그럴 때는 공연히 무색해져서 한마디쯤 욕설을 뱉어주고 쫓아내는 시늉을 하게 되는데, 그놈들은 몇 발짝 떨어진 자리에 멈춰 서서 파란 눈을 빛내며 이쪽을 노려보는 경우가 많았다. 그 눈을 맞바라볼 용기가 나지 않았다. 고양이라면 사람처럼 운다는 걸 받아들이는 게 가능했다. 개는 고양이가 아니었다. "그러니까 징그럽지요. 하기야 그놈도 노인하고 한방에 있는 게 끔찍하겠지." 임생이 알아먹기 힘든 말을 했다. 개가 주인을 닮아가는 건지, 주인이 개를 닮아가는 건지 모르겠지만, 암튼 둘이 꼭 같아요, 하고 임생이 또 수수께끼 같은 말을 하고, 이어서 물었다. "철길 따라 산책하는 노인하고 비쩍 마른 누런 개 혹시 못 봤어요?" 나는 본 적이 있다고 대답했다. 철길을 산책하며 쉴 새 없이 무슨 말인가 궁시렁거리던 노인이 생각났다. 노인의 말상대가 그의 개라는 건 의심의 여지가 없었다. "저놈이 그놈이에요." 임생은 자기도 처음에는 그놈의 울음소리 때문에 잠을 설친 적이 많았지만, 곧 적응이 되더라고 하며 웃었다. 노인의 집이 바로 임생의 방 옆이었다.

그는 노인을 음침한 사람이라고 불렀다. 그가 전해준 바에 따르면, 노인은 이웃과의 접촉이 전혀 없는 사람이었다. 이웃과 무슨 이야기를 주고받는 걸 본 적이 없다고 그는 말했다. 웃는 얼굴도 본 적이 없다고 했다. 언제나 침울한 얼굴에 인상을 잔뜩 찡그리고, 혹시 다른 사람과 눈이라도 마주칠까 봐 시선을 피한 채 빠른 걸음으로 걸어 다닌다고 했다. 임생이 몇 번 문을 두드렸지만 열리지 않았고, 길에서 만나 초대한 적도 있었지만 묵묵부답이더라는 것이었다. 노인의 유일한 말상대는 자기가 키우는 늙은 개였다. 노인은 꼼짝하지 않고 방 안에 틀어박혀 있다가 해가 질 무렵이면 개를 끌고 나와 철길을 산책하고 돌아간다는 것이었다. 임생은, 자기가 이곳에 오기 전부터 노인은 이 아파트에 살고 있었고, 그뿐만 아니라 그가 만나 이야기해본 아파트의 어떤 주민보다 먼저 입주해 살고 있었다고 말했다. 원룸 아파트의 특성상 주민들의 대부분이 이곳을 임시 거처로 생각하기 때문에 거주하는 기간도 짧은 편인데, 노인은 그렇지가 않은 모양이었다. 모르긴 해도 현재 거주하고 있는 아파트 주민들 가운데 노인보다 더 오래 살고 있는 사람은 없을 거라고 했다. "괴팍한 사람이에요." 임생은 말하기도 싫다는 듯 고개를 흔들었다. 그러면서도, 듣기로는 전직이 형사였다고 합다, 하고 또 자기가 알고 있는 바를 주워섬겼다. "잘은 모르지요, 모르긴 하지만, 저 사람 저렇게 폐쇄적으로 되어버린 게 고문 경찰관 노릇을 오래해서 그랬다는 말도 있어요. 자신의 과거에 대한 회한도 생겼겠지만 사람들 눈을 피해 이런 후미진 곳에 처박혀 있다는 이야기지요. 누군가 지어낸 이야기인지는 몰라도, 어울리지 않아요? 어쩐지 나는 그게 지어낸 이야기만은 아닐 것 같은 생각이 들어요." 알 수 없다고 말하면서도 나는 그가 노인을 전직 고문 경찰관으로 단정하고 있는 것 같은 인상을 받았다. 노인에게는 미안하지만, 그 이후 개를 데리고 산책 중인 노인을 보거나, 한밤중에 슬픈 일이라도 당한 것처럼 길게 뽑아내는 개의 울음소리를 들을 때면 흐릿한 불빛 아래서 고문하는 경찰관의 모습이 상상되곤 했다. 그건 그저 풍문일 뿐이라고 고개를 저어도 한번 정신에 달라붙은 그 상상이 쉽사리 떨어져나갈 생각을 하지 않는 걸 보면 고문하는 경찰관이라는 이미지가 그의 음침한 캐릭터와 썩 잘 어울린다고 여긴 모양이었다. 아니면 그 이미지가 너무 강렬해서 그랬을까.

2

　노인에 대해 다른 이야기를 해준 사람은 퇴근길에 내가 가끔 들르는 길다방의 미스 임이었다. 이 동네에는, 도심에서는 이제 거의 찾아보기 힘들게 된 다방이 몇 개 있었다. 다방은 커피 전문점과 다르고 카페와도 달랐다. 커피나 음료수를 마신다든지 사람을 만나는 약속 장소로서의 기능에는 차이가 없지만, 내 나이의 남자가 혼자 들어가 시간 때우기에 더 적절한 공간은 아무래도 다방이라고 할 수 있었다. 커피 전문점이나 카페에 비해 다방이 한층 늘어진 공간이라는 생각이 드는 건 그곳에서의 시간이 그만큼 더디게 흐르기 때문일 것이다. 결정적인 차이는, 텔레비전이 틀어져 있느냐 없느냐는 것이다. 다방은 거의 언제나 텔레비전을 틀어놓는다. 다방의 텔레비전은 드라마도 내보내고 쇼도 내보내고 운동 경기도 내보내고 뉴스도 내보낸다. 길다방에 처음 들어간 것도 실은 텔레비전을 보기 위해서였다. 직장에서는 할 일이 거의 없어서 세 명밖에 안 되는 직원들이 서로의 눈치를 봐가며 퇴근 시간만 기다리는 형국이었다. 본사에서는 분산 효과니 특성화니 하며 출장소의 활동에 기대를 가지고 있는 것처럼 말했지만 그게 공연한 수사에 지나지 않는다는 건 그에 걸맞는 지원이 전혀 이루어지지 않고 있는 사실로도 알 수 있었다. 언제든 떠날 준비를 하고 있었으므로 퇴근 후에 함께 술을 마실 친구를 만들어놓지도 않았다. 집에 들어간다고 할 일이 생기는 것도 아니고 누가 기다리고 있는 것도 아니었다. 모르겠다. 비디오 빌려보며 빈둥거리는 게 유일한 일과인 임생이 혹시 나의 귀가를 기다렸을지. 가끔 포도주나 맥주를 가지고 서로의 무료한 저녁 시간을 나누긴 했지만, 그렇다고 그 사람이 나를 꼭 필요로 했으리라는 생각은 들지 않는다. 내가 없다고 해서 불만을 느낄 것 같지 않았다. 어쩌면 그는 일상의 무료를 요리하는 나름대로의 비법을 이미 터득한 사람인지 모른다. 간혹 그는 그렇게 보였다. 하지만 나는 그런 비법을 터득하지 못했고, 조만간 그런 걸 터득하게 될 거라는 확신도 생기지 않았다. 그러다보니 자연 집으로 돌아가는 시간을 지연시켜보려는 시도를 하게 되었는데, 그런 내 눈에 버스 정류장 앞의 길다방 간판이 들어온 것은 다행한 일이라고 할 수 있었다. 그러나 어쨌든, 내가 처음 그 다방 문을 열고 들어가는 순간에 내 속에서 일어나고 있던 충동은, 그 과정에 내부의 어떤 미묘한 조작이 작용했을 가능성은 있지만, 텔레비전 시청이었다. 나는 손목시계를 보았고, 아홉 시 오 분

전이라는 걸 확인했고, 아홉 시가 되면 소파에 비스듬히 누워 텔레비전 뉴스를 시청하던 평소의 습관을 떠올렸고, 내 거처인 원룸 아파트에는 텔레비전이 없다는 사실을 상기했다. 텔레비전 없이 혼자 산다는 건, 적어도 별다른 취미나 오락거리가 없는 내게는 큰 결함이었다. 그렇지만 나는 이곳을 임시 거처로 생각하고 있었고, 임시 거처일 뿐 정착지가 아니라는 걸 스스로에게 주입시키기 위해 할 수 있는 한 물건 사 나르는 일을 자제하고 있는 중이었다. 뭔가를 새로 구입한다면 아마 첫 번째 목록은 텔레비전일 것이었다. 그러나 나는 사지 않고 버틸 작정이었다. 사지 않고 버티면서 다방에서 아홉 시 뉴스를 볼 작정이었다. 모르긴 해도 이틀에 하루꼴로 길다방에 가서 뉴스를 봤을 것이다. 물론 뉴스만 본 건 아니다. 어떨 때는 일부러 그런다고 여겨질 정도로 유난히 경망스럽게 웃고 몸을 움직이고 실없는 말을 지껄이는 종업원 여자들과 함께 결혼 전에 사귀던 여자가 자기 몰래 낳은 아들 문제로 다투고 할퀴고 소송을 걸고 하는 연속극도 보았다. 한번은 외국팀을 초청해서 치른 국가 대표팀의 축구 경기도 보았다. 다방에는 마담이라고 불리우는 사십 줄의 여자가 한 명 있었고, 20대의 젊은 아가씨들이 두 명 있었다. 아가씨들 가운데 한 명이 내 자리에 차를 가지고 왔다. 늘 그런 것은 아니지만, 그들은 대체로 앞자리에 앉아서 들으나마나한 말을 했다. 나도 커피 한 잔 마셔도 되요? 하고 묻기도 했다. 그럴 때는 대개 그러라고 고개를 끄덕인다. 그들의 입장을 생각하거나 내 체면을 생각하거나, 안된다고 할 수는 없는 노릇이다.

언제였는지 모르겠는데, 자기를 미스 임이라고 소개한 여종업원이 텔레비전 뉴스에 정신이 팔려 있는 나에게 아저씨, 혼자 살지요? 하고 물어왔고, 나는 텔레비전에서 눈을 떼지 않은 채 그걸 어떻게 아느냐고 되물었다. 핵폐기물 처리장이 들어서는 걸 반대하는 주민들이 머리에 띠를 두르고 구호를 외치고 있었다. 얼굴에 써 있는데요, 뭐, 하고 그녀가 말했다. 나는 정말로 손바닥으로 얼굴을 문질렀다. 그녀가 깔깔거리고 웃었다. "근데, 아저씨 집에 텔레비전도 없어요?" 그녀는 웃음을 입술 끄트머리에 감추고 정말로 궁금하다는 듯 물었다. 발랄한 아가씨였다. 나는 그렇다고 대답했다. "정말이요?" 아무래도 믿어지지 않는다는 표정이었다. 나는 한 번 더 정말이라고 말해주고는 청와대 로고가 찍힌 시계를 차고 비서관이라고 사칭하고 다닌 사기꾼들에 대해 보도하는 텔레비전 화면으로 시선을 옮겨버렸다. 그럼 뭐가 있어요? 하고 그녀가 다시 물었고, 나는 내 방에 있는 물건들을 더듬어보았고, 마땅한 물건이 떠오르지 않아 대답하지 않았다. 그러자 어디 사는데요? 하고 다시 물어왔다. 나는 꽤 끈질긴 아가씨로군, 하고 속으로 되뇌었고, 뉴스가 끝날 때까지만 앉아 있다 일어나자고 결심했고, 조만간 다방을 바꿔야 할지 모르겠다는 생각을 했고, 건성으로라도 대꾸를 해주지 않으면 안 되겠다는 판단을 하기에 이르렀다. 시선은 여전히 텔레비전에 둔 채 내가 임시로 세 들어 살고 있는 원룸 아파트 이름을 입에 올리자 그녀는 안다는 표시를 해왔다. "산 밑에 있는 임대 아파트 말이지요?" 나는 그렇다는 뜻으로 고개를 끄덕였다. 거기 사는구나, 하고 공연한 군말을 길게 늘어뜨리던 그녀가 갑자기 생각났다는 듯 아 참, 하고 손뼉을 쳤다. 그리고는 표 나게 목소리를 죽여서 황통이라는 늙은이가 거기 살던데, 하고 말했다. 그녀가 은밀함을 과장하고 있다는 건 분명했지만, 나로서는 장난기 이상의 의도를 눈치 채지는 못했다. 나는 무슨 뜻이냐는 뜻으로 그녀를 쳐다보았다. "몰라요? 개 끌고 어슬렁거리는 노인 말예요." 누구 이야기를 하는지 알 것 같았다. 나는, 그런데 그 사람이 왜 황통이야? 하고 물었다. 그녀는 그거요? 하고 대수롭지 않다는 듯 웃고, 머리를 한번 쓸어 넘기고, 우리들끼리 그렇게 부르는 거예요, 꼴통이잖아요. 성이 황씨고,라고 답했다. 나는 그때에야 노인의 성이 황이라는 걸 알았다. 사람들 사이에서 꼴통이라는 별명으로 불린다는 것도. 그리고 곧 그렇게 불리는 것도 이상할 게 없다는 생각을 했다. 하지만 그녀는 그가 그런 이름으로 불리는 사연에 대해 내가 상상하는 것과 다른 이야기를 들려주었다. 나는 요구하지 않았다. 다만 옆집에 산다는 사실을 밝혔을 뿐인데, 그것이 요구하는 것처럼 받아들여졌으리라고 생각하지는 않는다. 웃겨요, 그 사람…… 하고 말하면서 그녀는 주변을 두리번거렸는데, 내 눈에 그녀의 그런 모습은 어쩐지 연극적으로 보였다. "밤이면 여자를 자기 방으로 불러요." 나는 풋 소리를 내며 웃었다. 의도한 것은 아니었지만 비웃는 것처럼 들릴 수도 있겠다 싶었다. "믿지 않는군요." 그녀는 어투에 자기 말이 부정된 데 대한 서운함을 실었다. 믿기 어려운 이야기였다. 자기처럼 늙고 마른 개 한 마리가 세상과 만나는 유일한 통로라고 알려진 노인이 여자를 부른다고? 그것도 밤중에? 노인에게는 고문 경찰관이라는 이미지가 차라리 잘 어울렸다. 더구나 살아 있다는 느낌을 주지 않는 노인이었다. 시체나 다름없는 노인이 여자를 불러서 뭐 하겠다고? 하고 말하려다 그만두었다. 그 대신 상상이 안 되는군, 하고 말했다. "그 방에 갔다 온 사람이 있는데, 안 믿겠다고요?" 여자는 항변하듯 쏘아붙였다. 나는 그녀가 그 방에 직접 갔다 오기라도 한 것처럼 말한다는 사실을 지적했다. 그녀는 스스럼없이 사실이니까요, 하고는 또 주변을 두리번거렸다. 자기 말을 믿지 않는 것이 언짢아서 앞뒤 없이 항변을 하긴 했지만, 내세울 사안이 아니라는 판단이 뒤늦게 생긴 모양이었다. 그리고 사태를 수습해야겠다는 의욕이 기왕에 꺼낸 자기 이야기를 완결 싯는 쪽으로 작동한 것일까. 그녀는 자기만 그런 게 아니고 이 동네 다방 아가씨들 중에 그 집에 한두 번 안 갔다 온 사람이 없을 거라고 했다. 마치 폭로라도 하는 것처럼 내 귀에는 들렸다. 그러나 의도와는 상관없이 자기가 무언가를 폭로하고 있다는 걸 그녀는 의식하지 못하고 있었다. 아니, 그건 나의 오해일 수도 있었다. 어쩌면 그가 늘어놓는 이야기는 알 만한 사람은 다 알고 있는 내용이어서 새삼스럽게 폭로한다는 기분을 느끼면서 말할 이유가 없다는 쪽이 진실에 더 가까울지도 몰랐다. 그녀에게는 아무것도 아닐지 모르지만 나에게는 아무것도 아닐 수가 없었다. 바깥 출입을 전혀 하지 않는 것으로 알려진 노인이 다방은 자주 드나든다는 말일까. 노인에 대해 알려준 임생이 그걸 몰랐다는 걸 인정하고 싶지 않았다. 그녀는 내 호기심을 비로소 발동하게 한 것이 만족스러운 듯 황통에 대해 이것저것 늘어놓았다. 마담이 간혹 한 번씩 그녀에게 눈치를 주었다. 다른 테이블에도 가보라는 신호인 듯했는데, 그녀는 자기 이야기에 재미가 들려 눈치 채지 못했다.

황통이 다방에 오는 것은 아니라고 했다. 한 번도 다방에 나타나지는 않았다고 했다. 밤늦은 시간에 전화가 걸려온다고 했다. 문 닫을 시간에 맞춰 커피 두 잔을 배달해 달라는 전화를 받고 가면 일도 끝났으니 자기 방에서 자고 가라고 유혹해온다는 것이었다. 커피 주문을 하면서 미리 그런 제안을 하는 경우도 있다고 했다. 황통의 그런 제안을 받은 아가씨들 대부분이 거절하지 않았는데, 그것은 그 아가씨들이 남자들로부터 받는 그런 종류의 제안을 상당히 유연하게 받아들이는 탓도 있지만, 무엇보다 노인이 내미는 돈이 거절하기 힘들 정도로 많은 액수이기 때문이었다. 노인은 기대 이상의 돈을 주지 않으면 여자들이 자기와 자려고 하지 않는다는 걸 잘 알고 있었다. 나는 여자들의 혐오감을 잠재우고 자기 방에 들어오게 하기 위해 노인이 얼마만큼의 돈을 썼는지 궁금했지만 물어보지 않았다. "힘든 게 뭐였는지 알아요?" 미스 임이 눈을 빛내며 내 앞으로 얼굴을 들이밀었다. 목소리는 한층 더 은밀해졌다. 자기 이야기에 스스로 취해 있다는 표시였다. 그러면 그렇지. 노인이 뭔가 수상한 짓을 하려고 했을지 모른다는 상상의 실체와 대면할 참이었다. 그러니까 돈도 보통보다 많이 준 거겠지. 저절로 긴장이 되었다. "뭔데?" 나는 물었다. "맞춰보세요." 그녀는 그 대목에서 흐물흐물 요상한 웃음을 지었다. "희한한 걸 요구했나 부지?" 웃지 않으려고 했는데도 내 입가에도 덩달아 요상한 미소가 만들어졌다. "황통은 잠을 재우지 않아요. 잠을 못 자게 하는 거예요." 정말이냐는 뜻으로 눈썹을 치켜들었다. 비쩍 마른 개와 함께 철길을 따라 걷는 노인의 모습이 떠올랐다. 겉모습으로 판단할 수 있는 성격의 일이 아닌 줄은 알지만, 여자의 잠을 재우지 않을 정도로 튼튼한 몸이라고는 생각되지 않았다. 그렇지만 다른 편으로 생각하면, 그에게 붙어 있는 전직 고문 경찰관이라는 또 다른 이미지와는 썩 잘 어울리는 것 같기도 했다. "문제는 잠을 안 재우고 뭘 하느냐는 건데요." 미스 임은 스무고개를 하듯 아슬아슬하게 긴장을 유지했다. 희한한 걸 요구했을 거라는 내 상상은 빗나갔다. 미스 임에 따르면, 황통은 여자의 손목조차 잡지 않았다. 다만 잠을 자지 못하게 했을 뿐이었다. 잠을 자면 안 된다. 잠을 자지 말고 끊임없이 무슨 말인가를 해라. 그것이 황통의 요구였다. 여자들은 밤새 무슨 말인가를 해야 했다. 그것이 노인의 주문이기도 했지만, 잠을 쫓기 위해서라도 이야기를 해야 했다. 깜박 졸기라도 할라치면 황통의 입에서 벼락 치는 소리가 떨어졌다. 잠들면 돈을

줄 수 없다고 황통은 소리 질렀다. 여자들은 잠들지 않기 위해 필사
적으로 노력해야 했다. 세상에 떠도는 우스갯거리부터 자기가 살아
온 이야기, 자기 부모가 살아온 이야기, 자기 친구가 살아온 이야기
를 다 끌어 모아야 했다. 경험 있는 여자들은 이제 노인의 방에 갈
때 밤새 풀어놓아도 바닥이 보이지 않을 정도로 커다란 이야기 보따
리를 준비해간다고 그녀는 말했다. 아라비안 나이트로군, 하고 나는
중얼거렸다. 자기 이야기에 열중하느라 그녀는 내 말을 알아듣지 못
했다. 아라비안 나이트에서 이야기는 이야기하는 사람의 목숨을 구
하기 위해 필요했다. 이곳의 밤은 무엇을 위해 이야기를 필요로 하
는 것일까. "물론 돈이 생기기 때문이지만, 꼭 그 때문은 아니에요.
생각해보면 불쌍한 노인네잖아요." 그렇게 끔찍해하면서도 여자들
이 황통의 요구를 단호하게 거절하지 못하는 까닭이 뭐냐는 내 질문
에 대한 그녀의 대답이었다. 어떤 의미로든 노인네가 측은하다는 건
사실이었다. 괴팍하고 음침하지만, 그것은 표면의 인상이고, 그 괴
팍함과 음침함의 안쪽에 도사리고 있는 것은 고독과 생의 비애라고
할 만한 것이었다. 미스 임의 이야기를 통해 덧붙여진 노인의 이미
지 가운데 가장 강렬한 것 또한 괴팍함이나 음침함이 아니라 측은함
이었다. 그는 혼자고, 혼자이기를 스스로 선택하고, 혼자의 상태를
즐기는 것처럼 보이지만, 그리고 그것이 사람의 운명이긴 하지만,
혼자 있는 시간의 그 지독한 외로움을 견디기가 용이치 않다는 것,
스스로를 유폐시킨 사람의 내면이 태풍이 할퀴고 지나간 자리처럼
황폐하다는 것 또한 부정할 수 없는 사실이었다. 그녀는 쓸쓸한 표
정을 지었고, 나는 동의한다는 뜻으로 고개를 끄덕였다. "정말로 끔
찍한 것은, 노인이 아니에요. 잠을 자지 못하는 것도 아니고." 약간
의 침묵 끝에 그녀가 다시 꺼낸 말은 좀 난감했다. 나는 이야기가 일

단락되었다고 생각하고 있었다. 황통에 대한 미스터리는 인생의 측은함을 불러일으키면서 결말이 지어진 것이 아닌가. 그게 아니란 말인가. 그게 아니면 뭐란 말인가. "그 거지 같은 개새끼." 마담이 끈질기게 내쏘는 눈치를 겨우 알아차리고 새로 들어온 손님에게로 자리를 옮겨가기 전에 그녀는 기억하기도 싫다는 듯 진저리를 치고 나서 정작 견디기 힘든 것은 개의 울음소리였다고, 노인의 발 밑에 앉아서 꾸우웅 꾸우웅 길게 목을 뽑아 괴상한 소리를 내며 울어대는 그놈의 개새끼 때문에 미칠 것 같았다고 이야기의 마무리를 지었다.

3

고시생 임생의 생활은 바뀌지 않았다. 황통의 생활 역시 달라지지 않았다. 밤이면 미칠 것 같은 울음소리를 내는 노인의 개도 마찬가지였다. 늦은 밤에 귀를 기울이면 내 방에서도 꾸우웅 꾸우웅 목을 빼고 우는 짐승의 울음소리를 들을 수 있었다. 나에게라고 무슨 변화가 생길 리 없었다. 무슨 일이 생겼으면 좋겠다는 생각을 가끔 하기는 했다. 가령 다방 의자에 풀어진 자세로 앉아 아홉 시 뉴스를 볼때. 뉴스 속의 세상은 쉼 없이 요동치고 있었다. 이곳저곳에서 별일이 다 일어났다. 그러나 내가 사는 원룸 아파트는 고인 물속처럼 조용하기만 했다. 시간은 더디게 흘러갔다. 주말이면 서울에 올라갔다 내려오는 일도 두 달이 지나면서 중단했다. 객지살이에 적응이 되어서 그런 것이 아니고 삶에 의욕이 사라져가고 있어서 그렇다고 할수 있었다. 나는 차장이 약속을 지켜주기를 바랐다. 그러나 차장은한 번도 전화를 걸어오지 않았다. 3개월이 지났을 때 나는 그에게전화를 걸어서 내가 그 약속을 잊지 않고 있다는 사실을 상기시켰다. 차장은 아직 회사 사정이 좋지 않으니 조금 더 기다리라는 말만 하고는 몹시 바쁜 티를 내며 전화를 끊었다. 실제로 바쁠지도 모르는 일이긴 했다. 하지만 아닐 수도 있었다. 그는 내 전화가 거북하거나 나에게 했던 약속을 잊어버리고 있을 가능성이 많았다. 생각해보면 그 사람이라고 무슨 대단한 재량권을 가지고 있는 건 아니었다. 나에게 특별한 호의를 품고 있으리라고 기대할 수도 없는 관계였다. 그렇다고 그를 향한 기대를 버릴 수도 없었다. 어떤 의미에서든 그는 내 임시의 삶을 마무리해줄, 아주 작지만, 현실적으로 유일한 가능성이었다.

어느 날 밤에, 길다방에 앉아 텔레비전 뉴스를 보고 있는 나를 임생이 불렀다. 내 휴대전화는 거의 울리는 법이 없었다. 임생에게 전화번호를 알려준 적이 있긴 했지만, 그가 나에게 전화를 걸어온 것은 그때가 처음이었고 또 마지막이었다. 전화를 걸어서 연락을 취할 만큼 긴한 일이 있을 수 있는 사이도 아니었다. 서로의 필요에 의해서 간혹 저녁 시간을 함께 보내긴 했지만, 그걸 가지고 친분이 쌓였다는 식으로 말한다는 건 난센스이기 쉬웠다. 그는, 대뜸 어디 있어요? 하고 물었는데, 목소리가 평소와 달리 가라앉아 있었다. 나는 길다방에서 텔레비전을 보고 있다고 말했다. 그는 술 한잔 합시다, 했다. 올라갈까요? 하고 묻는 내게 자기가 내려오겠다고 대꾸하고는 전화를 끊었다. 그가 알고 있는 다방 옆의 호프집을 나도 알고 있었다. 전화를 끊자마자 바로 내려왔는지 그는 밍기적거리다가 다방을 나간 나보다 먼저 호프집에 도착해 있었다. 500cc짜리 생맥주가 그의 앞에 놓여 있었다. 내가 시킨 생맥주가 나오기도 전에 그는 벌컥벌컥 반 이상을 비워냄으로써 자신이 몹시 목이 마른 상태임을 시위했다. "무슨 일 있어요?" 내 목소리는 좀 어정쩡했다. "오늘이 마지막 밤입니다." 입가에 묻은 맥주 거품을 손등으로 쓱 문지르며 그가 말했다. "잘됐군요." 내 반응은 즉각적이었다. 그나 나나 이곳에서의 임시 생활을 어떻게든 빨리 접게 되기를 바라고 있기는 마찬가지였다. 그러나 나는 곧 내 반응이 적절하지 않다는 걸 깨달았다. 그의 목소리나 표정이 다른 때와 사뭇 달랐다. 예컨대 잘됐다는 말을 할 상황이 아닌 것 같았다. 실수를 한 게 아닌가 긴장도 되었다. 나는 조심스럽게 표정이 좋지 않은 이유를 물었다. 마지막이니까요, 하고 말하며 그가 어색하게 웃었다. 임생이 그렇게 어색하고 불안정하게 웃는 걸 본 적이 없었다. 어쩐지 낯설었고 약간은 불편하기도 했다. "아버지가 사람을 보냈네요." 그는 말했다. 아버지가 사람을 보내서 짐을 싸게 했다고, 내일 아침이면 화진으로 가야 한다고. 화진이 어디 있는지 알지 못하는 나는 그곳이 어디냐고 묻지 않을 수 없었고, 그는 거길 모르느냐는 듯 의아스러운 표정으로 바라보더니 몰라요? 조선 시대 귀양지로 유명하던 곳이잖아요, 하고 대답했다. 이곳 지리에 익숙하지 않아서요, 하고 나서 생각해보니 그런 말을 들어본 것도 같았다. 그렇지만 그 화진이 어디 붙어 있는지는 생각나지 않았다. "그렇다고 뭐 내가 귀양간다는 건 아니고요. 그곳에 고시촌이 있어요. 하긴 고시촌도 귀양지나 마찬가지긴 하군요. 거기에다가 고시촌 지을 생각을 한 사람들, 재치가 보통이 아닌 것 같지요? 우리 형이 거기서 공부를 했어요. 우리 아버지 말에 의하면, 형은 나 같은 식충이와는 달라도 아주 많이 달라서 살아 있다면 벌써 판사가 되었을 잘난 사람이랍니다. 네. 몇 해 전에 죽었어요. 그 공부벌레가 무슨 시험이 끝났는지 기분을 전환한다고 모처럼 바다에 간 모양인데, 물에 들어가서는 안 나와버렸다고 하네요. 우리 집 어른들, 어찌나 난리를 치던지, 다들 돌아버리는 줄 알았다니까요. 내가 죽었더라도 저랬을까 생각하니까, 형에겐 좀 미안하지만 솔직히 마음이 좀 거지 같습니다. 그런데 더 거지 같은 건 형의 그 죽음이 내 인생에 끼어들었다는 겁니다." 그의 목소리는 대체로 침울했는데 어느 부분에서 레코드판이 튀듯 툭 불거지곤 했다. 판사가 되고도 남았을 그의 '잘난' 형이 그의 삶에 끼어들어온 경위는 이러했다. 그는 아버지가 경영하는 소규모 제약회사의 영업 사원으로 일하고 있었다. 영업 사원 일은 그의 체질과 잘 어울렸고 그는 자기 일에 만족했다. 그는 아버지의 대를 이을 생각을 하지 않았지만, 주변에서는 다들 그가 아버지 밑에서 경영 수업을 받고 있다는 식의 시선으로 바라보았다. 그도 그 정도 계산은 하고 살았다. 어쩌면 그의 의식적인 무관심이야말로 그러한 계산의 결과인지 몰랐다. 아버지도 그의 업무 능력을 인정했으므로 그가 경영 수업을 받고 있다는 식의 주위의 시선은 자연스러운 것이었다. 그런데 형의 갑작스러운 죽음이 집안의 그런 자연스러운 구도를 바꿔놓았다. 차질을 적극적으로 주도한 사람은 아버지였다. 판사 아들을 기대하며 온갖 지원을 아끼지 않던 아버지는 눈앞에서 판사를 빼앗기고 말았다는 식의, 근거 없는 피해 의식에 사로잡히게 되었고(도대체 누가 빼앗아갔다는 말인가!), 목숨을 버린 아들보다 빼앗긴 판사에 대한 미련에 사로잡혀서 정상적인 생활을 접고 지냈다. 편집적인 의식에 내몰린 아버지는 마침내 임생을 불러 형이 하던 공부를 하라고 요청하기에 이르렀다. 가당치 않은 일이었다. 그는 형과 달랐고, 형이 아니었고, 형이 하고 싶어한 것을 하고 싶어하지 않았다. 법조문을 외고 방에 틀어박혀 책을 읽는 것은 그의 생리에 맞지 않았다. 그는 밖으로 뛰어다니고 사람을 만나고 물건을 팔고 하는 일을 좋아했다. 그는 영업 사원이었다. 그러나 아버지는 그것을 인정하려 하지 않았고, 그의 말을 들으려 하지도 않았다. 예비 판사 아들을 잃은 아버지는 의식의 굴절을 보였고 합리적인 판단 기능을 잃었고, 집착증에 붙들렸다. 아버지는 그를 고시원에 집어넣었다. 저러다 말겠지, 형을 잃은 슬픔이 너무 커서 평형 감각을 잃어서 저러는 거겠지, 그래서 일시적으로 주변을 둘러보는 능력을 잃어버린 거겠지, 저러다 말겠지…… 임생은 그렇게 생각했고, 그의 어머니도 그렇게 생각했다. 주변 사람들은 일단 아버지가 하라는 대로 시늉이라도 내는 게 좋겠다며, 그러다 보면 곧 정신을 차릴 것이라며 그에게 고시원에 들어가 있으라고 권했다. 임생 역시 그 의견에 따르는 것이 좋을 것 같아 회사를 그만두고 대학가에 있는 고시원으로 들어갔다. 물론 들어가 있기만 했을 뿐 공부는 하지 않았다. 사실은 거의 들어가 있지도 않았다. 그러나 그 판단이 안이한 것이었음이 곧 밝혀졌다. 불시에 고시원에 들른 아버지는 아들이 공부를 하지 않고 있다는 사실을 알아냈으며, 그 원인이 학습 의욕을 돋울 수 없는 환경에 있다고 판단하기에 이르렀다. 그 경우에도 형이 본보기였다. 형은 고시 공부에만 전념하기 위해 스스로를 세상으로부터 격리했던 것이다. 형이 2년 간 틀어박혀 지냈던 화진 고시촌으로 그를 집어넣을 기세이던 아버지를 설득한 사람은 어머니였다. 어머니는 그가 어차피 공부에 전념하지 않으리라는 것을 알고 있었고, 따라서 고시에 합격할 거라는 기대도 하지 않았다. 어머니만이 아니라 아버지를 제외한 누구도 그런 기대는 하지 않았다. 단지 아버지의 집착이 사그라지는 순간을 기다리고 있는 것뿐이었다. 어머니는 그런 아들을 귀양지나 다름없는 고시촌에 집어넣는 것은 불필요한 일이라고 판단했다. 그래서 절충안을 제시했다. 서울을 벗어나 한갓진 소도시에 작은 아파트를 얻어주고 공부를 하게 하면 어떠냐는 것이었다. 처음에는 아버지도 아들도 그

제안에 동조하지 않았다. 그러나 무슨 생각을 했는지 완강하던 아버지가 고집을 접고 되도록 집에서 멀리 떨어진 지역에 방을 얻어주라고 지시했다. 아버지가 고집을 꺾은 마당에 아들이 계속 고집을 피울 수가 없었다. 어머니도 사정을 했다. 쉬면서 머리도 식히고 너의 미래에 대해 이것저것 구상도 해가지고 와라. 내가 아버지를 잘 설득시키겠다. 오래 걸리지 않을 것이다. 형을 잃은 충격에서 못 벗어나고 있는 아버지를 도와준다고 생각해라. 곧 너를 데리러 오겠다. 너는 우리 집의 기둥이고 아버지 회사의 후계자가 아니냐……. 어머니의 그런 하소연을 못 들은 척 할 수 없었다. 그가 이 갑갑한 읍 소재지에 몸을 묶고 지내게 된 사연이 그러했다. 고시 공부 따위에는 애당초 관심이 없었던 그는 자기를 불러 올리는 순간만을 기다리며 지루하고 답답한 시간을 견뎌왔다. 그런데 어제, 그가 낚시하러 갔다가 돌아와 보니 아버지가 집에 와 있었다. 드디어 아버지가 포기하셨구나 싶어 반가웠는데, 그게 아니더라고 그는 말했다. 아버지는 들춰본 흔적 하나 없이 깨끗한 수험서들과 바닥에 널린 비디오 테이프들과 술병과 낚싯대를 통해 그가 공부는 하지 않고 딴 짓만 하고 있다는 사실을 알아챘다. 그것을 통해 아버지가 자신의 분별없는 집착의 미욱함과 부질없음을 깨닫게 되기를 바랐던 임생의 예상은 빗나갔다. 아버지는 노발대발했고, 식충이라고 욕을 했고, 죽은 형을 불러냈고, 형이 얼마나 훌륭한 인물이었는지를 반복해서 상기시켰고, 형의 발뒤꿈치에도 미치지 못하는 자라고 모욕했고, 그러면서도 고시 공부를 포기하게 하지 않았다. 판사에 대한 집착이 그만큼 깊다는 것은 죽은 아들에 대한 미련으로부터 여태 벗어나지 않고 있다는 분명한 증거였다. 어떤 면에서는 일부러 벗어나려고 하지 않는 것처럼 보이기도 했다. 아버지는 임생이 더욱더 형을 본받기를 바랐다. 형이 2년 동안 고시 공부를 했던 화진 고시촌으로 임생을 보내겠다고 한 것이 아버지의 결정이었다. 아버지는 엄하고 저돌적이고 결정을 내리면 즉각적으로 실천에 옮기는 사람이었다. 임생의 얼마 안 되는 짐들은 그 즉시 끌어내져 트럭에 실렸다. 그리고 날이 밝으면, 제약회사의 영업 사원으로 살기를 원하나 제 뜻대로 살지 못하고 고시생 신분이 된 임생은 화진으로 간다. 이야기를 다 끝내고 그는 한숨을 쉬었다. 나는 그의 아버지를 이해할 것도 같고 이해하지 못할 것도 같았다. 그런 아버지의 뜻을 거역하지 못하는 임생 역시 이해할 것도 같고 이해하지 못할 것도 같았다. 나는 그가 영업 사원으로 사는 것이 바람직하다는 생각을 했다. 하지만 그것은 어차피 남의 인생이었다. 내가 원한다는 건 아무런 뜻이 없었다. 그가 무얼 하든 나와는 상관없는 일이었다. 어쨌든 언제인지 모르지만 당신은 돌아갈 아버지 회사가 있지 않느냐고 말하고 싶어졌던 걸 보면, 그 어느 순간에 불쑥 내 처지가 더할 수 없이 한심스러워졌던 것 같고, 내 전화를 피하는 것이 분명한 본사의 정 차장에 대한 불만으로 마음이 불편했던 것 같다. 하지만 나는 그 말은 하지 않았다. 그 대신 이 지방에 내려온 첫날 그가 나에게 했던 말을 되돌려주었는데, 객지가 따로 있는 것이 아니고, 고향도 따로 있는 것이 아니라는 그 말은 분명 문맥에 맞지 않는 것이었고, 따라서 공감을 불러내지 못했다. 그는 공감할 준비가 되어 있지 않았고, 나는 공감을 유도해낼 능력을 갖고 있지 않았다. 그는 만취했다. 나도 덩달아 취했다. 그날 밤 그는 내 방에서 잤다. 집기는 물론 이불까지 다 실어간 그의 방은 썰렁하고 을씨년스러웠다. 나는 문득 의무감을 느꼈고, 어쩌면 그 의무감 때문에 이곳에서의 마지막 잠은 내 방에서 자는 게 좋겠다고 권했다. 그는 사양하지 않았다. 그는 쓰러져 잠들기 전에 내 눈을 똑

바로 바라보며 정착하든지 떠나든지 하라고 중얼거렸는데, 나와는 상관없는 것처럼 들렸다는 건 아니지만 어쩐지 그 말은 자기 자신에게 던지는 소리 같았다. 나는 화진으로 갈 거냐고 물었다. 그는 잠들었는지 대답하지 않았다. 어쩐지 그가 화진으로 가지 않을지 모른다는 생각이 들었다. 그가 어딘가를 향해 가는 것이 아니라 다만 이곳을 벗어나려는 것뿐이라는 예감은 뜻밖에 완강해서 부정하기가 어려웠다. 화진은 그저 빌미에 지나지 않을 수도 있었다. 문득 나 역시 어딘가로 사라질 수 있는 빌미를 갖고 싶어졌다. 깊은 밤중에 늙은 개가 목을 길게 뽑고 울었다. 나는 길다방의 미스 임이 노인 곁에서 신문이라도 읽어주고 있을지 모른다는 생각을, 잠 속으로 들어갔다 나왔다 하며 얼핏얼핏 했다. 늦은 잠에서 깨어났을 때 임생은 사라지고 없었다. 그의 빙문은 굳게 잠겨 있었다. 그가 떠났다는 걸 인정하고 나자 마음이 헛헛해졌다.

임생이 살던 방은 오랫동안 빈 채로 방치되어 있었다. 집을 정리하지 않고 짐만 빼가지고 나간 모양이었다. 늦은 밤에 터덜터덜 걸어서 그 문 앞을 지날 때마다 심상해하던 마지막 밤의 그의 얼굴이 떠올랐다. 있을 때는 때때로 귀찮기도 했었는데, 술 상대가 사라진 섭섭함이 의외로 컸다. 다방에 앉아 있는 시간이 더 잦아지고 조금 더 길어진 것은 순전히 그 영향이었다. 정 차장과는 두 번 통화를 했지만, 두 번 모두 업무 때문이었고, 또 내 쪽에서 전화를 걸어서 이루어진 통화였다. 그는 먼저 전화를 걸어오지 않았다. 통화를 끝내면서 그는, 이제 좀 적응이 되나요? 하고 물었는데, 그 질문은 나를 심란하게 했다. "제가 적응하기를 바라고 계시는 겁니까?" 내 되물음 속에 들어 있는 가시가 보였는지 그가 껄껄 웃으며 그건 아니지, 그건 아니야, 하고 얼버무렸다. 나는 그를 곤란하게 하고 싶지 않았으므로 거기서 그만두었다. 한 달에 한 번쯤 가족을 만나러 갔다. 보이지 않는 벽 같은 게 나와 가족 사이를 가로막고 있다는 느낌을 받을 때는 기분이 참담했다. 아내는 학습지 교사가 되었다고 했다. 뭔가 해야 할 것 같아서,라고 말함으로써 그녀는 남편의 미래를 비관적으로 전망하고 있다는 속내를 내비쳤다. 같이 있어도 멀뚱하게 앉아 텔레비전이나 바라보고 있는 시간이 갈수록 늘어갔다. 같은 공간에 있으면서 할 말을 찾지 못해 어색해하는 사이가 되었다면 우리는 이미 위험해진 것이 아닐까. 그런 생각이 나를 견딜 수 없게 만들었다. 서울로 가는 횟수가 점점 줄어든 것은 당연했다. 혼자 주말을 보내기 위해 나는 낚시터를 찾기 시작했다. 하루 종일, 어떤 날은 밤을 새워가며 낚시를 했다. 물고기는 잡힐 때도 있고 잡히지 않을 때도 있었다. 그러나 아무래도 상관없었다. 내가 원하는 것은 물고기도 아니고 이른바 손맛도 아니었다. 시간을 흐르게 해야 했다. 낚시터에 하루 종일 쪼그리고 앉아 있다 보면 피곤이 밀려오면서 몸을 반듯이 펴고 싶어지는 욕구가 생긴다. 그 순간을 위해 낚시터에 가는지 모른다. 그런 욕구가 생기면 짐을 챙기고 집으로 돌아와 씻는 둥 마는 둥 하고 눕는다. 임생이 왜 낚시를 하러 다녔는지 알 것 같았다. 그가 떠오를 때면 그가 어디로 사라졌을까를 궁리하곤 했다. 그가 귀양살이를 하고 있을지도 모르는 화진 고시촌에 가봐야겠다는 생각도 했다. 그러나 실천에 옮기지는 않았다. 어떨 때는 자못 간절하다가도 곧 그래서 어쩌겠냐는 식의 시큰둥한 반격을 받게 되면 저절로 심드렁해지곤 했다. 그런 식으로 객지에서의 삶에 익숙해져 가고 있었던 것일까. 그랬는지 모르겠다. 객지살이에 익숙해진다는 건 바람직한 일이기도 하고 바람직하지 않은 일이기도 했다.

그러던 어느 날이었다. 여느 때와 마찬가지로 종일 낚시터에서 시간을 보내고 돌아오자마자 곯아떨어진 일요일 밤이었는데 초인종이 사납게 울었다. 초인종 소리에 잠에서 깨어난 나는 무엇 때문인지 초인종 소리가 꽤 오랫동안 울리고 있다는 짐작을 했고, 누구인지 모르지만 밤늦은 시간에 남의 집 초인종을 누르면서 참 조심성이 없다는 생각을 했고, 아마도 누군가 다급한 용무가 있는 모양이라는 생각을 했고, 그렇지만 이 늦은 시간에 나에게 다급한 용무가 있을 게 뭐란 말인가 생각했고, 그렇다면 아마 취객이 집을 잘못 찾아온 거겠지 싶었고, 저러다 자기의 실수를 깨닫고 곧 돌아가겠지 싶었고, 사실이야 무엇이든 귀찮고 성가시다는 생각을 했다. 몸을 일으키는 대신 이불을 뒤집어쓴 것은 그래서였다. 하지만 기대와는 달리 초인종 소리는 그치지 않았다. 급기야는 주먹으로 문을 쾅쾅 두드리기까지 했다. 정확하지는 않지만 무슨 말을 하는 것 같기도 했다. 나는 짜증스럽게 이불을 들췄고, 몸을 일으켰고, 불을 켰고, 시계를 봤다. 열두 시 사십오 분이었다. 낚시터에서의 피곤을 이기지 못하고 잠자리에 든 시간이 열한 시쯤이었으니까 한참 깊이 잠들어 있을 시간이었다. "누구세요." 내 목소리에는 저절로 짜증이 묻어났다. 나는 문밖의 사람이 누구든, 용건이 무엇이든 자정이 지난 시간에 남의 집 문을 두드리는 일이 상식 있는 사람의 처신일 수 없다는 걸 알리고 싶었다. "문 좀 열어보세요." 초인종 소리와 주먹질이 멈춘 틈으로 전해지는 목소리는 쇳소리가 섞여 그렁그렁했고, 그러면서도 미세하게 떨렸고, 취객일 거라는 애초의 짐작 때문인지 흔들흔들했다. 집이 어디예요, 하고 묻고, 몇 신 줄 아세요, 한 시예요, 하고 핀잔을 준 것은 너무 취해 집을 잘못 찾은 취객이 틀림없다고 판단을 내린 탓이었다. 이런 시간에 자기 집도 찾아가지 못하고 제 몸도 못 가눌 것이 뻔한 술꾼에게 누가 문을 열어준단 말인가. 그러나 문밖의 남자는 돌아갈 기미를 보이지 않았다. 입술을 문틈에 바짝 댔는지 한층 은밀해진 목소리로 문을 열어 달라고 호소했다. 옆집에 사는 사람이라고 자신의 신분을 밝히는 걸로 보아, 술이 취했는지는 몰라도 자기 집으로 착각하고 초인종을 누른 경우는 아닌 모양이었다. 어떤 사정인가가 생겨 자기 집에 들어갈 수 없게 된 사람이라고 할 만했다. 적어도 그런 의사가 전해지기를 바라고 있다는 생각이 들었다. 나는 내가 알고 지내는 이웃집 사람들이 누구인지 더듬어보았다. 임생 말고는 없다는 답을 얻었고, 그런데 그 임생은 이 아파트를 떠난 지 오래되었다는 사실을 기억해냈고, 그래서 옆집 어디요? 하고 물었다. 문밖의 목소리는 507호라고 발음했다. 나는 505호에 살고 있었고, 임생은 506호에 살았다. 임생의 옆집……. 그곳은 황통이 살고 있는 집이었다. 그러고 보니 노인의 목소리 같기도 했다. 하지만 다른 사람과 대화는 물론 접촉조차 꺼리는 노인이 한밤중에 내 집의 문을 두드린다는 것은 상상하기 어려운 일이었다. 그가 내 문을 두드리고 있는 것이 사실이라면 그럴 만한 무슨 일이 일어난 게 틀림없었다. 가령 이 아파트에 불이 났을지도 모르는 일이었다. 그렇지 않고서는 노인이 나를 찾아올 까닭이 없었다. 나는 문을 열었다. "젊은이, 우리 박 중사 좀 찾아줘." 문이 열리자 쓰러질 듯 위태롭게 서 있던 노인이 두 손을 모아 쥐며 말했다. 흔들리는 그의 몸이 닿을 것 같아서 나는 나도 모르게 몸을 움츠렸다. 표정도 그렇고 목소리도 그렇고 무슨 일이 벌어진 건 틀림없었다. 그런데 박 중사라니……. 저녁까지 같이 있었다는 것, 집을 나갈 리가 없다는 것, 한 번도 그런 적이 없었다는 것, 산책을 나갔다가 들어오는 길에 사라졌다는 것, 초저녁부터 지금까지 찾아다녔다는 것, 온 마을을 다 뒤지고 다녔는데 찾을 수가 없더라는 것……. 그것이 내가 어렵게 해독한 황통의 횡설수설의 내용이었다. 내용으로 보아 박 중사는 산책길에 그가 항상 데리고 다니는 늙은 개를 말하는 듯했다. 개의 이름이 박 중사라는 게 좀 이상하긴 했지만, 생각해보면 이름이야 아무렇게나 지을 수 있는 것이었다. 해피나 다롱이나 벅구라는 이름만 개에게 줄 수 있는 것은 아니었다. 대장이나 대통령이라고 개에게 붙이지 못할 이유가 없었다. 어울린다거나 어울리지 않는다는 건 그저 낡은 관습과 굳은 선입견에 불과한 것이다. 박 중사라는 개의 이름은 황통이 직업 군인이거나 계급과 관련 있는 직업에 종사했을 가능성을 어림해보게 하는 단서를 제공했다. 정말로 고문 경찰관으로 살았을지 모른다는 생각을 다시 했다. 나는 그를 안으로 들어오게 하고 차를 끓였다. 잠을 깨운 건 못마땅했지만 새파랗게 변한 입술과 까칠한 얼굴을 보고서 매정하게 문을 닫을 수는 없었다. 최소한 따뜻한 차 한잔은 대접하고 보내야 도리인 것 같았고, 또 그 정도는 할 수 있었다.

방 안에 들어온 그는 벽에 기대고 앉아서 한숨을 쉬었다. 방 안을 둘러보는 눈길이 어쩐지 불안정했다. 쫓기는 사람 같기도 하고 쫓는 사람 같기도 했다. "도대체 무슨 일이 있다는 겁니까?" 나는 물이 끓기를 기다리며 엉거주춤 서서 물었다. 앉아 있는 그나 서 있는 나나 불안정하기는 마찬가지였다. "박 중사가 없어졌어. 이런 일이 없었는데. 산책을 나가면 신나서 폴짝폴짝 뛰지. 마을을 벗어난 곳에서는 가끔 줄을 놔주기도 했으니까. 그러면 저기 뒷산까지 뛰어갔다가 돌아오곤 했거든. 아무리 멀리 갔더라도 내가 부르면 뛰어왔지. 그런데 오늘은 그놈이 어디로 사라졌는지 불러도 오지 않는 거였어. 그놈이 뛰어간 곳으로 가봤는데 없는 거야. 여태 온 마을을 뒤지고 다녔어. 도대체 어디로 사라져버렸을까? 혹시 기차에 치이지 않았나 모르겠어." 기차는 마을 초입의 버드나무 길을 달리다가 뒷산을 가로지른다. 철길은 그들의 산책로이기도 했다. 나는 철길도 찾아보았느냐고 물었다. 노인은 고개를 끄덕였다. "그놈이 없으면 안 되는데……. 어디로 갔을까? 정말 죽어버린 건 아닐까? 그러면 안 되는데……." 노인은 하소연이라도 하는 표정이 되어 나를 쳐다보았다. 마치 나에게 부탁하면 박 중사를 찾아낼 수 있을 거라고 생각하는 듯한 표정이 부담스러웠다. 그런 능력이 없기도 하거니와 그의 개를 찾아주고 싶은 마음 역시 눈곱만큼도 없었다. 나는 개를 좋아하지 않았고, 한밤중에 야릇한 상상을 불러일으키며 우는 그의 개는 더욱 좋아하지 않았다. 나는 차를 내며 그가 빨리 마시고 일어나 주기를 속으로 바랐다. 그는 두 손으로 잔을 모으고 차를 마셨다. 후루룩 소리가 났다. 날이 밝으면 다시 찾아보라고 권하면서 나는 혹시 모르니까 동물병원에도 가보고 시청에도 가보고 전단지도 만들어 돌리라고 말했다. 그건 그냥 즉흥적으로 떠오른 생각을 발설한 것에 지나지 않았다. 그런데도 노인은 그 아이디어를 내가 자기와 자기 개에게 특별한 관심이나 애정을 보인 증거로 받아들였는지 순간적으로 얼굴을 환하게 펴면서 고마워, 젊은이, 하고 인사까지 했다. 나는 그의 그런 반응이 좀 낯설고 어색했다. 내가 이해하고 있는 바에 의하면 그는 그렇게 인사할 수 있는 사람이 아니었다. "혹시 모르지요. 내일 아무 일 없었다는 듯 집으로 돌아올지. 아니면 철길 근처를 어슬렁거리며 영감님이 산책 나오기를 기다리고 있을지도." 내가 내처 그렇게 말하자, 그렇지? 그럴 수도 있겠지? 하고 내 눈을 빤히 쳐다보다가 그러면 오죽이나 좋겠냐면서 눈길을 돌렸다. 희망 섞인 말을 듣고 싶어하면서도 정작 자신은 그다지 희망을 가지고 있지 않은 것 같다는 인상을 풍겼다. 내가 그 문제에 대해 어떤 생각을 가지고 있느냐는 중요하지 않았다. 사실을 말하면 나는 그 문제에 대해 어떤 생각도 가지고 있지 않았다기보다 어떤 생각도 하고 싶은 마음이 아니었다. 나는 어떻게든 그가 그만 내 방에서 나가주기를 바랄 뿐이었다. 그러자면 그에게 박 중사를 다시 찾을 수 있을 거라는 희망을 심어주어야 한다는 속셈이 어느 정도는 작용했겠다. 그는 천천히 차를 마셨다. 나는 좀 지루해졌다. 무슨 인심 쓸 일이 있다고 노인을 안으로 들이고 차를 끓여냈을까. 그건 확실히 평소의 나답지 않은 처사였다. 경우 없이 발동한 알량한 인심 때문에 괜한 고생을 한다는 생각을 하며 하품을 했다. 내 하품에 합당한 어떤 반응인가가 돌아올 거라는 기대가 당연히 있었다. 그러나 노인은 움직일 기미를 보이지 않았다.

"다 마셨어요?" 아직 마시다 만 차가 찻잔 바닥에 남아 있었지만 나는 그의 대답을 기다리지 않고 찻잔을 집어 들었다. 그는 이의를 달지 않았다. 이의를 달지 않았지만 일어나려고 하지도 않았다. 수돗물을 틀어 찻잔을 부시고 냉장고 문을 열어 물을 한 컵 마시고 화장실에 들어가 소변을 보고 나와 보니 노인이 벽에 등을 기댄 채 꾸벅꾸벅 졸고 있었다. 난감했다. 내 방에서 노인을 재울 의향은 없었다. 그런 마음을 먹을 이유가 없었다. 그는 자기 집으로 착각한 것일까. 얼마든지 그럴 수 있는 일이었다. 그러나 그 착각을 그대로 유지하게 할 수는 없었다. 약간의 망설임이 없지 않았지만 그를 깨우는 것이 마땅히 내가 해야 할 일이라고 생각했다. 나는 그의 팔을 흔들며 영감님, 영감님, 하고 불렀다. 황통이 부스스 눈을 뜨고 나를 보았다. "돌아가셔야지요. 댁으로 돌아가셔서 주무셔야지요." 나는 기분 상하지 않게 부드러운 목소리를 냈다. "나, 여기서 자고 가면 안 될까?" 노인의 입에서 나온 말은 뜻밖이었다. 나는 잘못 들은 줄 알왔다. 하지만 내려 덮인 눈꺼풀 아래서 무엇을 하소연하는 듯 흔들리는 그의 눈빛이 그가 그 말을 한 것이 사실이라는 걸 증명하고 있었다. 나는 난처해졌다. 내 방에서 자고 가겠다니, 도대체 말이 되는 소리인가. 나는 바로 옆이 당신 방이 아니냐고 물었다. 그 말을 통해 내 거부의 의사가 전달되기를 기대했다. 그러나 노인은 내 말을 못 들은 척했다. "젊은이, 나 여기서 자고 가게 해줘." 울컥 짜증이 났다. 순간, 길다방의 미스 임에게서 들었던 이야기가 떠오르면서 가슴 한쪽이 슴벅거렸다. 밤중에 다방 아가씨들을 자기 방으로 불러놓고 잠을 재우지 않는다고 하지 않던가. 저 아라비안 나이트의 주인공처럼 무슨 이야기인가를 끊임없이 하게 한다고 하지 않던가. 그것이야말로 견디기 힘든 고문이 아니고 무엇이겠는가. 뭐지? 이번에는 다방 아가씨들 대신 내가 선택되었다는 건가? 왜? 그럴 리가 없다고 고개를 저었지만 한번 솟구친 그 의혹과 혐의는 쉬 사그라들지 않고 이상한 방향으로 상상을 키워갔다. 내 기분은 금방 처참해졌다. 당장 쫓아내지 않으면 큰일날 것 같은 조급함이 그의 팔을 잡아 일으키게 했다. "가세요. 제가 모셔다 드릴게요." 노인은 저항했다. 제가 모셔다 드린다니까요, 하고 말할 때 내 목소리에는 저절로 짜증이 섞였다. "안 돼. 갈 수 없어. 박 중사도 없는걸." 어처구니가 없었다. 그놈의 늙은 개 한 마리가 없어졌다고 이런단 말인가. 개가 없어져서 집에 들어갈 수 없다니, 그렇다면 그 집의 주인은 애초에 개였단 말인가. 이 늙은이는 그 개에게 빌붙어 사는 존재에 지나지 않았단 말인가. 난감한 심정이 불쑥, 다방 아가씨를 불러 드릴까요, 하는 말을 토해내게 했다. 말해놓고 나서 순간 움찔했다. 노인의 사생활을 꿰고 있다는 인상을 전하려는 것은 내 의도가 아니었다. 노인을 난처하게 해서 궁지로 몰아야 할 이유가 내게는 없었다. 내가 당황한 것과는 달리 노인은 의외로 표정의 변화를 보이지 않았다. 내가 알고 있다는 사실을 미리 알고 있거나, 알든 모르든 상관하지 않는다는 의중이 읽혔다. "없어." 노인이 짧게 말했다. 뭐가요, 하고 나는 물었고, 그는 다방 아가씨들 말이야, 오늘 밤은 모두들 바쁘다는 거야, 하고 쑥스러워하지도 않고 대답했다. 박 중사라는 이름의 늙은 개에 이어서 다방 여종업원의 대역으로 나를 택했다는 사실을 그런 식으로 내비쳤다. 나는 그가 나를 모욕하기 위해 그런 식의 발언을 했다고 생각하지 않는다. 그럴 까닭이 없는 것이다. 그러나 그의 의지와는 상관없이 나는 모욕받은 느낌에 사로잡혔고, 그래서 한층 그를 받아들이기가 힘들었다. "가세요. 나도 자야겠어요. 아침에 출근을 해야 한단 말입니다." 나는 좀 매몰차게 말하고 현관문을 열었다. 노인은 완강하게 고개를 저으며 몸을 웅크렸다. 어린아이가 떼를 쓰는 것 같기도 하고 사고 기능이 마비된 치매 노인이 심술을 부리는 것 같기도 했다. 어느 쪽이든 내가 그 대상이어야 하는 건 아니었다. "날이 밝으면 박 중사가 돌아올 거예요. 그러니까 이제 마음을 편하게 하고 가서 주무세요." 내 말은 어떤 행동도 이끌어내지 못했다. 그는 단지 그것 말고는 할 줄 아는 게 없는 것처럼 줄기차게 고개만 저었고, 나는 무력감을 느꼈다. 어쩌겠다는 거예요, 하고 물을 때 나는 선처를 바라는 피의자와 같은 심정이 되어 있었다. 결코 짧지만은 않은 그동안의 대치 끝에 나는 내가 졌다는 걸 깨달았고, 패배를 인정하는 뜻으로 잡고 있던 현관문을 닫았다. 더 이상 실랑이를 하며 밤을 새울 수는 없는 노릇이었다. "가든 말든 알아서 하세요. 나는 잘 겁니다." 나는 한쪽에 개켜져 있던 이불을 펴고 누웠다. 이불 속으로 몸을 집어넣었다. 이불을 머리까지 뒤집어썼다. 형광등 불빛은 두꺼운 이불을 뚫고 들어왔다. 한심하다는 생각이 들었다.

나는 그저 밤이 새도록 무슨 이야기인가를 지어내야 할지 모르는 상황을 피해 달아나려고만 한 것이 아닌가. 대결하는 대신 회피하려고만 한 것이 아닌가. 독해져야 한다고 주문했다. 저자는 내가 초대하지 않았다. 그러니까 침입자일 뿐이다. 저 작자를 쫓아내야 하는데 그러지 못하는 것은 내가 독하지 못해서이고, 그것이 매사를 흐리멍텅하게 만드는 요인이고, 이 모양으로 연고 없는 촌구석에 대안 없이 붙어 있는 까닭이 다 그것과 연관되어 있는 거라는 식으로 생각이 확장되어갔다. 그러자 당장 노인을 쫓아내지 않으면 안 될 것 같았고, 그것이 더 이상 흐리멍텅하게 살지 않겠다는 의지를 표명해 보이는 유일한 길인 것처럼 생각되었다. 나는 더 이상 못 참겠다는 기분을 과장하며 이불을 걷고 벌떡 일어났다. 노인은 그러는 나를 물끄러미 바라보고 있었다. 아래로 처진 눈꺼풀, 비스듬히 위로 비껴 뜬 눈에서 나는 병색을 읽었다. 눈이 마주치자 기가 꺾였다. 내가 왜 흐리멍텅한지 수긍하지 않을 수 없는 순간이었다. 나는 벽에 붙은 형광등 스위치를 끄고 도로 누웠다. 누군가 두 눈을 부릅뜨고 곁에서 지키고 있다고 생각해보라. 잠이 쉬 찾아와줄 리 없었다. 눈이 말똥말똥했다.

그런 어느 순간 꿈결에서인 듯 어떤 목소리가 들렸다. 어느 날 아침, 눈을 뜨고 일어났는데, 사람들이 모두 지상에서 사라져버리고 혼자 남겨졌다는 사실을 알게 되면 어떨 것 같애? 집 안이 물속처럼 고요하다면. 대지는 잠에 빠져들어 있고, 세상이 망각처럼 조용하다면. 목소리는 아득하게 먼 곳에서 들려오는 것 같기도 하고, 아주 가까운 곳에서 들려오는 것 같기도 했다. 목소리는 낯설기도 하고 낯익기도 했다. 기이한 고요였지. 언제였을까, 그때가. 아침에 눈을 뜨고 일어났는데, 세상이 달라져 있는 것이었어. 살아 있는 것들은 다 어딘가로 사라져버린 것 같았어. 몸이 덜덜 떨려왔지. 나는 내 몸속 가장 깊은 곳에서 발원하여 몸 전체로 빠르게 퍼져가는 전율을 피할 수가 없었어. 영혼이 물처럼 녹아나는 듯했지. 가득찬 물이 넘치듯 저절로 울음이 나왔어. 울지 않을 수 없었어. 눈물이 내 표정을 흐물 흐물하게 만들었어. 목소리는 가장 오래된 시간의 틈새에서 흘러나 오는 것 같기도 하고, 내 정신의 안쪽에서 솟구쳐 오르는 것 같기도 했다. 내가 운 건, 울 수밖에 없었던 건, 세상이 사라져버렸기 때문 이었어. 세상이, 밤사이에, 감쪽같이 없어져버린 거었어. 생각지도 않은 날, 생각지도 않은 시간에 사람이 홀연히 공중으로 들려 올라 가게 되는 마지막 날의 기적 같은 휴거에 대해 나는 너무나 자주 들 어 너무나 잘 알고 있었어. 어렸을 때부터 그랬어. 나만 지상에 남고 내가 아는 모든 사람들이 다 공중으로 들려 올라가는 일이 일어나지 는 않을까, 늘 걱정을 하며 살았지. 아버지와 어머니는 독실했고, 누 이 또한 그랬어. 그날이 오면 맷돌을 갈던 사람 중에, 밭을 매던 사 람 중에, 어떤 이는 들려 올라가고 어떤 이는 이 세상에 남을 거라고 했는데, 우리 가족 중에서 나만 유일하게 이 땅에 남을 것 같았어. 그런 상상은 끔찍하고 무서웠지. 잠을 자고 있는 도중에 다들 하늘 로 올라가고 나만 이 세상에 남아 있게 되면 어쩌나……. 밤이 되어 도 잠을 제대로 잘 수가 없을 지경이었어. 나는 독실하지 않았고, 의 롭지 않았고, 그러면서 독하지도 못했어. 하늘로 올라갈 자신이 없 었지. 하늘로 올라갈 자신이 없으면서 그것을 무시하지도 못했어. 딱한 경우였지……. 목소리는 친근하면서도 낯설었다. 노인의 목소 리 같지는 않았지만, 그러나 노인의 목소리라는 걸 부정할 이유도, 부정할 근거도 없었다. 그런데, 그 일이, 그 두렵고 무서운 일이 일 어나버린 거야. 아침에 눈을 떴는데, 집 안에 아무도 없었어. 사람들이 다 사라져버린 거지. 어디로 갔겠어? 어디로 갔다고 생각하겠어? 의심의 여지가 없이 그것은 휴거였어. 휴거가 일어난 것이고, 아버지와 어머니와 누이는 다 공중으로 올라가버리고 나만 지상에 남은 거였어. 영혼의 안쪽에서 시작된 전율이 온몸을 떨게 했지. 그때부터였어. 그때부터 사람들이 공중으로 들려 올라가고 나만 세상에 남게 될까 봐 잠을 잘 수가 없었어. 그때부터 누워서 잠을 자보지 못했어. 그때부터 누군가가 옆에 없으면 불안해서 견디지 못하게 되었어. 그래서…… 목소리는 이야기를 계속했다. 이야기는 가장 오래된 시간의 틈새에서 새어 나오는 것처럼 막연했고, 아득했고, 언제까지나 끝날 것 같지 않았다. 그런데도, 이상했다. 불편하던 마음이 서서히 가라앉으면서 흐린 잠이 너울처럼 덮여왔다. 잠에 빠져들기 직전에 나는 두려운 것은 사라지는 것이 아닌가, 사라지지 않고 남은 사람이 두려워할 이유가 무어란 말인가, 하고 속으로 중얼거렸고, 아니지, 사라진다는 것은 공중에 들려 올라가는 것이고, 그것은 곧 다른 세계로 옮겨가는 것이고, 그러니까 두려워할 일이 아닌 거지, 하고 중얼거렸고, 그러자 정말로 그가 두려워한 것이 무엇인지 잘 모르겠다는 심정이 되었고, 그럼에도 불구하고 어쩐지 노인을 이해할 수 있을 것 같다는 생각이 들었다. 어쩌면 부담 없이 잠들기 위해 그를 이해하는 일이 필요했던 것인지 모르겠다. 그래서 서둘러 이해하는 쪽을 택했는지도. 나는 언제 잠들었는지 모르게 잠이 들었다. 눈을 떠보니 아침이었다. 벽에 기대고 있어야 할 그의 모습은 보이지 않았다. 그가 내 방에 들어왔었던 흔적도 남아 있지 않았다. 나는 간밤의 일이 혹 꿈이 아니었을까 생각했다. 그러고 보니 정말로 꿈속에서 벌어진 일처럼 흐릿했다. 간밤에 내가 들었던 말들도 그가 한 것인지 확실하지 않았다. 꿈이 아니라면 혹시 그 노인이 공중으로 들려 올라가버린 건 아닐까. 알 수 없는 일이었다. 나는 그가 공중으로 들려 올라갔기를 바랐다. 그것은 그가 원하는 바였으니까.

퇴근해서 돌아온 나는 길다방의 미스 임으로부터 황통의 개가 기차에 치어 죽었다는 이야기를 들었다. 박 중사 말이야? 하고 내가 물었다. 미스 임은 무슨 중사, 개가 죽었다니까, 하고 받았다. 나는 그녀에게 그 개의 이름이 박 중사라는 말은 하지 않았다. 그 대신 황통이 그 사실을 아느냐고 물었다. "사람들이 알렸지요. 아까 낮에 배달 가다가 기찻길에 넋 놓고 앉아 있는 영감 모습을 보았어요. 돌처럼 굳어버린 것 같더군요." 나는, 오늘 밤에 미스 임을 부르겠군, 하고 아무렇지도 않게 말했다. 그 말을 하고 났는데, 어쩌면 내 방문을 다시 두드릴지 모르겠다는 생각이 들었다. 그가 내 방문을 다시 두드린다면 나는 문을 열어주지 않을 수 없을 것이다. 그가 내 방에서 자겠다고 하면 잠자리를 펼쳐주어야 할 것이었다. 나는 이미 그의 내부의 목소리를 들어버린 다음이었다. 전날 밤처럼 벽에 등을 기댄 채 자게 할 수는 없는 노릇이었다.

그러니까 그날 밤 나는 은근히 그를 기다렸다고 할 수 있었다. 그는 결코 혼자 잠들지 못할 것이고, 같이 밤을 지새줄 여자를 구하지 못한다면, 그 역시 썩 바라는 바는 아니지만, 내 집 문을 두드리지 않을 수 없을 것이었다. 나는 언제 그가 노크를 할지 모른다는 생각 때문에 제대로 잠들지 못했다. 깜박 잠에 빠져들었다가도 화들짝 놀라 일어나 시계를 보곤 했다. 그러나 그는 내 집을 찾아오지 않았다. 아마도 다방 여종업원들 가운데 누군가 그의 방에 들어가 있을지 모른다는 생각을 하며 새벽녘에야 겨우 잠이 들었다. 다음날도 나에게 문을 열어 달라고 하는 사람은 없었다. 그 다음날도 마찬가지였다. 나흘째 되는 날, 미스 임에게 황통의 집에 갔느냐고 물었다. 그녀는 요새는 안 부르는데요, 했다. 그럼 어제 그제 누가 갔는지 알아? 하고 나는 다시 물었고, 그녀는 아니요, 하고 대답했다. 별 관심이 없다는 투였고, 갑자기 관심을 보이는 내가 이해되지 않는다는 투였다. 의아스러웠지만 무슨 일이 있겠는가 싶어 생각을 덮어버리려고 했다. 그러나 생각이 덮이지 않았다. 다방에서 나온 나는 빠른 걸음으로 집에 갔고, 곧장 그의 집 초인종을 눌렀다. 응답이 없었다. 집에 있는지 없는지 판단하기가 어려웠다. 나는 내 현관문을 살짝 열어두었다. 507호에 가려면 505호 앞을 지나가야 했다. 그러므로 노인이 내가 모르게 자기 집으로 들어갈 수는 없는 노릇이었다. 온 신경을 문밖에 기울이고 있었다. 그러나 지나가는 기척이 느껴지지 않았다. 새벽 한 시에 그의 문을 다시 두드려보았다. 여전히 아무런 반응도 돌아오지 않았다. 나는 노인의 행적에 왜 그렇게 집착을 하는지 설명할 수 없었다. 두근거리는 마음의 상태가 어디서 비롯하는지도 감 잡기 어려웠다. 어떤 예감인가가 내 속에서 꿈틀거리고 있었지만 나는 내 예감이 맞아떨어지기를 바라는지 어긋나기를 바라는지도 판단할 수 없었다. 이튿날 아침에 다시 507호의 초인종을 눌러본 나는 관리실 직원에게 사정 이야기를 하고 문을 열어보라고 했다. 그의 집은 비어 있었다. 그는 사라지고 없었다. 나는 그가 공중에 들려 올라간 것이 틀림없다고 믿어버리기로 했다. 내 방에서 자고 난 다음날 이후 그를 보지 못했다는 사실을 근거로 나는 그가 공중에 들려 올라간 것이 그날 밤이었을 것이라고 믿기로 했다. 미스임은 그 다음날 기찻길에 넋을 잃고 앉아 있는 노인을 보았다고 전했지만, 나는 그녀가 헛것을 보았을 거라고 믿어버리기로 했다. 그리고 어쨌든 그에게는 잘된 일이라고 생각하기로 했다. 그러자 들려올라가지도 못하고 지상에 붙박이지도 못한 자의 불안이 엄습했다.

어디선가 모래 바람이 불어와 얼굴에 모래를 뿌렸다. 오늘 밤 아마
도 길다방의 미스 임을 내 방으로 부르게 될 것 같다는 생각을 하며
나는 얼굴에 달라붙는 모래들을 털어냈다. 모래들은 털려 나가지 않
았다.

　사람은 대체로 홀로 있으면 외롭고, 함께 있으면 귀찮다. 홀로와 함께 사이에 여러 가지 다른 가능성을 모색하는 것이 「객지일기」이다. 제목처럼 「객지일기」는 본의 아니게 홀로 타지에 떨어져 사는 세 남자의 이야기이다. 외로움을 견디며 홀로 사는 것이 편한 화자, 홀로 사는 것이 외로워서 함께 있고자 하는 고시생, 함께 있을 상대를 돈으로 사거나 개와 함께 사는 것으로 외로움을 버티는 노인, 이렇게 세 종류의 인물을 객지라는 시험관에 넣고 그 변화 과정을 관찰하는 것이 작가의 의도이다. 처음에는 외로움을 택한 화자가 고시생과 노인의 속사정을 알고부터 인간 관계에 대한 태도가 조금씩 달라지고, 외로움과 무료함이 다르다는 것을 이해하고 자신의 사소한 배려가 타인에게 얼마나 절박한 것인지 서서히 받아들이게 된다.

　연산 속도는 빠르지만 전송 속도에 문제가 있는 화자의 변화는 인간 관계가 거미줄처럼 얽힌 이 시대가 요구하는 삶의 양식을 비춰본다면 당연한 것일 수도 있다. 관계 맺기의 방식은 우선 타인의 삶을 아는 것에서 시작해서 이해하고 받아들이는 절차를 밟게 마련이다. 흔한 말로 아는 것은 이해하는 것만 못하고, 이해하는 것은 좋아하는 것만 못하다. 알고 이해하는 것이 논리적 단계라면 친밀감은 감정이 동반되어야 가능하다. 이승우의 인물은 논리 절차를 건너뛰고 감정에 빠지는 경우가 매우 드물다. 겉으로 보기에 나태한 고시생이라 처음에는 무관심과 경멸의 대상이 되지만 본인의 뜻과 무관하게 죽은 사람을 대신해서 살 수밖에 없는 그의 처지를 알고부터 무관심은 이해, 그리고 공감의 단계로 변할 수 있다. 또한 한밤중에 초인종 소리를 듣고 문을 열어주기까지, 그리고 집에 들인 뒤 노인의 사연을 듣고 마지못해 자기 집에서 재워주는 단계까지 화자의 머릿속에서 벌어지는 심리 과정을 보여주는 대목은 우리네 소설에서는 드문 분석적 글쓰기 방식이다.

　그렇기 때문에 「객지일기」는 독자에게 안이한 감동을 강요하지 않는다. 혹은 어떤 감동을 겨냥했다면 그 감동은 일단 설득을 통한 논리적 결과일 따름이다. 물론 우리의 삶은 종종 불가사의한 우연과 논리적으로 설명할 수 없는 감정으로 좌우되는 소용돌이 물결처럼 느껴지는 경우가 많다. 그러나 소설의 존재 이유는 우연과 감정으로 들뜬 세계의 이면에 흐르는 원리를 외면하지 않는 데 있다. 맹목적 믿음, 눈먼 사랑은 언제라도 근거 없는 불신과 증오로 변할 수 있듯이 내면적 설복과 이해를 건너뛴 공감은 존재론적 변이를 기대할 수 없다. 그래서 「객지일기」 속의 한 문장은 앞 문장의 논리적 귀결이며 다시 다음 문장의 원인이 된다. 이러한 문장 전개 방식은 「객지일기」의 개성이자 이승우 소설을 읽는 독자가 놓쳐서는 안 되는 즐거움이다.

틈새

이혜경

1960년 충남 보령에서 태어나 경희대학교 국문과를 졸업했다.
1982년 《세계의문학》으로 등단했으며,
소설집으로 『그 집 앞』 『꽃그늘 아래』, 장편소설로 『길 위의 집』 등이 있다.
1995년 오늘의작가상, 1998년 한국일보문학상,
2001년 현대문학상, 2002년 이효석문학상을 수상했다.

틈새

고장은 별거 아니었다. 냉동실은 괜찮은데 냉장실이 영 그러네요. 너무 오래 써서 그런가 봐요. 그녀의 말에는 목돈을 들여 새로 사야 하는 건 아닌가 하는 우려가 뉘엿거렸다. 짐작은 했지만, 그다지 여유 있는 형편이 아니라는 게 한눈에 드러나는 살림이었다. 그가 영석의 집에 와본 건 처음이었다. 새뜻한 가구라고는 찾아볼 수 없었다. 그나마 누추하게 보이지 않는 것은 그녀의 살림 솜씨 덕분일 것이다. 냉장고 문의 고무 패킹은 오래 산 사람의 이 빛깔로 변했지만, 플라스틱 반찬통이 칸마다 쌓인 냉장실은 광고 사진을 찍어도 될 정도였다. 누비덧버선으로 감싼 그녀의 조붓한 발만큼이나 단정했다.

온도감지 센서와 M퓨즈는 정상이었고 냉기를 순환시키는 팬모터에도 이상이 없었다. 배수구멍이 막혀서 생긴 탈이었다. 오래된 냉장고에서 흔한 흔한 고장이었다.

"압력솥 쓰시나요? 그럼 거기다 물 좀 끓여주실래요?"

"물을 끓여요?"

"네, 냉동실에서 냉장실로 찬 기운을 보내주는 구멍이 얼음 조각으로 막혔어요. 증기로 뚫어주어야 하거든요."

냉장고는 여섯 시간 사십 분마다 한 번씩 얼음을 녹여주는 구조다. 히터가 가열되면서 물이 빠져야 하는데 공기 속에 있는 먼지 같은 게 들어가서 구멍이 좁아지는 바람에 냉동실에서 냉장실로 연결해주는 연결관에 얼음 조각이 조금씩 쌓였다. 그래서 순환이 안 되는 것이다. 물을 끓여 그 증기로 얼음 조각만 녹이면 해결된다…….설명을 듣고 난 그녀는 간단한 고장이라는 것에 마음이 놓인 듯했다.

"이상해요. 이 집으로 이사한 뒤 가전제품이 돌아가며 한 번씩 고장났어요."

그녀는 새삼스러운 눈으로 집 안을 둘러보았다. 18평형, 방을 셋이나 집어넣은 구조에 문마저 짙은 밤색이었다. 어둑하고 답답한 실내를 그녀는 선 눈길로 둘러보았다.

"맨 처음엔 믹서기가 안 되더라구요. 워낙 오래된 거라 아예 없애고 이참에 도깨비방망이를 샀어요. 그랬더니 다음엔 전자레인지가 고장나는 거예요. 여기로 내려오기 전엔 다 탈 없이 썼거든요."

"전자레인지요? 제가 한번 봐드릴까요?"

"그게요, 저절로 고쳐지기도 하나봐요? 어느 날 딸애가 팝콘을 튀기더라구요. 그앤 고장난 거 몰랐거든요. 그 뒤론 잘 돌아가요."

"다른 건 괜찮습니까? 어차피 녹이는 데 한 삼십 분쯤 걸리니 그동안 봐드릴게요."

"비디오가 고장인데요, 다른 회사 제품이라서요……. 고장난 지

좀 되었는데, 애 아빠가 비디오를 켜면 다음날 생각 안하고 새벽까지 빠져들어서, 얄미워서 그냥 두었어요."

영석은 살림을 정갈하게 꾸리는 아내와 산다. 영석은 사는 게 그리 넉넉지 못하다. 영석은 늦게까지 혼자 비디오를 본다……. 회로판 위에 납인두로 콘덴서를 하나하나 부착하듯, 이 집에 들어오면서 본 것과 들은 것들을 그는 차곡차곡 갈무리했다.

중고등학교 동기동창인 영석과 그가 학창 시절을 통틀어 나눈 대화는 스무 마디를 채 넘지 못할 것이다. 영석은 선생들조차 은근히 어려워하며 대하는 부동의 전교 1등이었고, 그는 어쩌다 결석을 해 교실 안에 빈자리가 생긴다 해도, 담임조차 그 자리의 주인공이 누구인지 금방 떠올리지 못할 만큼 표 안 나는 학생이었으니까. 애초에 공부 머리가 없었거니와, 설사 대학입시에 합격한다 하더라도 뒷바라지를 바랄 형편은 못 되었다.

제대한 뒤, 매형의 소개로 누이가 살던 도시의 가전제품 대리점 운전기사로 일하던 그가 기술자가 된 것은 그의 밋밋한 삶에 굵은 획으로 표기될 만한 행운이었다. 배달할 게 없을 땐 누가 시키지 않아도 창고 정리를 하거나 가게 안에 진열된 제품의 먼지를 닦아내는 그를 눈여겨본 애프터서비스 담당 정 기사가 회사에서 운영하는 기술학교에 들어가라고 권했다. 그때만 해도 기술자가 대접을 받던 때였다. 대리점 사장은 그를 위해 파지를 내어가며 지원서 양식에도 없는 추천서를 써주었다. 재학 중 성적이 상위 30퍼센트 이내에 들어야 지원할 수 있는 기술학교에 들어가기엔 그의 성적이 모자라서였다.

자넨 인문계 출신에다 성적도 그리 좋은 편이 아니군. 공고에서 공부한 사람들도 힘들다고 중간에 그만두는 게 이 일이야. 자네 생각엔 견딜 수 있겠나? 딱딱한 얼굴로 묻는 면접관에게, 애면글면 추천서를 작성하던 사장과 형님 같은 정 기사의 얼굴을 떠올리며 그는 '네, 할 수 있습니다!' 하고 소리쳤다. 그 자리에 있던 누구보다도 자신을 놀라게 한 그 씩씩한 대답은 일 년쯤 전에 제대한 군생활의 후유증이었는데, 면접관에겐 그게 자신감이거나 남다른 각오로 비쳐진 모양이었다.

『전자의 기초』부터 『가전제품의 원리』까지, 인문계 고등학교를 나온 그에겐 숫자와 영문뿐인 걸로 비쳐지는 책들을 달달 외우며 기술학교 과정을 마쳤다. 현장으로 실습을 나간 첫날, 선배 기사들은 그를 책상 앞에 앉히고 책상 위에 회로판을 올려놓았다. 보여? 6개월 동안 책으로 실물로 눈이 아리도록 보아온 회로판이었다. 보이냐니? 의아했지만 그는 대답했다. 네. 그의 대답을 들은 선배들이 쿡쿡, 키들키들 웃었다. 야, 벌써 보인단다. 옳아, 뱃속에서 회로를 쥐고 태어나는 사람이 있다더니 오늘 처음으로 보게 되네. 보이신다? 이봐, 자네, 대답은 그렇게 쉽게 하는 게 아냐. 그를 둘러싼 선배들의 감색 점퍼가 높다란 벽처럼 느껴졌다. 그는 묻는 눈으로 선배들을 올려다보았다. 질문을 던진 선배가 손끝으로 책상을 톡톡 치며 되물었다. 보인단 말이지, 전기가 흐르는 길이?

그때로부터 십 몇 년이 흐른 지금, 그는 회로판을 보면 회로도를 펼칠 것도 없이 전기가 흐르는 길을 환히 짚어낼 수 있다. 출고된 지 10년쯤 된 영석의 집 비디오 기기를 고치기 위해 회로를 점검할 필요는 없었다. 오래 사용한 비디오 기기가 으레 그러하듯, 플라스틱 기어가 닳아버려, 제대로 맞물리지 못하고 겉도는 데에서 생긴 고장이었다. 기어의 위치를 조금 조정하는 걸로 간단히 해결되는 문제였다. 하지만 오래가지는 못할 것이다. 곧 폐기처분될 비디오의 덮개를 덮으려다, 회로판에 낀 얇은 먼지를 입으로 훅 불었다. 회로판 위의 납땜이 활주로의 유도등 같았다. 무수한 납땜으로 연결된 회로들. 그 중 하나만 잘못되어도 신호는 뒤죽박죽이 되어버린다. 사람에게도 한눈에 들어오는 회로가 있었으면 좋겠다고, 덮개의 볼트를 조이며 그는 생각한다.

"나, 일할까봐."
일요일 오전, 설거지거리를 싱크대에 쓸어 담은 아내가 그의 옆에 와 앉으며 말했다. 그는 먼지가 자옥하게 피어오른 텔레비전 화면에서 고개를 돌렸다.
"무슨 소리야?"
"성우도 다 컸고 하니 나가서 일하겠다구!"
먼지가 피어올랐던 그 자리에 그새 성냥갑처럼 네모반듯한 건물이 서더니, 건물은 바깥쪽에서부터 피그르르, 도미노처럼 제 몸을 기울이며 허물어졌다. 꽃잎이 오그라드는 모양새였다. 피어나는 먼지로 매캐한 화면이 낯익다 했더니 조금 전 본 화면이었다. 같은 장면을 반복해서 방영 중이었다. 정력학을 사용한 발파해체공법으로……. 팟, 화면이 꺼졌다. 리모컨을 쥔 아내가 꼿꼿한 눈초리로 그를 바라보고 있었다.
아내의 말을 무시하느라 텔레비전 화면으로 시선을 돌린 것은 아니었다. 그에겐 잠깐 철렁한 마음을 수습할 시간이 필요했던 것뿐이었다.
집안에서 살림만 하는 여자들에게 권태가 얼마나 치명적인가를 그에게 알려준 사람은 동창 현태였다. 몇 마디 말로도 여자들을 혹하게 하는 재주 때문에 동창들은 현태를 '선수'라고 불렀지만, 현태가 채팅을 통해 아내 아닌 여자들을 만나고 다닌다는 사실을 아는 사람은 몇 되지 않았다. 넌 그렇게 만난 여자, 꺼림칙하지도 않냐? 요즘 같은 세상에선 아예 작정하고 나선 꽃뱀이 걸릴지도 모르는데. 그의 우려에 대한 현태의 대답은 명쾌했다. 선수가 왜 선수겠어. 막말로 저나 나나 맨날 먹는 밥에 물려서 빵도 먹고 떡도 맛보자고 만나긴 하지만, 피차 못 믿기는 마찬가지지. 분방한 사생활과 평화로운 가정의 공존이 가능하다고 믿는 현태는 여자를 만날 땐 지갑에 딱 그날 쓸 돈만 챙겨간다고 했다. 카드며 신분증 같은 것은 다 빼놓고, 운전면허증은 차에 감춰두고. 채팅으로 만난 지 한 시간 만에, 자기가 차를 몰고 두 시간 거리인 이쪽으로 오겠다고 한 여자도 있었다면서 현태는 웅얼거렸다. 살림만 하는 여자들의 권태라는 거, 그거 무섭더라. 자는 마누라도 다시 봐야 할 판이야.

그날, 그가 아내를 본 것은 우연이었다. 오전 내내 읍 외곽, 농촌 지역을 돌고 돌아오다가 늦은 점심을 먹으려던 참이었다. 읍 어귀 손두부집에서 두부전골을 시켜놓고 앉아 있는데, 큰길 건너편 건물에서 나오는 여자가 눈에 띄었다. 낯익은 인디언핑크빛 바바리가 아니라면 못 알아볼 뻔했다. 응달진 손두부집 실내에서 바라보는 아내의 머리와 어깨 위로 오후 두 시의 볕이 쏟아졌다. 무엇이든 삭힐 듯한 볕이었다. 아내는 급할 것 없는 걸음으로 또박또박 걸었다. 집에서 이십 분쯤 걸리는 곳이었다. 외출한다는 말도 없었는데 왠일일까. 그는 밖으로 뛰쳐나가 아내를 부르는 대신 아내가 나온 건물을 바라보았다.

1층은 한의원이었고 PC방과 한방화장품 대리점이 각각 한 층씩 차지했다. 맨 위층은 아마도 건물주의 살림채일 것이다. 화장품? 한

의원? PC방? 도무지 짐작이 가지 않았다. 그날 밤, 아내는 봤어? 비죽 웃더니 대꾸했다. 뭘 그런 걸 물어, 나도 사생활이 있는데. 아내의 입에서 나온 사생활이라는 단어가 낯설었다. 내내 말을 빙빙 돌리던 아내는 느닷없는 그의 끈질김이 지겨웠는지, 내지르듯 말했다. 노래방에 가서 노래했다, 왜? 그러고 보니 지하 입구에 노래방 간판 같은 게 있었던 것 같았다. 노래방에 혼자? 그가 되묻자 아내가 받아쳤다. 나 나오는 거 봤다며? 혼자 노래하다 아는 사람 만나면 좀 그래서 거기까지 간 거야. 전에 아는 엄마들끼리 간 적 있거든. 생긴 지 얼마 안 돼서 깨끗해. 아내의 말에 궁금증은 풀렸지만, 그렇다고 해서 개운해진 건 아니었다. 대낮에 혼자 노래방에 가서 목청을 높이다니. 그럴 만한 무엇이 있었던 걸까.

지하 노래방에 혼자 드나드는 것보다는 대형 마트의 계산대에서 아는 얼굴과 짧은 안부를 나누거나 정수기 렌털업체의 도우미가 되어 집집마다 방문하는 게 정신건강에 더 나을지도 모른다. 고졸 학력에 전업주부로 십 몇 년을 살아온 아내가, 시로 승격되네 마네 하는 좁다란 읍내에서 할 수 있는 일로 그가 떠올릴 수 있는 건 그 정도였다. 중학생인 아들이 잠깐 마음에 걸렸지만, 학교에서 학원을 거쳐 밤늦게 돌아오니 낮에 엄마가 없다는 게 문제가 될 것 같진 않았다. 주말에도 제 방문을 꼭 닫고 컴퓨터에 빠져 지내는 아이의 방문을 열면 갇힌 공기 속에 이따금 비릿한 냄새가 맡아졌다. 혼자 있고 싶은 나이였다.

"정 그러고 싶으면 한번 해보든가."

"영풍식당 알지? 그 위층에 가게가 났대."

"가게라니? 당신이 장사를?"

아내의 계획은 그의 상상력을 훌쩍 뛰어넘었다.

"왜, 난 못할 거 같아? 그동안 다 알아보았다구."

"2층에서 장사를? 무슨 장사?"

"카페."

"카페? 그거 술장사 아냐? 당신이?"

술장사를 하겠다니, 미쳤어? 하는 기막힘 반, 당신 같은 아줌마가 카페에 어울리기나 해? 하는 비웃음 반.

"카페니까 술도 팔긴 하겠지만 대체로 차를 파는 건데 뭐. 난 물하고 불을 같이 쓰는 일을 해야 한대."

"누가 그래?"

"사주 보는 사람이. 민석이 엄마 올케가 하던 집인데, 올케가 암 수술 받는 바람에 싸게 내놓았대. 지금이 기회야. 언제까지 이렇게 살겠어?"

단호하게 말매듭 짓고, 아내는 몸을 일으켜 싱크대로 향했다. 맨발인 아내의 뒤꿈치를 보는 그의 콧줄기가 찡했다. 발뒤꿈치로 세게 걷어채인 것 같았다.

그는 아내를 산에서 만났다. 도시의 서비스센터에서 일하던 때였다. 함께 일하는 동료들과 단합대회를 겸해 근교의 산에 오르던 참이었다. 본격적인 산행이 시작되는 작은 폭포 옆 바위에 앉아 쉬던 여자 둘을 만났다. 이십대 후반쯤으로 보이는 여자들은 8부 바지에 캐주얼화, 든 게 없어 보이는 작은 백팩 차림이었다. 그냥 잠깐 바람 쐬러 나온 듯했다. 둘 중 통통하고 작은 쪽이 붙임성 있게 물었다. 정상까지는 얼마나 남았어요? 등산로 어귀나 다름없는 지점에서 그렇게 묻는 여자에게 동료 하나가 장난을 걸었다.

"뭐 그리 멀지 않아요. 두 분만 오셨나요? 저희랑 같이 가시면 금방 정상까지 모셔다 드립니다."

"정말요? 그럼 우리도 온 김에 정상까지 가봐?"

통통한 쪽이 조금 깝죽거린다 싶은 말투로 다른 여자를 돌아보며 물었다. 눈초리가 길고 한쪽으로 비스듬히 기운 입매가 단호해 보이는 여자가 신발을 내려다보며 말했다.

"준비도 안 해왔잖아, 우린."

"준비랄 거 뭐 있습니까. 점심은 저희가 넉넉히 싸왔구요."

"재희야, 우리도 가보자앙. 여자가 칼을 뽑았으면 무라도 베어야지."

종달새처럼 재재거리는 여자가 옆에 있는 여자에게 어리광을 피웠다. 종달새의 재잘거림이 끼어들자 분위기가 가벼워졌다. 종달새는 산을 입으로 탔다. 어머머머, 길을 가로막은 바위 너설 앞에서 종달새가 기겁했다. 종달새 같은 사람이 많았는지 너설 옆으로 빙 도는 길이 나 있었다. 바위 타는 법을 알려주겠다는 동료의 말에 종달새는 과장되게 펄쩍 뛰며 달아났다. 전 못해요. 묻는 말에 주로 미소나 단답형 대답을 하던 말수 적은 쪽이 그래볼까요, 한 것은 뜻밖이었다.

여자는 좁다란 틈새에 발을 끼우고 너설의 부스러기에 손끝을 모아 힘을 싣는 일을 너끈히 해냈다. 앞서가는 이의 손끝과 발끝을 보고 그대로 따라 했다. 바위 타는 게 처음이라는 말이 믿어지지 않을 정도였다. 정상에 올라 여자에게서 몇 발짝 떨어진 자리에서 땀을 씻는데, 갑자기 그의 다리가 벌벌 떨렸다. 난생처음이었다.

그녀들은 산 어귀에서의 뒤풀이에도 합류했다. 그들의 권유에 이번에도 종달새가 나섰다. 우리 딱 한 잔씩만 하고 일어서자, 응. 여자가 운동화를 벗을 때, 그녀의 발목 뒷부분, 살굿빛 양말에 난 얼룩을 보았다. 발에 안 맞는 신을 신었을 때 살갗이 까지면서 나는 진물의 흔적이었다. 그때까지, 아프다는 내색 한번 없이 타박타박 걸음을 옮기던 여자. 이번엔 몸 아닌 마음에서 진동이 일었다.

몇 잔 안 마셨는데도 술이 마구 올라 그의 얼굴은 놀빛이었다. 자꾸만 숨이 명치께에 걸려 그는 다른 이들 모르게 숨을 잘게 부서뜨려야 했다. 두 번쯤, 그녀가 소리 없이 종달새에게 일어서자는 눈짓을 하는 걸 그는 보았다. 그때마다 종달새는, 잔은 비우고 일어서야지,라든가 오늘 술이 이렇게 단데 꼭 일어나야겠어, 하고 종알거렸다. 마침내 그녀들이 먼저 일어나겠다며 엉거주춤 인사를 건넬 때, 갑자기, 그의 가슴에서 하르르 떨던 문풍지가 뜯기고 거센 바람이 밀려들었다. 언제 다시 볼지 기약이 없었다. 그들은 연락처를 주고받지도 않았다. 그녀가 홀에서 내려서서 신발을 꿰는 순간, 그의 입에서 외침이 터져나왔다. 재희 씨, 가지 마.

동료들은 그때의 외침을 두고두고 놀림감으로 삼았다. 집들이 때, 그녀가 빈 샐러드 접시를 들고 일어나자 동료가 그의 팔꿈치를 툭 쳤다. 어이 새신랑, 이젠 안 붙잡아? 경리사원도 거들었다. 강 기사님, 그때 그 모습, 정말 인상적이었어요. 산에선 티 하나 안 내더니. 한번만 더 해보세요. 술에 취한 그도 새신랑의 호기로 외쳤다. 여보, 빨리 와!

그들이 문을 밀고 들어오는 걸 본 여자가 화닥닥 주방 쪽으로 뛰쳐 들어갔다. 허벅지가 환히 드러나는 스커트와 깊게 패인 등판의 하얀 살이 어둑한 조명 속에 둥실하게 떠올랐다. 메로 둥치를 얻어맞은 늦가을 은행나무처럼 그의 가슴속에서 무언가가 후드득 소리내며 떨어졌다. 낯선 아가씨가 이끈 자리에 앉아 물수건으로 손을 닦고 나자, 여자가 안에서 긴 치맛자락을 살랑거리며 나왔다. 어깨에 두른 얇은 스카프가 등판을 비칠 듯 말 듯 가려주었다. 사람 눈이 닿지 않는 덤불 속으로 들어가 몸을 굴려 둔갑한 여우 같았다. 아내는 미소를 지으며 그에게 가볍게 눈을 흘겼다. 미리 전화해주면 특별 안주라도 만들어놓지⋯⋯. 지분 냄새가 묻어나는 말투였다. 미리 전화했더라면 친구들에게 아내의 허벅지를 보여주는 일은 없었을 것이다. 아내의 치마 길이가 이렇게 짧고, 가슴이며 등판의 노출 정도가 이토록 심해진 줄은 몰랐다.

내 장담하는데, 너 석 달도 못 가 후회할 거다. 카페도 아니고 단란주점이라니. 같은 술을 팔아도 카페하고 단란주점은, 말하자면 같은 국방부 소속이지만 방위와 해병대만큼이나 차이가 나는 거다⋯⋯. 카페로는 타산이 안 맞아 자칫 투자한 돈도 못 뽑겠다며 아내가 단란주점으로 바꾸겠다고 나섰을 때 입찬소리를 했던 현태 보기가 민망했다. 과일 안주 접시를 내려놓느라 아내가 몸을 구부렸을 때, 어깨에 둘렀던 스카프가 흐르면서 깊게 파인 가슴의 골이 드러났다. 그 골에 잠깐 눈길을 꽂았던 인호가 입을 떼었다.

"야, 이제 의리고 뭐고, 영석인 부르지 말아야겠다. 원, 술자리에 나왔으면 못 마셔도 분위기는 맞춰줘야 하는 거 아냐? 목에 뻣뻣이 힘주고 앉아 있는 꼴하고는⋯⋯."

새시를 팔아 수억을 벌었다는 소문이 도는 인호는 영석에게 맺힌 데가 있는 모양이었다. 귀향한 영석을 환영하기 위해 모였던 자리에서도, 어쩌다가 그렇게 되었냐, 난 네가 별 몇 개는 너끈히 달 거라고 생각했는데, 나중에 우리 애 군대 갈 때쯤에 찾아보려 했다야⋯⋯ 하고, 염려하는 척하면서 이기죽거리던 인호였다. 고기 기름에 번실거리는 인호의 두툼한 입술을 보며, 그는 사냥한 동물의 뱃구레에

이를 박고 내장을 뽑아내는 맹수를 떠올렸다.

영석이 알지? 왜 그 전체 일등 말야. 걔가 내려온다더라. 동창생 사이에서 마당발로 통하는 동창회 총무 용재가 전했을 때, 그의 귀엔 펄럭이는 소리가 들렸다. 겨울의 운동장을 거침없이 쓸고 온 바람이 '경 육군사관학교 합격 서영석 축'이라 쓰인 천에 부딪쳐 더 나아가지 못하고 몸부림치는 소리. 양 가장자리의 '경'과 '축'은 각각 월계관으로 감싸여 있었다. 진학률 낮은 시골 인문계 고등학교, 대학 근처에도 가보지 못할 그와 같은 평범한 아이들이 졸업을 앞두고 시드럭부드럭 교문을 드나들 때, 바람은 펼침막을 펄럭이며 한번 더 봐달라고 아우성이었다. 읍을 관통하는 좁다란 국도 어귀, 명절 때면 '산업전사 여러분의 고향 방문을 환영합니다'라는 펼침막이 걸리던 그 자리에도 '축 육사 합격 명천고등학교 서영석'이라는 문구가 동문 일동의 이름으로 내걸렸다. 모교로서는 처음 낸 육사 합격생이었다.

그렇게 떠나간 영석은 해마다 가을이면 모교 운동장에서 벌어지는 총동창회 체육대회에도 얼굴을 비치지 않았다. 세월의 물살을 타고 흘러나간 사람들과 태생지 어귀에 남아 있는 사람들은 민물고기와 바닷물고기처럼 달랐다. 물길을 잘못 들어 강으로 헤엄쳐온 바닷물고기. 낯선 진흙 냄새에 숨을 죽여가며 아가미만 바삐 놀리는. 귀향한 뒤, 동창들의 모임에 이끌려 나오는 영석은 그렇게 보였다. 나도 남에게서 들은 거라 정확한진 모르지만, 하면서 용재가 전한 바로는, 영석이 남의 보증을 섰다가 큰빚을 떠안게 되었고, 퇴직금으로 그 빚을 끄려고 앞당겨 전역했다는 것이었다.

"걘 술 안 마신다잖아. 너 같은 주태백은 모르겠지만, 술 못 마시는 사람이 술자리에 앉아 있는 거, 그거 고역이다."

"야, 대한민국 군인, 그것도 장교였던 사람이 술을 못 마신다는 게 말이 되냐? 공연히 티 내느라 그런 거지. 그러는 넌 술 안 마셔서 그 속을 그렇게 잘 아냐? 백만 원 넘게 나온 술값 때문에 마누라한테 카드 뺏긴 게 뉘시더라?"

"그건 액수 때문이 아니라니까. 옛날 우리 어머니가 집에서 기르는 닭은 묵히면 안 된다더니, 여편네도 마찬가진지 귀신 다 됐어. 왜 같은 날 같은 집 술값이 둘로 나누어졌느냐, 두 번째 찍힌 액수가 25만 원밖에 안 되는 걸 보니 아무래도 이건 술값이 아닌 것 같다, 하면서 차고 캐묻더라구. 술집에서 나오다 아는 사람을 만나 다시 들어간 거라고 둘러대도 코웃음 치면서 딱 부츠 한 켤레 값이네, 하는데야 어쩌겠어."

용재는 카드를 뺏겨 답답하다기보다는, 집에서 펀들거리며 텔레비전 연속극에나 목을 매는 걸로 알았던 아내가 그렇게 정확하게 짚어낸 게 더 신기하다는 투였다.

"그나저나, 영석이 볼 때마다 인생 무상이라는 말이 떠오른다. 나 졸업하고 놀 때 우리 아버진 걸핏하면 영석이 들먹였거든. 그 어려운 형편에도 잘 되는 애들 봐라, 하면서. 그런데 걘 왼종일 가게에만 있는 모양이지?"

예전에는 나락값도 못 건졌을 자투리땅이 시외버스터미널의 이전 바람에 제법 번화해진 곳에 영석의 형은 조립식으로 일자형 건물을 지었다. 택배회사, 감자탕집, 컴퓨터부품점 등이 들어선 건물 끄트머리의 작은 가게에 영석은 우주슈퍼라는 어울리지 않는 간판을 내걸어서 동창들의 입질에 다시 한번 오르내렸다.

"그래도 명색이 육사 나온 장교면 안면만 팔아도 뭐든 한자리할 수 있었을텐데……. 나 같으면 화려하게 떠난 고향, 노숙자가 되면 되었지 절대로 그 모양으로 내려오진 않는다. 하긴, 세상 알 수 없는 일 한두 가지 아니지만."

남을 깎아 내리는 게 버릇이 된 인호가 끝내 제 성질머리대로 말을 뱉으며, 카운터 안쪽에서 컵을 닦는 그의 아내에게 슬몃 눈길을 던졌다. 그의 얼굴이 확 달아올랐다. 아내를 여읜 아버지가 며느리 신세 지고 싶지 않다며 들인 새 여자를, 인호네 형제들은 전에 술집에서 일했다는 전력을 들어 반대했다. 제기럴, 아무리 아버지 뒷바라지나 해줄 뿐이라고 해도, 막말로 우리 큰형님 친구들하고 뭔 일이 있었는지 모르는 여자를 어떻게 집안에 들이냐. 장성한 아들들의 냉대를 못 견딘 그 여자가 자기 발로 떠나간 뒤에도, 인호는 입에 올리기조차 창피하다는 투였다. 내내 나는 속으로 그를 가만히 불러보았다. 영석아.

플레이어에 얹힌 컴팩트 디스크는 팽글팽글 활기차게 도는데, 스피커에서 나오는 소리는 결 거친 샌드페이퍼로 벅벅 긁는 것처럼 둔탁하게 끊어졌다. 이게 아니야, 하며 몸부림치는 듯했다. 맞는 픽업이 없어서 얼추 비슷한 사양의 중국제 부속을 연결해보았더니 영 제대로 읽어내지 못했다.

작업대 옆 의자에 앉은 현태는 입 안에 든 사탕을 굴리며 세상에서 가장 한가한 사람처럼 그의 작업을 바라보았다. 서비스 접수를 맡은 미스 진이 책상 위 조그마한 바구니에 늘 담아두는, 누룽지향 사탕의 달큼한 냄새가 거슬렸다. 소음 같은 음악 때문이 아니더라도, 신경이 자꾸만 날을 세웠다. 무언가가 꺼끌거리는데 잡아뜯자니 살점까지 뜯겨나갈까 조심스럽고, 그냥 두자니 자꾸 신경을 잡아당기고……. 사생활의 유지와 평화로운 가정의 공존만으로도 분주한 현태가 일터로 찾아온 것 자체가 흔한 일은 아니었다. 크윽, 덜 삭은 트림에 느끼한 조미료 냄새가 섞여 나왔다. 저녁에 시켜 먹은 짬뽕이 얹혔나 보았다.

먼저 나갈게요, 하고 미스 진이 퇴근하자, 사탕 조각을 아드득 바스러뜨린 현태가 답답함의 거스러미를 잡아챘다. 성우 엄말 봤어, D시에서. 다시 나오려던 트림이 명치에 걸려 뭉쳤다. 온몸의 피가 한꺼번에 아래쪽으로 쏠리더니, 이내 그 반동으로 머리 끝에 몰렸다. 차갑게 식은 몸과 증기를 피워 올리는 머리.

D시는 그들이 사는 곳에서 자동차로 한 시간 거리였다. 거기 어디에서 보았냐고 물을 필요는 없었다. 피가 머리로 몰려 싸아하게 느껴지는 몸뚱이를 채운 것은 어쩌면 안도였는지도 몰랐다. 최소한 이제는 기연가미연가하지는 않아도 된다는 것. 한밤중 잠에서 깨었을 때, 공기 중에 안개처럼 미세하게 떠도는 사향 섞인 향수 냄새에서 느껴지던 모호한 불안에 더는 시달리지 않아도 된다는 것.

주차장에서 차를 빼내다가 봤어. 현태는 역시 선수다웠다. 아주 간결하면서도 구체적으로 전달했다. 날렵하게 생선회를 치는 요리사 같았다. 베인 걸 채 알아차리지도 못할 만큼 날렵하게 베어버리는 손놀림. 칼이 스치고 지난 자리가 하얗게 질리며 벌어졌다. 그 자리에 점점이 돋는 핏방울. 무슨 일이 벌어졌는지 모르는 채, 날카로운 감각에 놀라 벌름거리는 아가미. 그는 연결했던 픽업을 뜯어냈다.

뻘을 미끄러뜨리며 다가오는 발짝 소리를 들은 갯벌의 조개처럼 그는 굳게 입을 다물었다. 입만 떼면 벌겋게 단 파편이 쏟아져 나올 것 같았다. 왜? 왜? 왜? 벌겋게 단 물음이 함부로 단근질했다. 무엇 때문에? 물음표가 갈고리처럼 그의 목덜미를 잡아챘다. 어느새 시르죽기 시작한 그것 때문에? 방바닥에 누워서 한 첫 수음 때 천장에

얼룩을 남겼던 그의 성기는 언제부턴가 아내의 손과 입의 도움 없이
는 일어서려 하지 않았다. 잠든 아내의 어깨를 잡고 벌떡 일으켜 세
운 다음 다그치고 싶은 걸 참느라 그는 손을 꼭 옴켰다.

제 안에서 나는 화독내를 못 견딘 그가 어찌 수습하겠다는 작정도
없이 입을 열었을 때, 아내는 이미 준비가 되어 있었다. 어쩌면 그
날, 아내도 현태를 알아보았는지도 몰랐다. 이혼해요. 나, 이혼할 거
예요. 그러잖아도 당신한테 말하려 했어요. 느닷없는 존댓말이었다.

여자는 불손했다. 까탈스러운 성격이 드러나는 가늘고 높은 목소
리로 모기떼처럼 앵앵거렸다. 아니, 어떻게 된 게 산 지 몇 년 되지
않아 서비스를 세 번이나 불러야 하나. 부품을 바꾸네 어쩌네 하면
서 돈 뜯어간 지 얼마나 된다고. 진한 복숭아빛으로 칠한 벽이며 원
색인 가구들이 여자의 불안정한 목소리처럼 심란했다. 보일러실로
쓰는 좁은 다용도실에 세탁기를 들여놓아서 운신하기도 어려웠다.
광고 칠 줄만 알았지 물건 제대로 만들 줄은 모른다니까. 이건 처음
부터 불량품을 내보낸 게 틀림없어……. 여자는 그의 등 뒤에 팔짱
을 끼고 서서 재재거렸다. 그 나불거리는 입 좀 닥치라고, 정신 사나
워서 어디 일하겠느냐고, 하마터면 소리칠 뻔했다.

그는 이를 꼭 다물고 여자를 똑바로 보았다. 그런 다음 일부러 고
개를 천천히 돌려서 주위를 둘러보았다. 지금 너와 나는 밀폐된 공
간에 있다, 나는 너보다 힘이 센 남자이고, 내 가방 속에 든 공구들
은 언제든지 공격 무기가 될 수 있고……. 여자에게 이런 걸 환기시
킬 수 있을 만큼 위압적인 눈초리로. 남의 신경을 마구 짓밟던 여자
는 아주 무신경하지는 않았다. 문득 깨달은 듯 입을 다물더니, 긴요
한 볼일이 있는 것처럼 전화기를 집어들었다. 심심해, 심심해 하면

서 다리를 꼬다가, 그 다리로 다른 남자 허리나 감을 주제에……. 그는 세탁기 뒤판을 뜯어내며 입꼬리를 말아 올렸다. 여자가 끝내 쟁강거렸다면, 여자를 세탁기 속에 우그러뜨려 넣고 돌릴 수도 있었을 것이다.

운동화 뒤축을 꺾어 신고, 잇사이로 침을 찍 뱉고, 손가락 사이에 끼워넣은 면도날로 아무거나 그어대려 드는 사나움. 삐죽삐죽, 버려진 널빤지에 마구 돋은 녹슨 못처럼 함부로 튀어나오는 불손함. 언제까지 이렇게 살라고? 당신이 내게 해준 게 뭐 있어. 아내의 말들이 빙글빙글 맴돌며 휘저어놓은 머릿속, 용암처럼 끓던 분노가 흘러내리며 마음에 딱딱한 덮개를 씌웠다.

어쩌다 들어선 직업이긴 했지만 그는 이 일을 천직으로 여겼다. IMF 때, 거의 절반가량 줄이는 감축에도 살아남았다. 살아남은 사람은 그에 대한 반대급부를 제 몸으로 치렀다. 회사는 '서비스는 판매 재창출의 기본'이라며, 서비스 접수 두 시간 이내에 문제점을 해결하라는 2H 방식을 고집했다. 그 바람에 스케줄은 늘 빽빽했다. 말이 쉬워 두 시간이지, 그를 포함한 세 명의 기사가 군 단위를 맡기엔 역부족이었다. 출장 수리를 나가서 해결이 안 되는 제품은 가지고 와서 퇴근 시간 후에 고쳤다. 여름휴가를 가본 게 언제인지 기억도 나지 않았다. 해마다 덮치는 수재 뒤끝엔 수재 현장에 가서 며칠씩 머물러야 했으니까. 그래도 그는 특별한 불만이 없었다. 눈앞에 닥친 일들을 성실하게 해내다 보면 언젠가는 자기의 꿈에 이를 것이라고 믿었다.

그의 꿈은 퇴직한 뒤에 가전제품 대리점을 내는 것이었다. 규모는 그리 크지 않지만 애프터서비스 기술이 뛰어나고 친절하다고 입소문이 나 단골손님이 쏠쏠한 작은 대리점. 커다란 대리점을 차리기에는 재력도 배포도 모자라다는 것을 그는 알고 있었다. 너야 경기 탈 것 없고, 정년 때까지 신경 쓸 일도 없고. 퇴직한다 해도 기술 있으니 걱정 없고. 그러고 보면 네가 제일 탄탄하잖냐. 그렇게 말하는 친구들은 시간도 돈도 넉넉했다. 부모에게서 물려받은 집에 가게를 내어 운영하거나 게다가 임대료까지 받아 챙기는 그들이 이미 누리고 있는 것, 그게 그의 꿈이었다. 길 쪽으로 난 통유리창을 아침마다 맑게 닦고, 진열된 물품은 먼지 하나 없이 유지하고, 매출이 떨어진다 싶을 땐 작은 경품행사로 손님들을 끌어들일 것이다. 일에 문리가 트일 무렵 움튼 꿈은 그동안 제법 실하게 뿌리내리고 가지를 벋었다.

모든 회사의 온갖 가전제품을 망라하는 대형 가전마트가 생겨나고, 그 체인점이 대도시에서 중소도시로, 읍 단위에까지 파고드는 세상은 그의 꿈이 뿌리내린 지점도 파헤쳤다. 설치에 특별한 기술이 필요하지 않은 가전제품이라면 인터넷에서 구매하는 판이었다. 그의 견실한 꿈이 실현된다 해도 수지타산을 맞출 수 있을지 자신없어졌다. 전파사 정도라면 가능할 것이다. 하지만 대형 가전업체에서 출시되는 새 제품의 기술 정보를 얻을 수 없고 부품 조달조차 안 되는 전파사는 결국 중고품 전시장으로 몰락하기 십상이었다. 언제까지 이렇게 살 수는 없다는 아내의 지적은, 필름 안에 잠겨 있던 영상을, 커다랗게 확대한 인화지를 펼친 격이었다. 어떤 장면이 들어 있는지 짐작도 가고 궁금하기도 하지만 정작 인화해서 보고 싶지는 않았던 그것을. 넌 아무것도 아냐……

어렸을 적, 싸움질이나 하고 다녀서 선생과 부모로부터 '넌 형편 없는 아이야'라는 말을 들어온 그는 그가 싸우던 동네에 빌딩을 몇 채나 가진 부자가 되었다. 어느 소설가는 첫 책이 나오기까지 수백 번이나 거절을 당했지만 결국 베스트셀러 작가로 이름을 날렸다. 링컨 대통령은 낙선, 실패, 파산, 가까운 이의 죽음을 거듭 겪었지만 미국 대통령이 되어 업적을 남겼다. 그들은 삶의 수렁에 빠졌을 때 한결같이 그 위기를 발판으로 도약했다. 『상처받은 마음을 쓰다듬는 약손』, 어느 날 들른 현태가 잊은 듯이 놓고 간 책. 그걸 읽는 동안에는, 아내가 바람나고 이혼당하는 것쯤은 그저 아스피린 한 알로 떼어낼 수 있는 미열처럼 가볍게 느껴지기도 했다. 목에는 가래를 뽑는 구멍을, 옆구리엔 방광이며 대장에 연결한 관들을 주렁주렁 달고 모니터의 높낮이에 순간순간 희비가 엇갈리는 위중한 환자 앞에서 베인 손가락을 잡고 쩔쩔매는 것처럼 파렴치하게 여겨지기도 했다. 책을 읽는 동안만 그랬다. 책을 덮고 나면, '그러니까 너도 견뎌내'라는 전언은 비눗방울에 잠깐 맺히는 작은 무지개나 다름없었다. 넌 아무것도 아냐……. 수초처럼 흔들리는 말이 그의 발목을 잡아당겨 수렁 속으로 끌어내렸다.

프린터의 용지함에서 A4 용지를 꺼낸 그는 플러스펜으로 종이 중앙에 세로금을 길게 그었다. 선분 왼편에 '살아야 할 이유'라고 제목을 써넣었다. 오른편에는 '죽어야 할 이유'라는 제목이 적혔다. 살아야 할 이유. 한참을 들여다보던 그는 1. 성우,라고 적었다. 목울대가 울컥했다. 그가 만든 아이. 시골로 출장 나가면, 노인들만 있던 집에 난데없이 식구가 늘어난 걸 자주 볼 수 있었다. 부모가 갈라서며 맡긴 아이들이었다. 그러나, 그는 고개를 흔들었다. 마땅히 해야 할 일을 하는 건 지금까지도 충분했다. 어머니,를 떠올렸지만 그는 이내 지워버렸다. 그의 형이 모시는 어머니는 치매로 당신만의 세상에 머물렀다. 이따금 그가 찾아가면, 그는 어머니에게 내외해야 할 외간남자가 되었다가 갓난아기가 되기도 한다. 알을 감싼 난막처럼,

치매는 어머니를 충격에서 보호할 것이다.

플러스펜 꼭지를 이로 질근질근 씹던 그는 끝내 두 번째 항목을 못 쓴 채 죽어야 할 이유,라는 난으로 넘어갔다. 첫 번째 항목은 역시 단숨에 채워졌다. 1. 다 끝난다. 마음속에서 들끓는 울분도, 그 끝자락을 물들이는 두려움도.

고장의 원인조차 찾아낼 수 없는 기기를 앞에 둔 것처럼 막막했던 그는 혹 바람피운 것 때문이라면 잊고 용서하겠다고 어렵게 말을 꺼냈지만, 그들의 결혼을 폐기하려는 아내의 의지는 확고부동했다. 까진 발뒤꿈치로 산을 오른 여자다웠다. 떠나려는 여자의 뒷덜미를 향해 날린 짧은 외침은 그가 난생처음 낸 제 목소리나 다름없었다. 십몇 년 세월이 그렇게 간단히 폐기될 수 있는 거라면, 그 이전의 이십 몇 년을 지우는 일이 뭐 그리 어려우랴.

다 끝난다……. 벌겋게 달궈진 채, 이따금 부스러기 불꽃을 빛내며 그의 등판을 노리는 낙인. 아내에게 술장사를 시킨 남자, 그 결과 오쟁이진 사내, 이혼당한 남편. 그리고 그의 귀에 탁한 입김을 불어넣으며 그를 도발하는 속삭임. 넌 아무것도 아냐.

그는 펜을 내려놓았다. 더는 쓸 말이 없었다. 살아야 할 이유도 죽어야 할 이유도 구구하지 않았다. 그 간명함이 마음에 들었다. 살고 죽는 게 한끗 차이였구나. 대단한 잠언처럼, 그의 마음속에 떠오른 그 말을 곱씹으며 종이를 차곡차곡 접어서 호주머니에 넣고 일어섰다. 늘 그를 질질 끌고 가던 생, 그 고삐를 잡아챈 듯한 득의마저 느꼈다. 꼭 들러야 할 곳이 있었다.

그가 우주슈퍼에 들어섰을 때, 영석은 손님과 머리를 맞대고 뭔가를 들여다보고 있었다. 야전에서 지도를 펼쳐놓고 작전을 짜는 것처럼 보였다. 사방엔 적들이 깔려 있고 그들은 숨죽이며 탈출로를 찾고 있다. 그들의 목숨은 그들이 펼쳐놓은 지도에 달려 있다. 언제 어떤 길을 밟을 것인가, 순간적인 판단으로 탈출에 성공할 수도 있고 전멸할 수도 있다. 검은 체크 남방을 입은 영석의 어깨와 등판엔 엎힌 비듬이 핵폭발 뒤의 분진처럼 보이는 건, 영석의 집에서 본 비디오 때문일 것이다.

수리 뒤의 점검을 위해 집에 비디오테이프가 있는가 물었더니 영석의 아내는 문갑 문을 열었다. 거기, 복사한 것으로 보이는 비디오테이프가 차곡차곡 쌓여 있었다. 테이프를 집어넣자 아주 깊게 판 방공호가 나타났다. 안쪽의 창고엔 통조림이며 생필품을 차곡차곡 쟁여두었다. 핵이나 외계인의 침입으로 지구상의 생물이 멸망한다 하더라도 1년은 버틸 수 있다고 말하는 백인 사내는 의사였다. 그렇게 방공호를 파놓은 사람이 여럿이라는 해설자의 설명이 이어졌다. 지구가 온통 폐허가 된 뒤 그 방공호에서 나와서 무얼 하려는 것일까. 지구가 멸망하고 알던 사람들이 다 재가 된 뒤에까지 살아남겠다는 욕망은 어디에서 나오는 것일까. 영석은 한밤중에 이 비디오들을 보면서 무슨 생각을 하는 걸까.

우주슈퍼를 제 우주로 삼은 것처럼 가게 안에서만 머무르는 영석. 그 영석을 보기 위해 우주슈퍼 앞의 길가에 잠깐 차를 세우고 담배를 사거나 음료수를 사마시는 일이 잦아졌다. 아크릴로 만든 즉석복권 꽂이에서 복권을 두어 장 사서 동전으로 긁어보기도 했다. 영석은 태어나면서부터 구멍가게 주인이었던 것처럼 자약했다. 기껏 날씨 이야기나 나누다 돌아나와 차에 시동을 걸면 정작 하고 싶던 말은 그제야 신 침처럼 입 안에 고였다. 넌 어떻게 그럴 수 있냐?

"어, 왔어?"

"웅, 지나가다가……."

여기 앉아라. 영석은 제가 앉았던 의자를 그에게 주고 음료수병을 담아두는 플라스틱 상자를 가져와 뒤집어엎고 그 위에 앉았다. 손님은 마침 차 시간이 되어 가려던 참이었다고 책을 집어들며 일어섰다. 옹두리뼈 같은 머리에 복숭아씨 같은 눈, 쫑긋한 귀를 가진 외계인의 머리 위로 UFO가 떠가는 사진이 표지를 장식한 책이었다.

"그런데 너, 어쩌다가 길을 그렇게 바꿔 들었냐?"

손님이 가고 난 뒤, 영석이 음료수 냉장고에서 꺼내준 매실 음료의 병이 톡, 소리내며 열리는 순간, 그는 물었다. 자기 생각에도 이상하리만치 담담하게 물을 수 있었다. 그 담담함에 깃들인 일말의 잔인함조차 마음에 들었다. 곧 날아오를 거라는 게 그에게 용기를 주었다.

막 비상하려는 새였다. 횃대 위에 올라앉은 새는 머리와 몸통에 비해 좀 지나치게 크다 싶은 날개를 활짝 펼치고 있었다. 차를 몰고 이웃 읍에까지 나와, 이차선 도로 건너편에서 차마 길을 건너지 못한 채 간판만 바라보는 그에게 새는, 한번 날아보라고 꼬드겼다. 질질 끌려다니기만 하는 게 지겹지도 않으냐고, 이제 박차고 날아오르라고. 그는 깨끗한 종이에 세로로 선분을 그을 때처럼 단호하게 길을 건넜다.

50대, 눈매가 야무진 농약상 여주인은 신분증 가지고 오셨어요? 물었다. 그건 아무에게나 파는 약 아니에요, 하는 말로 그의 등을 떠밀었다. 농부 같지도, 그렇다고 뜰 넓은 전원주택 소유자 같지도 않은 어중간한 행색이 드러났을 것이다. 세 번째로 들른 집에서 그는 원하던 것을 얻었다. 자기가 생의 주도권을 손아귀에 쥐고 있다는 만족감. 겨우 손바닥만 한 폴리비닐 병에 든 초록 액체. 이제 그의 우주는 폭발할 것이다.

그건 그냥 한 장의 포스터였어. 늘 다니는 길에 붙은 포스터……. 질문이 느닷없었으련만, 영석은 의외로 담담하게 입을 열었다.

"퇴근길이었는데……. 그날 무슨 특별한 일이 있었던 것도 아냐. 지나고 나면 그날이 월요일이었는지 금요일이었는지, 날이 흐렸는지 우박이 쏟아졌는지도 기억이 안 나고 묻혀버리는 그런 날이었는데……. 그걸 본 거야. 푸르스름한 바탕에 음파의 진동을 그려놓은 것처럼 추상적인 무늬가 인쇄된 포스터였어. 처음엔 지나쳤어. 그런데, 몇 발짝 걷는데 뒤에서 뭐가 나를 잡아당기는 것 같았어. 뒤돌아 그 포스터 앞으로 다가갔어. 그리고 그걸 정면으로 바라보는 순간, 이거다! 싶었어. 말로 표현할 순 없지만, 그 포스터 안에 내가 찾던 길이 들어 있다는 확신이 전류처럼 몸을 훑었어. 넌 그런 적 있냐?"

이제 다시는 볼 수 없다, 저 여자를 놓치면 안 된다는 확신으로, 온몸을 쥐어짜며 외친 때가 있었다.

"기를 수련하는 모임의 포스터였어. 그 전엔 기 같은 거 허무맹랑한 수작이라고 생각했는데 그 길로 등록했어."

"그럼 그것도 피라미드 조직 같은 거였냐?"

"아니. 그냥 순수한 기수련 단체였어. 아, 전역? 그 수련원 원장이, 남태평양 어느 왕국의 왕이 지녔던 불치의 병을 낫게 해준 대가로 그 섬의 개발권을 받았다는 거야. 금방 이루어질 일에 자금이 모자란다니까 돕고 싶었지. 나처럼 확실한 신분을 가진 사람도 드물었거든."

한순간 눈에 띈 포스터 한 장이 한 사람의 회로를 교란시키고 마침내 수리할 수 없게 만들기도 한다. 포스터 한 장으로 엇나가고 무너질 수도 있는 게 삶이다. 영석의 가게에서 나와 차를 몰면서 그는

거듭 웅얼거렸다. 그건 그냥 포스터 한 장이었어. 차가 커브를 돌
때, 발치에 던져두었던 병이 툭 굴렀다. 그는 문득 양미간에 주름을
잡았다. 아까 본 간판에 들어 있던 그림이 새가 아니었을지도 모른
다는 의혹이 불쑥 치민 것이다. 농약상을 겸한 종묘상의 간판에 그
려져 있던 그림. 그는 황황히 차를 돌렸다. 머리에 비해 지나치게 커
보이던 그것은 새의 날개가 아니라 떡잎이었다. 머리는, 떡잎 속에
서 돋는 새순이었다. 그더러 날아보라고, 날아보지 않겠느냐고 날개
를 퍼덕이던 새는 대지를 뚫고 나오는 새싹이었다. 다시 보면 새였
다. 날아오르는 새, 언 땅을 뚫고 나오는 새순. 그 틈새기에 끼인 채,
그는 간판의 도형 속으로 빨려 들어갔다.

　단편 「틈새」는 "어쩌다 결석을 해 교실 안에 빈자리가 생긴다 해
도 담임조차 그 자리의 주인공이 누구인지 금방 떠올리지 못할 만큼
표 안 나는 학생"이었던 한 평범한 인물이 햄릿에 버금가는 형이상
학적 질문과 대면하는 과정이다. 그러나 그는 카프카의 주인공처럼
대뜸 잠자리에서 깨어나 한 마리의 벌레로 변한 자신을 발견하는 것
은 아니다. 철저한 리얼리스트 이혜경의 인물인 그는 그저 고장난
냉장고를 수선하면서 독자 앞에 등장하는 것으로 만족한다.
　"시로 승격되네 마네 하는 좁다란 읍내"에서 가전제품 애프터서
비스 기사로 일하는 '그'는 어느 날 문득 바람난 아내로부터 이혼당
할 위기에 처한 자신을 발견한다. "살림만 하는 여자들의 권태라는
거, 그거 무섭더라"는 깨달음과 더불어 찾아온 이 뜻하지 않은 충격
속에서 그는 문득 자신이 "아무것도 아닌" 존재임을 확인한다. 이

연쇄적 발견은 결국 그를 "살아야 할 이유"와 "죽어야 할 이유"라는 너무나 단순하고 절박한 질문과 마주하게 만든다. 그는 생과 사의 갈림길에 선 것이다. 아니, 그는 생과 사의 '틈새'에 끼어버린 것이다. 삶도 죽음도 아닌, 삶과 죽음의 '사이'에 벌어진 균열, 의미와 해석의 '틈새', 여기가 이혜경 문학이 발견한 흥미로운 공간이다.

사실 한 발 물러나서 생각해보면 "아내가 바람나고 이혼당하는 것쯤은 그저 아스피린 한 알로 떼어낼 수 있는 미열처럼 가볍게 느껴지는" 것일 수도 있다. 그러나 한 발 다가가서 들여다보면 이런 초월적 대범함은 "비눗방울에 잠깐 맺히는 작은 무지개나 다름없는" 허상인 것이다. 이 한 발 다가선 곳에 이 인물이 몸담은 '세상'의 완강한 '현실'이 버티고 있기 때문이다. 이 현실이야말로 이혜경에게 없어서는 안 되는 비옥한 토양이다. 이 현실은 공간과 제도와 경제 구조의 모습으로 나타난다. 더 구체적으로 가족, "시로 승격되네 마네 하는 좁다란 읍내"의 폐쇄적 공간, 그 읍내의 중고등학교, 군대, 가전제품 유통 구조 등이 그것이다. 그 중에서도 특히 "중고등학교 동기동창"인 '그', "부동의 전교 1등" 영석, "몇 마디 말로도 여자들을 혹하게 하는 선수" 현태, "새시를 팔아 수억을 벌었다는 소문이 도는" 인호, "동창들 사이에서 마당발로 통하는" 용재는 상호 간의 소통, 친화, 경쟁, 갈등 관계라는 촘촘한 망을 통해서 이 현실을 지탱하고 구속하는 얼개를 형성한다. 이 현실의 얼개와 관습이 각 개인의 삶의 의미를 생산하고 해석하는 틀인 것이다.

그러나 이혜경의 소설을 읽을 때 맛보게 되는 유별난 흥미는 현실 자체에 있다고 하기보다는 이 해석의 구체적인 틀 속으로 들어가 그 깊숙한 갈피갈피를 더듬고 다니면서도 동시에 그 틀에서 한 발 벗어나 그 관계 전체를 관찰, 명명하는 이중적 시점에서 생겨나는 것이다. 아마도 '틈새'라는 것은 동시에 이 이중적 시점을 의미하는 것일 수도 있다. 사실 '한 평범한 인물이 삶과 죽음이라는 형이상학적 질문에 이르는 과정'은 이 작품의 한 가지 요약이 될 수는 있겠지만 그것은 이 작품의 의미와 특징과 매혹을 담는 헐렁한 그릇에 불과하다. 더할 것도 뺄 것도 없이 단단하게 짜인 이 작품을 덮고 나서 우리의 마음속에 남는 것은 주인공이 처한 존재론적 궁지보다 오히려 더 작은 삶의 디테일들이다. "누비덧버선으로 감싼 그녀의 조붓한 발"이나 "방 문을 열면 갇힌 공기 속에 이따금 비릿한 냄새가 떠돌기도 하는" 아이의 방, "발에 안 맞는 신을 신었을 때 살갗이 까지면서 나는 진물의 흔적"인 살굿빛 양말에 난 얼룩(그러나 머지않아 아내가 된 그녀의 "맨발" 뒤꿈치는 그를 "세게 걷어찰" 것이다), "겨울의 운동장을 거침없이 쓸고 온 바람이 '경 육군사관학교 합격 서영석 축'이라 쓰인 천에 부딪쳐 더 나아가지 못하고 몸부림치는 소리" 같은 것이다.

그리고 무엇보다 이 소설의 예상치 못한 극적 전기인 범상한 한 장면은 압권이다. 일요일 오전, 가정의 흔한 일상. "설거지거리를 싱크대에 쓸어 담은 아내가 그의 옆에 앉으며 말했다. 그는 먼지가 자옥하게 피어오른 텔레비전 화면에서 고개를 돌렸다. …… 정력학을 사용한 발파해체공법으로 …… 팟, 화면이 꺼졌다. 리모컨을 쥔 아내가 꼿꼿한 눈초리로 그를 바라보고 있었다. 아내의 말을 무시하느라 텔레비전 화면으로 다시 시선을 돌린 것은 아니었다. 잠깐 철렁한 마음을 수습할 시간이 필요했던 것뿐이다." 설거지거리를 "쓸어 담아" 놓은 채 옆에 와 앉는 행위가 일상적인 동시에 범상치 않다. "살림만 하는 여자들의 권태"가 발언권을 얻으려는 순간인 것이다. 남편이 무심코 바라보고 있는 텔레비전 속의 장면 자체가 의미심장하게도 벌써 "발파해체"의 광경이다. 그러나 그 발파해체된 건물의 "먼지"는 아직 텔레비전 화면 속에 갇혀 있을 뿐 현실 속으로 넘어오지 않는다. 적어도 남편은 그렇게 믿는다. "팟, 화면이 꺼졌다." 가상현실이 꺼지고 그 자리에 아내의 "꼿꼿한 눈초리"와 더불어 발파해체의 가능성을 내포한 현실이 달려든다. 이 탁월한 한 장면은 매우 자잘하면서도 결코 잊혀지지 않을 구체적 현실의 디테일이지만, 그것이 잊혀지지 않는 이유는 현실의 안에 있으면서도 동시에 밖에 있는 이혜경의 시선이 모방할 수 없는 언어로 그 순간을 현실이라는 천에서 도려내어, 소설이라는 새로운 구조 속에 편입시켜 놓았기 때문이다. 작가는 현실의 안과 밖 '사이'에 있는 저 이중적인 공간인 '틈새', 즉 '문학'을 정확하게 손가락질하고 있으면서도 겉으로는 철저한 리얼리스트답게 어느 소읍의 가전제품 애프터서비스 기사만을 바라보고 있는 체한다. "베인 것도 채 알아차리지 못할 만큼 날렵하게 베어버리는 손놀림. 칼이 스치고 지난 자리가 하얗게 질리며 벌어졌다. 그 자리에 점점이 돋는 핏방울. 무슨 일이 벌어졌는지 모른 채, 날카로운 감각에 벌름거리는 아가미." 그래서 이혜경의 소설은 읽고 나서 한참 뒤에 비로소 쓰리다. 이 쓰린 맛이 그리 싫지 않은 역설은 또 어인 일일까?

조금은 특별한 풍경

김남일

1957년 경기 수원에서 태어났으며, 외국어대 네덜란드어과를 졸업했다.
1983년 《우리세대의문학》으로 등단했으며,
소설집으로 『일과 밥과 자유』 『천하무적』
『세상의 어떤 아침』, 장편소설로 『청년일기』 『국경』 등이 있다.
1988년 전태일문학상, 2003년 아름다운작가상을 수상했다.

조금은 특별한 풍경

　호수는 습자지처럼 자분자분 눈을 빨아들이고 있었다. 싸락눈이었지만, 무거워 보였다. 자판기 커피를 마시면서 그렇게 내 생의 무게를 가늠해 보았을 것이다.

　"잘 생각했어요. 운전을 하면 시야가 달라질 거예요."

　차를 살까 싶다고 운을 떼었을 때, 경선이 그렇게 말을 받았다.

　처음에는 무슨 뜻인지 몰랐다. 지지난달, 옹근 한 달을 꽉 채우고서야 겨우 면허증을 손에 넣었다. 하지만 마치 남의 여권으로 심사대를 빠져나가려는 불법 여행자처럼 당혹스럽기만 했다. 한동안 망설이다가 도로연수를 신청했다. 일주일 동안 열 시간의 수업을 받았다. 그리고 또 보름의 시간이 흘렀다. 어떻게 우회전을 했고 어떻게 끼어들어 어떻게 차로를 변경했는지 아득한 옛일 같기만 했다. 혼자 차를 몰아본 적은 한 번도 없었다. 운전석에 앉아서도 늘 내 자리가 아니라는 생각을 떨쳐버리지 못했다. 옆자리에 있어야 했다. 거기 앉아서 가끔씩 길을 봐주고 가끔씩 속도 감시 카메라의 위치를 일러주는 것. 이백 미터 앞에서 우회전, 그 다음에 좌회전. 칠십이야, 팔십이야. 그게 내가 할 일이었다. 그게 내가 있어야 할 자리였다. 그런데도 차를 사고는 싶었다. 차만 사면, 운전은 어떻게 하든, 지금 이곳이 아닌 어딘가에 훌쩍 가 있을 것만 같은 기분이 들었다.

"아직 한 번도 혼자 몰아본 적이 없는데……."

"어차피 몰 거잖아요."

"그래도 곁에 누가 있어야지……. 도로주행 때도 늘 강사가 있었어요. 난 시키는 대로만 했어요. 좌우 백미러도 제대로 못 봐요."

"연수까지 다 받았잖아요. 처음엔 다 그래요. 거울을 볼 줄 알면, 딴 차를 의식한다는 거구, 그게 바로 운전을 제대로 하는 거예요. 운전이란 것도 결국 관계거든요."

"시야가 달라진다는 건?"

"그래요. 넓어져요. 그건 시간이 해결해줄 거구요."

경선은 처음 도로에 나섰을 때 일을 이야기해주었다. 곁에 남편이 있었는데, 몇 번이고 핸들 잡은 손을 놓아버리고 싶었다고 했다. 결국 다 돌아와서 아파트 단지 입구 시멘트 문기둥을 들이박고 말았다는 것.

"시야가 넓어진다는 말, 무슨 말인지 알겠어요? 그저 차와 차가 어떤 관계를 유지하며 가는가, 그것만이 아니에요. 그날 밤, 남편하고 처음으로 각방을 썼다니까요. 가까운 사람에게는 절대 운전을 배우지 말아라. 말은 많이 들었지만, 설마 그 정도일 줄은 몰랐죠. 십년을 함께 살아도 전혀 보지 못했던 남편의 뭐랄까, 옹졸하고 치사하고, 게다가 폭군 같은 측면을 그날 서너 시간 길바닥을 헤매고 다니는 동안 다 알아버린 거예요."

"그럼, 오히려 시야가 좁아진 거 아녜요?"

"아니죠, 전혀. 그날 이후, 우리 부부가 어떻게 사는지 아시잖아
요?"

경선이 피식 웃었다.

나는 대답 대신 무연히 일회용 커피잔을 구겼다.

그들 부부는 때로는 부부처럼 때로는 남남처럼 잘 살았다. 물론
내가 직접 본 것은 부부같이 사는 모습밖에 없었다. 그것도 딱 한
번. 처음 이곳에 왔을 때, 그들 부부는 다정하게 차를 타고 와 나를
불러냈다. 남편은 정원에게 전해 들었던 것보다 훨씬 잘 생긴데다
가, 경선에게 전해 들은 것과는 전혀 다르게 무척 다감해 보였다. 이
곳 별미라는 두부두루치기 집에서 식사를 하는 동안 그들 부부는 내
내 농담처럼 말을 주고받았다. 에구, 그러니까 그 남자가 싫어하는
거야. 누가 할 소리. 꼭 그런 색깔 스카프 사주는 여자가 문제더라.
서로 흠을 잡는다고 나누는 농담 속에서도 나는 다정한 부부의 모습
밖에는 보지 못했다.

그렇지만 나는 경선의 말을 믿었다. 때로는 부부처럼 때로는 남
남처럼. 그것이야말로 그들 부부를 잘살게 하는 원동력이라고 생각
했다.

커플인 듯한 남녀 둘이 허리를 껴안은 채 호숫가를 거닐고 있었
다. 우산도 없이.

"그림 좋네요. 갑자기 떠나간 애인이 보고 싶네."

경선이 말했다.

"차가……."

"네?"

경선이 내 얼굴을 빤히 쳐다보았다.

"중고차. 얼마쯤이나 할까요?"

"나는 또……. 운전하고 싶죠? 그땐 다들 그래요."

"운전은 말고……. 그냥 어딘가 가 있고 싶어서요."

"그럼 누가 태워다 주나요?"

"그냥……. 차가 있으면 그냥 그렇게 될 것 같다는 생각을 해보곤 해요."

나는 허깨비를 보고 있다고 생각했다. 그렇지만 커플은 점점 더 또렷한 모습으로 내 시야에 잡혔다. 내가 허깨비였다.

"내가 한마디 할까요?"

경선의 목소리가 저음으로 바뀌었다.

"견디세요. 그 수밖에 없다는 거, 잘 아시잖아요. 정원이 걔, 생각보다 독해요. 지금, 무슨 이야기를 서로 하겠어요? 냉혹하게 들릴지 몰라도……. 이제 끈을, 놓으세요."

허깨비가 허깨비를 만났던 것이다. 그래서 허깨비 같은 사랑을 했던 것이다. 사랑……. 그건 정원의 말처럼 유일한 것도 완전한 것도 아니었다.

"한번 몰아볼래요?"

차를 세워둔 본관 쪽으로 걸음을 옮기면서 경선이 말했다. 나는 두 번 생각하지도 않고 고개를 끄덕거렸다.

연수원 정문 안으로 막 시내버스가 들어오고 있었다.

생각만큼 겁이 나지는 않았다.

백미러도 제법 들여다볼 수 있었다. 저만큼 경선이 서서 손을 흔드는 모습까지 눈에 담아냈다. 내가 혼자 타보겠다고 했을 때, 경선은 망설였다. 불안했을 것이다. 단지 안에 들어와 차를 돌릴 때 후진 기어를 넣었다는 사실을 깜빡 잊었다. 다행히 공간이 넓어 별 탈은 없었다. 그 뒤, 연수원까지 도로 태워다주겠다는 경선의 제의를 뿌리치고 걷다가 갑자기 마음을 바꾸었던 것이다.

액셀러레이터를 밟은 발에 조금씩 힘을 보태면서 천천히 아파트 단지를 빠져나왔다.

도로는 생각보다 한산했다. 눈발은 새치처럼 가늘어졌지만, 갑자기 뚝 그칠 것 같지는 않았다.

조심. 오직 운전만 생각하자.

나는 마치 곁에 누가 있기라도 한 것처럼 중얼거렸다.

큰길로 접어들었을 때, 강화도에 갈 때마다 날씨가 좋지 않았다는 사실을 떠올렸다. 대개 노을을 보자고 떠난 길이었는데, 내내 말짱하던 하늘도 강화대교만 건너면 기다렸다는 듯 *끄끄*무레해지기 십상이었다. 언젠가는 분오리 돈대墩臺 거의 다 가서 소나기를 만난 적도 있었다.

그때 정원이 말했다.

인연이란 게 정말 있기는 있나 봐요. 아니라면 도시 이럴 순 없잖겠어요? 강화도하고 우리, 뭐가 좀 안 맞나?

인연…….

고개를 저었다.

강화대교를 건너서 어렵지 않게 이정표를 찾았다.

옆자리에 앉아 있을 때 이정표를 보는 것도 내 몫이었다. 정원은 유난히 길눈이 어두웠다.

특히 운전석에 앉기만 하면 더욱 심했다. 초행길이야 그렇다 치더라도 몇 번이고 다닌 길도 자주 잊어버렸다. 내 쪽에서 보면 정원이 그걸 즐기는 것처럼 느낄 정도였다. 나로서야 고마웠다. 정원은 아마 내가 잘할 수 있는 것을 잘할 수 있게 기회를 준 것인지도 몰랐다.

내가 못하는 많은 것들에 대해 정원은 너무나 잘 알고 있었다.

나는 젓가락이나 일회용 라이터로 병 뚜껑을 따지 못했다. 하다 못해 정원도 방문 문고리 안쪽 홈에다 대고 툭 쳐서 쉽게 병 뚜껑을 땄지만, 나는 그것조차 못했다. 언젠가는 병목을 아예 부스러뜨린 적도 있었다. 만일 극지에서 어떤 절체절명의 순간, 단 한 개의 성냥 개비가 남았을 때, 나는 아마 살아남는 일을 포기해야 할 것이다. 나는 담배연기로 도너츠를 말아 올리지 못했다. 그건 처음 담배를 배울 때부터 꼭 해보고 싶던 일이었지만, 삼십 년 가깝도록 성공하지 못했다. 실수로 안쪽 고리를 눌러 방문이 닫혔을 때, 나는 당연히 아내에게 도움을 요청했다. 그때마다 아내는 못 쓰는 신용카드나 도서관 복사카드 같은 것으로 여유 있게 문을 따주었다. 나는 왜 내가 전구나 형광등을 갈아 끼울 때면 한번에 딱 아귀가 맞지 않는지 스스로 이해할 수 없었다. 나는 문자메시지를 쓸 줄 모르며, 휴대폰에 전화번호를 어떻게 저장시키는지는 더더욱 몰랐다. 이따금 나는 내 방 전화번호조차 잊어버리곤 했다.

그런 내가 투망질을 어떻게 하겠는가. 언젠가 나는 우리 눈앞에서 멋진 폼으로 그물을 던져 펼치던 후배를 몹시 질투했다. 구릿빛 어깨를 드러낸 채 노을이 붉게 타는 섬진강에서 그물을 던져 펄펄 뛰는 은어를 건져 올리던 후배……. 정원은 속마음을 결코 숨기거나 하는 사람이 아니었다.

저런 거 못하죠, 당연히?

무엇보다 내가 못하는 게 있었다. 바로 운전이었다.

지난해 가을 어느 날, 함께 점심을 먹고 났을 때였다. 한적한 교외에 있는 음식점이고 평일이어서 너른 주차장 마당에 차가 거의 없었다. 막 차에 오르려던 정원이 갑자기 발을 빼면서 말했다.

여기 앉아봐요.

정원이 운전석을 가리켰다.

응, 왜?

한번 해봐요. 이거 장난감 같은 거예요. 자전거 탈 줄 알죠? 그것보다 더 쉬워요.

안 돼, 내가 그걸 어떻게…….

손사래를 쳤지만, 결국 떠밀리다시피 운전석에 앉아야 했다. 난생 처음이었다. 장난일망정 한 번 앉아본 적이 없었다. 관심도 없었을 뿐더러, 무엇보다 거긴 죽을 때까지 내 자리가 아니라는 생각이 오래된 부스럼 딱지처럼 눌러 붙어 있었던 것이다.

차를 박으면 어떡해?

걱정 마요. 물어 달라고 하잖을 테니.

정원은 시동을 거는 법부터 가르쳤다. 당연히 한번에 시동을 걸지 못했다. 정원은 웃었고, 다시 시범을 보여주었다.

열쇠를 돌리는 일조차 왜 그리 두렵고 떨리는지. 그러다가 덜컥 시동이 걸렸을 때, 드러내지는 않았지만 적잖이 당황했다. 큰 기곗 덩어리가 작은 손놀림 하나만으로 움직일 수 있다는 사실이 신기하기는커녕 더럭 불안감을 키워주었기 때문이다.

그날 나는 차를 한 번 후진시키는 것으로 최초의 운전 연습을 포기했다.

내 소원이 뭔지 알아요? 그 자리에 앉아서 가는 거예요. 그러면서 길도 봐주고 음악도 틀어주고…….

따지고 보면 치과 가기만큼 싫었던 운전학원에 등록을 한 것도 그

때문이었다. 정원의 그런 소원을 꼭 한 번은 들어주고 싶었다. 그때 이미 그런 내 희망이 혼자만의 공상이라는 것을 알고 있었다. 결코 그런 일은 일어나지 않을 터였다. 그래도 그때, 정원이 아예 사라져 버린 그때, 내가 달리 어떤 희망으로 버틸 수 있었을까.

갑자기 뒤에서 클랙슨 울리는 소리가 났다.

얼른 신호등을 보았다. 좌회전 신호가 떨어져 있었다. 황급히 핸들을 틀었다. 그러는 통에 페달을 너무 세게 밟은 모양이었다. 차는 내 짐작보다 훨씬 급한 원주를 그리며 쏜살같이 달려나갔다.

가까스로 길 한켠에 차를 세울 수 있었다. 뒤차 운전사가 다시 한 번 경적을 울렸다.

"운전 제대로 해!"

그 말이 새롭게 다가왔다. 조수석에서 들었던 것과는 전혀 다른 느낌이었다. 그때 같았으면 무작정 뛰쳐나가 멱살 드잡이든 뭐든 대거리를 했을 터였다. 그런데 이번에는 화가 나지 않았다. 오히려 미안했다.

문득, 정원이 보고 싶었다.

보면, 이 느낌을 그대로 전해주고 싶었다. 손은 저절로 담배를 찾고 있었다.

그때 나는 문고판 제임스 조이스를 읽고 있었다. 스티븐 디덜러스는 격정에 찬 가슴으로 말했다.

언어가 새로운 의미를 지닌다.

눈을 들었다. 정원은 여전히 일기를 쓰고 있었다. 가슴에 중국산 보온 물병을 꼭 껴안은 채.

창밖에는 다시 비가 오고 있었다. 그새 짧은 눈이 비로 바뀐 것이었다. 슬레이트 지붕을 때리는 빗줄기가 제법 굵었다. 이번에는 쉽게 그칠 것 같지 않았다. 물론 이러다가 언제 다시 눈으로 바뀔지도 알 수 없는 일이었다. 창밖 저쪽 불빛들이 갑자기 가로등 하나만 남기고 일제히 사라졌다. 사람들이 불을 끈 게 아니었다. 계곡을 타고 올라온 비구름 눈구름 비안개 눈안개 때문이었다. 마을이 갑자기 사라져버렸다.

해발 고도 3천 5백 미터가 넘는 남체에서 이렇게 새해를 맞는구나. 한 해의 마지막 밤. 좀더 의미를 부여해보면, 20세기 마지막 밤.

딱히 다른 풍경은 없었다.

축제나 불꽃놀이 같은 것은 더더욱. 이곳의 시간은 달리 흘러간다. 그 시간 속에서는 기억이 현실이고, 현실은 기억이 된다. 자연은 움직이고, 인간은 정지해 있다.

눈앞에 다시 불빛들이 나타났다. 흐릿한 창문.

언젠가 본 풍경 같았다. 고등학교 3년 동안 살았던 낙골의 밤 풍경이 이랬을까. 희미한, 낮은 촉수의 가로등 불빛 밑으로 검은 그림자가 슬쩍 나타났다가 사라졌다. 그 옆으로 낮은 처마의 지붕들. 이 순간의 풍경은 또 언제 본 것일까. 어느 화첩에서 보았을, 19세기 벨기에나 프랑스 어느 화가의 도시 뒷골목 풍경화 같기도 했다. 아니래도 할 말은 없지만, 꼭 그렇게 19세기 벨기에나 프랑스 화가의 그림이어야 할 것 같았다.

저녁때 간 티샵 제목이 뭐죠?

정원이 물었다.

제목? 이럴 땐 그냥 이름이라고 하는 거 아닌가?

그럼 이름이 뭐였죠?

이름? 모르겠는데…….

국제전화를 걸러 들어간 찻집의 모녀가 떠올랐다. 친절하게 야크차까지 대접해주던 티베탄 모녀. 딸은 몇 살이냐는 질문에 대답도 못한 채 국광 사과처럼 두 뺨이 발그스름해지고, 어머니는 빙그레 웃으면서 손가락으로 애써 열일곱을 만들어 보였다. 열두어 살 정도로 봤는데…… 차를 얻어 마신 뒤 마시고 싶지도 않은 스프라이트 한 캔을 사가지고 나서는데, 시작도 끝도 없는 인연의 고리 문양을 새긴 커튼 밖으로 눈이 뿌렸다. 굵지는 않았지만 제법 짙은 눈이었다.

그 눈이 다시 내리고 있는 모양이었다.

책, 어디까지 읽었어요?

정원이 다시 물었다.

왜, 그런 것까지 일기에다 쓰려고?

정원이 미처 끼어들 새도 주지 않고 대답했다.

스티븐 디덜러스가 신적인 질서 밖으로 뛰쳐나가려는 장면. 젊은 예술가의 치기 어린 창조 정신마저 아름답대.

그런 적 없었어요?

몰라, 난 아무래도 1930년대에나 살았어야 했나봐.

갑자기 또…… 백석처럼?

나는 아마 청진이나 함흥…… 회령이라도 좋겠지. 북관의 그런 도시 여학교에서 독일어를 가르치는 선생님이었을 거야. 한 번쯤 독서회 사건 같은 것으로 유치장 생활을 하긴 했겠지만, 목숨을 걸고 조국의 독립을 위해 싸웠을 것 같지는 않아. 그래도 나는 조국의 운명과 그 안에서 사는 내 운명에 대해 슬퍼할 줄 아는 가슴만큼은 지녔겠지. 이따금 눈이 내리는 저녁이면 벗의 집으로 마실을 간다. 옆구리에는 어제 모처럼 서사書肆에 들러 산 외국 시인의 번역 시집 한 권을 끼고서…….

이렇게 한 해가 저무는군요, 남체에서도 회령에서도. 아니면 저 까마득한 서울에서도……

갑자기 눈시울이 뜨거워졌다. 행복해서였다. 그리고 행복한 만큼 겁이 나서였다. 이래도 되는 걸까. 이렇게 행복해도 되는 걸까.

아웅, 일기 다 썼다. 나 안아줘요.

내일은 에베레스트를 볼 것이었다. 비는 안개로 지워졌고, 안개는 다시 눈에게 자리를 내주었다.

너무 완전해서 불안해요……

정원이 건너와 두 팔로 나를 꼭 껴안았다.

매표소 앞 무지개꼴 낮은 성문을 지나자 호젓한 산길이 나타났다.

눈발은 제법 굵어졌다.

모롱이 끝에 절집이 금세 모습을 드러냈다. 생각보다 규모가 작았지만, 펄펄 날리는 눈발 속에서 한눈에 잡히는 그림이 잘 그린 풍경화를 방불했다. 대조루를 통과하자 막바로 대웅보전이었다. 단아했다. 버선코처럼 하늘을 향해 슬쩍 고개를 치켜든 지붕의 처마선이 특히 인상적이었다.

버덩을 올라 서둘러 나부상裸婦像부터 찾았다.

과연 기묘했다.

물매가 싼 지붕 네 귀퉁이마다 처마를 받쳐든 목제 조각상의 형상이 특이했다. 나부상이라지만, 솔직히 벌거벗은 여인이라기보다는 분홍색 원숭이에 더 가깝다는 생각이 들었다.

대웅보전을 두 번째 돌았을 때, 나는 네 조각상들이 다 똑같지는 않다는 사실을 발견했다.

둘은 그것이 나부든 원숭이든 두 손으로 온전히 처마를 떠받치고 있었지만, 나머지 둘은 한 손만을 치켜들고 있었다.

어쨌거나 그런 형상에서 전설을 새기는 것은 어렵지 않았다.

대웅전 건립에 남도에서 올라온 한 솜씨 좋은 도편수가 참가했다.

그는 공사를 하던 중 우연히 아랫마을에 사는 한 여인과 사랑에 빠졌다. 여인은 혼잣몸이었고, 도편수는 나이 든 총각이었다. 둘은 남들의 이목을 피해 틈틈이 사랑을 나누었다. 첫눈에 반한 사랑이었던 만큼 도편수는 하루 종일 그녀 생각밖에 없었다. 이제까지의 생이 오로지 그 순간을 위해 존재했던 것처럼 느껴졌다. 인부들이라고 눈치 채지 못할 리 없었지만, 도편수가 워낙 능력이 뛰어나고 성실했다. 다림을 보고 머름대를 짜고 공포를 두는 일 어느 하나 소홀함이 없게 관리했다. 일은 차곡차곡 잘 진행이 되어 나갔다. 그러는 사이 도편수는 공사가 끝나면 여인과 살림을 차릴 결심을 굳히고, 중간에 받은 삯을 모두 그 여인에게 맡겼다. 인부 중 한 사람이 지나가는 말처럼 넌지시 충고를 했다. 그렇지만 이미 온 마음이 여인에게 가버린 도편수의 귀에 그런 말이 제대로 다가설 리 없었다. 공사가 거의 끝나갈 무렵, 이제 서까래와 도리가 한몸이 되도록 접착하는 일만 남았는데, 여인이 하룻밤 새 사라져버렸다. 도편수는 넋이 나가 그녀를 찾아 헤맸다. 하지만 어디에서도 여인을 찾아낼 수 없었다. 뒤늦게 한 가지 소식을 듣게 되었다. 여인이 도편수의 돈을 챙겨 외간사내와 도망쳐버렸다는 것. 마른하늘에 날벼락이었지만, 사실이었다. 도편수는 실의에 빠져 매일 밤을 술로 지샜다. 당연히 공사는 뒷전이었다. 그러다가 다시 마음을 다잡은 도편수는 전보다 훨씬 부지런히 일을 했다. 그렇게 해서 어느덧 대웅보전 공사를 마무리하는 일만 남았다.

도편수는 말했다.

오늘 밤으로 내가 이 추녀 공사를 마무리짓겠다. 그동안 다들 열심히 일했으니 오늘 밤은 실컷 술을 마시며 쉬게.

이튿날 아침, 겨우 술에서 깨어난 인부들은 대웅보전을 보고 깜짝 놀라지 않을 수 없었다.

네 처마 끝에 전혀 생각하지도 못했던 목조 형상물들이 박혀 있었기 때문이다. 인부들이 도편수를 찾았지만, 온데간데없이 사라져버린 뒤였다.

여인에 대해서는 여러 가지 설이 있었다. 여염집 규수라기도 하고, 혹은 주막의 주모, 심지어 공사장만 찾아다니는 들병이라기도 했다. 이야기를 들려준 후배는 굳이 주모라는 편에 무게를 실었지만, 중요한 건 그게 아니었다.

그때 그 밤, 나부상을 조각하던 도편수의 심정이 과연 무엇이었겠는지……. 업을 지었으니 벌을 받으라는 뜻으로 그리했다는 설이 지배적이었다. 천 년 만 년 무거운 지붕을 이고 뉘우치라는 복수. 그러나 그건 또 부처님에게 바치는, 사랑했던 여인을 대신해 속죄를 비는 간절한 기구이지 않았을까. 아니, 그건 어쩌면 인연에 대해 너무 가볍게 생각했던 자신에 대한 속죄일지도 몰랐다.

달이 떠 있었을까.

실비가 뿌리고 있었을까.

아니면 오늘처럼 펑펑 눈 오는 밤이었을까.

도편수는 두 볼을 타고 흐르는 눈물을 주체할 수 없었다. 더 이상 희망이 없다는 것을 너무도 잘 알았다. 사랑은, 한번 돌아서면 돌이키지 못한다는 사실. 억장이 무너지는 마음이었다. 분노를 어찌할 수 없었다. 일 분 일 초가 십 년 백 년 같았다. 죽고 싶었다. 심장이 옥죄이듯 하다가도, 어느 순간에는 터져버릴 듯 사납게 들뛰었다.

머릿속에 끊임없이 배반과 모욕이라는 낱말이 떠올랐다. 그러했다. 모욕이었다. 그것도 참으로 잔인한 모욕. 죽이고 싶었다. 복수를 하자. 어떻게 이런 일이…… 그러다가도 퍼뜩 정신이 돌아오면, 거기 환한 보름달 달빛 속에, 팽나무숲 흩날리는 실비 속에, 하얀 나비떼 같은 눈송이들 속에 부처님의 모습이 보였다.

하고 싶은 대로 하시게.

도편수는 눈을 감았다.

이제 더는 만날 수 없는 정인情人. 이제 더는 그녀의 꾀꼬리 같은 목소리를 들을 수 없고, 이제 더는 그녀의 옥 같은 얼굴을 볼 수가 없다. 산들바람처럼 부드러운 손도 잡을 수 없고, 봄날 만개한 사과 꽃처럼 하얀 속살도 만질 수 없으며, 이슬 구르는 동백꽃잎처럼 매끄러운 살결을 따라 내려가다가 문득 나타나는 비밀스러운 솔수펑이, 그 떨리도록 따스한 감촉도 느낄 수 없다.

도편수는 눈을 감은 채 몸이 기억하는 대로 손을 움직였다. 그 순간에는 오직 그것만이 진실이었다.

기와 불사 접수처에서 보살 한 분이 나와 흘낏 나를 보고는 죽림다원 쪽으로 사라졌다.

나는 쉽게 자리를 뜨지 못했다.

모든 일이 꿈만 같았다. 무엇이 어디서부터 잘못된 것인지, 아니 진짜 잘못된 그 맨 처음이란 게 있기나 한 것인지, 그것조차 종잡을 수 없었다.

눈은 이미 멀고 가까운 거리조차 구분하기 힘들 만큼 펑펑 흩날리고 있었다. 큰눈이었다.

모든 게 때가 있는 법이에요. 그리고 나는 지금 어떤 마지막 결단의 순간에 와 있는 거예요. 그뿐이지요.

정원은 말했다.

술잔을 연거푸 비우면서 나는 마음을 진정시키고자 무진 애를 썼다. 머릿속에서는 온갖 말과 행동의 유혹이 악마구리처럼 들끓었다. 결국 그 말이 그 말이잖아, 헤어지자는 거, 내가 싫어졌다는 거…… . 냅다 이렇게 몰아 부치고 싶은 유혹과 눈앞의 소주병으로 내 머리를 사정없이 내리치는 유혹.

사실 나는 그 상황 자체보다는 상황이 내게 주는 모멸감을 견디기 어려워했는지도 몰랐다. 그러다가도 어느 순간 무릎을 꿇고 무엇인가를 빌고 싶었다. 차라리 그랬으면 싶었다. 그러나 나는 여전히 내가 무엇을 빌어야 할지조차 잘 몰랐다.

내가 무얼 잘못했지?

정원은 대답하지 않았다.

내년 봄이면 다 해결된다고 했잖아. 설마 그것 때문에?

물론 아니었다. 정원이 내게 그걸 강요한 적은 한 번도 없었다. 그건 어디까지나 내가 알아서 해결하면 되는 문제였다. 이혼. 솔직히 그건 이제 문제가 아니었다. 나는 내 처에게 다만 어느 정도 위자료를 만들어주고 싶었고, 그래서 어느 정도 시간이 필요했던 것이다. 그게 우리 둘 사이의 문제가 아니라는 것쯤 잘 알면서도, 나는 그렇게 말을 만들었다.

말 좀 해봐. 그래, 나도 이젠 헤어지자는 것, 받아들이겠어. 그렇지만 이제껏 몇 년 동안이나 사귄 사람한테 대한 예의가 아냐, 이건. 도대체 내가 뭘 잘못했지?

잘못한 것, 없어요.

그럼?

그냥 편한 대로 생각하세요. 내 마음이 식었다고 생각해도 좋아요.

어떻게 그럴 수 있지? 어떻게 갑자기 이렇게 될 수 있는 거냐고…….

말로 할 수 없는 이야기도 있어요. 그래요, 때론 하지 않는 게 더 좋을 수도 있고요.

이러면 다야? 그럼 나는, 앞으로의 내 인생은?

초조했다. 내게 남겨질 세월을 혼자 어떻게 견뎌낼지 아득하기만 했다. 정원은 더 이상 말을 하지 않았다. 대신 술을 거푸 들이켜기 시작했다. 나 역시 차라리 모든 게 엉망으로 얽혀버렸으면 싶었다.

술집에서 나온 것은 거의 두 시가 다 되어서였다.

정원이 가라고, 이제 가시라고 말했다. 나는 싫다고, 따라갈 거라고 대답했다.

가세요, 이제. 취했어요.

싫어. 너나 가.

정원이 나를 노려보았다. 그러더니 휙 돌아서서 걸음을 떼었다. 나는 그런 정원의 뒤를 바짝 쫓아갔다. 정원은 뒤도 돌아보지 않고 곧장 앞으로 걸어갔고, 나는 지친 똥개처럼 정원의 뒤를 밟았다. 내가 무슨 짓을 하고 있는지 잘 알고 있었다. 더 이상 돌이킬 수 없는 파경으로 나를 몰아붙이는 자살 행위였다. 그렇지만 이미 취했고, 술기운을 빌어 그런 내 자신을 정당화하려고 애썼다. 아니, 그냥 그렇게 엉망이 되고 싶었다.

정원이 돌아섰다.

마지막 인간적인 신뢰마저 훼손시키고 싶지 않아요. 가세요.

나는 대답 대신 고개를 거칠게 저었다.

정원이 어처구니없다는 듯 그런 나를 한참 동안 바라보았다.

일은 그렇게 된 것이었다. 내가 기억하는 것은 그것까지였다. 그 다음은 정원의 방이었다. 정원은 포기한 듯 말했다.

여기서 자다가 가세요.

정원은 소파를 가리켰고 나는 또 고개를 저었다.

얼마나 더 그런 터무니없는 대화 아닌 대화가 오갔을까. 나는 익숙한 솜씨로 냉장고에서 술을 꺼내 마셨다. 술병을 거의 다 비웠을 때, 정원이 잠옷으로 갈아입고 나왔다.

이리 오세요.

나는 그렇게 들었고, 그렇게 정원을 따라갔다. 그리고 본능이 말하는 대로 내 몸을 맡겼다. 나는 그게 무슨 뜻인지 알아차릴 만한 힘도 여유도 없었다. 나는 거친 숨을 몰아쉬었는데, 정원은 한번 감은 눈을 끝까지 뜨지 않았다.

그게 마지막이었다.

새벽, 얼핏 잠에서 깬 나는 휘몰아치는 자괴감에 어찌할 바를 몰랐다. 정원은 돌아누운 채 자고 있었다. 나는 부들부들 떨리는 가슴을 가라앉힐 시간도 없이 침대를 빠져나왔다. 정원이 슬핏 몸을 돌리는 기척을 느꼈지만, 뒤를 돌아볼 수 없었다.

한없이 걸어 내 방으로 돌아오는 길, 나는 흘러내리는 눈물을 감당할 수 없었다. 나는 더 이상 사랑을 말할 자격도 없는 인간이 되어버린 것이었다.

발신창에 연결 표시 전화기가 그려졌다.

곧 음악이 흘러나왔다. 새로운 노래였다. 널 만나면 말없이 있어도 또 하나의 나처럼 편안했던 거야……. 아는 노래였다. 너와 나의 사랑이 잊혀진다면……. 그러나 노래가 끝날 때까지 반응이 없었다.

통화가 되지 않으니 소리샘으로 연결해드리겠습니다. 연결된 후에는 통화료가 부과되오니…….

전화기를 껐다.

잠시 멍하니 바다를 바라보았다. 그러다가 다시, 주저하지 않고, 통화 버튼을 눌렀다. 노래가 흘러나왔다. 널 만나면 말없이 있어도……. 나는 노래를 다 들었고, 결국 또 핸드폰을 접었다.

생각한 대로였다. 단 한 번도 예외란 게 없었다. 허술한 기대 같은 것으로 정원의 마음을 움직일 수 있다고 생각해서는 안 되는 일이었다. 알면서도 나는 늘 이렇게 허술한, 그러면서 결국 스스로 상처를 입는 어리석은 짓을 하는 셈이었다.

다시 담배를 꺼내 물었다.

내린 눈이 벌써 솜이불처럼 하얗게 갯벌을 덮어가고 있었다. 아니, 갯벌과 바다, 하늘과 바다의 경계 같은 것도 이미 사라져버린 지 오래였다.

표시가 되어 있는 이상, 정원이 내 전화를 받을 가능성은 없었다. 나도 딴 전화기를 쓸 생각은 없었다. 통화가 이루어진다고 해서 꼭 할말이 있는 것도 아니었다. 어쩌면 이게 통화의 실체였다. 거부될 줄 알면서 하는 발신과 당연한 수신 거부. 이제 우리 사이에 달리 어떤 통화 방식이 존재하는 것은 아니었다.

문득, 전원을 왜 꺼놓지 않았을까 하는 생각이 들었다. 아주 사라진 것은 아니라는 신호였다. 전화번호를 바꾸지도 않았다. 그것 역시 아주 사라진 것이 아니라는 신호일까. 무엇인가 작은, 아주 작은 희망 같은 게 가슴속 한 끝자락에서 일어나는 듯했다. 아주 사라진 게 아니라면 언젠가는 다시 돌아올 수도 있다는 말인지…….

반도 타지 않은 담배를 석축 아래로 아무렇게나 휙 던져버렸다.

벨이 울린 것은 그때였다.

"지금 운전하시는 거 아니죠?"

경선이었다.

"어떡하죠? 눈이 너무 많이 내리는데……."

"천천히 갈게요."

"할 수 있겠어요?"

"해봐야죠."

"어디세요?"

"분오리 돈대. 강화도예요."

"대충 짐작은 했어요. 여기서 어딜 간다면 거기 밖에……."

"네……."

무슨 말이든 묻고 싶었다. 그러나 이제부터 모든 말은 상처만 덧나게 할 거라는 생각이 들었다. 희망 같은 것, 없다. 우리 인연이란 게 이런 식으로 매듭지어지게 되어 있었는지 모른다.

"저……. 미안해요. 도와주지도 못하고……. 하지만 내 생각에……."

경선의 목소리가 한결 무거워졌다.

"미안해할 것 없어요. 그런 건 아니에요. 나도 그렇게 생각해요. 이유 같은 거, 과정 같은 거, 이제 알고 싶지도 않아요. 아니, 이유 같은 것 없이도 이렇게 될 수 있다고도 생각해요."

"그건 더 무서운 말이네요. 이해해줄 수 없다는 말처럼 들려요."

"아니, 절대로 그렇지 않아요. 나는 다만……. 그래요. 경선 씨가 모르는 내가 있어요. 이번 일이 어떻게 어떤 계기로 벌어졌든 그건 중요하지 않아요. 정말이지 이제 와서 그런 것들은 생각하고 싶지도 않고, 새삼 알고 싶지도 않아요. 문제는……. 관두지요. 그냥 이쯤

해두는 게 좋을 것 같네요. 말하자면 만나는 것 못지않게 헤어지는
방식도 중요하다는 거……. 내가 아직 사람 사이의 관계에 대해 잘
몰랐다고 생각해요. 그 사람에게……. 미안할 뿐이에요. 어쨌든 고
마웠어요."

"마치 다시는 안 볼 사람처럼 그러시네요. 내 차 안 돌려줄 거예
요?"

경선이 목소리를 바꾸며 말했다.

"당연히……."

"당연히 갖다 줄 거죠? 우리 신랑이 알면 나 혼나요. 참, 거기 풍
경이 기막히겠네?"

"이런 눈 속에서야 어디라도 다 좋겠지요."

"그렇겠지요. 아, 그새 뭔가 시야가 달라지신 것 같기도 하네."

그래 보여요, 하고 되묻고 싶었다. 정말이지 나도 내 속을 몰랐다.
당신은 가시라, 나는 사랑하겠다? 내 인생 물어내라? 너 죽고 나 죽
자? 그래, 당신 뜻대로 다 하시라? 그래요, 어쩔 수 없지요……. 어
떤 것도 나였고, 어떤 것도 내가 아니었다. 그렇지만 시야에 관한
한, 나는 운전을 배우기 전과 달라진 게 있다고 자신할 수 없었다.

"솔직히……. 너무 완전한 풍경을 기대하지 마세요. 인생이란 게
그저 조금은 특별한 풍경만으로도 만족하며 살아가는 거 아니겠어
요? 허 참, 자꾸 왜 내가 내 이야길 하는 것 같지?"

그 말이 가슴을 아프게 파고들었다. 조금은 특별한 풍경……. 나
도 모르게 고개를 끄덕거렸다. 최소한 여기서 한 발짝이라도 더는
무너지지 않아야 한다. 그래야 그나마의 풍경으로라도 남을 수 있을
것이었다. 나머지는……. 시간의 몫이었다.

갯벌에 아무렇게나 박혀 있는 작은 어선 위로도 눈발은 사정없이

흩뿌리고 있었다.

저 배처럼, 나도 이제 생의 어느 물결이 들어와야 다시 뜰 수 있을 것이었다.

"조심해서 오세요. 어려울 것 같으면 그냥 아무 데나 세워두시고요."

"네."

나는 담담하게 대답하고 전화를 끊었다.

시동을 걸었다.

낯설지 않았다. 두렵지도 않았다. 무엇인가 두려운 게 있다면 오히려 그 점이었다. 웬일인지 낯설지 않고, 웬일인지 두렵지 않다는 사실……. 나는 천천히 브레이크에서 발을 뗐다.

차는 스르르 미끄러지기 시작했고, 돈대 옆으로 하얀 바다가 조금씩 멀어져갔다.

나는 내가 거울로 뒤를 보고 있다는 사실조차 조금도 낯설지 않았다.

이렇게 익숙해져가는 것이었다.

액셀러레이터를 밟은 발에 힘을 실었다. 차는 해안 도로 위를 빠르게 미끄러져갔다. 갑자기 정원의 얼굴이, 아내와 아이들의 얼굴이 뒤섞여서 떠올랐다. 어디, 아픈 게 나쁘겠는가. 내가 그들에게 한 일이 결국 업이었다. 이제 얼마나 무거운 처마를 떠받치게 될 것인지……. 내가 맺은 인연들에게 두루 미안했다. 저만큼 반대쪽에서 다가오는 화물차의 윤곽을 언뜻 눈에 담았다. 정확하지 않았다. 모든 게 한 치 앞도 가리기 힘든 눈 속에 사라져버렸다.

생의 어떤 비경을 향해 나아가고 있다는 생각이 든 것은 그때였다.

이야기의 기본 구도는 통속적이다. 한 남자와 한 여자가 있다. 처자식이 있는 남자와 이 남자의 애인인 여자. 혼외 정사가 바야흐로 유행인 요즘의 풍속(최근의 한 조사에 따르면 기혼 남녀의 40퍼센트가 혼외 정사 상대를 갖고 있다)에 비춰보나 혼외 정사를 주제로 한 숱한 텔레비전 드라마에 비춰보나 진부하고 상투적인 이야기가 되기 십상인 구도다.

그러나 이 작품이 그리는 것은 혼외 정사의 진행이 아니라 그것의 결렬 이후이고, 여기서부터 이 작품은 진부함과 상투성을 벗어난다. 몇 년 동안 사귀어온(20세기의 마지막 밤을 티베트에서 함께 보내기도 했다) 여자가 갑자기 단호하게 결별을 선언했고, 그리하여 두 사람은 헤어졌다. 특이한 것은 결별의 뚜렷한 이유가 밝혀지지 않는다는 점이다. 남자는 이듬해 봄에 이혼할 계획이었고, 여자에게 뭘 잘

못한 것도 없다. "내 마음이 식었다고 생각해도 좋아요", "말로 할 수 없는 이야기도 있어요"라는 것이 이유에 관해 여자가 밝히는 것의 전부다. 그 결별과 서술의 현재 사이의 시간적 거리가 얼마나 되는지는 분명치 않다(지금 남자가 이혼한 상태인지 아닌지도 분명치 않다). 분명한 것은 여자와 헤어진 뒤 남자가 수시로 여자와의 옛 추억을 곱씹으며 괴로움 속에서 나날을 보내고 있다는 사실뿐이다. 또 하나 특이한 것은 현재 남자의 대화 상대인 여자의 신분이다. 이 여자(경선)는 헤어진 여자(정원)의 친구이고 이미 결혼하여 가정이 있다. 통속극에서라면 남자와 이 여자 사이의 새로운 로맨스가 기대될 만도 한데, 물론 그런 기대는 충족되지 않는다. 두 사람의 관계는 문자 그대로 우정 관계인 것처럼 그려지고 있는데, 그러나 달리 생각해보면 이 또한 다소 통속적인 설정일 수 있고, 게다가 개연성이 빈곤하다. 그럼에도 불구하고 이 관계가 필요한 것은 그것이 이 작품의 서사 구성에서 필수적인 역할을 하기 때문이다.

좀더 자세히 들여다보면 세 인물 중 남자는 다른 두 여자와 구별되는 표지(젠더 문제가 아닌)를 갖고 있다. 두 여자는 모두 자동차 운전을 하는 데 비해 남자는 운전을 못하는 것이다. 운전을 못할 뿐만 아니라 일상에서 부딪히는 각종 일들 중 많은 것들을 못한다. 이는 현실 변화에의 부적응 내지 적응 거부의 징후다. 적응/부적응의 차이가 남자와 여자의 결렬의 진정한 이유일 수 있을 것 같다. 이 점을 중시하면 이 작품은 남자가 운전을 시도하고, 그 시도의 결과 운전이 낯설지 않고 두렵지 않게 되기까지를 서술하고 있는 셈인데, 여기서 중요한 것은 마지막 장면에서의 교통사고의 암시다. "생의 어떤 비경을 향해 나아가고 있다는 생각이 든 것은 그때였다"라는 마지막 문장, 이 문장을 성립시키기 위해 이 작품의 나머지 전부가 있다고 말하면 물론 과장이겠지만, 어느 정도는 그런 것 같다. 남자가 부적응 내지 적응 거부의 인물화라면 적응으로 나아가는 순간이 그의 죽음이 되는 것은 자연스럽다.

통속적인 혼외 정사 이야기가 부적응의 비극적 신화에 육체를 제공해주고 비극적 신화가 통속적 이야기를 탈통속화 하고 있는 이 작품은 독자의 정서에 막연하고 불안한 흔들림을 일으킨다(그러므로 시적이라고 할 수 있다). 그 흔들림의 질감을 깊이 느끼는 것이 이 작품에 대한 좋은 읽기일 것이다.

나는 몽유夢遊하리라

김영현

1955년 경남 창녕에서 태어나 서울대 철학과를 졸업했다.
1984년 《창작과비평》으로 등단했으며,
소설집으로 『깊은 강은 멀리 흐른다』 『해남 가는 길』
『그리고 아무 말도 하지 않았다』 『내 마음의 망명정부』 『포도나무집 풍경』,
장편소설로 『풋사랑』 『날아라 이 풍진 세상』 『폭설』 등이 있다.
1990년 한국일보문학상을 수상했다.

나는 몽유夢遊하리라

그가 상담소를 찾아온 것은 토요일 늦은 오후였다. 철 지난 고동색 싸구려 인조 세무 잠바 차림에 땟국이 주르르 흐르는 몰골을 한 한 늙수그레한 사내가 조심스럽게 상담소 문을 열고 먼저 머리부터, 다음엔 말라붙은 흙이 덕지덕지 붙은 낡고 큰 구두가, 그리고 마지막으로 약간 구부정한 어깨의 몸뚱이가, 마치 구치감에 처음 들어오는 자의 그것처럼, 안으로 차례로 들어오는 순간을 윤태는 스포츠 신문을 보면서 짐짓 외면을 한 채 곁눈으로는 빠짐없이 지켜보고 있었다.

토요일 오후라 사무실에는 윤태를 제하고는 아무도 없었다. 윤태를 제하고라 해봤자 처음부터 상담소에는 사무장인 윤태를 포함해 갓 군대를 나와 정식 취직 자리가 나올 동안 임시로 일하고 있는 소장의 먼 친척뻘 되는 박군과 낼모레 시집갈 생각 외에는 아무 생각도 없는 사람처럼 온종일 거울을 보거나 전화기만 붙들고 있는 미스 최밖에는 없었다. 윤태 역시 토요일이라 일찌감치 퇴근해 오래간만에 고등학교 친구인 제이와 한 잔할 생각이었는데(그는 노총각인 윤태를 위해 그럴듯한 노처녀 하나를 소개시켜주겠다고 했다), 그가 갑자기 약속 시간을 저녁으로 미루는 바람에 이러지도 못하고 저러지도 못하고 있던 참이었다.

사무실 안으로 들어온 사내는 뒤돌아서서 딴에는 조심스럽게 소리가 나지 않도록 극도로 신경을 쓰며 문을 닫았다. 그런 사내의 허술하고 한편 비굴해 보이는 뒷모습을 보고 있는 동안 윤태는 속으로 낭패감과 함께 까닭 없이 화가 치미는 것을 느꼈다. 물론 그것은 어쩌면 저 사내 때문에 금싸라기 같은 토요일 오후가 완전히 망가질지도 모른다는 불길한 예감 때문이기도 하려니와 이런 한심한 일에 자신의 아까운 재주와 청춘이 송두리째 허비되고 있다는 새삼스런 배신감 때문이기도 할 것이었다.

이럴 때면 공연히 자기를 이런 데에 처박아둔 상담소의 소장인 케이 변호사에 대해 원망이 일어나곤 했다. 명색이 소장이라면서 그는 이 누추하기 짝이 없는 사무실에는 몇 달 가야 코빼기 한 번 비칠까 말까 한 터였다. 그 대신 그는 법원 앞에 있는 크고 번쩍이는 자신의 진짜 변호사 사무실에서 대부분의 시간을 보내고 있었는데, 하긴 그곳은 자기 말마따나 돈이 들어오는 곳이고 이곳은 돈이 나가는 곳이라 그런지 모르겠다. 윤태의 대학 선배이기도 한 케이는 정치적 야망을 가진 친구였다. 아직 드러내놓고 말하지는 않았지만 모모당에다 장차 이곳을 자신의 지역구로 신청할 셈으로 공을 들이고 있는 중이었다. 그러니까 상담소는 그의 그런 야망을 위한 사전 이미지 작업용인 셈이었다. 고작 직원 셋에, 그것도 임시직인 박군이나 미스 최를 제하고 나면 윤태 하나뿐인 이 궁색한 사무실에 붙어 있는 '아무개 변호사 생활문제상담소'라는 다소 애매하고 긴 이름의 커다란 간판만 봐도 알 수 있었다.

그에 비하면 윤태 자신은 무슨 얄궂은 끈에 묶여버렸는지 자꾸 어두컴컴한 세상의 밑바닥 어딘가에서 헤매고 있는 듯한 느낌이 들었다. 특히 이곳 상담소 일이 그랬다. 찾아오는 사람이라고 어느 누구 하나 반듯한 인간이 없었다. 오죽하면 이름조차 불분명한 생활문제상담소이겠는가. 찾아오는 사람이라곤 거개가 지금 문을 열고 주저주저하며 들어오는 저 사내와 크게 다를 바가 없는 그런 족속들뿐이었다. 황금 같은 토요일 오후, 윤태는 미처 달아나지 못한 채무자처럼 방금 나타난 저런 꼴의 사내에 채인 자신의 신세를 생각하니 자기도 모르게 한숨부터 터져 나왔다.

그런 윤태의 마음을 아는지 모르는지 사무실 안으로 들어온 사내는 다음에 자신이 어떤 동작을 취해야 할지 모르는 사람처럼 문 근처에서 잠시 머뭇거렸다. 그의 손에는 분명히 문 밖에서 벗고 들어왔을 쥐색 털모자가 하나 들려 있었다. 반 넘어 빠진 그의 머리카락은 오랫동안 감지 않았는지 기름기로 번들번들한데다 모자를 눌러 쓴 부분이 표시가 나게 착 눌려붙어 있었는데 그 나머지는 삐죽삐죽 제멋대로 뻗어 나와 있었다. 그런데다 휑한 앞이마 위에는 그의 누추한 몰골을 더욱 강조하기라도 하는 것처럼 커다란 반창고가 하나 붙어 있었다. 반창고 위로는 그 반창고를 붙이고 다니는 이유라도 되는 것처럼 꺼멓게 말라붙은 핏자국이 비쳤다. 오십이나 되었을까. 툭 튀어나온 턱주가리에는 희고 검은 게 반반쯤 섞인 수염이 듬성듬성 더럽게 나 있었고 동굴처럼 움푹 들어간 눈은 마치 꿈이라도 꾸듯 몽롱하게 젖어 있었다.

"저어기……."

윤태를 발견하자 사내는 가볍게 고개를 숙이며 극히 조심스런 목소리로 말을 꺼냈다.

"토요일이라……. 상담 시간은 끝났는데……."

사내가 마른 입술을 들썩이며 뭐라 다음 말을 꺼내기도 전에 윤태는 더 이상 기다리지 않고 재빨리 그의 말을 막으면서 말했다. 못마땅함이 그의 얼굴에 노골적으로 나타났다. 뒷말이 잘리면서 자연히 반말투가 되어 있었다.

"담에 오세요."

그런 다음, 윤태는 보고 있던 스포츠 신문으로 다시 눈길을 돌리며 매몰찬 목소리로 못이라도 박듯 말했다.

"토요일……. 오, 저런. 오늘이 토요일이었구먼."

윤태의 말에 사내는 그제야 무슨 대단한 사실이라도 깨달은 것처럼 혼자 중얼거렸다. 그런 그의 모습이 윤태의 눈에는 왠지 뻔뻔스럽고 우스꽝스럽게 느껴졌다.

"이거 죄송해서 어쩌나……. 토요일이라……. 것도 모르고 바보같이……."

사내는 짐짓 자책이라도 하듯 자기의 머리통을 가볍게 두드렸다. 그러거나 말거나 윤태는 더 이상 아무런 대꾸도 하지 않겠다고 결심한 사람처럼 신문에다 눈을 박고 외면을 하고 있었다. 그러나 사내는 얼른 나갈 생각이 없는지 잠시 그 자리에 서서 두 손으로 쥐색 털모자를 만지작거리면서 혼자 뭐라고 중얼거려쌓더니 마침내 차림새에 어울리지 않는, 짐짓 정중한 목소리로 말했다.

"문이 열려 있길래……. 방해가 되었다면 정말 죄송합니다. 이걸 어쩌나……. 토요일이라……. 오는 날이 장날이라더니……. 그러고 보니 정말 오늘이 토요일이었구먼. 그러면 저어……. 죄송합니다만 소장님, 물 한 잔만 얻어 마시고 가면 안 될까요?

윤태는 비로소 신문에서 눈을 떼고 사내를 힐끔 한 번 쳐다보았다. 술기운 때문인지 코끝이 빨갛게 얼어 있었다. 게다가 낡고 더러운 옷에서는 이상한 냄새까지 나고 있었다. 귀찮은 일이지만 저런 인간에겐 빨리 물 한 잔을 줘서 쫓아버리는 게 상책이라는 생각이 들었다. 윤태는 아무런 말도 없이 신문을 접어두고 일어서서 정수기께로 갔다. 그러고 나서 일회용 종이컵을 꺼내 찬물을 누를까, 뜨거운 물을 누를까 잠시 생각하다가 이윽고 큰 인심을 쓰기라도 하는 것처럼 일회용 포장 커피를 뜯어 뜨거운 물과 함께 부었다. 사내가 그것만 마시고 가준다면 이 아까운 토요일 오후의 시간이 그다지 큰 피해가 날 것 같지는 않았다. 그렇다고 딱히 할 일이 있는 것도 아니었지만 저런 사내와 함께 토요일 오후의 시간을 보낸다는 자체가 왠지 억울하다는 생각이 들었던 것이다.

"이런! 커피구먼."

사내는 김이 모락모락 나는 종이컵을 두 손으로 마주 잡으며 뜻밖이라는 듯이 큰 소리를 질렀다. 두 눈은 순간 기쁨으로 빛이 나는 것 같았다. 윤태는 모르는 척 다시 책상에 앉아 신문을 집어들었다. 그러고는 건성으로 아까 보고 있던 기사에 시선을 던졌다. 그러자 사내는 한 손에는 모자를 그리고 다른 손에는 커피잔을 들고 앉으라는 말도 없었는데 책상 옆 창가에 있는 소파의 한쪽에 가서 공손히 쪼그리고 앉았다. 윤태와 비스듬히 마주 보는 자리였다. 사내는 모자를 옆에 두고 무척 조심스런 모습으로 홀짝거리며 뜨거운 커피를 마시기 시작했다. 윤태는 이제 자신이 할 일을 다했다는 다소 여유 있는 기분이 되어 사내가 커피를 다 마실 때까지 인내를 가지고 기다렸다. 잠시 어색한 침묵이 흘러갔다.

"근데 실례지만 이 커피 이름이 무엇인가요? 아, 다른 뜻이 있어서가 아니라 정말 커피가 맛있어서 그래요. 이런 맛있는 커피는 참 오랜만이거든요."

사내는 입맛을 다시면서 말했다. 하지만 윤태는 이맛살을 찌푸린 채 아무런 대꾸도 하지 않았다. 그게 순전히 말을 붙여보기 위한 수작이란 걸 모르지 않았기 때문이다. 하지만 사내는 윤태의 반응 따윈 상관없다는 듯이 계속해서 떠들어대기 시작했다.

"커피 한 잔. 이걸루 난 만족이에요. 만족이구말구요. 사실 난 처음부터 이런 일로 상담하러 올 마음이 없었거든요. 나두 다 알아요. 상담이란 게 얼마나 귀찮은 일인지. 남의 넋두리를 듣는다는 것, 정말 그보다 괴로운 일은 없을 겁니다. 그래서 난 이미 이 계단을 올라오는 동안 그래, 아무 말도 하지 말자, 만일 소장님이 허락하신다면 물이나 한 잔 얻어 마시고 가자, 그렇게 결심을 했습죠. 바보같이 오늘이 토요일인 줄도 모르고……."

그렇게 말하며 사내는 정말 바보 같은 표정을 지으며 웃었다.

"걱정 말고 천천히 들고 가세요. 그리고 난 소장이 아니오."

윤태는 여전히 딱딱한 표정으로 말했다.

"하, 저런 또 실수를 했군. 어쨌건 고맙구먼요. 나 같은 사람에게……. 정말 굴러다니는 낙엽이나 다름없는 나 같은 인간에게……."

그렇게 말하며 사내는 다시 고개를 숙이고 훌쩍거리며 커피를 몇 모금 마셨다. 그의 숙인 이마 위에는 허연 반창고만 커다랗게 눈에 띄었다. 밑이 훤히 보이는 앞머리를 흘낏 내려다보면서 윤태는 문득 그가 어딘가 좀 모자라거나 약간 돈 사람일지 모른다는 생각이 들었다. 하는 행동이나 말투가 그랬다. 그러자 사내에 대해 처음에 가졌던 막연한 적개심과 경계심 대신 무언지 모를 동정심과 호기심 같은 게 일어나는 걸 느꼈다.

"근데 어떤 일로 오셨소?

윤태는 자신의 그런 감정을 감춘 채 짐짓 대수롭지 않은 듯한 말투로 물었다.

"아!……. 아무 일도 아닙니다."

윤태의 질문에 사내는 과장되게 보일 정도로 깜짝 놀라는 표정을 지으며 대답했다. 마치 그런 질문은 전혀 예상하지 못했다는 투였다. 윤태는 약간 어처구니없는 기분이 되어 사내를 쳐다보았다. 아무 일도 아니라니……. 그럼 왜 찾아왔단 말인가.

"그럼요. 정말 아무 일도 아니구말구요. 우연히 벽돌 한 장이 머리 위로, 바로 이곳에……."

그러면서 사내는 자기의 이마 한쪽 반창고 자리를 손가락으로 가리키며 말했다.

"…… 떨어졌던 것뿐입죠."

그리고 나서 사내는 다시 바보처럼 웃었다. 그제야 윤태는 사내가 이곳을 찾아온 이유를 어렴풋하게 짐작할 수 있을 것 같았다. 그러자 터무니없이 긴장했던 자신이 우스워 속으로 그만 실소를 터뜨릴 뻔했다.

"그래, 배상은 받았소?"

그러나 짐짓 시침을 떼면서 윤태는 다시 떠보듯이 말했다.

"아, 그게……. 그런데 그게 말이우."

그러자 사내는 곤혹스런 표정을 지으며 우물거렸다. 역시 그 문제였군. 윤태는 자신의 짐작이 맞아떨어진 데 대해 적이 만족을 하며 사내의 다음 말을 기다렸다.

"그게……. 그러니까……. 설명하자면 좀 복잡하고 긴 이야기가 되는데……."

사내는 남은 커피를 다 마시고 나서 입맛을 다시면서 말했다. 윤태는 문득 이왕에 깨진 토요일 오후 딱히 할 일도 없을 바에야 재미삼아 사내의 이야기를 들어보는 것도 어쩐지 괜찮을 것 같은 생각이 들었다. 무엇보다도 사내 자신의 말과는 달리 심각하고 복잡한 내용이 아닐 거라는 예감이 윤태로 하여금 조금 방심케 해주었는지 몰랐다. 그리고 한편 생각하면 지금 들어주지 않는다 해도 사내는 언젠가는 다시 나타날 것이었고 그때는 어차피 시간을 내어주지 않을 수 없을 터였다. 윤태는 의자에 앉은 채 다리를 꼬고 될 수 있는 한 편한 자세로 앉아 사내가 다음 이야기를 꺼낼 때까지 기다렸다. 사내는 손톱 밑이 꺼먼 손가락으로 빈 종이컵을 만지작거리면서 무언가 깊은 생각에 잠긴 듯한 눈치더니 이윽고 천천히 입을 열었다.

……그랬습죠. 그날은 아침부터 슬금슬금 비가 내리고 있었어요. 너무 가는 비라 비라고 하기엔 뭐했지만 그렇다고 안개라 할 수는 없는 그런 종류의 비였습죠. 오후였습니다. 굳이 시간을 말하라면 한 세 시경이나……. 아마 그렇게 되었을 거요. 왜냐하면 무료 급식소에서 밥을 타먹은 시간이 한 시가 조금 넘었을 때였으니까요. 함께 밥을 타먹는 친구 중의 하나가 "빌어먹을……. 기왕에 주는 밥이면 좀 일찍 주면 안 되남" 공밥이라고 이건 뭐 우릴 개돼지 정도로 취급하는 게 아닌감" 벌써 한 시가 넘었잖아!" 하고 얼토당토않게 불평하는 소리를 지금도 똑똑히 기억하고 있으니까요. 참 주제넘는 놈이었지요. 그런 놈은 어디에나 있는 법이니까. 얼룩덜룩한 야전잠

바를 걸치고 어울리지 않게 커다란 선글라스까지 낀 친구였어요. 틀림없이 양아치 출신이었을 거예요. 그런 놈들이란 어느 곳에서나 노골적으로 불평을 해대는 걸 다른 사람들을 위한 자신의 임무라고 생각하니까요. 어쨌든 밥을 탄 다음, 국밥 종류였어요. 한쪽 구석에 쭈그려 앉았지만 사실 난 밥 생각이 별로 없었어요. 대신 막걸리나 한 잔 걸쳤으면 했는데, 마침 나랑 약간 면식이 있던 친구가 근처에서 나를 손짓으로 부르더군요. 가보니까 그 친구 역시 밥 생각이 없는지 혼자 막걸리를 마시고 있더군요. 얼굴이 불콰한 게 아침부터 내내 술만 마시고 있었던 게 틀림없었어요. 자기 말로는 전직 은행원이었다는데 이런 곳에서 하는 말은 거개가 믿을 바가 되지 못해요. 또 그런 것을 굳이 따져서 알려고 하는 사람도 없었구요. 하긴 길거리에 내팽개쳐진 인생에게 과거가 무슨 소용이 있겠습니까. 어쨌거나 그 친구 덕분에 나도 막걸리 몇 잔을 얻어 마실 수가 있었어요. 빈속에 술 몇 잔이 들어가니 갑자기 온몸이 나른하게 풀어지면서 그제야 세상이 조금 편안하고 안전하게 보이기 시작했습죠. 이렇게 말하면 혹시 나를 알코올 중독자가 아닌가 하고 오해를 하실지 모르지만, 사실 뭐 그렇게 오해한다 해도 상관은 없습니다만, 약간 취한 상태로 살아간다 해서 뭐 남한테 해가 될 것은 없지 않겠습니까. 세상에 해를 입히는 인간들 중에는 오히려 멀쩡한 정신을 가진 무리가 더 많은 법이니까요. 어쨌건 밥때가 되면 밥보다는 막걸리 한 잔 생각이 더 나는 건 사실이에요. 암, 사실입니다. 그게 더 든든하거든요.

아, 이야기가 조금 옆으로 빗나갔는데 죄송합니다. 다른 뜻이 아니라 가능한 한 '사건'이 일어났던 분명한 시간대를 말씀드리기 위해서입니다. 임시 급식소 차가 식판을 거두어 떠난 다음, 무슨 교회였는지 모르지만 꽤 큰 교회 마크가 붙어 있는 차였어요. 옆구리에

김영현 | 나는 몽유夢遊하리라   123

'노숙자와 함께 따뜻한 겨울을 보냅시다' 라는 플래카드를 붙이고 있었고요. 나는 담배를 한 대 피우고 나서 그 길을 따라 어슬렁어슬렁 혼자 걸어가고 있었습니다. 사람들이 별로 다니지 않는 좁고 더러운 뒷길이었죠. 도시의 어느 곳에서나 흔히 볼 수 있는 우중충한 낡은 회색 건물이 양 옆에 절벽처럼 줄을 지어 서 있고 전깃줄이 제멋대로 마구 엉킨 채 늘어져 있는 그런 길 말입니다. 하늘엔 잔뜩 검은 구름이 끼어 있는데다 입자가 가는 비가 내리고 있는 11월의 오후 거리는 온통 회색빛 장막에 싸여 있는 느낌이었습죠.

내가 왜 그때 그 시간에 그 길을 걸어가고 있었는지는 지금도 알 수 없습니다. 지금 생각해보면 누구와 약속이 있어 그런 것 같기도 하고, 그저 막연히 오후의 따분한 시간을 보내기 위해 산책 비슷하게, 산책이라니 좀 우습기도 합니다만, 삼아 걸어가고 있었던 것 같기도 합니다. 그런 좁고 더럽고 우중충한 길을 걸어가다보면 왠지 어떤 생의 위안 같은 걸 받고 있는 듯한 느낌이 들거든요. 말하자면 사는 게 별게 아닐 수도 있다거나, 변명 같지만 내가 이 모양으로 된 게 모두 내 탓만은 아닐지 모른다는 그런 막연한 느낌 말입죠.

사실 그날은 좀 쑥스럽긴 하지만 나의 쉰아홉 번째 생일날이기도 했거든요. 쉰아홉. 돌아보면 살아온 게 참 아득하게 느껴지는 그런 나입죠. 그쯤 살다보면 오늘내일 당장 죽는다 해도 그리 후회될 것도 미련 둘 것도 없답니다. 사실 좀더 산다고 해도 딱히 내가 세상을 위해 무슨 소용이 될 일이 남아 있을 것 같지도 않거든요. 짐만 될 뿐입죠. 맞습니다, 맞아요. 요즘은 너나없이 오래 살려고 야단들입니다만 엄격히 말하자면 쉰아홉이면 분리 수거가 되어 난지도를 향해 가도 한참 전에 가야 할 나입니다. 그래서 이미 우리 마누라와 딸년들, 제겐 아직 혼전인 말같이 큰 딸년이 둘 있습니다만,은 진작에 그것을 깨닫고 지들끼리 공모하여 나를 쫓아내버린 것은 아닌지 모르겠습니다. 직장도 없이 맨날 술이나 퍼마시고 집구석에 박혀 하루 종일 빈둥빈둥 벌레처럼 누워 있는 남자를 누군들 좋아할 리가 있겠어요. 그런데다 부끄러운 이야깁니다만 언제부턴가 술기운에 가끔 마누라에게 손찌검까지 하는 버릇이 생겨나 있었어요. 그러고 나면 얼마나 후회를 하는지 모릅니다. 정말 죽고 싶도록 후회를 하고 그것 때문에 다시 술을 마셔버리곤 했죠. 그런 인간을 가족들인들 견뎌내기 힘들었을 겁니다. 나라도 견디기 힘들었을 테니까요. 큰딸년은 장차 제 남편이 될 친구에게 나라는 인간이 지애비라는 사실조차 알려지는 걸 부끄럽고 꺼림칙하게 여기는 눈치였어요.

믿으실지 모르지만 나라는 인간이 원래부터 그렇게 쓸모없는 인간은 아니었습니다. 아니, 솔직히 말하자면, 정말 솔직하게 말씀드리자면, 쑥스럽긴 하지만 모범적인 축에 드는 그런 부류의 인간이었어요. 남들이 길거리에서 함부로 침을 뱉거나 벽에다 오줌을 누는 것만 보아도, 보기에 따라 대수롭지 않게 넘길 수 있는 일일지 모르지만, 그냥 참지 못하는 그런 성격이었으니까요. 나는 열심히 일했고, 이건 그냥 듣고 잊어버리세요, 모모 부처의 하급 공무원으로 장관 표창까지 받았습니다. 정말이에요. 도열해 있는 사람들 앞에서 한 손에는 상장을 들고 다른 손으론 장관과 악수를 나누는 사진이 최근까지도 우리 집 거실 벽에 붙어 있었으니까요. 언젠가 누군가의 손에 의해, 분명히 큰딸년 짓일 거예요, 없어져버렸지만……. 그렇다고 굳이 찾을 생각도 없었어요. 늙은 독수리 날개를 편들 무엇 하랴, 그런 기분이었거든요.

그래서 그들이 일제히 공모하여 나의 존재를 부정하고 더 이상 집에 머물러 있는 것을 허용하지 않겠다고 선언했을 때 나는 순순히 내 발로 집을 걸어나왔던 것입니다. 별로 원망이나 미움 같은 건 없었어요. 정말입니다. 사실대로 말하자면 이제야 나 자신도 등짝에서 세상의 짐을 다 내려놓은 듯한, 어쩐지 인생의 고통스런 숙제를 끝낸 것처럼 홀가분한 기분마저 들 정도였으니까요.

이런! 죄송합니다. 내가 괜한 말을 늘어놓았군요. 나이가 들면 쓸데없이 말이 길어지는 법입죠. 죄송합니다. 무슨 말을 하려 했더라. 아, 그렇지! 오후 세 시경. 그래, 분명합니다. 오후 세 시경이었어요. 점심으로 막걸리 몇 잔을 걸치고 그 길을 걸어가던 시각은 분명히 오후 세 시경입니다. 어떤 '사건'에서 시간이 얼마나 중요한 것인가는 나도 잘 알고 있으니까요.

그때 나는 잠바 윗주머니에 손을 넣은 채 무언가 골똘한 생각에 잠겨 약간 고개를 숙인 채 그 밑을 지나가고 있었습니다. 이렇게요. 예, 맞습니다. 다시 말해두지만 오후 세 시, 회색빛 가는 비가 무게도 없이 가볍게 떨어지고 있는 약간 어두컴컴한 거리였어요. 마침 5층 건물을 짓고 있는 공사장 아래를 지나가는 중이었어요. 뼈대만 세워진 건물 아래는 모래와 철제골조를 늘어놓아 약간 어수선했는데 일하는 인부들은 보이지 않았습니다. 아마도 아직 점심시간이 끝나지 않았거나 위에서 일을 하고 있었는지 모릅니다. 나는 모래 무더기를 피해 약간 돌아가고 있는 중이었죠. 그 순간이었습니다. 정말 기가 막히게 맞아떨어진 순간이었지요. 벽돌 한 장이 머리 위에서 소리 없이 떨어져, 아마 누군가가 보고 있었다면 어딘가에서 스르르 미끄러지듯 흘러내린 것이 아닐까 합니다만, 바로 여기, 정확하게 제 이마의 중앙에 맞았던 것입니다. 생각해보세요. 얼마나 기가 막힌 우연의 일치입니까! 단 일 초의 차이만 났어도 벽돌은 아마 딴 곳에 떨어졌을지 모릅니다. 아니, 처음부터 내가 그 길을 가지 않았더라면 그런 일은 결코 일어나지도 않았겠죠. 정말 우연치고는 기가 막힌 우연이었죠. 하긴 우연도 알고 보면 필연이라는 말도 있긴 합니다만…….

어쨌든 그 순간, 내 머릿속은 갑자기 정전이라도 된 것처럼 캄캄해져버렸습니다. 벽돌이 내 이마를 따악, 때리는 순간 말입니다. 그런데 참 신기한 일이지요. 정전이 되기 그 수천만 분의 1초, 아니 수억만 분의 1초 동안, 내 머릿속으로는 과거 현재 미래의 일들이 마치 잘못 편집된 옛날 흑백 다큐멘터리 필름처럼 쏜살같이 스쳐 지나가더군요. 번쩍번쩍 펄럭펄럭거리면서요. 그러곤 곧 암흑으로 변해버렸습니다. 마치 순식간에 깊고 깊은 우주의 심연이나 블랙홀 같은 데로 빨려들어 가버린 것처럼 말입니다.

얼마나 시간이 흘렀을까.

영화가 끝났을 때처럼 나의 머릿속에 다시 불이 들어오기 시작했죠. 그러자 정신을 잃었을 때처럼, 비록 그렇게 빠르진 않았습니다만 과거 현재 미래의 일들이 마치 뚝뚝 끊어진 낡은 흑백 다큐멘터리 필름처럼 다시 머릿속을 지나갔습니다. 괴롭기도 하고 달콤하기도 한 꿈과 같았지요. 눈을 뜨자 나는 침대에 반듯이 누워 있는 것을 알았습니다. 옷도 내가 평소 입고 있던 그대로였어요. 다만 팔목에 매달린 링거병으로 나는 그곳이 병원이라는 사실을 어렴풋하게 깨달을 수 있었습니다. 링거병의 액체는 규칙적으로 떨어져 투명한 관을 타고 나의 팔목으로 흘러들고 있었죠. 그런데 나는 내가 왜 그곳에 그렇게 누워 있는지 도무지 알 수가 없었습니다. 마치 아주 먼 세상으로 갑자기 이동을 하였거나 태어날 때부터 그곳에 그렇게 누워 있었던 것처럼 말이죠.

"이제 정신이 좀 드셨소?"

그때 누군가 내 발치에서 말을 걸어왔습니다. 네모진 얼굴에 약간 음울한 인상을 한 검은 가죽잠바를 입은 낯선 사내였습니다. 첫눈에 도 눈매가 기분 나쁠 정도로 매워 보였습니다. 그는 그런 기분 나쁜 눈매로 나를 내려다보며 계속해서 말했습니다.

"그만하기 다행이오. 벽돌에 머리를 맞고도 어쨌든 멀쩡하게 살아 있으니까……. 정신을 잃고 있는 동안 정밀 촬영을 했는데 의사 말 로는 이마의 상처 외에는 아무 문제도 없다고 하더군요."

벽돌……? 그 순간 나는 어렴풋하게나마 내가 병원 침대에 누워 있는 이유를 짐작할 수 있을 것 같더군요. 하지만 머릿속이 바다 속 처럼 흐리멍텅하긴 마찬가지였습니다. 그런 중에도 나는 사내의 정 체가 궁금하기 짝이 없었습니다. 분명히 의사는 아닌 것 같은데 나 에게 그렇게 관심을 가지고 있다니, 그의 정체가 궁금해지는 것도 당연한 일이었는지 모릅니다. 그러자 사내는 내 눈치를 챘는지 말했 습니다.

"난 마포경찰서에서 나온 형사요. 신고를 받고 지금까지 사고를 조사 중이었소. 근데 피해자는 분명히 있는데, 바로 당신 말이오, 가 해자가 불분명하다는 것이 문제요. 가해자가 있어야 피해 보상은 물 론이고 병원비도 청구할 수가 있을 텐데……."

그렇게 말하고 나서 그는 자신이 무척 곤혹스런 일을 맡고 있다는 표시처럼 인상을 잔뜩 찌푸렸습니다. 나는 그가 매우 사리에 맞는 말을 할 뿐만 아니라 진정으로 나를 걱정해주고 있다는 생각이 들었 습니다. 그의 말대로 이마의 상처 외에 다른 곳이 멀쩡하다면 그깟 피해 보상쯤이야 눈을 감아줄 수 있었지만, 이마에 반창고 하나를 달고 다닌다고 하여 그리 나쁠 것은 없으니까요, 병원비라는 말에는 다소 찜찜해지는 기분은 어쩔 수가 없었습니다. 링거병 하나를 꽂는

데도 상당한 액수의 돈이 필요할 터였고, 거기에다 정밀 검사까지 했다면 액수가 얼마나 들지 알 수 없기 때문이었어요. 생각하면 병원으로 들어온 게 나의 의사와는 전혀 상관이 없었던 게 아니겠어요. 그렇다면 그 누군가가 병원비를 내야 할 것이었고, 형사의 말에 따르자면 그게 가해자가 되어야 하는 게 또한 너무나 당연한 일이었죠. 하여간 병원비라는 말에 나는 다소 조바심이 드는 건 어쩔 수가 없었습니다.

"하지만 걱정하지 마쇼."

형사는 내 마음을 마치 현미경으로 들여다보고 있는 듯이 입가에 미소를 떠올리며 말했습니다.

"이런 경우엔 현장 감독이 어쨌거나 책임을 져야 하니까."

그의 말에 나는 비로소 안심을 하며 가볍게 고개를 끄덕였습니다. 정말 링거병 줄만 아니었다면 벌떡 일어나 그의 손이라도 꼭 잡고 절이라도 하고픈 심정이었어요. 최근을 통틀어 내게 그런 친절을 베풀어준 사람은 아무도 없었으니까요.

"그런데 문제는……."

그는 아까처럼 다시 이맛살을 찌푸리며 말했습니다.

"그놈의 현장 감독이 감쪽같이 사라져버렸다는 겁니다."

그 순간 나는 다시 낭패에 빠져드는 기분이 들었습니다. 말하자면 그의 한마디 한마디는 마치 내 운명을 이렇게 저렇게 뒤흔들어놓고 있는 셈이었죠. 나는 낭패한 얼굴로 초조하게 그의 다음 말을 기다리고 있었습니다.

"아마 당신이 벽돌에 맞아 쓰러지는 순간 그는 당신이 틀림없이 죽거나 치명적인 부상을 당했을 거라고 판단했던 게 틀림없어요. 만일 그렇다면 자기의 인생 역시 그 순간 끝나고 마는 것이니까요."

그는 마치 모든 것을 다 아는 사람처럼 분명한 어조로 결론을 내리듯이 말했습니다. 듣고 보니 정말 그렇기도 했지만 정말 어처구니없는 오해가 일어난 것이기도 했습니다. 나는 만일 그 현장 감독이라는 자가 곁에 있다면 그의 손을 꼭 잡고 '그건 당신의 잘못이 아니오. 설사 그 순간 내가 죽었다 하더라도 그게 당신의 잘못은 아니라는 말이오. 당신 잘못이 아니구말구요. 그런 걸 두고 재수라고 하는 거요. 말하자면 순전히 나의 나쁜 재수 때문이라오. 그 대신 제발 병원비만이라도 좀 내어주실 수 없겠소? 병원비만이라도……. 보시다시피 난 완전히 빈털터리거든요. 완전히……!' 하고 말해주고 싶었습니다. 그런데 정말 그가 달아났다면 그건 보통 일이 아니지 않습니까.

그런 내가 형사는 좀 불쌍해 보였던지 다시 말했습니다.

"우선 가족에게 알려야지요. 연락처를 알려주면 내가 대신 전화를 걸어드릴 수도 있습니다만……."

가족……? 순간 내 머릿속으로 마누라의 얼굴과 두 딸년의 얼굴이 번개처럼 지나갔는데, 정말 번개같이 짧은 순간이었죠, 그 다음엔 화면이 꺼지듯 거짓말처럼 싹 지워져버려서 아무리 떠올리려고 해도 도무지 생각이 나질 않지 뭡니까. 믿으실지 모르지만 정말입니다. 도무지……. 그들의 얼굴이 떠오르지 않는 것이었어요. 그뿐만이 아닙니다. 다시 형사는, 그는 내게 가족에 관하여 말 못 할 사정이 있다고 판단했는지 거기에 대해서는 더 이상 묻지 않고 대신 내 주민등록번호와 이름을 물었는데, 아아, 정말 신기하게도 그것마저 역시 전혀 떠오르질 않지 뭡니까. 정말 미칠 노릇이었죠. 그러고 보니 나의 모든 과거가 그 정전과 동시에 몽땅 사라져버린 것은 아닌지 모르겠어요. 나는 눈알을 이리저리 굴리면서 내 주민등록번호와 이름을 기억하기 위해 노력을 했는데 그럴수록 더욱 나는 어떤 어두컴컴한 심연 속으로 빠져들고 있는 느낌이 들었습니다.

그런 내가 비로소 이상하다고 생각했던지 형사는 내 침상 바로 옆으로 다가와서 내 얼굴을 빤히 들여다보면서 손가락을 흔들며 조심스럽게 물었습니다.

"이게 몇 개요?

"둘……."

나는 너무나 쉽게 대답을 해주었습니다.

"이건……."

"넷!"

나는 조금 짜증스러워진 목소리로 초등학생처럼 커다랗게 대답을 했습니다. 비로소 형사는 고개를 끄덕이며 안심을 하는 눈치였습니다.

"내일 다시 오겠소. 그런데 분명히 말해두지만 가족 연락처랑 자기 이름, 그리고 주민등록번호는 꼭 알려줘야 합니다. 그렇지 않으면 피해자 조서를 꾸밀 수도 없고, 피해자 조서가 없으면 비록 가해자가 나타난다 하더라도 보상을 받을 수도 없으니까요."

그가 나가고 나자 비로소 나는 조금 해방된 기분으로 나의 가족이랑 나의 주민등록번호와 이름을 기억해보기 시작했습니다. 쉽게 떠오를 것도 같은데 왠지 머리 밖으로 뱅뱅 돌 뿐 이상하게 아무 생각이 나지 않는 것이었습니다. 마치 복잡한 미로에 빠져버린 것 같은 기분이었습니다. 수많은 숫자들이 마치 로또복권 추첨상자 속처럼 내 머릿속에서 빙빙 돌고 있었습니다. 어지러울 정도였죠. 그런데 그 순간 어떤 숫자가 하나 떠올랐는데 기가 막히게도 그것은 까마득히 잊고 있던 나의 군번이었습니다. 어떻게 하여 사십여 년 전의 그

군번이 떠올랐는지 모르지만 지금 생각해도 정말 얼토당토않는 일이었어요. 정말 쓸모없는 숫자였으니까요. 그러자 내 입가에 나도 모르게 슬슬 웃음 같은 게 떠오르기 시작하는 게 아닙니까. 남이 보면 분명히 미쳤다고 할 텐데 나는 정말 웃음을 참을 수가 없었습니다. 나는 침대 모서리의 쇠난간을 잡고 기침까지 해가면서 정말 유쾌하게 웃었습니다. 최근에 들어와, 아니 나이가 들어 그런 웃음은 정말 한 번도 웃어본 기억이 없었어요. 그러자 내 웃음소리를 듣고 의사와 간호사가 빠르게 달려오는 게 보였습니다. 그들은 그럴 필요가 전혀 없었음에도 불구하고 나를 침대에 결박하고는 팔뚝에다 굵은 주사를 놓았습니다. 그럴 동안에도 나의 웃음소리는 마치 태엽이 풀리기라도 한 것처럼 그치질 않는 것이었습니다. 이윽고 나의 웃음소리가 잦아지면서 그와 함께 나는 다시 깊은 잠 속으로 빠져들어 갔습니다. 그때 내 머릿속으로 언젠가 말로만 들었던 '하늘 정원' 같은 게 하나 커다랗게 떠오르는 것이었습니다. 그곳은 사방에서 시원한 분수가 날렵하게 물방울을 공중으로 쏘아올리고 있었는데, 그 사이로 남자 천사와 여자 천사들이 천천히 거닐고 있었어요. 등 뒤에 닭털 같은 날개를 한 쌍씩 달고서 말이에요. 길가엔 여러 가지 종류의 꽃들이 지천으로 피어 있었고, 하늘엔 비둘기들이 풍선처럼 한가로이 떠다니고 있었죠. 그런데 자세히 보니 그 남자 천사와 여자 천사들은 모두 낯익은 얼굴들이었습니다. 지하도에서 내 옆자리에 뒹굴고 있던 문길이란 사내도 어느새 천사가 되어 날개를 달고 걸어가고 있었는데 그 옆의 여자 천사의 얼굴은 분명히 지하도 입구에서 붕어빵을 팔고 있던 짝눈이 아줌마였습니다. 그들의 얼굴은 너무나 태평하여 내가 오랫동안 알고 있었던 그런 모습과는 너무나 달랐습니다. 어느 한구석 남루하거나 비루한 모습은 찾아볼 수가 없었습니다. 아, 이럴 수가……! 나는 너무나 황홀하여 입을 딱 벌린 채 그들을 한참 동안 쳐다보았습니다.

얼마의 시간이 흘렀을까. 깊은 잠 속에서 다시 깨어났을 때 마침 열려 있는 문틈으로 전에 왔던 그 가죽잠바 형사가 두런두런 누군가와 이야기를 하는 목소리가 들려왔습니다. 목소리로 보아 꽤나 은밀한 내용의 이야기를 나누고 있는 중이었던 모양입니다. 아마도 그들은 내가 아직 깨어나지 않았으리라고 생각한 모양입니다.

"골치 아프게 됐군. 어쨌든 저 친구 얼른 행려병자 수용소가 있는 시립 병원으로 옮겨야겠습니다. 주거 부정인데다 아무래도 정신이 좀 이상하게 된 것 같은데……. 세상에! 자기 이름도 기억하지 못한다니……!"

순간, 나는 가슴이 철렁 내려앉는 기분이었습니다. 아, 저들이 지금 나를 두고 무슨 무서운 공모를 하고 있는 게 틀림없었습죠.

"며칠 더 관찰해보고 판단해도 늦지 않을 것 같소만……."

의사의 목소리였습니다. 탁한데다 끝이 갈라진 목소리라 금방 알아들었죠.

"어차피 더 이상 병원비를 낼 처지는 아니니까 빨리 옮기는 게 나을 거요. 지금까지의 치료비는 건물주가 내기로 했지만 그도 더 이상은 책임질 수가 없다고 했소. 사실 그에겐 법적으로 책임을 물을 수 있는 입장도 아니지만……."

"……."

그 순간 나는 모든 걸 확연하게 깨달을 수 있었습니다. 정말 내가 생각해도 너무나 신통하게 순식간에 모든 걸 깨달아버렸던 것입죠. 순식간에……! 그렇습니다. 형사랑 현장 감독은 처음부터 한통속이었던 것입니다. 정말 전율을 느낄 일이 아닙니까. 가해자와 형사가 한통속이었다니……! 그렇습니다. 사고가 나자 그들은 작당하여 현장 감독은 일단 도망간 것으로 하여 어딘가로 빼돌려놓고 있었던 것입니다. 그러곤 대신 형사가 나의 동정을 살펴보다가 아무것도 기억하지 못한다는 사실을 알고는 나를 주거 부정의 행려병자로 몰아 행려병자 수용소로 보내버릴 궁리를 했던 것입니다. 아무와도 연락이 닿지 않는 그 절해고도 같은 곳으로 말입니다. 이 얼마나 무섭고 파렴치하고 끔찍한 음모란 말입니까. 그 행려병자 수용소라는 곳…….들어보신 적이 있나요? 정말 끔찍한 곳이죠. 끔찍하구말구요. 아아, 정말 그곳이야말로 온갖 정신병자들, 온갖 인간 말종들이 마지막으로 쓰레기 하치장처럼 모여드는 곳 아닙니까. 세상에! 나를 그런 곳으로 보내겠다니……! 그깟 병원비 몇 푼 때문에……! 보시다시피 나는 멀쩡한 정신을 가진 정상적인 대한민국 '국민'입니다. 아주 멀쩡한, 너무나 멀쩡해서 탈일 정도의……. 보세요. 보시다시피……. 얼마나 멀쩡합니까. 비록 누추하고 더러운 차림을 하고 있고 벽돌에 맞아 기억력이 다소 희미해지긴 했지만 그게 나를 그런 데 보내야할 이유가 된다면 아마 이 나라에 살고 있는 인간들 절반은 벌써 그곳에 가 있어야 할 겁니다. 틀림없이 절반 이상은……! 하긴 도처에 사기꾼과 살인자, 인신매매범들이 득실대는 지금 이 세상이야말로 거대한 행려병자 수용소라고 할 수도 있을 테지만……. 자기 새끼에게 수면제를 먹여 한강에다 던져넣고 카드빚에 쪼달려 자기 애미를 목매달아 죽이는 세상 아닙니까. 정말 무서운 세상이죠. 안 그래요?

여기까지 말한 다음 사내는 잠시 말을 멈추고 두 눈을 꼭 감은 채 분노와 고통에 일그러진 얼굴을 감추기라도 하는 것처럼 고개를 숙이고는 마치 기도라도 하듯 두 손을 마주 잡고 앉아 있었다. 처음엔 가벼운 마음으로 듣고 있었지만 시간이 흐를수록 윤태는 점점 어떤 복잡한 이야기 속으로 자기도 모르게 끌려 들어가고 있는 느낌이 들었다.

"괜찮겠습니까? 물이라도 한잔 드릴까요?"

윤태는 사내의 숙인 머리꼭지를 향해 조심스럽게 말했다.

"이거 미안해서 어쩌나……. 나 때문에 소장님이……. 하여간 고맙쥬. 기왕이면 시원한 냉수로 한잔 주시면 좋겠소만."

윤태는 의자에서 일어나 정수기께로 가서 아까처럼 일회용 컵에다 냉수를 가득 담아 그에게 갖다주었다. 그는 역시 아까처럼 두 손으로 공손하게 그것을 받아서 숨도 쉬지 않고 단숨에 쭉 들이켰다. 물이 넘어갈 때마다 벌건 목울대가 위아래로 함께 꿈틀거리는 것을 윤태는 약간 착잡해진 눈빛으로 바라보고 있었다. 물을 다 마시고 나자 사내는 손등으로 입가를 문지른 다음 윤태를 향해 똑바로 쳐다보았다. 짓물러 터진 채 푹 꺼져 있던 두 눈에 이상한 광채 같은 것이 돌았다. 어떤 격렬한 감정이 휩쓸고 지나간 뒤의 인간에게서 흔히 나타나는 그런 종류의 눈빛이었다. 그러자 윤태는 삐걱 소리가 날 정도로 의자를 뒤로 젖히고는 짐짓 아무렇지도 않다는 표정으로 사내를 내려다보면서 어쩐지 자신이 잘못 걸려들었을지 모른다는 후회감이 얼핏 들었다. 황금 같은 토요일 오후, 처음에 너무나 가볍게 생각했던 것이 탈이었다. 하지만 지금 와서 어쩔 수는 없는 노릇이었다. 사내는 윤태의 그런 마음을 아는지 모르는지 시선을 돌려 잠시 동안 무슨 생각에 잠긴 것처럼 탁자 위의 한 점을 멍하니 내려다보고 있었다. 어느새 날카로운 눈빛은 사라지고 대신 처음 여기에 들어올 때처럼 약간 모자라는 듯한, 혹은 술에 취한 듯한 몽롱한 눈빛으로 변해 있었다.

이윽고 그는 다시 천천히 입을 열었다.

……그들의 무서운 음모를 안 이상 나는 더 이상 그곳에 머물러 있을 수가 없었습니다. 곧 누군가 병실로 들어와 강제로 차에 태워 행려병자 수용소로 끌고 갈 것만 같은 기분이 들었으니까요. 내 심장은 포수에게 들킨 사슴처럼 빠르게 뛰었고, 숨은 턱까지 몰려와서 가슴이 콱 막히는 느낌이었습니다. 그들의 음모를 안 이상 한시라도 빨리 그곳을 빠져나가야 했습죠. 하지만 그렇다고 절대로 서둘러서는 안 된다는 생각이 들었어요. 아직 병원비도 지불하지 않은 처지였기 때문에 의사나 간호사의 눈에 띄면 나를 강제적으로 '억류' 해둘지도 모르기 때문입니다. 형사와 의사의 대화가 끝난 다음 그들이 어디론가 가는 발소리마저 확인한 후 조금 있다가 나는 조심스럽게 팔뚝에 꽂혀 있던 링거병의 바늘을 뽑았습니다. 바늘이 꽂혀 있던 자리엔 퍼렇게 멍이 들어 있었지만 그다지 어렵지 않게 순식간에 처리할 수가 있었죠. 그런 다음 천천히, 마치 다른 환자를 방문하러 온 사람처럼 여유 있는 걸음으로 병실을 빠져나왔습니다. 어쩐 일인지 모르지만 나는 병원 환자복 대신에 처음에 들어올 때와 똑같은 옷을 입고 있었기 때문에 그대로 걸어나가기만 하면 되었습니다. 다행히 나는 담당 의사나 간호사의 눈에 띄지 않고 유유히 병원 현관문을 나설 수가 있었습니다. 사실 생각하면 그렇게 탈출하듯 병원을 빠져나가는 내 꼴이 좀 우스꽝스럽긴 했습니다. 내가 뭐 나쁜 짓을 하고 들어온 범죄자는 아니지 않습니까. 오히려 피해자인 내가, 그렇게 도둑처럼 빠져 달아나야 할 이유라고는 아무리 생각해도 없었으니까요. 그런데 이상하게 병원문을 나서 행인들이 다니는 거리로 접어

들자 왠지 모를 해방감이 가슴을 가득 풍선처럼 부풀게 만들었습니다. 마치 불가능한 일을 해치운 사람 같은 느낌이 들었지요. 정말 토끼처럼 깡충깡충 뛰고 싶은 걸 간신히 참았을 정도였으니까요. 지나가는 사람들이 그런 나를 이상한 눈으로 힐끗힐끗 쳐다보았습니다. 하긴 나의 몰골이 그리 좋아 보이지는 않았을 겁니다. 수염은 제멋대로 자라나 있었고, 더러운 옷에서는 뭔지 모를 냄새가 풍겨나오고 있었으니까요. 그런데다 이마엔, 정말 그것만은 눈에 띄지 않았으면 좋으련만, 보기 흉하게 커다란 반창고가 붙어 있었습니다. 하지만 뭐 그렇다고 내가 어쩔 수 있는 건 아무것도 없었습니다. 아니, 그럴수록 나는 내가 마치 투명 인간이나 그림자 인간처럼 되어버린 것 같은 믿음에 빠져버렸습니다. 나는 세상을 볼 수 있지만 세상은 나를 볼 수 없다! 그보다 더 안전하고 편안한 일이 어디 있겠습니까. 그렇게 믿어버리니까 정말 내가 그렇게 되어버린 것 같은 착각이 들었습니다. 나는 그런 더러운 몰골로 지나가는 예쁜 여자의 얼굴을 뻔뻔스러울 정도로 가까이 다가가서 유심히 구경하기도 했고, 여기저기를 기웃거리기도 했죠.

때마침 거리에는 신기하게도 내가 벽돌에 맞아 쓰러졌던 그 오후와 똑같이 가벼운 이슬비가 내리고 있었습니다. 지나가면서 약국 안에 있는 시계를 보니까 오후 네 시 이십오 분을 가리키고 있었습니다. 오후 네 시 이십오 분의 도시 역시 오후 세 시의 도시처럼 회색빛 장막 속에 싸여 있었던 것입니다. 그래서 나는 분명히 그동안 며칠이 흘렀을 텐데도 불구하고 아주 짧은 시간 동안 어딘가에 갔다 온 것 같은 착각이 들 정도였지요. 말하자면 그 동안 세 시의 시간이 네 시 이십오 분으로 되어 있었을 뿐 세상은 무엇 하나 변하지 않고 똑같았으니까요. 다만 한 가지 달라진 것이 있다면 세 시의 내 머리가 쓰레기 창고처럼 우중충한 기억들로 가득 차 있었다면 네 시 이십오 분의 내 머리는 정말 기분 좋은, 그래요 마치 대청소라도 한 것처럼 모든 더러운 기억들이 말끔히 지워진 채, 환하게, 마치 크리스마스 장식용 색등 같은 거라도 켜져 있는 듯한 상태가 되어 있었던 것입니다. 어쩌면 벽돌이 내 이마를 딱 때리는 순간 나의 보잘것없었던 과거와 현재의 기억들이 모조리 어디론가 툭 튀어나가 버렸는지도 모릅니다. 그까짓 것들이 다 무슨 소용이 있겠습니까. 잘된 일입죠. 그런 중에도 얼핏얼핏 끊어진 흑백 필름처럼 별로 신통치 않은 기억들이 떠오르지 않는 것은 아니었지만 나는 굳이 그것을 되새기거나 곱씹고 싶은 생각이 손톱만큼도 없었습니다. 도마뱀이 제 꼬리를 자르듯 나는 내 과거로부터 완전히 해방이 되고 싶었으니까요. 그 대신 나는 정말 영화 속의 투명 인간이나 그림자 인간이 되어 이 시궁창 같은 거리 위를 몽유라도 하고 있는 듯한 기분으로 걸어가고 있었습니다. 나의 그런 기분을 아는지 모르는지 회색빛 차가운 비는 기분 좋게 이마와 얼굴을 간질여대고 있었습죠. 나는 잠바 주머니에 손을 찌른 채 약간 구부정하게 고개를 숙이고 내 발걸음이 가는 대로 내버려두었습니다. 발은 언제나 머리보다 정확히 제 갈 길을 알고 있는 법이거든요.

얼마나 걸었을까.

광장을 지나 지하도로 접어드는 모퉁이를 마악 돌 무렵이었어요. 누군가가 내 팔뚝을 홱 하고 낚아채듯이 붙잡는 것이 아니겠어요. 어찌나 세게 잡아채었던지 하마터면 옆으로 넘어질 뻔했습니다. 순간 내 머릿속으로는 병원에서부터 형사가 미행해 따라온 게 틀림없을 거라는 생각이 번개처럼 스쳐 지나갔습죠. 가슴이 철렁 내려앉았습니다. 그러나 나는 최대한 놀란 가슴을 진정한 채 천천히, 그리고 침착하게 그쪽을 향해 돌아보았습니다. 사실 생각하면 내가 도둑질을 하거나 나쁜 짓을 한 것은 아니지 않습니까. 그런데 그곳에는 뜻밖에도 전혀 낯선 사내가 한 명 입을 헤벌리고 나를 보고 웃고 있는 게 아닙니까. 정말 뜻밖이었어요. 나는 우선 그가 형사가 아니라는 사실에 안도를 했습니다. 그런데다 그 사내의 입성이나 몰골 역시 나랑 크게 다르지 않다는 것을 금세 깨달았습니다. 그는 회색 털모자를, 바로 이 모자입니다, 눌러쓰고 수세기는 되었을 법한 낡고 커다란 코트를 걸쳐 입고 있었는데 수염이 더럽게 자란 턱주가리에는 휴지 쪼가리 같은 게 묻어 있었죠. 그런데다 헤, 벌리고 웃고 있는 이빨 사이에는 고춧가루 같은 음식 찌꺼기가 군데군데 끼어 있었습니다.

"이봐! 멍청한 이 같으니라구. 한동안 보이지 않아서 죽은 줄 알았지……!"

사내는 내 팔뚝을 잡은 채 커다랗게 말했습니다. 사내의 표정으로 보아 이전에 나와 무척 친한 사이였던 게 틀림없었습니다. 하지만 유감스럽게도 나는 지금 나에게 반갑게 말을 건네고 있는 사내가 누군지 전혀 알아낼 수가 없었습니다. 어렴풋하게 낯익은 감이 들지 않은 것은 아니었지만 그게 전생이었는지 아니면 현생이었는지, 아니면 몇 억겁 전이었는지 전혀 구분이 가지 않았던 것입니다. 얼떨떨한 표정으로 서 있는 나를 향해 사내는 여전히 미소를 띤 채 큰 소리로 말했습니다.

"얼이 쑥 빠졌군, 그래? 그새 무슨 일이라도 있었남? 감옥에라도 갔다 왔어?"

그러고 나서 그는 이빨을 다 드러내고 커다랗게 웃으면서 말했습니다.

"좋아, 좋아. 아무려면 어때. 아무래도 좋아. 이봐, 오랜만에 만났으니 내가 한 잔 사지. 어떤가?"

그러면서 그는 나의 팔을 완강하게 붙잡고 어딘가로 끌고 가려고 했습니다. 그의 몸에서는 역한 술 냄새가 나고 있었습니다. 나는 비틀거리며 마치 형사에게 연행이라도 당하는 사람처럼 그의 손을 뿌리치며 가볍게 저항을 하는 척했습지요. 그러자 그가 다시 말했습니다.

"내가 돈이 없을까봐? 걱정 마. 오늘은 이 형님이 사는 거니까."

그러고 나서 그는 갑자기 내 귀에다 바싹 입을 갖다대고는 목소리를 낮추어서 말했습니다.

"실은 몇 시간 전에 바로 저쪽에서 지갑을 하나 주웠거든. 어떤 멍청한 놈이 흘리고 갔는지 공중전화 박스 바로 앞에 떨어져 있는 거야. 별 기대 없이 열어봤는데 세상에! 기특하게도 세종대왕님 두 분이랑, 퇴계 선생님 한 분이 얌전하게 들어앉아 있지 뭔가. 정말 운이 터져도 대운이 터진 것이지. 나는 얼른 그분들을 이 주머니 속에다 모셔두고 지갑은 쓰레기통에 던져버렸지. 불과 몇 시간 전에……. 그러구 나서 자넬 만난 거야. 이런 돈은 혼자 쓰기엔 너무 아깝거든. 안 그런가? 전직 공무원 나리……."

술 냄새 때문에 머리가 어지러울 지경이었지만 사내의 설명에 어쨌거나 나는 속으로 적이 안심을 하며 사내가 이끄는 대로 따라갔습니다. 사실 그 바닥에서 술 마시자고 꼬드기고는 남에게 바가지를 씌우는 것은 예사였으니까요. 어쨌거나 병원에서 나오자마자 우연히 돈 있는 누군가를 만나 공짜로 밥과 술을 얻어먹게 되었다는 건 내가 생각해도 행운이라도 보통 행운이 아니었습니다. 사내가 반갑게 나를 아는 체하고 있는 한 그가 누구이든 별로 중요한 일이 아니었습죠. 그가 끌고 간 곳은 역 뒤에 있는, 온갖 술과 음식물 냄새로 진동을 하고 있는 더러운 골목이었습니다. 겨울철이라 돼지머리를 삶아내는 솥에서 김이 무럭무럭 나고 있었는데 그제서야 나는 내가 밥을 구경한 지 무척 오래되었다는 것을 깨달았습니다. 그는 그중의 한 집을 향해 의기양양하게 앞장서서 걸어갔습니다. 그의 자신만만 한 태도로 보아 단골인가 했습죠. 하지만 그를 본 주인 여자, 턱살이 두 겹이나 지고 빨간 루주를 짙게 바른데다 보글보글 파마 머리를 한 사십대 후반의 뚱뚱한 여자였는데,는 냉큼 소리부터 질렀습니다.

"이 인간아! 왜 왔어? 응? 왜 또 나타났냐니까? 요즘 귀신들은 도 대체 뭘 먹구 사는지 모르겠어, 츳츳츳."

하지만 그는 히죽거리며 대답 대신 주머니에서 만 원짜리 한 장을 꺼내어 유세라도 하듯 여자의 눈앞에 대고 흔들어 보였습니다. 그러 면서 낄낄거리며 말했습니다.

"이거면 돼?"

"흥, 꼴에…… 그걸루 어디 입에다 붙이려구. 인간아, 외상값은 또 어쩌구."

그러면서 그때까지 사내의 뒤에 우두커니 서 있는 나를 힐끔 쳐다 보았습니다. 그러고는 마치 새로운 것이라도 발견한 사람처럼 약간 놀란 목소리로 말했습니다.

"저 귀신은……? 그렇지! 영배 씨 맞지? 응, 맞구먼. 어쩐 일이 여, 오늘……?"

"어따, 서방님 오시니까 안색이 확 바뀌는구먼."

주인 여자의 말에 사내는 나를 돌아보며 빙글빙글 웃으면서 말했 습니다.

"흥! 서방은 무슨 얼어죽을 놈의 서방. 쓸데없는 소릴랑 말구 앞어. 후딱 한잔 하고 빨랑빨랑 꺼지는 게 도와주는 거여. 알지?"

사내의 말에 여자는 콧방귀를 뀌며 말했습니다. 그러니까 주인 여자 역시 '나'를 잘 알고 있는 게 틀림없었는데 그녀의 말에 의하자면 '나'라는 사내의 이름이 '영배'라는 것이 비로소 밝혀졌습죠. 그리고 서방님 운운하는 걸 보면 그녀와 '나' 사이에 약간의 썸씽 같은 게 있었는지도 몰랐습니다. 하지만 그럴수록 내 주위엔 어떤 보이지 않는 강력한 방탄벽 같은 것이 생겨나 그들에 대한 기억으로부터 나를 분리시켜버리고 있는 것 같았어요. 나는 여전히 낯설고 이상한 세상에 온 것 같은 느낌이 들었습니다. 우리는 한쪽 벽에 붙어 있는 탁자로 가서 앉았습니다. 곧이어 뚱뚱한 주인 여자는 돼지머리를 삶아낸 구수한 국물과 함께 막걸리와 돼지머리 썬 것을 쟁반에 담아 왔습니다. 김이 무럭무럭 나는 국물은 보기만 해도 군침이 돌았습죠.

"자, 마시자구. 맘 푹 놓고 쭈욱 들이켜라구. 제기랄……."

사내는 철철 넘치도록 막걸리를 잔에 부은 다음 말했습니다. 그가 그렇게 말하지 않아도 나는 숨도 쉬지 않고 그가 부어준 막걸리를 잔 밑바닥이 보일 정도로 단숨에 들이켰습니다. 정말이지 그 순간만은 나도 감격했습니다. 오랜만에 들이켜는 막걸리는 정말 꿀맛이었습죠. 목구멍을 넘어간 술은 삽시간에 온몸으로 마치 아편처럼 퍼져 몸 구석구석 잠든 세포들을 일제히 흔들어 깨우는 것 같았습니다. 그러자 병원에서 만났던 그 형사와 의사가 나를 쫓고 있다는 막연한 불안감 같은 게 눈 녹듯이 사라지는 것이었습니다. 사실 그때까지도 난 누군가가 나를 쫓고 있다는 불안감 때문에 무언가가 명치 끝을 묵직하게 누르고 있는 기분이었으니까요.

"이봐, 영배, 멍청한 이 같으니라구……. 정신 차려! 바보라도 된 것 같은 표정만 짓지 말구……. 난 널 잘 알아. 교활한데다 부정한 놈이야. 그런데다 부패한 공무원이었지. 뇌물이라면 무엇이든 꿀꺽 꿀꺽 삼켰잖아. 마치 입 큰 하마처럼 말이야. 네가 목이 짤린 것은 당연한 일이야. 당연한 일이구말구. 감옥에 가지 않은 것만 해두 천만 다행이지. 어쨌든 그러니까, 넌 나쁜 새끼야!"

그러고 나서 그는 마치 놀리듯이 커다랗게 웃었습니다.

하지만 나는 이상하게 그의 말에 전혀 화가 나지 않았습니다. 화가 나기는커녕 그가 말하는 '어떤 사내'의 이야기가 흥미롭기까지 했습니다.

"그 이마의 상처는 또 뭔가. 보기 좋군, 보기 좋아. 훈장처럼 말이야. 어디서 또 나쁜 짓을 하다가 얻어터졌군."

그는 계속해서 놀리듯이 말했습니다.

"자, 이걸 가져. 모자야. 어떤 중이 적선이랍시고 주고 간 건데 난 필요 없어. 보시다시피 난 머리가 잘생겼거든. 써봐, 써보라구."

그리곤 자기가 쓰고 있던 회색 털모자를 벗어 내게 주었습니다. 나는 별로 내키지 않았지만 받아서 탁자 위에다 두었습니다.

"네가 없는 사이 몇 가지 일이 있었지. 대단한 일은 아니었지만……. 문길이가 죽었어. 문길이 알지? 네 옆에 있던 젊은 놈 말이야. 교통사고였어. 대단한 일은 아니야. 세상엔 언제나 무슨 일인가는 일어나고 있으니까. 그래, 말해봐. 그동안 어딜 갔었나?"

"난……. 아무 데도 가지 않았어."

나는 더듬거리며 나도 모르게 그렇게 대답했습니다. 그렇게 대답하고 나니 내 대답에 나 스스로도 놀랄 정도였습죠. 그러자 그 친구는 다시 컬컬컬 소리내어 웃었습니다.

"아무 데도 가지 않았다고……? 그럼 달나라에라도 갔다 왔나?

달에서 보니까 이곳 지구가 어떻데? 나두 사진으루는 봤어. 아폴로 몇 혼가에서 찍은 사진 말이야. 암스트롱인가 하는 친구가 말했지. 그곳에서 지구를 보니까 푸른 사파이어처럼 기가 막히게 아름답다구. 하지만 그건 거짓말이었어. 아아, 난 그 사진을 보는 순간 정말 끔찍한 생각부터 들었지, 뭔가. 정말이야. 끔찍했어. 죽음과 같은 적막에 싸인 검은 우주의 바다 위에 떠 있는 가랑잎 하나……. 그래, 그거였어. 그게 고작 우리가 세상이라고 발을 붙이고 숨을 쉬면서 살아가는 이곳 지구였어."

그는 잔에 남아 있던 술을 단숨에 꿀럭꿀럭 소리내어 마셨습니다. 그리고 나서 나의 눈을 쏘아보듯 쳐다보며 입가에 이상야릇한 미소를 지으면서 말했습니다.

"난 네가 어디 갔다 왔는지 다 알아. 병원 직원들이 다녀갔어. 지하도를 샅샅이 다 뒤지면서 말이야. 행려병자 수용소. 그래, 넌 지금 그곳에서 탈출을 했어. 맞지……? 내 눈은 속이지 못해. 하지만 넌 미치지 않았어. 맞아. 넌 미치지 않았어. 나는 널 잘 알거든. 널 그곳에 집어넣은 것은 네 마누라야! 네 마누라가 의사랑 형사랑 짜고 널 그곳에 집어넣은 거야. 이 불쌍한 인간 같으니……. 어때, 내 말이 맞지?"

그러고 나서 그는 정말 비좁은 술집이 떠들썩할 정도로 커다랗게 웃었습니다. 그의 그런 모습을 보고 있자니 어처구니없게도 나도 이상하게 전염이 된 것처럼 실실 웃음이 새어나오는 것이 아니겠습니까. 정말입니다. 그의 말은 어느 것 하나 이해되는 게 없었지만 이상하게 웃음만은 따라 나오는 것이었습니다. 그 역시 내가 따라 웃는 영문도 모르면서 계속해서 웃었고, 나도 그를 따라 웃었습니다. 아마 누군가가 우리를 보았다면 틀림없이 미친놈들이라고 생각했을 겁니다. 막걸리 몇 잔에다 돼지머리에 뜨거운 국물까지 먹고 마시고 나자 나의 머릿속은 다시 꽃등이라도 켜지듯 환하게 밝아져오는 것을 느낄 수가 있었습니다.

"난 아무것도 기억하지 못해. 그래서 미안하지만 난 당신이 누군지도 몰라."

이윽고 나는 부드러운 미소를 지은 채 사내를 향해 말했습니다.

"하지만 당신이 누구든 아무 상관이 없어. 나도 내가 누군지 모르니까."

그러자 사내는 내가 술에 취해서 농담을 하는 줄 알았는지 짓궂은 눈으로 나를 쳐다보며 말했습니다.

"널 모른다고……? 그래, 가르쳐줄까? 넌 도둑놈이었어. 그건 분명해. 공금을 횡령해 먹고 거기에다 딸애까지 건드렸어. 다 네가 멀쩡했을 때 네 입으로 고백했던 말이야. 알아? 하긴 너보다 더 나쁜 놈들이 수두룩한 세상이니까 욕할 생각은 추호도 없지만……. 누가 지옥도를 그린다면 틀림없이 우리 같은 놈들을 그리면 될 거야. 안 그래? 그래도 넌 내가 처음 이곳에 왔을 때 따뜻하게 대해주었던 유일한 놈이었어. 추운 겨울날, 아직도 난 그때를 기억하곤 해, 부도를 맞고 하루아침에 알거지가 되어 이곳으로 흘러들어 왔을 때 말이야. 넌 날 위해 네 옆자리를 하나 마련해주었어. 그땐 얼마나 고마웠는지 몰라. 눈물이 날 만큼 고마웠어. 네가 나쁜 놈이었다 해도 말이야. 그러고 나서 얼마 전까지 우린 문길이랑 저 지하도에서 옆자리에서 나란히 잠을 잤지. 네가 마누라에 매수된 형사에 의해 행려병자 수용소로 끌려가기 전까지 말이야. 이제 기억나?"

사내는 도무지 내가 알 수 없는 말만 횡설수설 지껄이고 있었습니다. 그가 말하고 있는 "어떤 사내"에 대해 나도 어렴풋이 알 것 같기도 했지만 그까짓 것이 지금 와서 별로 중요한 것은 아니었습죠. 나는 밥과 술을 얻어먹는 값이라 치고 그가 마음껏, 제멋대로, 지껄이도록 내버려두었습니다. 그러나 막걸리와 돼지고기로 배를 어느 정도 채우고 나자 그쯤에서 슬슬 그와 헤어져야겠다는 생각이 들었습니다.

"만일 달에서 이 지구를 바라본다면 정말……. 오, 하느님……!"

사내는 완전히 취한 목소리로 횡설수설 말했습니다.

"그 가랑잎 같은 곳에 곰팡이처럼 우리가 붙어 산다니……. 정말 끔찍해. 끔찍하구말구."

그때였습니다. 누군가가 문을 박차고 들어오더니 정말 믿어지지 않는 일이었지만, 내 앞에 앉아 있던 그 사내를 향해 바람같이 달려가서는 다짜고짜 뺨을 한 대 힘껏 올려붙이는 것이 아니겠습니까. 얼마나 힘껏 때렸던지 철썩 하는 소리가 홀 안에 앉아 있던 사람들의 귀엔 누구에게나 분명하게 들릴 정도였습죠. 검은 가죽잠바를 입은 젊은 친구였습니다. 뺨을 맞은 사내는 의자에서 떨어져 바닥에 나뒹굴었습니다. 그는 넘어진 채 자기 뺨을 싸안고 자기를 때린 가죽잠바를 놀란 눈으로 멍청하게 올려다보고 있었습니다. 놀란 것은 사내만이 아니었습니다. 나야말로 정말 혼이 쑥 빠질 정도로 놀랐습니다. 그때 그 순간, 나는 사내가 형사거나 병원에서 나온 직원이 틀림없다고 생각했습죠. 그러니까 그렇게 뺨을 맞아 바닥에 누워 있어야 하는 사람은 사내가 아니라 바로 나였습니다. 거기엔 무언가 오해가 있는 게 분명했습니다. 내 가슴은 두려움과 공포로 차디차게 얼어버린 것 같았습니다.

"씨팔 새끼!"

그러나 젊은 가죽잠바는 여전히 나는 거들떠보지도 않은 채 거침

없이 욕을 퍼부으며 나뒹굴어 있는 사내의 멱살을 잡아채서 일으켜 세웠습니다. 그런데 정말 이상한 것은 사내 역시 순순히 멱살을 잡힌 채 가죽잠바가 하는 대로 몸을 맡기고 있었던 것입니다. 지금까지 내 앞에서 씩씩하게 지껄여대던 그 사내가 갑자기 그렇게 변하리라고는 정말 꿈에도 생각하지 못했던 일이었습죠.

"개애새끼. 남의 지갑을 쓱싹해놓고 배짱 좋게 이곳에서 술을 처먹고 있었어? 응? 늙은 개돼지 같은 놈! 말해봐! 내가 못 찾을 줄 알았어? 응?"

가죽잠바는 흥분한 목소리로 소리치며 다시 한번 사내의 뺨을 철썩철썩 올려붙였습니다. 그제야 나는 사태가 어떻게 돌아가는지 어렴풋하게 깨달았습니다. 그러니까 사내가 주웠다는 지갑은 실은 주운 것이 아니라 가죽잠바의 옷 속에서 슬쩍한 것이 분명했습니다. 나는 그 가죽잠바가 병원에서 나를 쫓아온 직원이나 형사가 아니라는 사실에 안도를 했지만 그 대신 지금까지 나에게 호의를 베풀고 있었던 사내가 그렇게 형편없이 얻어맞고 있는 것을 가만히 보고 있자니 미안한 마음이 들었습니다. 그렇다고 나라고 특별히 나서서 할 수 있는 일은 아무것도 없었습니다. 거기에다 곧이어 문으로 정복을 입은 경찰이 들어오는 게 보였습니다.

사내를 남겨두고 가는 게 정말 미안했지만 나 역시 쫓기는 몸이었기 때문에 슬그머니 그 자리를 빠져나오지 않을 수 없었습니다. 나오면서 흘낏 돌아보니까 사내는 고개를 푹 숙인 채 형편없이 구겨진 모습으로 의자에 앉아 있었습니다. 그새 어두워진 골목은 불이 환하게 켜져 있었습니다. 골목 끝에서 누군가가 억억거리며 오바이트를 하고 있는 게 보였습니다. 그와 함께 돼지머리를 삶아내는 역한 냄새가 코끝에 감겨왔습니다.

골목을 벗어나 길 밖으로 나오자 세상은 골목 안에서 방금 벌어졌던 일과는 아무 관계도 없다는 듯이 여전히 시끄럽게 흘러가고 있었습니다. 어느새 주위에는 어둠이 내려와 빨간 미등을 밝힌 차들이 쉴 새 없이 붕붕거리며 지나가고 있었고, 역 앞 빌딩 꼭대기의 커다란 치약 광고 네온간판도 번쩍이는 불빛을 휘두르며 돌아가고 있었습니다. 아직 비가 내리고 있는 어둠 속 빌딩의 발치 아래로는 사람들이 마치 더러운 어항 속의 물고기들처럼 흐느적거리며 흘러가고 있었습니다.

나는 어디로 가야 할지 몰라 잠시 그 자리에 서서 망설이다가 이윽고 발을 뗐습니다. 딱히 어디론가 가야 할 곳도 없었지만 그렇다고 언제까지나 그 자리에 그렇게 우두커니 서 있을 수는 없었으니까요. 나는 내 발길이 안내하는 대로 모든 걸 맡겨두었습니다.

그때였어요. 내 머릿속으로는 마치 깜박 잊고 있었던 것처럼 병원에서 보았던 바로 그 '하늘 정원' 같은 게 다시 아름답게 떠오르는 것이었습니다. 그래요! 분명히 하늘 정원이었습죠. 그러자 회색빛 어둠에 갇힌 도시의 불빛들이 그 순간 마치 색색의 향기로운 꽃으로 장식된 꽃밭처럼 떠올랐습죠. 그 사이로 폭죽처럼 곳곳에서 분수들이 뿜어져 나오고 비둘기들이 풍선처럼 떠 있었습니다. 열대식물처럼 짙은 그늘을 드리운 나무 밑으로 근심 걱정이라곤 하나 없는 모습의 인간들이 한가롭게 걸어다니고 있었고, 자전거를 탄 아이들이 요리조리 물고기처럼 달려가고 있었습니다. 아, 얼마나 황홀한 광경이었는지 모릅니다. 내 등에도 어느새 닭털 비슷한 날개 같은 게 돋아나 있었습죠. 그러자 내 입에선 나도 모르게 실실 웃음이 비어져 나오는 게 아니겠어요. 정말 내가 생각해도 알 수 없는 노릇이었지만 그렇게 웃음이 비어져 나오는 걸 어쩔 수는 없었습니다. 정말 기분 좋은 웃음이었습니다. 그렇게 혼자 히죽거리며 걸어가는 나를 지나가는 사람들이 힐끔힐끔 이상한 눈으로 쳐다보았지만 나는 웃음을 거두고 싶은 마음이 털끝만큼도 없었습니다. 마치 나는 내가 다시 병원에서 마악 빠져나왔을 때처럼 투명 인간이나 그림자 인간이라도 되었다고 믿어버렸으니까요. 그렇게 되어버린 이상 나를 알아볼 수 있는 사람은 이 세상에 아무도 없었을 테니까요. 하긴 나를 알아보는 사람이 있다 하여 무슨 상관이 있겠습니까. 그들이 알고 있는 것은 '나'라는 것의 뱀 허물과도 같은 껍데기일 뿐일 테니까요. 뱀 허물 아시죠. 그러니까 그들이 '나'를 다시 붙잡아 행려병자 수용소에 가두어버린다 해도 이제 두려울 것은 하나 없었습니다. 정말이에요. 그 순간부터 난 아무것도, 두려워하지도, 부러워하지도 않는 존재가 되어버린 것입죠. 그러자 내 가슴은 신기할 정도로 유쾌해졌고, 가벼워졌습니다.

나는 그렇게 혼자 웃음을 머금은 채 마치 몽유라도 하듯 비틀거리는 걸음으로 검은 어둠과 회색빛 차가운 비가 장막처럼 덮고 있는 도시의 미로를 향해 점점 빠져들어 갔습니다. 단지 그것뿐이었습죠. 단지…….

이야기를 마친 사내는 한동안 무언가를 음미하듯 고개를 숙인 채 두 손을 꼭 잡고 앉아 있었다. 창문을 보니 어느새 어둠이 내려와 있었다. 윤태는 시계를 보았다. 친구 제이와 약속한 시간이 이미 십여 분이나 지나가고 있었다.

"단지……. 단지 그것뿐이었습죠."

사내는 중얼거리듯 그 말을 혼자 반복하고 있었다. 그러더니 이윽고 천천히 자리에서 일어나 회색빛 털모자를 두 손으로 들고 반창고를 붙인 이마 위에 깊숙이 눌러썼다. 움푹 파인 그의 두 눈은 다시 처음 들어왔을 때처럼 몽롱하게 젖어 있었는데 오랜 이야기에 지쳤는지 다소 열기에 차 있었고 또한 다소 공허하게 보였다. 그런 눈으로 그는 윤태를 향해 가볍게 고개를 끄덕이며 무언가 말을 하려다가 그만두었다. 그리고는 등을 돌려 문 쪽을 향해 터벅터벅 걸어갔다. 그리고는 아까 들어올 때와 똑같이 조심스럽게 문을 열고 천천히 머리와 발이, 그리고 구부정한 몸통이 차례대로 빠져나갔다. 그의 뒷모습을 지켜보고 있던 윤태는 그제야 깊은 잠에서 깨어난 사람처럼 깊은 숨을 한 번 몰아쉬었다. 어둠이 푸른 잉크처럼 번지는 창밖으로 하나둘 불이 들어오기 시작하고 있었다. 어두운 밤하늘에서 어쩐지 회색 비라도 슬금슬금 내리고 있는 듯한 착각이 들었다.

「나는 몽유夢遊하리라」는 김영현이 오랜만에 발표한 소설이다. 90년대 벽두를 열어젖힌 소설가의 오랜 침묵의 웅변을 들어보고 싶다면 이 소설을 읽어볼 필요가 있을 것이다. 표제가 말하듯 그것은 자신의 소설적 행보에 관한 일종의 자기 암시이자 세상을 향한 명시적 선언에 가깝기 때문이다.

토요일 늦은 오후. 한 사내가 초라한 사무실을 지키고 있다. 이 사내의 이름은 윤태. 그는 대학 선배이자 정치적 야망을 가진 케이의 '아무개 변호사 생활문제상담소'에서 "아까운 재주와 청춘"을 "송두리째 허비"하고 있다. 케이는 "모모당에다 장차 이곳을 자신의 지역구로 신청할 셈으로 공을 들이고 있는 중이었다." 그러니까 상담소는 그의 야망을 위한 사전 이미지 작업용인 셈이다. 야망으로 가득 찬 케이의 의욕적인 삶에 비해 윤태는 "무슨 얄궂은 끈에 묶여버렸는지 자꾸 어두컴컴한 세상의 밑바닥 어딘가에서 헤매고 있는 듯한 느낌"을 버리지 못한다. 말하자면, 그는 지금 생의 모퉁이에서 이러지도 저러지도 못하고 있는 상태인 것이다.

이 사내와 같은 상황이라면 자신의 삶에 관한 어떤 암시를 구하고자 허깨비라도 불러올 만하다고 할 수 있을 것이다. 과연 윤태 앞에 '허깨비'가 나타난다. 술기운 때문에 코끝이 빨갛게 얼어붙은 채 낡고 더러운 옷에서 이상한 냄새를 풍기는 한 사내가 상담소 문을 밀고 들어온 것이다. 윤태는 당연히 이 사내를 외면하고자 한다. 그 사내를 상대한다는 것은 그렇지 않아도 보잘것없이 여겨지는 자신의 삶을 더욱더 초라하게 만드는 일에 다름 아니기 때문이다. 그러나 이 사내가 윤태가 불러온 허깨비인 한 그는 허술하게 물러나지 않을 것이다. 사내는 윤태의 외면에도 상관없이 그의 토요일 오후를 잠식하며 자신의 이야기를 늘어놓는다.

구어체로 서술되는 사내의 이야기는 전형적인 노숙자의 편람기라고 할 만하다. 사내의 말에 따르면 그는 한때 모모부처의 하급 공무원으로 장관 표창까지 받은 자다. 그러나 직장에서 떨려 나와 맨날 술이나 퍼마시고 마누라에게 손찌검까지 하는 버릇이 생기면서 그의 삶은 벌레와 같은 것으로 변한다. 이런 그를 가족들이 그대로 둘리 없다. 딸과 아내가 공모하여 그를 더 이상 집에 들이지 않겠다고 선언하자 그는 그제서야 "등짝에서 세상의 짐을 다 내려놓은 듯" 홀가분하게 집을 나와 노숙자 생활을 한다. 소설의 핵심적 사건은 그러던 어느 날 그가 길을 가던 중 떨어지는 벽돌에 맞아 과거의 기억이 가물가물하게 되었다는 사실이다. 주거부정에 정신마저 오락가락하는 그를 행려병자 수용소가 있는 시립병원으로 옮겨가려는 찰나 그는 그것이 가족들의 공모에 의한 것임을 직감하고 병원을 탈출한다. 그리고 그 다음부터 그는 정말 아무것도 기억나지 않는 사람인 것처럼 행세하기 시작한다. "도마뱀이 제 꼬리를 자르듯" 그는 자신의 "과거로부터 완전히 해방"된 것이다. 마치 자신을 영화 속의 '투명 인간'이나 '그림자 인간'이나 된 듯 그는 몽유하는 기분으로 거리를 걸어간다.

자신의 과거로부터 절연된 이 노숙자 사내가 말하는 '해방감'은 김영현 소설 세계에서 그리 낯선 모티프인 것만은 아니다. 이 해방감은 그의 대표작 「벌레」에서 강철 혁명가가 지하 감옥 먹방에 갇혀 오줌을 쌀 때 불현듯 느끼던 감정과 무관하지 않다. 이 작가에게 있어 해방감은 언제나 아이러니를 동반한다. 「나는 몽유하리라」역시 마찬가지다. 가족과 과거의 기억으로부터 절연된 정신 나간 노숙자는 세상이 부여하는 고통으로부터 해방된 존재로 그려진다. 애초 사내를 외면했던 윤태가 점점 사내의 이야기에 매혹되는 것도 그때부터다. 이 노숙자 사내를 자신의 처지에 절망하던 윤태가 불러낸 허깨비, 즉 일종의 메피스토텔레스라고 이야기할 수 있는 것도 그 때문이다. 사내는 윤태에게 끊임없이 '삶을 지우는 법'을 가르치고 윤태의 마음을 어지럽힌다. 그는 윤태의 또 다른 얼굴이다.

흥미로운 것은 이 사내의 과거다. 비슷한 처지의 다른 노숙자의 말에 따르면, 이 사내는 뇌물을 좋아하고 횡령을 일삼던 파렴치한 공무원이었을 뿐만 아니라 딸아이까지 건드린 패륜아다. 그런 의미에서 사내의 '몽유'는 인간이 자신의 추악한 일면을 되돌아보게 되었을 때 취할 수 있는 방도 가운데 하나라고 할 수도 있을 것이다. 투명 인간이나 그림자 인간이 되는 순간 사내는 추악한 과거로부터 해방된다. 그리고 "아무것도, 두려워하지도, 부러워하지도 않는 존재"가 되어버린다. 만약 몽유가 그런 것이라면, 그것이야말로 인간이 영원히 동경해 마지않는 황홀경이라고 하지 않을 수 없을 것이다. 윤태가 이야기를 마친 뒤 문을 열고 빠져나가는 그의 뒷모습을 지켜보다가 "깊은 잠에서 깨어난 사람처럼 깊은 숨을 한번 몰아쉬"게 되는 것은 그런 점에서 너무나도 자연스러운 일이라고 할 만하다.

「나는 몽유하리라」는 구성상의 균형이 일관되게 유지되고 있는 작품이라고 할 수 없다. 윤태로부터 사내로 옮겨진 이야기의 중심은 결국 사내의 구술이 소설이 말하고자 했던 바였음을 알게 해준다. 사내의 고백이 너무 직접적이기 때문에 소설의 다른 디테일이 눈에 들어오지 않는다. 그렇다면 김영현이 이야기하고 싶었던 것은 결국 사내의 입을 빌은 노숙자의 해방감이라고 할 수도 있을 것이다. 사내의 삶은 과거로부터 완전히 자유로운 황홀경 속에 놓여 있기 때문이다. 그러나 이 사내는 윤태의 메피스토텔레스라는 것을 기억해둘 필요가 있다. 그에 따르면, 이 해방감은 여전히 악의 세계에 속한다. 그것은 사악하고 또 추악한 만큼 매혹적이다. 영혼을 팔고서라도 획득하고 싶은 절대적인 유혹의 영역은 결국 여전히 악의 세계에 속해 있는 것이다. 그 순간 이 소설의 전언은 다소 분명해지는 듯하다. 과거로부터 절대로 자유로울 수 없다는 것, 인간이 할 수 있는 것은 오로지 그것으로부터 자유로워지고자 하는 동경뿐이라는 것. 따라서 이 소설의 표제, '나는 몽유하리라'는 어떤 의미에서 '나는 몽유하고 싶다'는 절규에 다름 아니라고 할 수 있다. 김영현은 지금 이 절박하고도 처참한 인간 이해에 다다른 듯하다. 아마도 그는 지금 자신의 시대를 삭히고 또 삭혀 보편적인 인간 영혼의 세계로 들어가고 있는 듯하다. 그는 지금 파우스트가 되려 한다.

시계가 걸렸던 자리

구효서

1957년 경기도 강화에서 태어나 1987년 《중앙일보》로 등단했다.
소설집으로 『노을은 다시 뜨는가』 『확성기가 있었고 저격병이 있었다』
『깡통따개가 없는 마을』 『아침 깜짝 물결무늬 풍뎅이』,
장편소설로 『늪을 건너는 법』 『낯선 여름』 『라디오 라디오』
『비밀의 문』 『남자의 서쪽』 『애별』 등이 있다.
1994년 한국일보문학상을 수상했다.

시계가 걸렸던 자리

내가 태어나고 자란 집. 그곳에 언제라도 갈 수 있다면 그걸 행운이라고 할 수 있을까. 갈 때마다 그 집 그 방까지 들어가볼 수 있다면 어떨까.

행운이기 전에, 마흔일곱 해, 아니 형님과 누님들도 그곳에서 태어나 자랐으니 적어도 육십 년은 족히 됐을 그 집이 퇴락했을망정 아직도 옛 모습 그대로 거기에 남아 있다면 가히 기적이랄 수 있는 것 아닐까. 도시와 농촌 할 것 없이 개발의 시류를 타고 집 한 채쯤은 하루아침에 뚝딱 부수고 새로 짓는 시절에, 게다가 서울의 어느 돈 많은 사람에게 명의가 넘어가 적절한 매입자가 나타나기만을 기다리고 있는 형편이라면 더욱 기이한 일이 아닐까.

열네 살에 그 집을 떠난 뒤로 가족과 함께 서울의 셀 수 없을 만큼 많은 집들을 전전했고, 가족으로부터 분가한 뒤로도 내 집 없이 떠돈 세월이 이십 년에 이른다. 그런 내겐 아직도 내가 태어나 자란 집이 그곳에 있다는 것과, 언제라도 맘만 먹으면 그 방 그 마루 그 부엌엘 들어가볼 수 있다는 건 행운임이 분명하다. 그러나 얼른 행운이라고 말하지 못하고 주저하는 까닭은, 그 집이 내가 죽을 때까지 그곳에 있어 주었으면 하는 바람을 차마 떨치지 못하기 때문이리라. 육십여 년을 버텨왔는데 겨우 몇 개월을 더 못 버틸까. 나를 낳고 나를 품어낸 집이 퇴락한 모습으로나마 내 일생과 온전히 그 시간을 함께해준다면 주저 없이 행운이라고 말할 수 있을 것 같았다. 나를 낳고 나를 품어낸 또 다른 존재 : 어머니는 8년 전 신월동 집 앞 주차장에서 후진하는 차량에 치여 이미 돌아가셨으므로 더욱더.

고향집 마당은 웃자란 개망초로 구렁이 돼 있었다. 축대 밑은 여뀌들로 무성했다. 몇 해 전 들렀을 땐 떡살을 찧던 돌절구가 대문 밖 제자리에 그대로 있었으나, 없어져버린 자리엔 뻘건 빗물이 고여 있었다. 허리까지 자란 풀들을 헤치며 집으로 다가갔다. 미처 증발되지 않은 이슬이 바지를 적셨다.

두 달 전만 하더라도 아침 아홉 시에 고향집을 찾을 거라곤 생각지 못했다. 명절 때 성묘 다녀가던 길에 한두 번 들렀던 게 고작이었다. 아이러니하게도 생의 끝 시점이 언제일지를 구체적으로 계산하게 되면서 생의 처음 시점이 궁금해졌던 것이다. 불현듯 닥쳐온 죽음 앞에서 탄생을 생각하는 건 아이러니가 아니라 어쩌면 자연스런 일일지도 몰랐다.

생의 끝점은 시시각각 구체화되고 있는데 생의 시작점이 여전히 모호하다는 게 이른 새벽 나를 고향으로 내몰았다.

나는 오랫동안 1958년 9월 25일에 태어난 걸로 알고 있었다. 모든 공문서에 생년월일이 그렇게 적혀 있었으니까. 그러나 그 어느 것

하나 맞는 게 없었다. 중학교에 입학하던 해에 비로소 1957년 음력 8월 25일에 태어났다는 걸 알았다. 내 생일이 해마다 바뀌었을 뿐만 아니라, 그 생일이 정작 9월 25일인 적은 한 번도 없었다는 사실을 그제야 알아챘기 때문이었다. 그리고 어제, 컴퓨터 양·음력 대조표를 보고서야 1957년 9월 18일 수요일에 내가 태어났다는 사실을 알았다. 지금껏 가족들이 음력으로 생일을 기억했기 때문에 양력 9월 18일이라는 날짜는 내 현실에선 중요하지도 필요하지도 않은 거였다. 그러나 어제는 꼭 양력이 필요했다.

나는 어머니에게 내가 몇 시에 태어났느냐고 물은 적이 있었다. 모른다는 게 어머니의 첫 대답이었다. 몇 년 뒤, 대충이라도 모르시겠냐고 또 물었던 것 같다. 아침 나절이었다는 대답만 들었다. 왜 잘 모르느냐고 했더니 그때는 집 안에 시계가 없었다고 했다. 우리 집에만 없었던 게 아니라 거의 모든 집에 시계란 게 없었다고. 그래서 몇 시 몇 분 따위는 아예 없었고, 가장 미분화된 시각 단위라야 아침때 점심때 저녁때에다 각각 새참때가 끼어드는 게 전부였노라고. 상관없었다. 그다지 절실해서 물은 것도 아니었으니까.

태어난 시각을 꼭 알아야겠다고 어머니께 다시 말했던 건 스물아홉 살 때였다. 나는 결혼을 해야 했고 신부집에 사주단자라는 걸 보내야만 했던 것이다. 그러면 한 열 시쯤으로 하려무나……. 열 시도 아니고 '한 열 시쯤'이었다. 그러면서 어머닌 덧붙였다. 글찮아도 어디 가서 니 사주 넣고 점볼 때 사시로 했다. 대충 맞을 거여.

자-축-인-묘-진-사……. 자시가 오후 열한 시에서 새벽 한 시 사이를 이르는 것이니까 내가 태어난 사시는 오전 아홉 시에서 열한 시 사이였다. 그렇다면 '한 열 시쯤'이라는 어머니의 말은 아주 정확한 거였다.

사주단자 때문에 태어난 시각이 필요한 거였다면 더 이상의 자세한 시각 따위는 알 이유가 없었다. 단자에는 정유년 팔월 이십오일 사시 생으로 적어 보냈었으니까.

사주풀이 점을 치거나, 재혼을 하려는데 출생일시를 까맣게 까먹은 경우가 아니라면, 태어난 시각이란 건 적어도 내 삶에선 필요한 숫자가 아니었다. 그런데 난 어째서 그 숫자에 집착하게 되었을까.

삶을 마감해야 할 날이 명징한 초침 소리로 육박해왔기 때문은 아닐까. 그 초침 소리에 쫓기며 나는, 뭔가를 부여잡듯, 반사적으로 출생의 시각에 매달리려 한 건 아닐까. 그러했으리라. 그러했으리라고백한다고 해서 더 서글퍼질 것도 없었다. 난 충분히 서글퍼져 있는 것이다.

모른다. 아침 나절. 한 열 시쯤. 따지고 보면 어머니의 대답은 뒤로 갈수록 좀더 구체적인 시각에 접근하고 있었던 게 사실이었다. 하지만 거기까지였다. 그것만으로도 내 필요는 충족되었으니까. 그러다 며칠 전, 어머니가 흘리듯 말해버렸던 음성이 떠올랐다. 아, 글쎄 시계가 없었다니깐 그러네. 그땐 해 뜨는 걸루다 하루를 가늠한 거야. 널 낳고 나니깐 아침 햇살이 막 뒤꼍 창호지문 문턱에 떨어지고 있더라. 생각나는 건 그게 전부다.

내가 태어난 그 날짜에, 아침 햇살이 고향집 안방 문턱에 떨어져 내리는 그곳에 가 서게 된다면 내가 태어난 정확한 시각을 알 수 있는 거였다. 햇살은 태양력을 따라 움직이므로 나는 그해 음력 8월 25일의 양력을 알아야 했다. 9월 18일이었다. 뭔가에 간절하거나 절박하면 답은 저절로 하늘에서 떨어진다고 했던가. 어느 날 갑작스레 코앞에 다가와 나를 이러지도 저러지도 못하게 옥죄고 있는 죽음의 그림자. 그 옴쭉달싹 못하는 지경에서 내 숨통을 틔울 건 오로지 태어난 시각을 정확히 아는 것뿐이라는 식이 돼버렸다. 어째서 그런 결론에 도달하게 됐는지 알 턱이 없었다. 알 수도 없었고, 알고 싶지도 않았다. 다만 그런 식이 돼버렸다는 것이고, 날짜에 맞춰 고향집에 당도했다는 사실만 중요하게 여겨질 뿐이었다. 그럭저럭 잘 걷던, 그러나 생애 유일했던 길이 코앞에서 턱 막혀버린다면 무슨 기현상인들 안 일어날까. 생일이 내 여생의 범위 안에 있었다는 사실에 안도할 뿐이었다. 그리고 그 집이 아직도 그때의 문턱 높이를 간직한 채 그곳에 있다는 것. 언제라도 그 방에 들어갈 수 있다는 것.

나무 대문은 커다란 녹슨 자물쇠로 잠겨 있었다. 그러나 부엌 기둥과 담벼락 사이, 헛간과 사랑채를 잇는 흙벽 사이에 소가 걸어들어 가고도 남을 틈이 벌어져 있었다. 무쇠솥들은 오간 데 없었다. 부뚜막엔 솥이 놓였던 세 개의 크고 둥근 구멍이 검은 아가리를 벌리고 있을 뿐이었다. 흙벽 틈새로 쏟아져들어온 빛이 언제나 어둡기만 했던 부엌의 내부를 하얗게 밝히고 있었다.

벽 틈새로 집 앞 들판과 신작로가 훤히 내다보였다. 바람과 어둠과 추위로부터 한 가족을 수십 년 간 감싸주었던 담과 벽이, 그 가족을 잃자 허망하게 주저앉아 버린 것이다. 관솔불 밝힌 부엌의 어둠 속에서 어머니는 하고 하고 또 해도 수지가 맞을 리 없는 무슨 셈인가를 하루도 빠짐없이 입속으로 되뇌었다. 부엌 바닥 한 귀퉁이 움푹하게 함몰된 곳은 밀주를 담아 묻었던 곳이었다. 밀주 단속을 피해 허겁지겁 술독을 꺼내 밤나무숲에다 쏟아버렸던 아버지는 싱거운 단속이 지나가고 난 뒤 너무도 억울해 잠을 이루지 못했다. 밤나무 낙엽이라도 긁어다 짜면 한 대접쯤 나오지 않을까,라는 말을 백 번도 더 했다.

어머니가 밥상을 들고 힘겹게 드나들던 쪽마루를 지나 안방으로 들어가면서, 그때까지 구두를 벗지 않았다는 사실에 놀랐다. 대들보와 서까래엔 이미 거미조차 살지 않는 불투명한 거미줄이 늘어져 있었다. 대청에 미숫가루처럼 흩뿌려져 있던 것들은 먼지였다. 신을 신은 채로 처음 들어가보는 집. 구두를 벗을 수 없었으나 얼른 발걸음이 떨어지지 않았다.

오래된 벽지는 검은 곰팡이가 슬었고, 벽지 무늬를 따라 좀이 슬었고, 젖어 있었다. 벽에서 이격된 벽지는 낡은 커튼처럼 주름진 채매달려 있는 게 보였다. 격자문들 또한 오간 데 없었다. 이미 오래전에 누군가에 의해 황학동 시장으로 팔려나갔을지도 몰랐다.

방 한가운데 가만히 쪼그리고 앉았다. 으스스 한기가 돌았다.

동쪽 뒤꼍으로 난 문의 문짝도 남아 있는 게 없었다. 커다란 사각형의 아가리를 벌리고 있을 뿐이었다. 내 눈길이 어머니가 말했던, 그 뒤꼍 방문의 문턱에 머물렀다. 이슬에 검게 젖은 문턱. 오래되어 갈라지고 약간은 비틀어졌으나 아직은 그때 그 모습, 그 높이를 간직하고 있었다. 아버지는 가끔 문턱에다 창칼을 대고 왕골을 다듬었다. 그때 생긴 나무의 상처들이 그늘 속에 모습을 드러냈다.

햇살은 뒤꼍의 보리똥나무 꼭대기에 머물러 있었다. 가시가 많아 담장 대용으로 심은 나무들이었다. 그 아래 도라지를 심었던 곳은 묵정밭으로 변해 있었다. 장독대 밑 보리뱅이 무성한 사이사이로 과꽃과 맨드라미가 보였다. 잔대와 엉겅퀴와 뻐꾹채도 눈에 띄었다. 그리고 백일홍 젖은 꽃잎 두 송이.

어느 집에나 하나씩 있던 꽃밭. 우리도 장독대 옆에 꽃밭이 있었고 누님들이 가꾸었다. 철 따라 꽃을 피우고 씨를 떨구던 많은 꽃나무들. 사람이 떠난 뒤로 잡초가 우거지고, 엉겅퀴와 뻐꾹채 같은 야생초에게 그 자리를 내주었지만 과꽃과 맨드라미와 백일홍이 아직도 드물게나마 개체수를 유지하며 철을 잊지 않고 꽃을 피워내고 있었다. 내가 집을 떠나 문래동 철길 옆에서 구린내 나는 값싼 자장면을 먹고 배앓이를 할 때도, 이곳 꽃들은 때맞춰 피고 씨를 모으고 겨울을 나고 다시 싹을 틔워 올렸던가. 제대를 하고 졸업을 하고 뒤늦게 이력서를 써 들고 비 내리는 종로와 광화문 거리를 헤젓고 다닐 때도 이곳엔 여전히 모란이 피고 분꽃이 피었던 걸까.

어둠의 습기가 다 가시지 않은 9월의 아침 그늘 속에서 과꽃과 맨드라미와 백일홍은 가수 상태를 완전히 떨치지 못하고 있었다.

그 옛날 뒤꼍 창호지문은 한 폭의 그림이었다. 아침 햇살이 비쳐들면 문고리 주변에 덧대 바른 마른 국화잎들이 선명했다. 대추나무 그림자가 투명한 창호지에 떨어져내릴 때는, 흔들리는 가지와 이파리와 대추열매들이 꼭 천막에 비치던 흑백 순회영화의 한 장면 같았다. 눈 오는 겨울밤엔 그 창문 바깥에서 너구리가 울었다. 발 시린 너구리가 이리저리 설치고 다니는 서슬에 잠을 깼다.

보리똥나무 가지 사이로, 햇살이 소나기처럼 쏟아져 내렸다. 얼마 안 있어 추녀 끝을 적실 것 같았다. 내 눈높이까지 닿으려면 멀었지만 점차 눈이 부셔오기 시작했다. 가슴이 뛰었다. 한없이 느린 것 같으면서도 햇살의 각도는 아주 빠르게 변했다. 지구가 자전하고 있다는 사실이 갑자기 엄연하고 도저하게 느껴져 숨이 찼다. 태양이 이동하는 짧은 순간순간마다 세상엔 얼마나 많은 일들이 생겨나고 사라지는 걸까. 어마어마하겠지. 그 사실만으로도 순간은 영원과 같다는 말이 성립될 수 있는 거겠지.

구두를 신은 채 웅크리고 있는 방은 내 오랜 위질환이 시작된 곳이었다. 세상을 막 인식하고 기억하던 순간에 내 위질환은 이미 시작돼 있었다. 내 생애 가장 오래된 기억도 위질환이었다. 지금 웅크린 자세와 똑같은 모양으로 앉아 나는 무언가를 고통스럽게 게워내고 있었다.

잔칫집에서 얻어온 부침개를 먹었거나 겨울 새벽 찬 물고구마를 먹었을 것이다. 무얼 먹어도 나는 체했고 그럴 때마다 토했다. 무얼 먹지 않아도 나는 배가 아팠고 그럴 때마다 가성소다를 숟가락으로 퍼 먹었다.

어머니가 배를 쓰다듬으면 여린 뱃거죽이 등에 닿는 것 같았다. 명절 음식들은 언제나 그림의 떡이었고, 유혹을 이기지 못한 날은 쓴 물까지 게워내지 않으면 안 되었다. 꿈틀거리는 거위까지 토해냈다.

귀신이 붙었다고 굿까지 했다. 아픈 배는 낫지 않았다. 횟배라고 석유를 먹고, 소화불량이라고 소화제만 먹었으며, 감자를 먹고 체한 날은 감자를 태워 갈아먹고, 고구마를 먹고 아픈 날은 고구마를 새까맣게 태워 우려먹었다. 만신의 말만 듣고 손발톱과, 내 나이만큼의 머리카락과, 복숭아나무 가지를 넣어 끓인 물을 하루에 세 대접씩 마셨다.

도시락은 한 숟갈도 뜨지 못한 채 도로 가져오기 일쑤였다. 쭈그리고 앉아 몇 차례 흥건히 니침을 쏟으면서 멀고 먼 등하교 길을 오갔다. 이름도 모를 약들을 얼마나 많이 먹었던지, 어머니가 장에서 사온 초콜릿 밤과자를 약인 줄 알고 아이들에게 몽땅 나누어주었다가 뒤늦게 울음보를 터뜨렸다.

고등학교 3학년이 되어서야 내 병이 만성위궤양이란 걸 알았다. 입시 공부로 인한 스트레스 때문에 위산과다나 위궤양이 생긴 건지도 모른다는 동네 약사의 진단이 들어맞았던 것이다. 그러나 나는 그 병을 취학 전부터 앓고 있었다. 타고난 허약체질에 소아위궤양이 겹치면서 오랜 세월 영양 부족과 배앓이의 악순환이 계속되었던 것이다.

바루나라는, 파란 병에 하얀 위장약을 세 병 거푸 비우고 나서야 간신히 궤양을 잡을 수 있었으나, 매일 앓던 배앓이를 일주일에 한 번 정도로 줄인 것에 불과했다. 그 정도만이라도 살 것 같았다. 그 뒤로도 배앓이는 숙명처럼 지속되었고, 한 손을 배에 대고 얼굴을 찡그린 모습이 내 트레이드마크가 되었다. 바루나, 노루모에서 잔탁, 겔포스로 이어진 투약의 양은 내가 지금껏 먹은 음식의 양과 맞먹을 정도였다.

내 모든 기억의 역사와 함께했던 배앓이도 이제 내 육신과 더불어 그 종국이 머지않았음을, 내 기억이 탄생하고 출발한 그 집 그 안방에서 되새기고 있는 거였다. 아련하고 슬픈 위질환의 발원지에서.

재봉틀이 놓여 있던 곳, 거울이 걸렸던 곳, 달력이 붙었던 자리를 천천히 휘둘러 보았다. 나중에 장만한 크고 둥근 시계가 걸렸던 벽도.

찢기고 퇴색한 장판 위로 주둥이 넓적한 장수풍뎅이 한 마리가 기어가고 있었다.

아버지가 손수 바르신 외벽의 백회가 자작나무 수피처럼 떨어져 내렸다. 추녀는 어깨를 다친 상이 군인처럼 비스듬히 기울어져 있었다. 문밖 기둥 모서리에는 이미 두세 해 전에 날아와 쌓인 듯한 갈잎들이 나뒹굴었다.

햇살이 추녀를 미끄러져 내려와 방 안을 비추기 시작했다. 내가 태어나던 그해 그달 그날 그 시각의 햇살이 천천히 방 문턱으로 접근해 내려왔다.

나는 앉은 채로 옆걸음질쳐 눅눅한 벽에 어깨를 기댔다. 그렇게 기대 앉아 장롱이며, 그 위에 쌓아놓았던 이불들이며, 앉은뱅이책상이 놓였던 윗목을 물끄러미 바라보았다. 어른들이 장난스레 건넨 술

에 취해 다듬잇돌에 이마를 부딪치던 네 살 적의 내가, 그리고 새벽
잠에서 깨어 밤새 차가워진 머리맡의 물고구마를 몰래 먹던 여섯 살
적의 내가 방 안을 이리저리 휘젓고 다녔다. 뜨거운 방구들에 하루
종일 아픈 배를 대고 엎드린 아홉 살의 나, 약병아리를 앞에 놓고 국
물만 간신히 두어 숟가락 떠먹고 마는 열두 살의 내가 있었다.

햇살이 천천히 천천히, 그러나 숨가쁘게 방 문턱 가까이 내려앉자
장독대 주변의 자줏빛 과꽃과 맨드라미가 가수 상태에서 깨어나 고
개를 들기 시작했다. 각각의 나이를 가진 여럿의 어린 내가 방 안 이
곳저곳에 어른거리는 것처럼, 장독대 주변에도 어느새 계절과는 상
관없이 어린 날 내가 보았던 모든 기억의 꽃들이 조용히 아우성치며
피어나기 시작했다.

장독대는 빨갛고 노랗고 흰 꽃들로 가득 들어찼다. 꽃천지였다.
꽃잎에 매달린 아침이슬들이 꽃보다 먼저 빛을 발하며 햇살의 접근
에 반응했다.

아침볕이 내 이마와 어깨 위에 떨어져 내렸다. 눈이 부셨고 어깨
가 따뜻해졌다. 근래 한 번도 느껴보지 못했던 커다란 평온함이 내
몸을 슬쩍 밀어 눕히려 들었다. 그때 어디선가 뎅, 하는 괘종 소리가
들렸다. 멀고 깊은 시공으로부터 길어올려지는 듯한 그 소리는 긴
여운을 남기며 열 번을 울렸다. 나는 햇빛 속에 있었다. 눈은 뜰 수
없었고 속눈썹이 젖었다.

장수풍뎅이가 지나간 자리에서, 내가 태어나고 있었다. 아랫집 순
덕이네 할머니의 손이 바쁘게 움직였다. 세숫대야에 담긴 뜨거운 물
이 무럭무럭 김을 피워 올렸다. 어머니의 땀내와 비릿한 산혈産血 내
음이 방 안을 가득 채웠다.

어머니의 산고와 아이의 울음이 잦아들었다. 투명한 땀방울이 맺

힌 어머니의 이마는 넓고 밝았다. 아침이슬을 머금은 흰 꽃. 젖은 귀밑머리는 까맣게 윤기가 흘렀다. 어머니가 눈꺼풀을 열어 새 생명이 태어난 아침의 새 세상을 바라보았다. 나도 눈을 떠 어머니의 그윽한 시선이 머무는 곳을 바라보았다. 노랗고 따뜻한 아침볕이, 마침내 문턱에 막 닿고 있었다.

나는 팔을 들어, 손목시계를 보았다. 열 시였다. 그리고 육 분. 그리고 사십오 초였다. 머잖아 마감하게 될 내 생명은, 사십육 년 전 오늘, 오전 열 시 육 분 사십오 초에 시작된 것이었다.

방 안 가득 햇빛이 들어찼다. 햇빛은 문밖의 눅눅한 땅을 적시고 장독대를 훤히 비추었다. 만발했던 기억의 꽃들은 어느새 자취를 감추고, 비루에 걸린 듯한 맨드라미와 과꽃 몇 송이가 무성한 보리뱅이 사이에 성글게 서 있었다. 아침 그늘 속에 서렸던 과거 시간의 잔흔들이 환한 햇빛에 말끔히 증발해버렸다.

기어가던 장수풍뎅이도 모습을 감추었다. 찢기고 퇴색한 장판이 환멸처럼 조용히 누워 있었다. 아이의 울음소리도 어머니의 산혈 내음도 순덕이네 할머니의 바쁜 움직임도 느껴지지 않았다. 방은 축축한 벽이 한숨처럼 내뿜는 냉기, 검은 곰팡이의 매콤한 냄새, 갈라진 벽 사이로 틈입하는 바람들로 가득했다. 재봉틀이 있던 자리, 거울이 걸렸던 자리, 달력이 붙었던 자리는 말 그대로 자리일 뿐 아무런 흔적도 없었다. 쟁반만 한 시계가 걸렸던 자리에 녹슨 못 하나가 변색된 유골의 파편처럼 박혀 있을 뿐이었다.

내 탄생의 시각은 정확해졌다. 그 끝점의 시각이 남아 있을 뿐이었다. 세상에 남아 있을 사람들 그 누구도 내 삶의 끝시각을 '한 열 시쯤' 식으로 기억하지는 않을 것이다. 도처에 시계가 아니던가. 내가 죽는 순간에도 시계는 내 머리맡 어디쯤인가에 놓여 있을 것이다. 내 생애 총량은 이제 초 단위까지 계산이 가능하게 되었다. 하지만, 그게 무슨 소용이란 말인가.

시계란 것을, 처음 나는 그림으로 보았다. 처가살이하던 큰 매형이 장에 가서 그려온 그림이었다. 어느 가을, 추수를 끝낸 어른들은 시계를 사기로 맘먹은 듯했다. 어떤 시계를 살 것이냐를 공론하던 끝에 큰 매형의 결정에 따르기로 했다. 그러나 소심했던 매형은 선뜻 제 맘에 드는 시계를 사지 못하고 시계방 앞에서 한나절을 머물면서 몇 개의 벽시계를 그려왔다. 그림은 모두 네 개였다. 쟁반처럼 둥근 것에서 주걱 같은 불알이 달린 것까지. 명암조차 분명한 섬세한 연필그림엔 매형의 소심함이 그대로 드러나 있었다. 어머니는 둥근 것을 선택했다. 크고 작은 바늘 한 쌍이 창처럼 멋졌고, 글씨도 시원스런 자판 한가운데엔 두 개의 콧구멍이 나 있었다.

그 구멍에 나비 모양의 놋꼬챙이를 넣고 돌리면 또로록 또로록 소리를 내며 태엽이 감겼다. 시계가 죽거나 늦으면 어머니나 아버지가 재봉틀 의자 위에 올라가 태엽을 감았다. 어머니는 스물두 번을, 아버지는 열여덟 번을 감았다. 누가 시계에 밥을 주는지 이불 속에서도 알 수 있었다. 높은 곳에 걸려 있기도 해서지만 나는 손아귀에 힘이 없어 세 바퀴 이상 태엽을 감을 수 없었다.

시계는 부엌 쪽으로 난 벽, 벽장문 위 약간 왼쪽에 걸었다. 보꾹 가까이에. 그곳엔 오래전부터 못 하나가 박혀 있었다. 신주단지를 모시는 작은 시렁이 매달려 있던 곳이었다. 시렁을 거두어내고 번쩍거리는 시계를 걸었다.

내심 잘 되었다고 생각했다. 나는 그 작은 시렁에 모셔진 신주단지가 오랫동안 무서웠다. 해마다 햇곡식을 갈아넣는 요강만 한 백자기였다. 한지 고깔까지 씌워놓아서 사람의 머리통 같기도 했다. 절기를 맞춰 고사를 지낼 때 어머니는 그 신주단지 앞에서 한없이 고개를 조아리며 두 손을 비볐다. 부정탄다고 건드리지도 못하게 했다. 어른들은 신주단지라면 쩔쩔맸다.

그런 신주를 윗목, 재봉틀 놓인 벽의 보꾹 아래로 옮겼다. 거울 걸린 벽의 모서리에 가려져 신주는 잘 보이지도 않았다. 속이 다 시원했다. 그 우중충하고 수꿀스런 것 대신에 말끔한 유리 얼굴을 하고 있는 커다란 시계를 맘껏 보게 돼서 정말 좋았다. 신주를 자주 보지 않게 되니까 어른들도 차츰 신주보다는 시계를 더 중하게 여기는 것 같았다. 시계가 우리 집에서 가장 비싼 물건이었다. 반짝거리는 은도금 테두리 때문에 방이 다 훤해지는 것 같았다.

온종일 저 홀로 똑딱거리는 신기한 시계를 온동네에 자랑하고 싶었지만, 어찌된 일인지 그해 마을의 거의 모든 집이 약속이나 한 듯 시계를 장만했다. 오히려 우리 집이 가장 늦게 산 축이었다. 마을에 시계가 등장한 뒤로 사람들의 말투부터가 달라졌다. 아침때니 점심때니 하는 말들은 자취를 감추었고, 몇 시 몇 분이라는 신식 언어를 사용했다. 이십 분이나 늦었네,라고 말하는 어머니가 낯설었다.

아이들 머리가 좋고 나쁘냐는 것은 전적으로 시계를 읽을 줄 아느냐 모르느냐에 달려 있었다. 불행하게도 나는 시계를 읽을 줄 몰라 머리 나쁜 아이로 통했다. 분이 모여 시간이 된다는 사실을 너무 일찍 깨달은 탓이었다. 시간보다 분이 작은 건 확실했다. 그러나 나는 오랫동안 어째서 작은 바늘이 큰 시간을 가리키고 큰 바늘이 작은 분을 가리키는 건지 이해할 수 없었다. 세 시 정각을 열두 시 십오 분으로 읽는 식이었다. 오랫동안 고쳐지지 않았다. 어머니는 내게 시간을 물을 때마다 작은 바늘이 무슨 글자에 가 있고 큰 바늘은 무슨 글자에 가 있느냐,고 물었다.

시계는 무섭게도 마을 사람들을 하루아침에 일사불란하게 만들었다. 두레 회원은 조반 식전에 잠깐 만나 얘기합시다,라는 말이 오전 다섯 시 반에 봅시다,라고 바뀌었다. 어둑한 새벽인데도 귀신같이 때를 맞춰 모여들었다. 시계 덕분이었다. 옛날과 달리 조금만 늦어도 늦었다고 타박이었다. 마을 사람들이 시계를 장만한 게 거의 같은 시기였듯이, 시계를 건 위치도 거의 같았다. 신주를 모셨던 곳이었다. 그리고 하루에도 수십 번씩 시계를 올려다봤다. 굳이 시간이 궁금하지 않아도 시계를 봐야 마음이 흐뭇해졌다. 논밭에 나갔다 들어와도 시계부터 봤고, 어이쿠 벌써 시간이 저렇게 되었남, 하며 바쁜 척 발을 씻었다. 다들 그렇게 나날이 신식으로 세련되어 가는데 시계를 못 읽는 나만 바보가 되었다.
　그런 연유에서였는지 나에겐 고등학교를 졸업할 때까지 시계가 없었다. 갖고 싶지도 않았고 가질 수도 없었다. 시계는 누구에게나 제일 가는 귀중품이었다. 재수를 하고 대학에 합격하고 나서야 손목시계를 가질 수 있었다.
　아버지는 내가 대학에 가는 걸 원치 않았다. 첫째 둘째 누님을 초등학교 2학년까지만 보냈던 게 아버지였다. 내 바로 위 누님은 몰래 중학교 입학시험을 치렀다가 경을 쳤다. 수석합격을 해 선생님들이 우리 집으로 몰려왔지만 아버지는 끝내 그 누님을 중학교에 보내지 않았다. 돈 때문이었다. 아버지의 유일한 돈벌이 수단은 돈을 쓰지 않는 거였다. 요컨대 아버지는 돈을 쓰지 않는 일이라면 무슨 일이든지 했다는 말이다. 그런데 내가 늦게나마 대학에 합격하자 입학선물로 손목시계를 선물한 거였다. 선물로도 그랬고, 누군가에게 돈을 쓴 걸로도 아버지 생전에 전무후무한 일이었다. 시계란 이래저래 내게 알 수 없는 혼돈만 가져다주는 물건이었다. 나뿐만 아니라 식구들이 모두 놀랐다. 누님들은 배신감마저 느꼈다.

시계가 걸렸던 못은 세월에 풍화되고 벽의 습한 기운에 검붉게 녹이 슬어 손만 대도 바스러질 것 같았다. 커다란 시계를 지탱했으리라고 여겨지지 않을 만큼 못은 작고 가늘었다. 그때 그 시계는 어디로 사라진 것일까. 서울로 이사를 한 뒤로는 그 시계를 본 적이 없었다.

안방에서 나와 대청을 가로질러 안마당으로 나갔다. 김장 때 수백 포기의 배추를 절이거나 무명실을 표백하던 우물가엔 중동무이된 쇠파이프가 비죽 솟아 있을 뿐 물을 가두었던 시멘트 우리는 흔적 없이 사라지고 보이지 않았다. 밤에 웬 노인이 우물가에 찾아와 물을 달라고 청했다. 어머니가 바가지에 물을 떠 건넸으나 모조리 흘릴 뿐 한 모금도 넘기지 못했다. 왜 그러냐고 묻자 노인은 냅다 '턱 없는 귀이신!' 이라고 소리지르며 뒤로 나가자빠졌다. 이튿날 아침에 우물가에 가보니 낡은 도리깨가 넘어져 있었다. 어머니가 꾸며낸 말이었으나 나는 밤에 우물가에 가지 못했다.

어머니와 누님들은 사랑방에서 무명을 짰다. 지붕이 낮고 칸수가 적은 사랑방은 내가 여섯 살 때, 포도처럼이나 열매가 잘 붙던 고욤나무 두 그루를 베어버리고 그 자리에다 아버지가 직접 지었다.

봄부터 가을까지는 무명을 짜고, 겨울에는 가마니를 짜던 사랑방이었다. 흰 저고리에 검정 치마를 입은 누님들이 댕기머리를 흔들며 무명을 짰다. 산 너머 남촌에는 누가 살길래 해마다 봄바람이 남으로 오네. 누님들이 목청껏 부르던 노래를 나는 전부 기억하고 있다. 열무 김치 담그는데 님 생각이 절로 나서……. 그러다가 아버지가 마을 어귀에 모습을 나타내면 노랫소리는 뚝 그치고 바디 당기는 소리만 요란해졌다.

지는 해가 연하장처럼 멋지게 걸리던 사랑방의 아자亞字창, 아버지의 노린내 나는 털벙거지가 걸려 있던 기둥, 모란꽃 벽지, 까맣게 탄 아랫목은 그대로였다. 아궁이 벽 위 불길 모양으로 치솟은 검댕을 보자 매운 냇내를 피해 당장이라도 코를 싸안고 도망쳐야 할 것 같았다.

집 주위에서 딴 밤이며 대추며 연시가 갈무리돼 있던 광. 하루에 하나씩 없어지는 곶감의 범인은 나였지만 번번이 야단을 맞았던 건 바로 위 누님이었다. 공부 잘하고 의리 있던 그 누님은 그토록 얻어터지면서도 나를 일러바치지 않았다. 다른 누님들과 달리 병석에 누워 있는 나를 보고도 끝내 울지 않으려고 했던, 그래서 결국은 내가 먼저 울게 했던 누님이었다.

사랑채가 생기기 전 그 누님과 고욤나무에 올라 떫은 고욤을 따먹었다. 개떡을 찌는 솥 곁에서 조바심치며 몸을 비틀고 있으면 어머니는 집을 열 바퀴 돌면 개떡이 다 쪄진다고 했다. 개떡 익는 냄새가 날 때까지 나는 누님의 어깨에 두 손을 얹고 고욤나무에서 시작해서 고욤나무로 끝나는 집돌기를 했다. 수수깡 바람개비를 물고 달리다 엎어져 목구멍이 찢겼을 때도 나를 업고 대문까지 뛰어왔던 것도 그 누님이었다.

누렁이가 쥐약을 먹고 밤새도록 네 발을 허우적거리던 돼지우리 낮은 지붕은 완전히 무너져 두엄더미처럼 변해 있었다. 그 위로 기어오른 호박넝쿨엔 주인 없는 커다란 늙은 호박이 잠든 누렁이처럼 웅크리고 있었다. 옛날에도 돼지우리 지붕은 언제나 썩고 낡아 있었기 때문에 냄새 나는 노래기의 온상이었다. 가뭄이 극심했던 어느 여름날 그 돼지우리 지붕에서 작대기만 한 구렁이가 기어 나왔다. 어머니와 아버지는 사색이 되어 다시금 그 구렁이를 지붕 틈새로 모셔 넣었다. 무서워서 사색이 되었던 건 아니었다. 그 구렁이는 우리

집의 업이었던 것이다. 그것이 집에서 나가버리면 집안이 망하는 거라고 했다. 구렁이를 모시는 어머니와 아버지의 모습은 비굴할 만큼 간절한 것이었다.

멀게만 느껴졌던 소나무 아래 변소는 그다지 먼 거리가 아니었다. 지붕은 날아가고 원형의 돌담이 반쯤 무너진 채 남아 있었다. 똥을 눌 때마다 나도 모르게 흥겨워 절로 노래가 나왔다. 노래는 숭숭 뚫린 돌담벽을 빠져나가 아랫집 순덕이네까지 들렸다. 순덕이네 아버지는 나만 보면 콩쿠르대회에 한번 나가보라며 놀렸다.

군데군데 축 처져내린 추녀 밑을 돌았다. 손을 뻗으면 소나무 서까래가 만져졌다. 석면 슬레이트로 지붕이 바뀌기 전에는 이엉 끝 단면에 주먹 하나가 들어갈 구멍들이 나 있었다. 겨울 철새들이 밤을 지내는 곳이었다. 손을 넣어 새를 잡으려다가 그만 쥐에 물려 새끼손가락에 상처를 입기도 했다.

천천히 집을 한 바퀴 돌고, 다시 대청을 올라 안방으로 향했다. 대청과 안방 경계에 놓인 문턱에 엉덩이를 대고 앉았다. 여전히 구두를 신은 채.

그곳 안방에, 내가 있었다. 어머니의 무릎이 아니면 잠들지 못했던 막내. 어머니 나이 사십에 얻은 늦둥이. 잠이 쏟아져 어머니의 치맛단을 잡고 칭얼거렸다. 어머니는 물레를 멈추고 나에게 무릎을 내주었다. 나는 끊임없이 칭얼거렸다. 배가 아파서였고, 까까머리통에 난 부스럼 때문이었다. 어머니는 가렵지 말라고 무명 조각으로 부스럼을 꾹꾹 눌러주었다. 진물이 흰 무명 조각에 누렇게 배어났다.

어린 나는 내 앞에, 손을 뻗으면 잡힐 듯 누워 있었다. 부르면 눈을 뜨고 나를 바라볼 것 같았다. 얼굴과 어깨와 정강이에 얼룩진 건 마른버짐이었다. 어머니 무릎 위의 나는 입술을 오물거리다 잠에 빠져들었다.

나는 손을 들어 까칠해진 턱수염을 쓸었다. 반 넘어 빠진 머리카락을 쓸어올렸다. 약 먹을 시간을 계산하는 나. 아내에게 화까지 내며 굳이 혼자 고향엘 다녀오겠다고 우겼던 내가 낡은 문턱에 엉덩이를 대고 있었다. 이백육십오 밀리미터의 신발을 신은 내가, 자면서도 발가락을 꼼지락거리는 어린 나를 바라보았다. 어떤 것이 나일까. 둘 다 나라면, 어느 것도 내가 아닌 것이다.

고개를 들던 나는 소스라쳐 뒤로 나가자빠질 뻔했다. 반사적으로 문턱을 움켜쥐고 간신히 균형을 잡았다. 놀란 내 눈에, 방 한가운데 반듯이 누워 있는 나의 시신이 들어왔다. 그나마 얼굴 피부가 곱고 수의마저 단정해 잠깐 안심이 됐으나 주검은 곧 부패를 시작해 빠르게 육탈되기 시작했다. 8년 전에 돌아가신 어머니의 유골을 환영으로 보고 있는 건 아닌가 싶었지만 그건 분명 나였다. 턱과 목 사이의 검은 점, 뭉툭한 손가락, 귀 밑의 임파선 수술 자국, 쥐에게 물린 새끼손가락, 랩을 들을 때마다 찡그리던 이마, 특정 국가에 대해 독설을 퍼붓던 입술⋯⋯.

시신은 곧 핥아놓은 듯이 깨끗한 뼈로 변했다. 눈이 부셨다. 수의도 머리카락도 흔적 없이 사라져버렸다. 나는 복잡하기도 하고 단순하기도 한 그 새하얀 석회질의 구조물을 오래오래, 하나하나, 구석구석 바라보았다. 천천히. 자세히. 왠지 웃음이 나왔다. 그건 더 이상 내가 아니었다. 애당초 내가 아니었다. 나는 차라리 저 문밖의 대추나무거나 보리똥나무거나 뻐꾹채거나 방 안을 가득 메우고 있는 햇살이거나 보리똥나무 사이로 보이는 하늘이라면 하늘이었다. 설령 나라고 할지라도 그것은 나의 극히 작은 일부분일 뿐이었다. 나의 훨씬 더 많은 부분들은 눈밭과, 그 눈밭을 헤집는 너구리, 백일홍, 백일홍 꽃잎 위의 아침이슬 같은 것에 나뉘어 존재했다. 고작 그런 뼈라니. 웃음이 나왔다.

웃음이 끝나기도 전에 뼈는 산화를 시작해 어느새 먼지로 변했다. 방의 네 벽도 따라 무너지고 풍화됐다. 빠르게 변하는 저속 촬영 화면. 그러나 나는 그것들 하나하나를 놓치지 않고 눈여겨보았다. 눈과 비가 내리고 마르고, 바람이 불고 얼음이 얼고 홍수가 졌다. 눈앞에 더 이상 시신의 흔적 따위는 없었다. 꽃이 피고 지고, 무수한 새가 왔다 가고, 숱한 구름이 모였다가 흩어졌다. 좀처럼 변하지 않는 것은 돌과 바위뿐, 나무들도 늙어 쓰러지고, 쓰러진 나무 위에 또 다른 나무가 겹쳐 쓰러져 썩어가다 먼지가 되어 바람에 흩어졌다. 그러는 한켠에선 새순이 땅을 뚫고 나와 풀이 되고 나무가 되었다. 좀처럼 그칠 줄 모르는 건 바람과 비와 구름의 조화였다. 집터조차 가뭇없이 사라졌다. 낯설고 황량한 대지 위에 오로지 고즈넉한 햇살이 오래도록 떨어져 내릴 즈음, 휘몰아치던 변화의 화면은 깊은 한숨을 몰아쉬며 시나브로 정지했다. 그곳에 집이 있었거나 사람이 태어나 살았다는 흔적은 어디에도 없었다. 내가 간 뒤 언젠가는 도래하고야 말 쓸쓸한 풍경 앞에서 나는 더 이상 웃지 않았다. 그곳에 나는 없었다. 내 삶도 없었지만 죽음도 없었다.

내 죽음은 탄생과 함께 시작된 것이었으므로 내 삶의 시작점은 곧 내 죽음의 시작점이었다. 그러니까 삶의 끝은 죽음의 시작이 아니라, 끝이었다. 삶이 끝나는 곳에 죽음도 함께 사라지는 거였다.

나는 눈을 감고 분이나 초 따위로 쪼개거나 잴 수 없는 죽음 뒤의 시간 속에 앉아 있었다. 평온했다. 눈을 떴을 때도 나는 그곳에 있었다. 그러나, 여전히 낯설고 황량한 대지 위에 오로지 고즈넉한 햇살이 떨어져 내려야만 했을 그곳에, 다시 집과 벽이 보이고, 안방에 누위 산통하는 어머니가 보였다. 내가 막 태어나려 하고 있었다. 죽음 뒤 일만 년이나 지났을 자리에 다시 내가 태어나고 있다니.

어머니의 산통은 계속되었지만 내 울음소리는 들리지 않았다. 내가 태어나는 게 아니었다. 산통을 하던 어머니가 일어섰다. 아무 일도 없었다는 듯 쪽진 머리를 쓸어올렸다. 어머니의 불룩한 배가 꺼져 들어가기 시작했다. 자꾸 젊어지던 어머니는 어느새 자취를 감추어버리고, 우리가 들어와 살기 전에 그 집에 살았던 낯선 가족들의 얼굴이 차례로 비쳤다. 그들마저도 결국 모습을 감추었다. 시간이 거꾸로 돌아가고 있었다. 지붕이 날아가고 벽과 기둥이 사라졌다. 텅 빈 산자락의 모습이 한동안 이어졌다. 바람이 불고 비가 내리고 눈이 오고 그쳤다. 좀처럼 변하지 않는 것은 비와 바람과 구름과 바위들뿐이었다. 햇빛이 비치고 많은 새들이 오가고 꽃이 지고 피고 계절이 빠르게 바뀌었다. 여름 봄 겨울 가을. 줄기가 가늘어지고 이파리들을 가지 속으로 숨기던 나무들은 마침내 키를 점차 줄이다가 새순이 되어 땅 밑으로 기어들기를 끝없이 반복했다. 사람과 마을이 생기기 이전의 스산한 풍경들이 스쳐 지나갔다. 한동안 더 거침없이 휘몰아치던 화면이 이윽고 낯익은 광경에서 시나브로 변화를 멈추었다. 황량한 대지 위에 오로지 고즈넉한 햇살을 오래도록 떨구는.

나도 없고 죽음도 없던, 좀전에 보았던 것과 거의 같은 장면이 눈앞에 완강히 멈추어 있었다. 좀전의 광경이 일만 년 뒤쯤의 것이었다면 이번의 광경은 일만 년 전쯤의 것이랄 수 있었다. 그 흡사함에 소스라치듯 놀랐다. 그 어디에도 나란 있을 수 없었다. 내가 바람이고 비고 하늘이고 햇빛이고 구름이고 바위가 아니라면 나는 어디에도 있을 수 없었다. 나는 정말 어디에도 없는 것일까. 그걸 보고 느끼는 지금의 나는 그럼 무엇으로부터 온 무엇이며, 그것은 또 어디로 간단 말인가.

　나는 맘속으로 조용히 문밖의 과꽃을 향해 물었다. 맨드라미를 향해 물었다. 혹시 네가 나 아닐까. 햇살과 바람과 하늘에 물었다. 혹시 네가 나 아닐까. 너희들이 나라면 나는 언제 어디에고 있을 수 있을 텐데. 그리고 내가 언제 어디에고 있을 수 있는 거라면, 나는 바람이고 비고 하늘이고 햇빛이고 구름이며 바위임이 분명할 텐데. 너희들이 있으면 내가 있는 것이고 내가 있으면 너희들이 있는 것일 텐데. 살고 죽을 일도 없을 텐데.

　내 죽음은 70여 일 전 어느 날 오후, 의사인 친구의 우정 어린 고백으로부터 갑작스럽게 시작된 게 아니었다. 내 죽음은 이미 사십육 년 전 9월 18일, 오전 열 시 육 분 사십오 초에, 탄생과 함께 시작된 것이었다. 그러나 과연 한 생명이 생일날 비로소 그 존재를 시작하는 것일까. 아니라면 탄생은 죽음의 시발점도 될 수 없는 것 아닐까. 삶과 죽음의 시발점이 있기나 한 것일까.

　햇빛이 장독대 위로 폭포처럼 쏟아져 내리고 있었다. 번들거리는 대추잎과 혈흔 묻은 것 같은 대추열매 위에 떨어져 내렸다. 가늘고 긴 보리사초 이파리들이 명주실처럼 반짝였다. 화장술 같은 보랏빛 뻐꾹채 꽃술들. 야생초에게 밀려 겨우 저만치서 쭈뼛거리는 백일홍. 보리똥나무를 휘감고 오르는 능소화 줄기며 칡넝쿨들이 늦여름의 마지막 진초록을 뿜어내고 있었다. 햇살을 받아 빛나는 그것들 하나하나를 나는 절박하게 바라보았다. 마른 입술에 연신 침을 바르며, 애타는 심정으로 맨드라미며 과꽃이며 여뀌며 개망초를 앞앞이 바라보았다. 바람이 불어 소나무 가지가 흔들렸다. 보리똥나무 틈새로 바라다보이는 하늘에 뭉게뭉게 구름이 피어오르기 시작했다. 장엄한 세계가 시야에 꽉 들어찼다. 가슴이 벅차 숨이 막혔다. 내 몸은 곧장 낱낱이 분해되어 그것들 속에 빠르게 용해돼버릴 것 같았다. 어디선가 다시 뎅, 하는 괘종 소리가 들렸다.

나는 시계가 걸렸던 자리로 눈길을 돌렸다. 녹슨 못이 변색된 유골의 파편처럼 박혀 있을 뿐이었다. 시계는 어디에도 없었다.

그 시계가 벽에 처음 걸릴 때 몇 시 몇 분을 가리키고 있었는지 나는 기억하지 못했다. 시간을 읽을 줄 몰랐던 때였다. 몇 시 몇 분인가를 가리키고 있었겠지. 하지만 그 시각은 언제부터 시작된 시각이었을까.

그 시계가 벽에서 떼어지던 때의 시각도 나는 기억하지 못했다. 떼어내는 걸 보지도 못했다. 시계의 행방조차 알 수 없었다. 떼어낸 뒤로 시계의 바늘은 얼마큼이나 더 돌았을까. 그 시각은 언제까지 계속될 시각이었을까.

없는 시계. 나는 녹슨 못으로나마 그 자리를 겨우 어림짐작할 뿐이었다.

그러나 이제 시계는 어디든 있는 거였다.

그 중 하나는 내가 병상에서 눈을 감는 시각을 저 홀로 정확히 가리킬 것이다. 반드시 그럴 것이다. 하릴없이.

　오늘날 암에 대한 공포는 거의 집단 히스테리에 가까운 사회적 증상을 보이고 있다. 그래서 암으로 인한 시한부 생명을 제재로 한 이야기들이 그토록 많이 생산되는 것이다. 그 이야기들에서 암은 존재의 불안에 대한 실존주의적 성찰의 계기가 되기도 하고 죽음 앞에서의 탕아의 회개라는 계몽주의적 교훈을 생산하기도 하며 극적 갈등의 손쉬운 해소를 위한 장치가 되기도 한다. 요컨대 고급한 데서 저급한 데에 이르기까지 다양하게 변주되고 있는 것인데, 그러나 하도 많이 반복되는 탓에, 그것의 현실적 절실성에도 불구하고 그 이야기는 진부함으로의 함몰을 피하기 어렵다.
　「시계가 걸렸던 자리」는 암 이야기를 진부함으로부터 건져내어 단순한 이야기가 아니라 소설로 만드는 데 성공한 보기 드문 사례라고 생각된다(작중 화자는 어려서부터 위질환을 앓아왔으니 그의 병

명은 위암이리라 추측된다). 무엇이 이 성공을 가능하게 했을까. 우선 주목할 것은 이 작품의 귀향형歸鄕型 형식이다. 시한부 생명을 선고받은 작중 화자는 그가 태어나서 자란 고향집을 찾는다. 용케도 없어지지 않고 남아 있는 고향집은 허물어져가고 있지만 대체로 옛 모습을 지니고 있다. 그리하여 이 작품은 근대화—산업화 속에서 나온 귀향형 소설이 고향 상실을 주된 모티프로 삼고 있는 것과 자신을 구별 짓는다. 고향집의 변하지 않은 모습이 작중 화자의 귀향 목적을 달성되도록 해준다(날씨 덕도 보았지만). 양력 9월 18일의 햇빛이 문턱에 막 닿는 순간의 시각이, 즉 작중 화자가 태어난 시각이 오전 열 시 육 분 사십오 초이었음을 확인하는 것이다. 여기서 고향은 존재의 기원으로서의 고향이다.

탄생 시간의 확인은 시간에 대한 성찰로 이어진다. 시계가 없는 전근대적 시간과 시계를 기준으로 세분화된 근대적 시간의 차이는 많이 거론되어온 것이어서 별로 새로울 것이 없지만, 안방에서 어린 '나'의 환각을 보는 장면부터 작중 화자가 일회적이고 직선적인 시간의 흐름을 벗어나는 것은 주목할 만하다. 과거(어린 '나'), 가까운 미래(죽은 '나'), 그리고 인간의 흔적이 사라져버린 먼 미래의 시간. 그 다음엔 시간이 역전한다. 과거(태어나기 직전의 '나'), 어머니가 젊어지고 사라지는 더 먼 과거, 그리고 사람과 마을이 생기기 이전의 아주 먼 과거. 환각 속에서의 이 시간 체험이 다음과 같은 진술을 가능하게 해준다.

"내 죽음은 탄생과 함께 시작된 것이었으므로 내 삶의 시작점은 곧 내 죽음의 시작점이었다. 그러니까 삶의 끝은 죽음의 시작이 아니라, 끝이었다. 삶이 끝나는 곳에 죽음도 함께 사라지는 거였다."

장자莊子의 '생사일여生死一如'에 대한 새로운 해석을 가능하게 할 법도 한 이 아포리즘의 바로 다음은 작중 화자의 에피퍼니 체험이다. 여기서 일종의 초월이 이루어진다. 이 초월은 도피나 위안이 아니라 삶에 대한 어떤 근원적 깨달음을 내용으로 한다. 깨달음과 더불어 우화등선한다고 해도 이상하지 않을 것 같은 그런 깨달음, 더이상 말로 설명할 수 없는 그런 깨달음. 다시 현실로 돌아와 시계가 걸렸던 자리를 바라보는 작중 화자는 이미 이전의 그가 아니다. 이러하니 이 작품은 결코 단순한 암 이야기가 아니고, 일상의 일회적이고 직선적인 시간 바깥에 시좌를 마련하여 삶의 의미에 대해 깊이 통찰한 소설인 것이다. 이 소설은 이렇게 말하고 있는 것 같다. : 진부한 것은 소설이 아니다.

고래등

윤대녕

1962년 충남 예산에서 태어나 단국대 불문과를 졸업했다.
1990년《문학사상》으로 등단했으며,
소설집으로『은어낚시통신』『남쪽 계단을 보라』
『많은 별들이 한곳으로 흘러갔다』『누가 걸어간다』,
장편소설로『옛날 영화를 보러 갔다』『달의 지평선』
『미란』『사슴벌레여자』등이 있다.
1994년 오늘의젊은예술가상, 1996년 이상문학상,
1998년 현대문학상, 2003년 이효석문학상을 수상했다.

고래등

    그가 셈을 하는 방식은 분명 남달랐다. 사람들은 대개 엄지부터 손가락을 안으로 하나씩 접어 들여 셈을 하는데, 그는 거꾸로였다. 주먹을 쥐고 손가락을 차례로 펴나가는 식으로 간단한 산술 계산과 음력 등을 헤아렸다. 심지어는 신수풀이를 할 때도 그렇게 했다. 손가락이 부족하면 양손을 다 썼다. 엄지 끝으로 손가락 안에 파인 주름 마디마디를 짚어가며 헤아리는 고등 산술은 아예 익히지도 못한 것 같았다.

    손가락을 안으로 접어 들여 셈을 하는 동작은 소유의 기원祈願에서 비롯된 것이라고 한다. 굳이 비유를 하자면 대문 안으로 물건을 들여놓는 식이라 하겠다. 그는 그 반대의 동작을 취함으로써 뜻하지 않게 무소유의 삶을 실천하는 사람이 되고자 했다. 그렇다고 크게 인심을 얻었던 것도 아니고 주변에 사람이 꼬인 적도 없었다. 눈에 거슬리게 마련인 셈 동작 말고도 그는 밥상머리에 앉아 무릎을 떤다든가 집 안에서조차 주위를 두리번거린다든가 또 남과 대면할 때는 방금 익모초를 마시고 나온 듯한 얼굴을 하고 있어 옛 사람들이 흔히 말하길, 복이 없는 사람으로 일찌감치 전락하고 말았다.

그에게서 나도 셈을 하는 법을 익혔다. 말을 다 배우기도 전에, 그 여린 손가락들을 하나씩 힘겹게 펴가며. 그때의 기억이 내 몸에 아직도 뚜렷이 남아 있다. 그 유전의 증거로 여전히 나는 남에게 욕을 하듯 손가락을 벌려가면서 셈을 한다. 그러니 나 역시 재물운을 포함해 두루 복이 아쉬운 사람이 돼버린 건 어쩌면 당연한 이치라 하겠다. 가끔 그런 생각이 들 때가 있다는 것이다.

1935년 음력 2월 18일생. 돼지띠로 태어난 사람들은 흔히 욕심이 많고 부지런해 잘산다고, 얘기 많이 들었다. 이 속설에 한해서도 그는 여지없이 예외에 속해 칠순이 되도록 사는 일을 변변히 즐겨보지 못했다. 가족과도 여행이란 걸 한번도 다녀보지 않았다. 주위에는 노년을 벗하는 이조차 없고 좀처럼 왕래하는 친인척도 없다. 거느리는 식솔이라고 해봐야 단출하게 조강지처와 자식 하나뿐인데 그들과도 다분다분 표정을 바꿔가며 얘기를 나누는 모습을 아무도 보지 못했다. 그는 누구한테나 남이었고 어쩌면 자신에게조차 평생 남으로 살아왔는지도 모른다.

칠순이 되어 그가 가지고 있는 것은 고작해야 집 한 채뿐이다. 그 것도 옹색한 크기의 방 세 칸짜리에 지어진 지 어언 삼십오 년이 된 낡을 대로 낡은 슬래브 집이다. 그 집은 이제 폐허나 다름없이 변해 여름엔 축축하고 음습한데다 겨울엔 외투를 껴입고 자야 할 만큼 방마다 한기가 몰아치곤 한다. 하나 있는 자식마저 스무 살에 집을 떠난 뒤로는 좀처럼 찾아오지 않는다. 부엌과 가까운 안방은 늙은 아내에게 내주고 그는 차디찬 문간방에 매양 이끼 낀 돌처럼 누워 있다. 여전히 일은 하고 있지만 집에서는 대부분의 시간을 그렇게 누워서 보낸다.

환갑날 아침밥을 먹다 말고 그는 나를 일으켜 세우더니 밖으로 데리고 나가 대문 앞에서 사진을 찍으라고 했다. 한복에 마고자까지 차려입고서. 언제 큰일을 당할지 모르니 이제부터 그에 대비하라는 말이었다. 그래서 나는 내가 찍고 있는 사진이 그의 장례식 때 영정에 쓸 것임을 알았다. 그렇게 하지. 올 구정舊正에 들렀을 때, 그는 또 나를 문간방으로 부르더니 이번엔 죽으면 화장을 해달라고 말했다. 왜요, 고향 선산에 있는 가묘는 어쩌구요? 땅에 파묻는다고 장차 누가 찾아오기나 하겠느냐. 어쩌다 온다 해도 나무뿌리와 잡초에 눌려 무덤을 찾기조차 어려울 텐데, 그저 깔끔하게 태워 옛집 대문 앞에다 뿌려주기나 해. 옛집이란 지금은 숙부가 살고 있는 고향집을 말하는 것이었다. 그렇다고 어찌 사람이 살고 있는 집 앞에다 유골을 뿌린단 말인가. 그 집은 고향을 떠나오지 않았더라면 장남인 그가 부모 봉양의 대가로 전답과 함께 유산으로 물려받았을 터이었다. 비록 고가이긴 하나 마당에 정원까지 갖춘 방 아홉 칸짜리에 이름난 도편수를 써서 단단하게 지은 집이라 지금까지도 허물지 않고 그대로 쓰고 있다. 그 모든 것을 내팽개치고 그가 왜 도회지로 떠나왔는지 속내를 아는 사람이 없다. 당시 그는 중학교 영어 교사를 하고 있었다.

사범학교를 졸업한 뒤 그는 발령을 받자마자 부모의 성화에 못 이겨 결혼부터 했고 아내의 뱃속에 아이를 만들어놓은 다음에야 뒤늦게 군대에 갔다. 아내는 친정에서 아이를 낳고 시댁으로 돌아와 그가 제대할 날만을 손꼽아 기다리며 시집살이를 견뎌냈다. 시어머니가 좀 유난스럽게 며느리를 들볶았다고 어머니에게서 직접 들었다. 제대하고 돌아온 그는 학교에 복직하는 한편 오래된 집을 수리하는 일에 잠시 몰두했는데 그때까지만 해도 고향을 떠날 생각은 없었지 않나 싶다.

어느 날 학교에서 돌아온 그는 아내에게 간단히 짐을 꾸리게 한 다음 세 살 난 아이를 등에 업고 마치 나들이 가듯 훌쩍 고향을 떠났다. 그게 이사라는 걸 깨달은 아내는 하도 기가 막혀 감히 이유조차 묻지 못했다고 한다. 나중에 그가 궁색하게 갖다 댄 바로는 시골에 처박혀 사는 게 갑갑해서 떠나왔을 뿐이라고 했다는데, 그게 사실인지 아닌지는 아직까지도 알 길이 없다. 어쨌거나 그 일은 자신이나 가족에게 있어서 바야흐로 고난에 찬 삶을 예고하는 것이었다.

고향을 떠나 그가 식솔과 함께 처음 살았던 집은 O시市에서 버스로 사십 분쯤 떨어져 있는 도로변에 있는 조그만 양철집이었다. 봄가을 과수원에서 일하는 인부들을 먹이고 재우기 위해 헐겁게 지어놓은 집을 무턱대고 과수원 주인을 찾아가 오만 원인가 십만 원에 빌렸다고 훗날 어머니에게서 들었다. 나들이 봇짐을 들고 버스에 실려 O시로 나가던 중 그가 갑자기 운전사에게 차를 세우게 하더니, 여기가 좋겠다고 하면서 식솔들을 끌어내렸다. 배고픈 저녁 무렵이었다. 그는 양철집 마당으로 올라가 주위를 빙 둘러본 다음 고개를 끄덕이더니 빈집에 들어가 청소를 하고 어머니에게 밥을 짓게 한 다음에야 집주인을 찾아갔다. 주인은 선선히 집을 내주기는 했으나 과수원과 그 옆에 딸린 방앗간 일까지 그에게 떠맡겼다.

홑겹의 양철지붕이었으므로 여름이면 더워서 밤에도 잠이 깼다. 비가 오면 소란스러워 역시 잠을 설쳐야 했다. 집 앞 신작로로 차가 지나가면 먼지가 뿌옇게 날려 방 안으로 들어왔다. 고향을 떠날 때

챙겨나온 게 없었으므로 그는 과수원과 방앗간 일을 해주며 근근이 생계를 이어갔다. 그리고 겨울이 되면 날마다 아침밥을 먹기가 무섭게 총을 들고 새 사냥을 나갔다. 꿩이나 참새를 잡아오면 방앗간 화덕에서 식구 셋이 나란히 앉아 구워 먹었다. 어머니도 그가 따라주는 술을 받아 마시며 곧잘 웃었다. 그런 밤이면 방앗간 처마 틈으로 별들이 하나 둘씩 포물선을 그으며 느리게 흘러갔다.

내가 다섯 살이 되던 해 어머니는 양철집 옆에 헛간 비슷한 것을 들여 구멍가게를 열었다. 구멍가게는 한 달도 채 지나지 않아 막걸리집을 겸하게 됐고 술 손님은 늘 그 얼굴이 그 얼굴이었다. 술에 취해도 행패를 부리는 자들은 없었던 걸로 기억한다. 웬일인지 다들 양철집 주인인 그를 두려워하는 눈치였다. 워낙 표정이 인색하고 입이 무거운데다 총을 가지고 있었기 때문이었을까.

가끔 미군 트럭이 지나가다 사이다나 콜라를 사먹기 위해 차를 세울 때가 있었다. 그는 미군들과 얘기하는 걸 조금도 꺼려하거나 거북해하지 않고 웬일인지 반갑게 맞이할 때도 있었다. 미군들은 나중에 레이션 박스와 위스키를 들고 일부러 다시 찾아오기도 했다. 나중에 안 사실인데 그는 미군부대 출신이었던 것이다. 미군들은 그에게 위스키를 갖다주는 대신 막걸리와 두부 두루치기를 얻어먹었다. 두부 두루치기는 내 입맛에도 아주 매웠는데 그것을 먹다가 미군들은 맥주로 입가심을 하는 것이었다. 미군들이 찾아오는 것은 그와 말이 통한다는 중요한 이유가 있었으나 또 하나는 투계鬪鷄를 구경하기 위해서였다. 그는 양철집 뒤란에 커다란 우리를 만들어놓고 어디서 구해왔는지 멕시코산 투계를 열 마리나 키웠는데 심심하면 싸리비로 마당을 쓸고 거기서 싸움을 붙였다. 가끔 동네 토종닭들이 도전을 해왔으나 가차 없이 목이 끊어져 달아나곤 했다. 애초에 싸움을 위해 태어난 멕시코산 닭들은 그 자체가 병기兵器였다. 미군들은 번갈아 사진을 찍고 요란을 떤 뒤 위스키뿐만 아니라 초콜릿과 분필처럼 생긴 고체 우유가 가득 들어찬 박스를 내려놓고 갔다. 그걸 어머니는 목판에 진열해놓고 팔았다. 그는 여간해서 술을 마시지 않았고 미군들이 놓고 간 책을 읽거나 가구를 만들거나 집 고치는 일, 즉 혼자서 하는 일에만 묘한 집중력을 가지고 몰두했다. 가족에게는 그다지 관심을 두지 않았다. 밥 먹을 때도 말이 없었다. 나는 무릎을 꿇고 밥상 앞에 앉아 있는 것이 고역스러워 자주 끼니를 걸렀다. 그래도 그는 나를 찾거나 부르는 법이 없었다. 그리하여 나는 어머니가 부엌에서 설거지를 하는 동안 바닥에 따로 차려놓은 밥상을 받을 때가 많았다.

하나 추억으로 남아 있는 게 있다면, 그가 어느 날 저녁 무릎 위에 나를 앉혀놓고 노래를 불렀던 일이다. 지금도 뚜렷이 기억하거니와 그때 그가 불렀던 노래는 〈클레멘타인〉과 〈매기의 추억〉이었다. 아, 또 다른 추억이 하나 더 있다. 바로 그와 목욕탕에 갔던 일이다. 온천으로 잘 알려진 O시의 목욕탕에 가기 위해 그와 나는 오전에 한 대만 지나가는 버스를 탔고 목욕을 하고 나와 생전 처음 자장면을 먹었고 집으로 돌아올 때 그는 어머니 몫으로 이미자 노래 테이프와 영양크림을 한 통 샀다. 알고 보니 그날이 어머니의 생일이었다. 그러나 그런 자상한 일면도 그 후로는 전혀 찾아볼 수 없었다.

돌이켜보니 나는 그 양철집을 좋아했던 것 같다. 아직까지도 주소를 기억하고 있으니 말이다. 작년에 무슨 일로 근처를 지나다 생각이 나서 부러 들러보았는데 그 집은 당연한 일인 듯 사라지고 없었다. 대신 그 자리에 거대한 휴게소가 들어서 있었다. 세월이 흐르면 사람이든 무엇이든 흔적 없이 사라지게 마련인 모양이다. 나는 휴게소에 들어가 앉아 자판기에서 빼온 커피를 마시며 천장을 올려다보았다. 어렸을 적 그 어둑한 방에 누워 우박처럼 듣는 빗소리를 듣고 있을 때처럼. 그때 나는 부모가 전용으로 쓰는 커다란 침대 밑에 조그만 이불을 덮고 누워 있었다. 손재주만큼은 남달리 뛰어났던 그는 어느 날 목재를 구해와 거의 킹 사이즈에 해당하는 침대를 며칠 만에 뚝딱거리며 만들어 안방에 들여놓았다. 그리하여 나는 방이 하나밖에 없는 그 집에서 밤마다 침대 밑에 누워 잠을 잤다. 침대를 들여놓은 그 여름엔 유난히 비가 많아 양철지붕을 두드리는 소리가 보다 그윽하고 깊게 방바닥으로 퍼져 내렸다. 침대 위는 언제나 물속처럼 고요했다. 어쩌다 숨소리가 들려오면 그것은 어머니가 간헐적으로 몰아쉬는 한숨이었다. 그는 자리에 누우면 이내 죽음처럼 잠들어버렸고 신새벽에 일어나 도둑처럼 방을 빠져나갔다. 그러나 잠귀만은 밝았던 모양이다. 어느 비 내리던 날 밤 가게에 청하지 않은 손님이 들었다. 도둑이라는 걸 직감적으로 다들 알고 있었다. 두려움에 사로잡혀 있던 어머니가 그래도 속수무책으로 누워 있기가 억울했던지 슬그머니 침대에서 몸을 일으켰다. 뒤미처 어둠 속에서 그가 나직한 소리로 내뱉었다. 그냥 놓아두시오. 오죽 배가 고팠으면 이 궂은 밤에 신발까지 신고 들어왔겠소.

다음날 그는 창고에서 침대를 만들 때 쓰고 남은 목재를 꺼내와 외등外燈을 만들었다. 그 일은 아침부터 저녁 먹을 때까지 계속됐는데 마침내 어둠이 내렸을 때 가게 앞 처마 밑에는 고래 모양의 외등이 황홀한 빛으로 떠 있는 것이었다. 푸른 고래 뱃속에서 터져나온 희미한 불빛 속으로 다시금 비가 뿌리고 있었다. 나는 그것을 고래등이라 불렀는데 어머니도 매우 마음에 들어하는 눈치였다. 저녁 무렵에 외등이 켜지면 양철집 앞을 지나가던 사람들이 다들 바다처럼 그것을 올려다보곤 했다. 가고 나서 다시 돌아와 물끄러미 쳐다보는 사람들도 있었다. 대략 1966년 여름의 일이었다.

그해 가을 나는 과수원에서 설익은 사과를 따먹고 나서 농약에 중독돼 두 달 간 바깥 출입을 못한 채 자리에 누워 있었다. 그는 침대 밑에 젖은 빨래처럼 널브러져 있는 나를 며칠 동안 내려다보기만 하더니 과수원 두엄을 뒤져 지렁이를 잡아 뚝배기에 가득 끓인 다음 그 쓰디쓰고 구역질나는 액체를 끼니마다 어머니를 시켜 내게 숟가락으로 떠먹였다. 요즘엔 그걸 토룡탕이라고 한다는데 정력제로 각광받는다고 얘기 많이 들었다. 어쨌든 나는 그걸 먹고 자리에서 일어나긴 했는데 그 후로도 오랫동안 중독기가 가시지 않아 늘 어지럼증에 시달리곤 했다. 아침에 눈을 뜨면 처마 밑의 고래등이 두 개로 보였고 바람이라도 불어가는 날엔 세 개, 네 개로 겹쳐 보였다. 가을인데도 날이 저물면 길 건너편 둠벙에서 날아온 풍뎅이와 방게가 외등 속에서 들끓었다. 나는 그것들을 잡아서 갖고 놀다 잠자리에 들 무렵 어둠 속으로 날려보냈다. 그때마다 꿈에서 깨어난 것처럼 마음 한켠이 차갑고 허전했다. 밤에 침대 아래 누워 있으면 과수원에서 사과 냄새가 지독히 몰려내려와 헛기침이 나왔다. 그 농익은 과육 향기에 기관지를 자주 다쳤다. 어머니가 걱정을 하면 그것도 농약 탓이라고 그는 건성으로 말할 따름이었다.

1968년 겨울이 닥쳐와 투계들이 동상에 걸려 제대로 땅바닥을 딛고 서 있지를 못하자 그는 개장수에게 닭들을 팔아넘기고 다시금 이사 준비를 했다. 또 어디로 가냐고 어머니가 마루 끝에 서서 불안한 기색으로 물었다. 밥상머리에 앉아서야 그가 무릎을 떨며 말했다. 막상 가봐야지, 지금은 나도 모르오. 그러더니 정녕 어머니가 듣는 걸 염두에 두고 한 말인지 이런 객쩍은 소리를 늘어놓는 것이었다.

아침에 빵과 커피를 먹을 수 있는 곳 가까이로 가야겠소. 요즘 그 냄새가 부쩍 그립소. 어머니는 그를 미군 보듯 흘겨보았다. 훗날 고등학생이 되어 나는 그때의 일을 기억하며 이렇게 잔뜩 치기를 부려 교지校誌에 쓴 바 있다. 향기로운 아침 빵 내음과 그 냄새를 닮은 여인의 한없이 상냥한 육체와 고독의 수호신인 고래등 밑의 희미한 커피 냄새.

우리 식구가 추위에 떨며 그 다음에 옮겨간 집은 O시에 인접한 셋방이었다. 이듬해 봄 나는 초등학교에 입학했는데, 가정 환경조사서의 부모 직업난에 쓸 게 마땅찮아 오랜 고심 끝에 각각 '고래등 목수'와 그냥 '어머니'라고 연필에 침을 발라가며 눌러적었다. 하교 시간이 되어 집으로 돌아갈 때 플라스틱 소쿠리에 든 빵을 아이들에게 하나씩 집어주던 담임 여선생이 나를 불러 석연찮은 표정을 짓고 물었다. 애야, 고래등이 뭘 말하는 거지? 아직 은유법에 익숙하지 않았으므로 나는 간단한 문장으로 대꾸했다. 비 내리는 밤 양철집 처마 밑에 걸어두는 작은 등불이라오. 싱싱한 빵 냄새를 풍기는 여선생은 병아리처럼 잠시 고개를 갸웃거리더니 돌연 봉숭아빛으로 눈시울을 붉히는 것이었다. 다른 애들도 보는 앞에서 왜 이러시는 거지? 여자들이란 항상 울 준비가 되어 있나 보다.

그날 학교 운동장에서 늦게까지 혼자 놀다 집으로 돌아와보니 셋방 처마 밑에 예의 고래등이 걸려 있었다. 양철집을 떠나올 때 어머니가 일부러 수습해서 가져온 모양이었다. 집 마당에는 은행나무 한 주가 서 있었고 안집에는 내 또래의 남자아이가 하나 있었다. 성질이 못 돼 틈만 나면 내게 주인으로서의 위세를 떨고 또한 행패까지 부렸다. 등굣길에 책가방을 들어주는 것은 그래도 두어 번 참을 만했는데 걸핏하면 다른 아이들 앞에서 내 뒤통수를 툭툭 치거나 심지

어는 발길질까지 해대며 두목 행세를 하는 것이었다. 봄 노을이 유
난히 붉던 어느 저녁 나절, 나는 벽장에서 총을 들고 나와 마루에서
빵을 먹고 있던 녀석의 이마에 겨누고 조용히 말했다. 마저 먹어. 다
먹을 때까지 기다릴 테니까. 그 총엔 꿩을 잡는데 쓰는 연발 산탄이
장전돼 있었다. 그걸 모른 채 나는 방아쇠에 손가락을 걸고 곧 당길
자세를 취했다. 그는 처음엔 웃다가 서서히 표정을 거두웠고 이어
파랗게 낯빛이 변하더니 마루에 오줌을 지렸다. 뒤늦게 울음보가 터
진 건 대문을 열고 집주인인 제 아비가 들어섰을 때였다. 그 밤에 나
는 저녁조차 못 얻어먹고 집주인 일가족이 나란히 마루에 서서 지켜
보는 가운데 고래등 아래서 총의 임자한테 북어처럼 두들겨 맞았다.
그러나 울지는 않았다. 빨리 울었더라면 덜 얻어맞았을 텐데. 그때
어머니가 대신 부엌에서 울어주고 있었으나 점점 강도를 더해가는
그의 매질을 멈추는 데는 별 보탬이 되질 않았다.

　나를 폭행한 것이 마음에 걸렸던지 다음날 그는 소풍을 가자며 가
까운 신정호수로 어머니와 나를 데리고 갔다. 계집아이들이나 좋아
하는 시시한 놀이기구를 몇 개 타고 잔디밭에 앉아 차디찬 김밥과
칠성사이다를 먹고 봄날 저녁의 추위에 떨며 호수를 벗어나 집으로
돌아오던 중이었다. 그러다 어디였던가, 그가 바위에 걸린 듯 우뚝
발을 멈췄다. 이어 옆구리에 칼이 찔린 것처럼 아, 하고 그의 입에서
낮게 신음이 터져나왔다. 아……. 정말 대궐 같은 집이로군. 나는
눈을 들어 그가 바라보고 있는 곳을 더듬었다. 호수 건너편으로 붉
은 기와를 얹은 하얀 돌집이 성채처럼 버티고 서 있었다. 그림책이
나 달력에서밖에는 구경하지 못했던 근사한 서양식 집이었다. 옆에
서 어머니가 떨리는 소리로 중얼거렸다. 근데 집에 불이 꺼져 있네
요. 사람이 없는 모양이에요. 그렇군, 누군가의 주말 별장인 모양이

야. 세 사람은 누가 먼저랄 것도 없이 앞서거니 뒤서거니 하며 땅거미를 헤치고 그쪽으로 발걸음을 옮겼다. 속히 닿지 않으면 그 집이 어둠 속으로 사라지기라도 할 것처럼.

육중한 철대문 앞에 일가족은 남루한 그림자를 이끌고 수숫대처럼 서 있었다. 대문에는 주먹만 한 자물쇠가 굳게 채워져 있었는데 그 때문인지 내 눈에는 어째 그 집이 도깨비들의 소굴처럼 보였다. 그새 목이 잠긴 소리로 어머니가 말했다. 추운데 그만 가요. 왠지 으스스하네요. 대꾸할 생각을 않고 그는 쇠창살 사이로 안을 노려보고 있더니 이렇게 웅얼거리는 것이었다. 내 잠깐 들어갔다 나오리다. 그리고 말을 마치기가 무섭게 그는 담을 타넘어 마당 안으로 내려섰다. 아이고, 저 양반이 왜 저러는 거야. 누가 보면 어쩌려고. 어머니가 내 손을 더듬어 쥐면서 주위를 두리번거렸다. 잔디가 깔린 마당을 밟고 서서 그는 처자식을 잠시 돌아보고는 이윽고 현관으로 다가가 안을 살펴보았다. 그리고 현관 손잡이를 지그시 당겨보았다. 문이 열리지 않자 그는 계단을 내려와 집 둘레를 천천히 한 바퀴 돌아 어머니와 내가 서 있는 철대문 앞으로 다가왔다. 쇠창살 사이를 두고 그는 어머니와 나를 마주보며 말했다. 집이 깔고 앉은 자리만 해도 백 평은 족히 넘겠어. 참으로 공들여 지어놓은 집이군. 어서 나와요, 그러다 들키면 무슨 망신을 당하려고요. 담을 넘어와서도 그는 뒷전을 돌아보며 악몽을 꾸는 듯한 표정을 짓고 있었다. 각자 숨을 죽이고 집으로 돌아온 밤에 그는 자정이 넘도록 고래등 밑에서 연신 담배를 죽이고 있었다.

O시로 이사 오고 나서 한 달쯤 지났을 때 그는 집 근처 철물점 옆에 싸전을 차렸다. 쌀집은 망할 리 없다는 데서 나온 그의 소박한 발상이었다. 쌀은 시골에서 농사를 짓고 있는 외삼촌이 용달차에 직접

신고와 콩, 팥, 고추까지 곁들여 외상으로 빌려주었다. 게다가 돌 고르는 기계까지 들여놓고 돌아갔다. 그러나 싸전을 열고 채 보름이 지나기도 전에 쌀 속에서 벌레가 들끓기 시작했다. 쌀에 통마늘을 섞어 넣거나 밖에 내다 말려도 별 소용이 없었다. 가게 문이 북동쪽을 바라보고 있어 아침에 잠시 햇빛이 들었다 종일 응달 신세를 지고 있었던 것이다. 불과 세 달 만에 싸전을 걷어치우며 그가 변명조로 내뱉은 말은 그야말로 옹색하기 짝이 없었다. 영업집도 방향을 타는구먼. 하긴 돌절구도 뒤란으로 옮겨놓으면 이끼가 끼더라만.

호구지책으로 그는 내가 다니는 초등학교 앞에 문방구점을 개업했는데 그것도 별 수지가 맞는 눈치는 아니었다. 주변에 이미 문방구점이 두 개나 있었고 타지에서 온 사람이라고 은근히 따돌림을 받았던 것이다. 그래서 생각해낸 것이 서점을 겸한다는 것이었는데 참고서 외에는 팔리는 게 없었고 그나마 어느 날 세무서에서 단속을 나와 그 알량한 장부를 뒤져가며 돈까지 뜯어갔다. 그때 그는 이미 적잖은 빚을 지고 있었다. 결국 문방구까지 닫고 나서 그는 어머니에게 며칠 어디를 다녀온다며 집을 나가더니 한 달이 넘어서야 수염이 텁수룩한 모습으로 돌아왔다. 그리고 그때는 나마저도 예감했듯 다시 이사를 가자고 종용했다. 그리하여 은행나무 집에서 불과 일 년도 살지 못한 채 일가족은 수백 리나 떨어진 P시로 세 번째 이사를 갔다.

P시에는 미군부대에서 같이 근무했던 이모부가 살고 있었다. 나중에 어머니한테 들은 바로는 군에서 만난 전우를 처제에게 소개시킨 장본인이 바로 그였다(언제 그런 일까지 했을까). 당시 이모부는 미군 피엑스에서 근무하고 있었는데 거기서 나온 물건들을 그가 대신 처리해주고 이익을 나눠가졌다. 단칸방에는 각종 가전제품과 양

주와 심지어는 워커와 전투복까지 창고처럼 쌓여 있었다. 그게 부적절한 방법으로 빼돌린 물건들인지 아닌지는 내가 알 길이 없었다. 하지만 어머니는 그 일을 탐탁찮게 여기는 기색이 역력했다.

P시에서도 우리는 셋집에 살았는데 인심이 얼마나 고약한지 한밤중에도 주인이 건네주는 열쇠를 받아야만 변소에 갈 수 있었다. 거기서도 우리 일가족은 그리 오래 버티지 못했다. 이번에는 어머니가 또 이사를 가자고 날마다 성화였다. 그것은 한편 나 때문이기도 했다. 우리가 살던 셋집은 미군부대에서 그리 멀지 않았다. 골목이 거미줄처럼 얽히고설켜 있어 어쩌다 잘못 발을 들여놓으면 눅눅한 빵냄새를 풍기는 큰누나뻘 되는 여인들이 각자 노란 가발을 쓰고 나와 야릇한 포즈를 취한 채 서성이고 있는 것이었다. 옷매무새가 형편없었음은 두말할 나위조차 없었다. 그 슬픈 도깨비 같은 누나들은 나를 보고도 손가락을 까닥거리며 묘하게 웃어댔다.

당장 갈 데가 없어 일가족은 짐을 일부 맡겨놓았던 O시의 은행나무 집으로 돌아가 두 달을 더 얹혀산 다음 도청 소재지가 있는 D시로 이사를 했다. 그러나 시내에서 한참을 벗어난 변두리 지역이었고 이삿짐을 싣고 들어가다 본 마을 입구의 늙은 느티나무가 유일한 위안으로 다가왔다. 그렇게 일가족이 고향을 떠나 다섯 번째로 이사한 집은 구조가 다소 복잡한 게 지붕의 반은 기와이고 반은 슬레이트였다. 짐을 들여놓다보니 이상할 것도 없었다. 주인이 세를 놓아 먹으려고 기와지붕 옆에다 슬레이트를 덧대어 방을 두 칸 들여놓은 것이었다. 집으로 드나드는 문도 따로 떨어져 있었다. 슬레이트 지붕 밑에는 야매로 이빨을 치료해주는 기공사 출신의 불법 치과의 가족이 먼저 들어와 살고 있었는데, 어머니도 무더운 여름날 숯불 화로 앞에서 그에게 보철 치료를 받았다. 그러나 이삼 일이 멀다 하고 잇몸이 부어오르며 치골이 흔들려 어머니는 밥을 먹지 못할 때가 많았다. 그렇게 모진 고생을 무려 십 년이나 하고 나서 어머니는 정식 면허를 가진 의사를 찾아가 결국 발치를 해야만 했다. 어머니의 이빨을 망쳐놓은 몇 달 뒤 전직 기공사는 누군가의 밀고에 의해 경찰에 끌려갔다. 그리고 우리가 그 집을 떠날 때까지 다시는 대면할 기회가 없었다.

D시로 이사 온 직후 그는 아직도 삶에 대한 허영기를 다 버리지 못했는지 시내 천변에 꽃집부터 차렸고 운영이 시원찮자 곧 잡화점으로 전환했고 그것도 신통치 않자 그 다음에는 요릿집으로 업종을 전환했다. 말이 좋아 요릿집이지 두부 두루치기 하나만 전문으로 만들어 안주로 내놓는, 이름하여 술집이었다. 그 일에 대해서는 나조차도 왠지 마뜩찮았는데, 그런데, 그 두부 두루치기 집으로 언젠가부터 사람들이 꾸역꾸역 몰려들기 시작했다. 두부 요리는 어머니의 솜씨였다. 조리법에 무슨 비결이라도 있는 모양이었다. 어머니의 말에 따르면 6·25 때 잠시 좌익 활동을 하다가 수복과 함께 총살당한 외조부가 살아 생전에 즐겨 드시던 술안주라는 것이었다. 그것은 저 양철집에 살 때 미군들이 찾아와 맥주로 입가심을 하며 허겁지겁 먹어대던 바로 그 두루치기이기도 했다. 그 시뻘겋고 맵기만 한 두부가 왜 그리 사람들 입맛을 끌어당겼는지 나는 모른다. 다만 두부를 크게크게 썰어 보기에 푸짐하고 대파와 고춧가루 또한 아끼지 않아 먹음직스럽게 느껴졌을 법은 하다. 나중에는 대학생이라고 하는 젊은 아이들까지 와서 그 매운 두부를 먹고 떠들썩하게 웃고 노래하고 토하고 울며 요란을 떨다 저마다 신발을 바꿔 신고 돌아가곤 했다.

그러나 정작 두루치기 집이 잘된 이유는 따로 있었던 듯하다. 그것은 다름 아닌 진로소주 덕분이었다. 당시 진로소주는 연고권이 서울에 있어 지방에서는 좀처럼 구하기가 쉽지 않았다. 경상도는 금복주, 강원도는 경월(지금은 두산에서 인수해 '그린'을 거쳐 '山'으로 변신했다), 전라도는 보배와 보해, 또 충청도는 선양소주를 주로 마셨다. 아무리 영업집이라도 도매상에서는 연고권 소주 한 박스에 진로소주 한 병을 끼워주는 방식으로 철저히 공급 원칙을 지켰다. 지방 상권을 보호하기 위함이었다. 지역 감정 때문에라도 그 원칙은 잘 지켜지는 편이었다. 그런데 우리가 운영하는 두부 두루치기집에서는 오직 진로소주만 사용했다. 그가 무슨 수완으로 진로소주만을 구해다 썼는지는 알 길이 없다. 다만 P시에 살 때 미군 피엑스 장물을 취급했던 경력이 수완으로 작용했을 것이라는 짐작만 할 따름이다. 가게는 개업한 지 일 년도 안 돼 주방에서 사람을 넷이나 쓸 정도로 연일 문전성시를 이루었다.

그즈음 그는 틈만 나면 집을 보러 다녔다. 술집을 차려 돈을 좀 벌었다고 해도 어림도 없는 수준의 집만 골라서 보고 다녔다. 가게가 쉬는 날 어머니와 함께 셋이서 집을 보러 간 적도 있었다. 방이 다섯 칸에다 마당에 온갖 정원수와 기암괴석이 제멋대로 박혀 있는 주인이 놀부를 꼭 빼닮은 졸부의 집이었다. 어머니는 다분히 염려가 뒤섞인 불안한 음성으로 그의 팔소매를 잡아끌며 말했다. 여보, 그만가요, 누가 이런 집에서 살쟀어요? 그저 셋방이나 면하고 방 두 칸 되는 집이면 족하잖아요. 그 말에 물론 그는 대꾸하지 않았다. 금세 돈을 좀 모았다고 해서 자발없이 가게 터를 옮긴다거나 여자를 들이고 차를 바꾼다거나 집부터 짓는 일은 아직도 상인들 사이에서는 금기로 여겨지고 있다. 다시금 미구에 닥쳐올지 모를 고난에 찬 삶이 두려워 어머니는 몸을 떨었다.

아무리 소문난 음식점이라도 제때제때 사람들의 변덕스런 입맛을 보충해주지 못하면 곧 발길이 뜸해지게 마련이다. 두부 두루치기는 김치나 햄버거와는 다르다. 아니 김치, 햄버거만 해도 그 질긴 생명력을 연장하기 위해 계속 다양한 변신을 꾀하고 있음은 그걸 즐겨먹는 사람들은 잘 알고 있다. 더군다나 유독 한 집에만 손님이 꼬이다 보니 주위 동종업계에서 시기와 질투를 하는 건 어쩌면 당연지사였을 것이다. 문방구에서 참고서를 팔다 세무조사를 당해 문을 닫았던 때와 형국이 같았다. 우선 진로소주가 문제가 되어 적잖은 액수의 벌금인지 추징금을 물어야만 했고 진로가 선양으로 바뀐 다음에는 손님이 절반으로 또 그 절반의 절반으로 급격히 줄어들기 시작했다. 그렇다고 쉽사리 문을 닫기에는 저녁마다 부산스레 문턱을 드나들던 술꾼들의 환영이 눈앞에 어른거려 조속한 폐업 신고가 이루어지지 않았다. 벌어놓은 돈을 다 까먹기 전에 조그만 집이라도 한 채 지어놓자고 말한 건 어머니였다. 그리하여 가게가 문을 닫아가는 와중에 짓기 시작한 것이 오늘날까지 그가 살고 있는 단층 슬래브 집이었다. 셋집에서 그리 멀지 않은 곳에 부지를 사서 그해 초가을 착공해 한겨울에야 서둘러 공사를 마무리했다.

공사가 시작되던 날 아침 그가 나를 데리고 외출을 했다. 토요일이었던 걸로 기억한다. 학교도 빼먹은 채 그가 나를 데리고 간 곳은 얼마 전에 어머니와 셋이서 구경을 왔던 그 집의 바로 건너편 집이었다. 정원은 온통 국화로 뒤덮여 이루 말할 수 없이 맑은 향내를 밖으로 퍼뜨려 내보내고 있었다. 마침 외출했다 돌아온 주인이 웬 행색이 초라한 부자가 대문 앞에서 머뭇거리는 것을 목격하고 다가와 물었다. 무슨 일이오? 내 손을 잡고 있던 그는 흠칫 놀라 뒤를 돌아보고 나서 잠깐 궁리를 하는 눈치더니 이렇게 말했다. 아, 어르신네 집 앞을 지나다 국화 향내가 흘러나와 저도 모르게 잠깐 서서 맡고 있었습니다. 함부로 냄새를 훔쳤다고 탓은 하지 마십시오. 머리가 하얀 집주인 노인네가 어쩐지 얄궂은 표정으로 우리 부자를 눈여겨 보더니 입을 열었다. 허, 그래요? 그럼 들어와 차나 한잔 하면서 맘 껏 흠향코 가시구료. 아, 아닙니다. 아이를 데리고 빵 가게에 들러야 하거든요. 그만 보내줘도 됐을 텐데 노인은 이상하게 집요한 데가 있었다. 아, 마침 빵도 있소이다. 아침마다 내가 커피와 빵으로 끼니 를 대신하거든. 이젠 우리 나라도 식문화를 바꿔야 해요. 아침부터 된장찌개나 김치찌개를 먹으면 속이 더부룩하고 어째 몸도 개운치 않거든. 커피를 먹어 버릇하니까 장 청소가 되는지 똥도 쑥쑥 잘 빠 지고 혈액순환도 좋아집디다. 어여들 들어와요.

노인은 혼자 사는지 그 큰 집에 개 한 마리 보이지 않았다. 노인은 소파 테이블에 커피와 빵을 내놓고 마주 앉아 내가 듣기에도 민망하 고 낯 뜨거운 얘기를 상대가 대꾸할 기회조차 주지 않고 느릿한 톤 으로 길게 늘어놓았다. 얘기의 주된 골자는 자수성가에 대한 것이었 다. 이곳은 그저 가끔 쉬러 오는 집이고 살림집은 시내에 따로 있다 는 얘기까지 곁들여 한 시간 이상을 붙잡고 좀처럼 놓아주지 않았 다. 마침내 그가 내 손을 붙잡고 자리에서 일어나려 하자 순간 노인 의 입에서 이런 말이 나직이 흘러나왔다. 요즘 내 집에 아침저녁으 로 담을 넘어 들어왔다 나가는 사람이 있다던데 혹시 누군지 아시 오? 언뜻 당황한 표정이더니 그가 엉겁결에 고개를 가로저었다. 저 런, 모르는군요. 봤다는 사람이 있어서 그냥 한번 물어봤소. 하지만 염려는 마시오. 도둑 같지는 않더라니까. 그냥 국화 냄새나 맡으러 들어왔다 나갔겠지.

그 집을 나와 발길을 재촉하며 내가 들으란 투로 그가 내뱉었다. 아직도 그의 목덜미엔 벌건 기운이 남아 있었다. 그 영감 그거 사람이 되게 잔인하구먼. 먹다 남은 질긴 바게트에 인스턴트 커피를 내놓고 그 긴 자서전을 쓰고 있다니. 상놈의 영감 같으니라구. 출신으로 따지면야 내가 양반이지. 나는 아무 대꾸도 하지 않았다. 거기다 대고 무슨 말을 하겠는가.

셋방을 전전하다 마침내 제 집을 짓게 되었건만 그는 공사 현장에 나가 보지도 않았다. 어머니는 가게와 공사장을 하루에 세 번, 네 번씩 왕래하며 인부들의 뒷바라지를 도맡아 했다. 그즈음 가게는 하루에 고작 열 남짓한 손님이 드나들 뿐으로 인건비조차 나오지 않아 주방에서 일하는 아주머니 하나만 남겨놓고 모두 내보내야 했다. 겨울이 닥쳐오고 있었으므로 마음의 적막감은 더했다. 게다가 아녀자라고 만만하게 봤는지 공사장 인부들은 조금만 날이 궂어도 연장을 내려놓고 교대로 사라지기가 일쑤였다. 그래서 상량上樑도 첫눈이 내리던 날 저녁에야 시루떡과 막걸리 몇 말을 받아놓고 동네 사람 몇몇을 불러 조촐하게 치러냈다. 그날 상량이 끝날 무렵 목발을 짚은 웬 상이 군인이 찾아와 술을 먹다 느닷없이 행패를 부렸다. 왜 잔칫집에 고기가 없냐는 것이었는데 어머니가 부랴부랴 육간으로 달려간 사이 그는 애써 쌓아놓은 벽돌을 목발로 무너뜨리기 시작했다. 방이 세 칸이나 되는 집을 들이면서 돼지머리도 안 갖다 놓고 상량을 해? 인부들이 슬그머니 뜯어말렸으나 상이 군인은 막무가내였다. 뒷전에 잠자코 서 있던 그가 마침내 가로막고 나섰다. 벽돌이야 다시 쌓으면 되는 거니까 돼지머리 올 때까지 그냥 놔주시오. 그 말이 또 상이 군인을 자극한 모양이었다. 사내가 목발을 들어 그의 가슴에 총처럼 겨누며 외쳤다. 아, 이 새끼가 사람을 업신 여기네. 그래, 나 집도 없고 여편네도 없다 이 새끼야. 조국을 위해 싸우다 이렇게 됐단 말이다. 너 이 새끼 미군부대 출신이라며? 거기서 뭐 했어. 양놈들 똥 닦아줬냐? 나 이래 봬도 엄연한 민족주의자야. 사내의 말을 듣고 그가 슬쩍 웃었던가? 암만 해도 조짐이 좋지 않았다. 낸들 가고 싶어서 미군부대에 갔겠소? 부모 등쌀에 대학물 먹은 게 화근이었지. 그토록 옹졸한 말이 그의 입에서 튀어나오는 것을 보고 나는 저절로 얼굴이 붉어졌다. 곧 돼지머리가 올 테니 많이 자시고 집에 가서 푹 주무시오. 제대한 뒤부터 돼지머리는 입에 대지 않아서 그만 깜박했던 것이오. 아시겠지만 양놈들이 어디 짐승들 머리나 기타 부속물은 먹습디까? 이 새끼가 사람을 완전히 거렁뱅이 취급하네. 나 이 동네 토박이니까 똑바로 봐 둬. 여기서 얼마나 버티고 사는지 두고 보자구. 사내는 안방 자리에다 가래침을 콱 뱉더니 목발을 휘두르며 마당 밖으로 사라졌다.

그런 일이 있어서 그런지 그는 새 집에 도무지 정을 붙이지 못했다. 부실 공사로 수도가 터지고 서까래 일부가 내려앉고 지붕에서 비가 새도 손볼 생각조차 하지 않았다. 살림을 들이고 나서 얼마 지나지 않아 가게는 문을 닫았다. 수중에 남은 건 몇 푼 되지 않는 권리금뿐이었다. 이사 온 날 저녁 어머니는 의자 위에 올라가 처마에다 고래등을 꺼내 달았다. 그때껏 어머니가 그걸 보관하고 있었다는 사실에 나는 내심 놀랐다. 가끔 혹은 자주 목발의 사내는 술에 취하면 집 앞에 와서 괜한 욕지거리를 퍼붓고 지나갔으나 그는 아무런 반응을 보이지 않았다. 어머니는 수치심에 몸을 떨며 그때마다 부엌으로 들어가 문을 닫고 나오지 않았다.

안방 텔레비전 장식장 옆에 먼지가 덮인 책들이 십여 권 쌓여 있었다. 양철집에서부터 이사를 할 때마다 그가 손수 챙겨들고 다니던 것들이었다. 주로 영문판 시집과 소설책이었던 걸로 기억한다. 어느 날 저녁 목발의 사내가 집 앞을 지나다 다시금 상스런 소리를 내뱉자 그는 어머니에게 술과 고기를 준비시키고 끌다시피 하여 사내를 마당 평상으로 불러들였다. 술상이 준비되자 그는 책들을 보자기에 싸들고 나와 그의 앞에 갖다 놓으며 말했다. 이거 제대할 때 미군부대에서 가지고 나온 건데 가져가서 대신 태우고 앞으로 가급적 욕은 삼가시오. 제발 부탁이오. 마누라와 애 창피해서 도무지 살 수가 없질 않소. 끼니야 가끔 나눠 먹을 수도 있지만 나도 속내를 살펴보면 형편이 그리 좋은 건 아니오이다.

그로부터 며칠 후 그는 텔레비전 옆에 금고를 하나 들여놓았다. 힘센 사내 몇이 들어야 옮길 수 있을 정도의 대형 금고였다. 안방에 금고를 들여놓는 것과 함께 그는 사람이 달라지기 시작했다. 그렇지 않아도 말수가 적고 표정이 인색한 사람이 아예 돌궤짝처럼 변해갔다. 마음까지 금고에 저당잡혔는지 처자식한테조차도 일체의 감정 표현을 하지 않았다. 가게를 정리하고 남은 돈으로 그는 시내에 다시 잡화점을 열고 나서 매일 새벽 다섯 시에 나가 자정에 들어왔다. 집으로 돌아오면 그는 어머니가 차려준 밥상을 받고 반주로 소주 한 병을 비운 다음 새벽 한 시에 잠자리에 들었다. 그리고 또 새벽 네 시에 일어나 아침밥을 먹고 가게로 나갔다. 그런 생활을 하루도 쉬는 날 없이 빈틈없이 반복했다. 그가 일 년에 소비하는 소주는 정확히 삼백육십오 병이었고 안주는 늘 달걀부침 하나였다. 끼니도 하루 두 끼만 먹었다. 어머니에게는 그야말로 최저 생계비만 월말에 지급했다. 나머지 번 돈은 어머니도 보지 못하는 사이 종신형에 처해져 그 육중한 금고 속으로 들어갔다. 어머니는 막연히 짐작하기를 그가 훗날을 도모하기 위해 그런다고 믿었다. 그리하여 최저 생계비로 계속 이어지는 고단한 삶 속에서도 어머니는 함부로 불평불만을 하지 않았다. 그런데 그 삶이 삼십여 년이 지난 오늘날까지 지속될 줄 어찌 알았겠는가. 집안 대소사가 있을 때도 금고는 열린 적이 없었다. 명절 때도 주머니에서 인색하게 몇 푼 꺼내줄 뿐이었다. 어디에 쓰려고 그는 가족한테까지 인심을 잃어가면서 돈을 모으고 있는 것일까. 벌 때 벌고 모을 때 모으더라도 모름지기 돈이란 적절할 때 풀어써야 제 빛을 발하게 마련이다.

잡화점은 감지하기 힘든 속도로 조금씩 규모가 불어나 십 년쯤 뒤에는 식료품점을 겸한 이십 평대로 늘어났고 또 그로부터 십 년쯤 뒤에는 매장에 직원 셋을 부리는 슈퍼마켓으로 탈바꿈했다. 하지만 생활 수준은 전혀 변함이 없었다. 월말에 어머니가 받는 생계비는 연초마다 정부에서 발표하는 공무원 봉급 인상률을 그대로 적용해 계산해주었다. 그에게서 생활비를 받을 때마다 어머니는 은근히 모욕감을 느끼는 듯했다. 가계부는 내가 중학교에 들어가던 해 쓰기를 멈추었다. 그 가계부는 단지 수입 지출에 관한 것말고도 그날그날 가족의 동정을 꼼꼼히 기록하는 말하자면 일종의 실록實錄이었다. 그 일을 그만두고부터 어머니도 무뚝뚝하고 거친 모습으로 차츰 변해갔다. 어머니의 그런 모습을 보는 것이 나는 몹시도 서글프고 때로는 참혹한 기분마저 들었다. 이건 부부가 아니라 매장 직원이나 종하고 하등 다를 바가 없어. 처자식이 아파도 병원에 데려가길 하나, 어려울 때는 쌀까지 꿔다 먹더니 오남매를 키우며 반평생을 수절하고 살아온 장모 생일에 맞사위라고 들여다보기는커녕 봉투 한 번 내밀기를 하나, 명절이라고 고기 한 근을 들고 들어오나, 저놈의 금고만 쳐다보면 속이 끓어올라 화병이 날 지경이라구. 죽을 때도 무덤이 아니라 수의를 입고 저 금고 안으로 들어갈 게 틀림없어. 쯧쯧.

부부 사이가 남남과 같았기에 나 역시 일찌감치 본능적으로 자립심을 키우며 살지 않으면 안 되었다. 어차피 자립할 때가 다가와 있었다. 대학에 다니기 위해 집을 떠날 때 그가 나를 불러 앉히더니 방바닥에 봉투를 내밀며 말했다. 입학금이다. 졸업할 때까지 나머지는 네가 해결하거라. 내 장래에 대한 나의 염원과 그의 뜻이 어긋났기 때문이었을까? 아무튼 나는 별 감정의 동요 없이 그러겠다고 선선히 대꾸했다. 마치 그러리라는 것을 예감하고 있었던 듯. 그리고 삼 년 반 동안의 등록금은 일부 장학금을 받거나 내가 벌어서 해결했다. 학기 때는 나이트 클럽에서 새벽까지 맥주 박스를 나르고 방학이 되면 먼 친척이 운영하는 뜨거운 유리공장에서 소금물을 마시며 일했다. 그럼에도 불구하고 나는 그를 원망해본 적이 없다. 집을 떠난 것과 동시에 그와 남남이 되었다고 믿었던 것이다. 몸과 마음이 지칠 대로 지쳐 나는 대학 이 년을 마치고 군대에 갔다. 휴가를 나와도 잠깐 집에 들러 어머니가 차려주는 밥만 먹고 곧 대문을 돌아나왔다. 거기에 무슨 억하심정이 작용했던 것은 아니다. 나로서도 그냥 그렇게 할 수밖에는 없었던 것이다. 집에서 나와 나는 슈퍼마켓에서 일하는 그를 멀리서 바라보다 발길을 돌려 남은 휴가 기간 동안 버스나 기차를 타고 여기저기 돌아다니다 돈이 떨어지면 예정보다 일찍 귀대했다. 군에서는 학비나 생활비를 걱정하지 않아도 된다는 사실이 나로서는 실제로 커다란 위안이었다. 또 그에 대한 원망이나 기대를 하지 않음으로 해서 남들보다 조금 일찍 스스로 자유롭게 설 수 있었던 것도 사실이었다.

우리가 세상을 살면서 갖는 기대와 희망의 대부분은 알고 보면 타인에게 애써 요구하고 있는 것들이기 십상이다. 그렇다면 아무리 가까운 관계라도 상대를 객관적인 타인으로 바라볼 수 있는 여유와 냉정함을 잃지 말아야 한다. 흔히 우리가 부모라고 하는 사람들이 또 다른 타인인 자식들을 위해 출가를 시킨 뒤에도 다 늙어서까지 한 자리를 지키고 있음을 보면 그 자체만으로도 대단한 업적이라는 생각이 들 때가 있다. 적어도 이미 윤리적 사명은 완수한 것이라는 생각이 든다. 그런데 그것을 일방적으로 의무로 평가하고 때로 가혹하게 폄하하고 또다른 요구를 하게 될 때 그들 몫의 설자리는 그만큼 옹색하고 누추해지게 마련이다. 이것이 내가 그를 통해 스스로 깨우친 삶의 단순한 진실 중 하나다.

내가 군에서 제대한 직후 그는 담석 개복 수술을 받았고 정확히 팔 년 뒤에 다시 똑같은 수술을 받았다. 피에 젖은 채 자판기 종이컵에 담겨 나온 담석은 사리처럼 단단하고 유난히 반짝거렸다. 두 번의 수술 외에도 그는 고질적인 중이염에 시달리다 예순넷에 한쪽 귀를 잃었고 돋보기가 아니면 이미 장부를 들여다볼 수 없게 돼버렸고 또 심한 협심증에 위경련까지 겹쳐 감옥살이 같은 노년을 보내고 있다. 또 사십 년이 넘는 세월 동안 그가 조강지처인 어머니에게 해준 것은 늑막염 수술을 받았을 때와 몇 해 전 뇌졸중 증세가 찾아와 입원해 있을 때 하루에 반나절씩 옆을 지켜주고 병원비를 지불한 것밖에는 없었다. 참으로 그게 다였다. 어머니가 크게 감격하지 않았음은 물론이었다. 그토록 오랜 세월에 걸쳐 서서히 닳아 없어진 마음은 다시 돋아나는 데 또한 그만큼의 세월이 필요한지도 모른다. 안 그래도 세월이 지나다보면 돌이킬 수 없는 일들이 자꾸만 생겨나게 마련이다. 도대체 그는 왜 금고 밖으로 나오려 하지 않는 것일까. 혹시 열쇠를 잃어버렸거나 눈금 번호를 잊어버린 게 아닐까. 왜 있지 않은가. 가령 좌로 세 번 돌려서 거기에 맞춘 다음 다시 우로 두 번 돌려 여기에 맞추고 손잡이를 슬며시 당기면 문이 열리는 금고의 눈금 번호판 말이다.

아주 오래된 일이겠다. 어머니가 맞선을 보던 날 그는 양복을 말

쑥하게 차려입은 청년 장교처럼 보였다고 한다. 그 즈음에 촬영한 그의 흑백 사진을 보면 어머니의 말에 개연성이 전혀 없다고 하기도 곤란하다. 그는 대학 때부터 키츠와 롱펠로우와 하이쿠를 즐겨 읽던 핸섬한 문학청년이자 커피와 슈베르트를 늘 곁에 두고 있던 낭만주의자요 또한 어느 정도는 스타일을 갖춘 모더니스트였다. 물론 민족주의자는 아니었다. 또 비록 표현은 드물고 서툴렀지만 아내를 사랑할 줄도 아는 남자였다고 한다. 어머니가 증언한 사실이니 인정해야 하리라.

삶은 뜻하지 않은 각도로 사람을 바꿔놓는다. 남들이 보기에는 대수롭지 않아 보이는 일이 어떤 사람에게는 치명적인 계기로 작용해 생의 전모를 바꿔놓는 수가 종종 있다. 그리고 이것은 사실 대부분의 사람들에게 적용되는 삶의 원리이자 저마다 이면에 감춰진 속박이자 굴레이기도 하다. 관계의 밀접함을 떠나 나는 아직도 그를 그다지 사모하지 않는다. 그렇다고 함부로 분노하거나 비난하지도 않는다. 비록 나 자신은 원하지 않았건만 어느덧 낯선 타인보다 관계의 가능성이 더욱 희박한 남이 되어버린 것도 사실이다. 그렇다고 그가 타인이 되기를 부러 획책하거나 또한 선택한 것 같지도 않다. 다만 뭔가 돌이키려 했을 때는 이미 때가 늦어 있었을지도 모른다. 그런 일은 한 세대 건너 나에게서도 이미 자주 나타나는 현상이다. 그렇다고 억지스럽게 서로를 이해할 필요도 없으리라. 생에는 화해할 수 없는 관계라는 것도 엄연히 존재하게 마련이다. 그런 사실을 인정하고 나면 그토록 악마처럼 굴던 삶이 오히려 나에게 관대한 점이 있었음을 깨닫게 된다. 삶을 완수하는 방식이 저마다 다르다는 것은 얼마나 갸륵하고도 오묘한 사실인가. 어쩌면 이렇게 각자 다르기 때문에 갈등이 유지되면서 피돌기가 그만큼 원활해지고 종국엔 하나로 속속들이 귀속되는지도 모른다. 사람의 몸만 해도 각기 쓰임새가 다른 삼천 개의 뼈로 이뤄져 있다고 한다. 그러나 발을 한번 내딛을 때가 되면 그 많은 뼈들은 각자 균형을 이뤄 놀랍도록 통일된 움직임을 보인다. 또한 마침내 죽음에 이르러서도 그들은 하나의 점을 향해 맹렬한 속도로 몰려든다.

환갑날 그는 나를 불러내 대문 앞에서 영정용 사진을 찍게 했다. 파인더 안으로 들여다본 그는 금고 속 같은 무겁고 어두운 고독 속에서 이미 죽음을 의식하고 있었다. 눈에는 그 어떤 따스한 빛도 존재하지 않았다. 그 후 그는 십 년을 더 버티며 살고 있다. 아직도 생업에 종사하면서. 밤마다 금고문을 열고 그날치 번 돈을 차곡차곡 쌓아가면서. 새벽 네 시에 일어나 다섯 시에 출근하는 습관도 여전하다. 그러나 몇 년 전부터는 오후 다섯 시면 집으로 돌아와 일찌감치 저녁을 먹고 자리에 누워 긴긴 잠을 잔다. 칠순의 노인네가 그리 잠이 많을 리는 없을 터이고 이제는 아무도 거들떠보지 않는 혼자만의 고독에 잠겨 지나온 삶을 반추하기도 하고 혹은 무의미로 다가오는 차생次生의 휴식을 성급히 갈구하고 있는지도 모른다.

최근에 그와 대면한 건 그의 칠순 잔치 때였다. 잔치라고 하기에는 어울리지 않는 고적한 분위기였으나 그래도 숙부 내외가 와서 조촐하게나마 자리를 빛내 주었다. 점심밥을 먹고 나서 대문 밖에서 그가 나를 따로 불러냈다. 또 무슨 얘기를 하시려고 그러나. 오랜 세월 몸에 밴 서먹함 때문에라도 그와 단독으로 대면하는 것을 나는 여전히 부담스럽게 받아들이고 있었다. 그렇더라도 나가보지 않을 수는 없었다. 그는 집 앞을 조그맣게 흐르고 있는 개울을 건너 내가 졸업한 초등학교로 갔다. 뒷짐을 진 채 운동장 트랙을 둥그렇게 돌며 그가 다시 화장 얘기를 꺼냈다. 지난번에 다니러 왔을 때 그가 다

짐을 받고자 했으나 내가 대답하지 않았던 것이 마음에 걸렸던 모양이었다. 하지만 이번에도 내 입에서는 그러겠다는 말이 나오지 않았다. 생전에 아무리 관계가 소원했더라도 선뜻 아비의 시신을 태우겠다고 나서는 자식은 없는 것이다. 나는 돌려 말했다. 굳이 화장을 고집할 이유는 없잖아요. 그가 슬그머니 옆을 돌아보고 나서 혼잣말처럼 중얼거렸다. 그럼 봉분이 있으면 가끔 와 보기는 할래? 결국 그렇게 되겠지만 나는 또 쉽사리 그러겠다는 말을 하지 못했다. 어쩌면 그게 화의를 요청하는 말이었을지 몰라도 나로서는 미처 준비가 돼 있지 않았던 것이다. 아무래도 대답이 없자 그가 말했다. 그냥 태우거라. 그게 아무래도 깨끗하겠지. 등소평 같은 인물도 화장을 했고 고건 총리도 화장 서약서에 서명을 했다는데 내가 뭐라고 굳이 유택을 고집하겠느냐. 그냥 남아 있는 사람들 몫으로 맡겨두시면 안 되겠어요? 지금 숙부님도 와 계시지만 집안 어른들 의견도 들어봐야 하구요. 그러자 그가 목울대에 걸린 소리로 되받았다. 그래도 죽으면 자식 놈이 나를 묻을 건지 태울 건지는 알아둬야 할 게 아니냐. 굳이 원하신다면 그렇게 하겠지만 납득할 만한 이유가 분명치 않잖아요. 물론 시류를 따지자면 이 좁은 땅덩이에서 무덤 수를 한 개라도 줄이는 게 바람직하겠죠. 하지만 저번에도 말씀드렸다시피 선산 가묘는 어쩌구요. 제가 알기론 그거 합장묘인데 그렇다면 어머니도 돌아가시면 화장을 시키라는 말씀인가요? 아니면 어머니만 거기다 쓸쓸하게 혼자 모셔요? 내 말에 그는 벙어리가 되어 두고두고 말이 없었다.

그 사이 학교 운동장을 빠져나와 그는 전에 학교 실과 실습장이었던 배밭으로 올라갔다. 그러나 언제 땅을 처분했는지 배밭은 없어진 지 오래였고 주택과 호화 가든들이 드문드문 들어서 있었다. 할 말이 남아 있으려니 싶어 나는 잠자코 그의 옆이거나 뒤를 따라갔다. 내가 스무 살에 집을 떠난 이래 그와 나 사이에는 별다른 대화가 없었다. 돌아보니 그와 함께 이렇게 오랜 시간을 들여 걸어본 것도 그새 삼십여 년 전의 일이었다.

그가 발을 멈춘 곳은 야트막한 산 밑에 지어진 어느 양옥집이었다. 양옥임이 분명했으나 지붕엔 청기와가 올려져 있었다. 대개 그런 집들이 그러하듯 마당엔 돌에 둘러싸인 정원과 잔디가 자라고 있었고 그 위에 파라솔과 하얀 의자가 놓여 있었다. 드높은 쇠창살 대문 안으로 그새 봄기운이 찾아온 정원이 엿보였다. 나는 그 언젠가 그의 손에 붙들려 집 구경을 갔던 날을 떠올리고 있었다. 아직도 이런 집을 기웃거리고 다니나 싶어 나는 한숨이 나왔다.

그때 그가 옆에서 중얼거렸다. 이런 집을 지어놓고 한 달에 그저 두어 번 와서 들여다볼 뿐이더구나. 주인 말씀인가요? 그래, 십 년 전에 지어놓았는데 그때 바로 이사를 못하고 말았는지 가끔 와서 구경만 하고 가는 눈치더구나. 집 지어놓은 본새를 보니 지독한 수전노에 인생을 제대로 살 줄 모르는 고지식한 노인네가 틀림없어. 너 생각 안 나냐? 옛날에 이 애비랑 함께 구경 갔던 집 말이다. 왜 마당에 국화가 피어 있었지 않느냐. 커피가 어떻고 똥이 어떻고 주절거리던 그 지독한 노인네 기억나지? 이 집 주인도 그런 노인넬 거야. 누가 알면 설마 빼앗기기라도 할까봐 쉬쉬하며 틈나면 몰래 혼자 와서 커피만 끓여먹고 돌아가는 그런 불쌍한 영감네 말이다. 뭐, 처음부터 그럴 생각은 아니었겠지만 식구들한테도 차마 알리지 못하고 말이다. 그건 왜요? 그야 이 집 하나 갖겠다고 평생 처자식을 걸레처럼 쥐어짰으니 막상 염치가 없었던 게지. 그때 그 영감도 그런 눈치 아니더냐? 뭐……. 그런 사람도 있는 거죠. 세상에 별의별 사람

이 다 있으니까요. 근데 그 영감 과연 그 집에서 죽기는 했을까? 글
쎄……. 누가 알기라도 할까 봐 그러기나 했겠어요? 그렇지? 그저
죽기 전에 휑뎅그렁한 안방에 혼자 앉아 마지막으로 커피 끓여먹고
똥이나 누고 와서 거미줄 쳐진 방에서 꼴까닥했겠지? 그것 참, 안됐
네요. 그가 조금 전에 나와 함께 걸어온 길을 시린 눈으로 돌아보며
목에서 가래가 끓는 소리로 다시금 반문해왔다. 그렇지? 참으로 안
됐지?

처마에 걸려 있는 고래등을 아니 본 척 쓸쓸히 올려다보며 나는
이렇게 대꾸하고 있었다. 그렇죠 뭐.

조금 거친 요약이 허락된다면 「고래등」의 아버지는 윤대녕의 모든 작품에 등장하는 인물의 아버지로 봐도 무방할 것 같다. 현실에서 조금씩 어긋나더니 나중에 영영 다른 곳으로만 떠도는 유목민 성향, 세속에 대한 무관심, 문화적 혹은 정신적 귀족주의, 불확실한 정체성, 등등 이른바 '윤대녕표' 인물이 어디에 탯줄을 대고 있는지 엿볼 수 있는 작품인 것이다. '불현듯' 어딘가로 떠나서 '우연히' 누군가를 만나는 인물이 될 수밖에 없는 '필연'을 이 작은 분량의 작품에서 찾는 것이 무리일 수도 있다. 소설에서 인물이 겪는 모든 사건을 인물의 캐릭터로 설명하는 방식이 있는가 하면 그 캐릭터마저도 '유전'과 '환경'에서 필연적으로 비롯되었다고 설명하는 방식이 있다. 모든 사건을 설명하는 최종급을 성격에 두지 않고 더 나아가 그것이 형성된 '유전', 그 인과율로 설명하는 소설은 대개 당대에 끝나지 않고 적어도 '삼대'에 걸친 총서가 되거나, 소설을 떠나 '에뛰드'라고 불리는 사회학적, 심리학적 연구 보고서가 되기 십상이다.

물론 윤대녕 만큼이나 자연주의 계열에서 멀리 벗어난 작가도 드물다. 「고래등」의 아버지는 그저 또 다른 윤대녕표 인물이라고 보는 것도 온당한 독법이다. 영어 교사라는 안정적 직업과 정원까지 갖춘 번듯한 아홉 칸짜리 집, "그 모든 것을 내팽개치고 그가 왜 도회지로 떠나왔는지 속내를 아는 사람이 없다"라고 한 것처럼 식솔을 이끌고 버스를 타고 가다가 운전사에게 차를 세우라고 하고 길갓집 마당에 솥을 얹은 사연도 알 길 없다. 모든 것이 불현듯, 우연히 벌어진 일들이다. 마치 한 인간의 평전을 쓴 것 같은 형식의 소설 「고래등」은 끊임없는 이사와 구멍가게, 싸전, 문구점, 잡화점, 요릿집, 다시 잡화점 등 쉴 새 없이 업종을 바꾸는 직업을 열거하는 것으로 대신할 수 있다. 관찰자의 입장에 선 화자는 아버지의 판단의 근거가 될 만한 그 어떤 것에 대한 섣부른 해석을 시도하지 않는다. 이미 그 속내를 아는 사람이 없다고 선언했기 때문이다. 다만 어디에 가도 현관에 조그만 등, 문패를 대신하는 고래등을 다는 것이 그의 변함 없음, 정체성이다. 식구를 궁핍한 생활고에 몰아넣은 무능한 아버지지만 한때는 "키츠와 롱펠로우와 하이쿠를 즐겨 읽던 핸섬한 문학청년이자 커피와 슈베르트를 늘 곁에 두고 있던 낭만주의자요 또한 어느 정도는 스타일을 잦춘 모더니스트였다. 물론 민족주의자는 아니었다"라는 대목에서 윤대녕표 인물의 기원을 엿볼 수 있다. 또한 작가가 다른 글에서 고백했던 개인사와 비춰보아 자전적 흔적이 깊게 배인 작품으로 읽어도 좋으리라. 좋은 소설에는 한 인물의 페르소나가 뛰어나게 형상화되었다는 공통점이 있다. 「고래등」은 주변에서 한 번쯤 보았던 것 같기도 하고, 이 세상 어디에도 없을 것 같기도 한, 묘한 성격의 인물을 그려낸 수작이다.

페르난도 서커스단의 라라 양

김경욱

1971년 광주에서 태어나 서울대 영문과를 졸업하고
동대학원 국문과 박사과정을 수료했다.
1993년 《작가세계》로 등단했으며,
소설집으로 『바그다드 카페에는 커피가 없다』『베티를 만나러 가다』
『누가 커트 코베인을 죽였는가』, 장편소설로 『아크로폴리스』
『모리슨 호텔』『황금 사과』 등이 있다.

페르난도 서커스단의 라라 양

　페르난도 서커스단과 상관없는 이 이야기는, 페르난도 서커스단의 라라 양과는 더욱 관계없는 이 이야기는 난데없는 자동차의 출현에서 비롯된다. 나에게는 휴대전화와 자가용이 없었다. 친구들은 천연기념물이라고 놀렸지만 나는 오히려 자부심을 느꼈다. 휴대전화와 자가용이 없는 것을 부끄럽게 여기던 시대는 지나갔다. 그리 오래되지 않은 과거의 한때 무전기를 방불케 하는 큼지막한 휴대전화가, 유선형과는 한참 거리가 먼 투박한 디자인의 자가용이 선택받은 삶의 증거였던 적이 있다. 하지만 너나 할 것 없이 앞 다투어 이동통신에 가입하고 신용카드 한 장으로도 자동차를 뽑는 과잉의 세상에서 의도적인 결핍은 되레 자부심의 원천이 되기도 한다.

　독신주의자는 아니지만 결과적으로 서른이 훌쩍 넘도록 혼자 살고 있는 나를 몇 안 되는 친구들은 동정 어린 시선으로 바라보았다.

그러나 나에게는 오히려 그네들의 판에 박힌 삶이 가여웠다. 소유한 것이 많은 만큼 그들에게는 두려운 게 많았다. 그들은 최신 모델의 휴대폰으로 남편의 음성사서함을 엿들었고 GPS시스템을 활용한 위치 추적 서비스로 남편의 동선을 체크했다. 또래들과의 경쟁에서 처질까봐 우리말을 떼기도 전에 아이를 네이티브 스피커가 가르치는 영어학원에 몰아넣었다. 카드 할부로 뽑은 자가용을 몰고 주말이면 백화점으로 할인점으로 쇼핑을 다니며 유행에 뒤처지지 않기 위해 최신 스타일의 옷을 구입했다. 그러니 나는 당당하게 말할 수 있다. 나에게는 휴대전화도 없고 자가용도 없고 신용카드도 없고 남편도 없다. 잃을 것이 없으므로 나에게는 두려운 것이 별로 없다. 그런데 느닷없이 자가용이 내 수중에 굴러들어온 것이다. 불길한 신탁을 받아 바구니에 담겨 버려진 아이처럼 자가용은 나에게 주어졌다.

나에게 굴러들어온 차는 1995년식 붉은색 프라이드였다. 차를 나에게 떠넘긴 친구는 오래되긴 했지만 아직은 제법 쓸 만하다고 했다. 연락을 주고받는 친구 중 유일하게 독신이었던 그녀는 지난달 결혼했는데 중국 지사에 파견되는 남편을 따라 상해로 간다고 했다. 전자 회사에 다니는 남편이 승진하면서 중국 지사로 자리를 옮기게 됐다는 것이었다. 다니던 직장은 어떻게 하냐고 물었더니 벌써 때려치웠다고 서슴없이 대답했다. 가정을 돌보기 위해 자신의 삶을 포기하는 것은 미친 짓이라고 입버릇처럼 말하던 터라 어떻게 그럴 수 있냐고 묻고 싶었지만 한껏 들떠 있는 그녀의 기분에 찬물을 끼얹을 만큼 나는 모질지 못했다.

속내를 드러내지 못했으므로 대화는 엉뚱한 방향으로 흐르고 말았다. 중국 가서 뭐 할 거냐고 물었더니 중국어를 배우겠다는 대답이 돌아왔다. 그녀의 말투는 평소와 달리 무척 진지했다. 그녀의 미심쩍은 진지함 앞에서 나는 할 말이 없었다. 잠시 침묵 속에서 내 눈치를 살피던 그녀는 대뜸 자기가 몰던 차를 가져가라고 말했다. 차 같은 건 절대 소유하지 않는 것이 나의 생활 신조라고 항변했지만 그녀는 막무가내였다. 다른 사람에게 넘기라고 했더니 그녀는 정색하며 다음과 같이 말했다.

"너 내 친구 맞지?"

"그래."

"친구로서 너는 내가 마음 편히 출국하길 바라지?"

"당연하지."

"그러니까 넌 내 차를 가져가야 해."

"싫어. 해괴한 삼단논법으로 날 꼬드길 생각은 버려."

"나는 지금 삼단논법에 대해 말하고 있는 게 아니라 너의 행복에 대해 이야기하고 있는 거야."

"나의 행복?"

그녀는 친구 중 유일한 싱글로 남은 나를 혼자 두고 차마 떠날 수 없다고 했다. 자신에게 행운을 안겨다준 차를 나에게 넘겨야 그나마 마음이 조금 편해질 것 같다고 했다. 이 대목에서는 약간의 설명이 필요하다. 그녀의 차가 고속도로에서 갑자기 멈춰버린 일이 있었다. 서해안 고속도로 어디쯤이었다. 그때 가던 길을 멈추고 그녀를 도와준 사람이 바로 그녀의 남편이었다. 역시 그녀는 결혼하게 된 것을 복권에 당첨된 것쯤으로 생각하고 있는 것이다. 자신에게 행운을 가져다준 차이니만큼 나에게도 뭔가 좋은 일을 안겨주지 않겠느냐는 것이었다. 차의 인수를 끝까지 거부한다면 절교 선언이라도 할 태세였다. 다음 날 그녀는 차를 몰고 집 앞에 나타났다. 손써볼 겨를도 없이 그녀의 프라이드는 나의 것이 되고 말았다.

페르난도 서커스단과는 무관하고 페르난도 서커스단의 라라 양과
는 더욱 상관없는 이 이야기의 빌미를 제공한 친구는 남편과 함께
비행기를 타고 중국으로 떠났고, 서른네 살의 독신녀인 나는 연락을
주고받는 친구들 중에서 명실공히 유일한 싱글로 남게 되었다. 나의
동지이자 단짝이었던 그녀가 떠난 이후에도 결혼한 친구들은 육아
문제로, 남편의 외도 문제로, 회식 자리에서 낯 뜨거운 성적 농담을
일삼는 직장상사 문제로 여전히 분주했지만 나의 삶은 예전과 다름
없이 고적했다. 솔직하게 말하자면 나의 삶은 예전과 같을 수 없었
다. 어찌된 영문인지 책상 앞에 앉아 밤을 지새워도 제대로 된 문장
하나 건질 수 없었다. 마음 한구석에 뿌옇게 성에가 낀 기분이었다.
그것은 전적으로 친구가 떠넘기고 간 자동차 때문이라는 것을 나는
알고 있었다. 인수를 한사코 거부하는 내 의견을 무시하고 친구가
집 앞으로 차를 몰고 왔을 때부터 내 삶의 리듬이 흐트러진 것이다.

　나는 친구의 프라이드를 방치함으로써 결핍에 근거한 나의 프라
이드를 지킬 수 있다고 판단했다. 하지만 결과적으로 그것은 문제
회피에 불과했다. 내가 방치하는 동안 친구의 프라이드에는 먼지가
켜켜이 쌓이고 눈이 몇 차례 녹았고 다시 먼지가 내려앉았다. 푸줏
간에서 막 가져온 고기의 살점처럼 선연하던 프라이드의 붉은색은
냉동실에 언제 쑤셔 넣었는지 짐작조차 할 수 없는 고깃덩어리처럼
광채를 잃고 탁해져갔다. 나에게 넘기기 위해 일부러 세차까지 했다
는 친구의 말이 귓전에 쟁쟁했다. 책상에 면한 창문 너머로 때에 절
은 친구의 프라이드가 눈에 밟혔다. 오래 탄 차에는 운전자의 영혼
이 배어든다는 신비주의적인 이야기 따위에는 관심 없지만 나의 무
관심 속에 방기된 붉은색의 자동차를 볼 때마다 나는 놀랍게도 죄의

식을 느끼고 있었나 보다. 그러나 나는 차를 애써 외면하며 이를 악물고 버텼다. 차를 몰지 않는 것은 취향이 아니라 신념이었으므로.

그 후로 한 달이 흘렀다. 한 달 후 어느 날 나의 신념은 심각하게 흔들리게 된다. 중국에서 걸려온 전화 때문이었다. 중국이 얼마나 급속하게 자본주의의 전진 기지가 되어가는지 한참 떠들던 친구가 나에게 넘긴 프라이드의 안부를 갑자기 물었다. 허를 찔린 것처럼 당황한 나는 중국어는 좀 늘었느냐는 말로 화제를 바꾸려 했지만 친구는 내 빤한 술수에 말려들지 않았다.

"잘 몰고 있어."

엉겁결에 나는 거짓말을 하고 말았다.

"다행이다. 사실 나 네가 그 차를 주차장에 처박아두면 어쩌나 걱정했거든."

"그럴 리가 있겠어. 친구의 성의를 무시하면 안 되지."

"차는 잘 달리지?"

"잘 달려. 가끔 바람 쐬러 교외로 나가기도 해."

"잘됐다. 나 없다고 집에 들어박혀 방바닥만 긁고 있는 줄 알았는데 씩씩하게 잘 살고 있구나."

"걱정 마. 덕분에 운전 실력도 많이 늘었으니까."

"그래?"

통화요금 많이 나오겠다며 서둘러 전화를 끊으려는데 수화기 저편에서 대못이 하나 날아들어 귀에 박혔다. 다음 달에 잠시 귀국할 예정이니 나더러 프라이드를 몰고 인천공항으로 마중 나오라는 것이었다. 남편은 바빠서 자기 혼자 나오니 오랜만에 둘이서 회포를 풀자고 했다. 공항에 마중 나가지 못할 이유를 꾸며낼 틈도 주지 않고 전화는 끊어졌다. 거짓말쟁이가 되지 않기 위해, 친구를 잃지 않기 위해 나는 차를 몰아야 할 처지였다. 그러나 문제가 있었다. 십년 전에 면허증을 딴 후로 나는 한 번도 차를 몰아본 적이 없었다. 면허증을 가지고 있다는 사실조차 새삼스러울 정도였다. 내가 면허증을 딴 것은 이를테면 결핍을 하나의 생활 신념으로 의식하기 훨씬전이었고, 나이 스물이 넘으면 운전면허증은 기본적으로 따놓아야한다고 믿던 시절의 일이다.

번잡하지 않은 내 삶에 그다지 필요 없는 차가 생긴 이후로 나에게는 뭔가가 자꾸 필요해졌다. 차를 몰기 위해서 나에게는 무엇보다도 도로주행 연수를 해줄 사람이 필요했다. 나는 최근에 차를 뽑은 친구에게 전화를 넣어 적당한 사람을 수소문했다. 당연히 그녀는 중국간 친구와 모르는 사이였다. 전화를 받은 친구는 내 말을 듣고 반색했다. 차를 몰겠다고? 네가? 그녀의 반색하는 목소리 앞에서 내 자부심에는 금이 갔다. 잘난 체해봐야 너도 별 수 없구나. 잘 생각했다는 친구의 격려가 나에게는 그렇게 들렸다. 그녀는 내가 자신과 별로 다르지 않은 삶을 살게 되었다는 사실에 안도했다. 차를 몰고 세상 밖으로 돌아다니다보면 남자를 만나게 될 거고 이런저런 남자를 만나다보면 그들 중 하나와 결혼을 하게 될 거고 살 맞대고 살다보면 애도 낳게 되리라 생각하는 것이다. 원고료는 받아서 어디다 묻어두냐? 이참에 휴대전화도 하나 장만해라. 단말기 싸게 살 수 있는 곳 알려줄게. 집에 전화해도 자동응답기만 틀어놓고 말이야. 아주 신났다. 모두가 그 잘난 프라이드 때문이었다.

이틀에 한 번 종로 3가에 있는 요가학원에 가려 외출하는 것을 제외하면 거의 집 밖에 나서지 않던 나는 자동차의 운전석에 앉혀져 꼼짝없이 피도 눈물도 없는 저 스피드 경쟁의 수라장으로 내몰릴 판이었다. 도심 곳곳에 덫을 놓고 기다리고 있는 유료 주차장들이, 눈에 불을 켜고 이면도로를 뒤지는 불법 주차 단속반원들이, 경품을 경쟁적으로 나눠 주며 판촉에 열을 올리는 주유소들이, 눈먼 운전자에게 어지러운 전문 용어를 읊으며 부품 교체를 강권하는 자동차 정비 업소가 이제 새로운 수요를 공급받게 될 것이다. 그러나 새로 생산된 수요의 혜택을 가장 처음 받은 것은 전직 버스 기사였다.

나이가 좀 많긴 하지만 열심히 가르쳐준다며 친구는 적극 추천했다. 친구의 소개에 따르면 환갑이 넘은 사람인데 고속버스 운전을 하다 은퇴하고 지금은 도로연수를 전문으로 한다고 했다. 자신이 다니는 교회의 권사라고도 했다. 괜찮은 총각을 소개시켜주지 못해 미안하다는 말은 하지 않는 편이 좋았을 것이다. 그러나 나는 신경 써줘서 고맙다고 얼버무렸다. 그녀의 말이 인사치레가 아니라는 사실을 나는 너무나 잘 알고 있었다. 그래서 그 말은 내게 더욱 잔인하게 들렸다. 나쁜 년.

그는 환갑이 넘은 나이에 비해 젊어 보였다. 이목구비가 또렷한 얼굴은 술 한 잔 적당히 마신 듯 혈색이 좋았다. 체격도 건강한 편이어서 따로 운동을 하는 사람 같았다. 그는 연한 갈색의 체크무늬 양복을 차려입고 넥타이까지 맸다. 분홍색 넥타이에는 금빛 넥타이핀이 꽂혀 있었다. 머리에는 양복과 같은 색상의 베레모를 쓰고 있었다.

"반갑다."

자신의 차를 몰고 집 앞으로 찾아온 그는 나를 보자마자 그렇게 말했다. 듬직한 체구와 어울리지 않는 카랑카랑한 목소리였다. 오랜만에 찾아온 조카를 대하듯 그는 일방적으로, 대수롭지 않다는 듯 말을 텄고 심지어 손을 내밀어 악수를 청했다. 순간 내 얼굴이 굳어졌다고 해도 그리 놀랄 일은 아니다. 나는 그리 사교적이지 않은 성격인 데다 혼자 지내는 것에 익숙한 편이어서 낯선 사람과 한 시간

이상 같이 지내지 못하기 때문이다.

"안녕하세요."

주춤거리며 손을 잡은 채 기어 들어가는 목소리로 내가 말했다. 잡았던 손을 놓으며 나는 마음속으로 바랐다. 그가 말수가 많지 않은 사람이기를. 그는 몇 차례 헛기침을 하더니 주머니에서 명함을 꺼내 나에게 건넸다.

박수동. 명함에 박힌 그의 이름이었다. 프리랜서 드라이버, 마포구 청소년 선도위원, 바른 생활 실천협의회 마포 지부장, 시인. 화려한 이력의 대미를 장식하고 있는 시인이라는 단어는 유독 '詩人'이라고 한자로 적혀 있었다. 나는 긴장하지 않을 수 없었다.

"명함은 없나?"

그가 물었다.

"없는데요."

그는 나를 신기하다는 눈빛으로 바라보았다. 젊은 사람이 명함도 없느냐는 표정이었다. 그러고 보니 나에게는 없는 게 하나 더 있었던 셈이다. 나는 태어나서 한 번도 명함이라는 것을 소유해본 적이 없다. 비밀이 없다는 것은 가난하고 허전한 일이지만 명함이 없다는 것은 가난하지만 홀가분한 일이다.

"작가라면서?"

굳이 대답을 필요로 하지 않는 것처럼 들리는 질문을 던지는 그의 표정이 묘했다. 친구는 생면부지의 노인에게 대체 어디까지 내 신상 정보를 흘렸을까. 소설을 쓴다는 것을 알고 있다면 결혼하지 않은 채 혼자 살고 있다는 것도 알고 있을 것이다. 괜한 짓을 시작했다는 후회가 밀려왔지만 이미 늦었다. 맘이 바뀌었다고 말하며 그를 돌려보낼 수는 없었다.

페르난도 서커스단과는 상관없고 페르난도 서커스단의 라라 양과
는 더욱 무관한 이 이야기는 이제 본격적인 항해를 시작한다. 항해
라는 고전적인 비유를 쓴 데에는 그럴 만한 이유가 있다. 친구가 떠
맡기고 간 프라이드를 가끔 몰아주기 위해, 먼지가 들러붙어 제 색
깔을 식별하지 못할 정도로 더러워진 프라이드를 세차장까지 몰고
가기 위해 운전 교습을 받아야 하는 나에게 그것은 일종의 고단한
항해처럼 여겨졌다. 결핍을 자부심으로 여긴다고 했지만 자동차를
갖지 않은 것이 그 때문만은 아니었다. 나는 기계를 조작하는 데에
는 전혀 소질이 없어서 아무리 작동 원리가 단순하더라도 기계만 보
면 겁부터 집어먹기 일쑤였다. 집 전화의 자동응답기에 짧은 인사말
을 녹음하는 데도 한 시간이 걸렸다.

그가 운전 연수를 위해 몰고 온 차는 일반 승용차를 개조한 것이
었다. 본래는 흰색이었지만 도로주행 연수를 시작하면서 직접 노란
색으로 칠했다고 했다. 차 뒤쪽 창에는 고딕체로 '도로주행 연수
중'이라는 글씨가 프린트된 종이가 눈에 확 띄게 붙어 있었다. 도로
주행 연수용 차량이라는 것을 처음 타본 나에게는 조수석에도 설치
된 브레이크가 신기했다.

그는 나를 운전석에 앉히고 자신은 조수석에 앉았다. 십 년 전 운
전면허증을 딴 이후로 처음 앉아보는 운전석은 여간 낯설지 않았다.
나는 발을 놀려 액셀과 브레이크를 가늠해보았다. 시동을 걸자 그는
기다렸다는 듯 물었다.

"도로에서 차는 어느 쪽으로 달리지?"

"오른쪽 아닌가요?"

너무 빤한 질문이어서 뭔가 다른 답을 원하는 것은 아닌가 의심이

들었다.

"좋아. 그것만 명심하면 돼. 차는 오른쪽으로 달린다. 비가 오나 눈이 오나 바람이 불어도 총각이 상처喪妻하고 처녀가 임신해도 차는 오른쪽으로 달린다. 자, 그럼 이제 달려봐."

그렇게 해서 고단한 항해가 시작되었다. 하루에 두 시간씩 6일 동안 연수를 받기로 했다. 하루에 5만 원씩 30만 원을 교습비로 지불하는 조건이었다. 첫 번째 코스는 동네를 한 바퀴 도는 것이었다. 내가 세 들어 사는 원룸이 있는 이곳은 서울에서도 손꼽히는 인구 밀집 지역이라서 낮이고 밤이고 인적이 끊이지 않았다. 면허증을 딴 지 십 년 만에 주행 연수를 받는 운전자가 감당하기에는 벅찬 코스였다. 지뢰밭이 따로 없었다. 차는 기어가다시피 했다. 급기야 그 골목을 벗어나기 직전에 일이 터졌다. 마을버스가 드나드는 이면도로에 진입하는 내리막 커브길에서 전봇대를 피하는 데 신경 쓰다 반대편에 주차되어 있던 차의 백미러를 건드리고 말았다. 턱 하는 묵직한 소리에 놀라 차를 세우고 나가 보니 주차된 차의 백미러가 덜렁덜렁했다.

"붙어 있으면 됐다. 어서 타라."

조수석에 앉아 있는 그는 태연했다.

"하지만……."

"전화번호라도 남겨두게? 아서라. 스스로 잘못을 인정하면 껍질까지 벗기려 드는 게 세상인심이다. 이렇게 비좁은 골목에 주차하면서 백미러를 접어놓지 않은 사람에게도 책임은 있어."

나는 주뼛주뼛 차에 올라탔다. 골목을 빠져나와 간선도로에 접어들었을 때에는 이마에 진땀이 흘렀다.

"도로에서는 앞차만 따라가면 돼. 적당히 거리만 유지하면서 앞차

꽁무니만 보고 따라가면 문제 없어."

그 후로 그는 다행히 입을 다물었다. 동네를 한 바퀴 돌다가 네거리에서 신호를 잘못 받아서 예정에 없던 코스로 접어들었을 때도 몇 번 브레이크를 밟을 뿐 내 운전에 대해 쓰다 달다 말이 없었다. 그가 내게 무슨 말을 건넸다고 해도 어차피 나에게는 대꾸할 여력이 없었다. 앞차만 보고 액셀과 브레이크를 번갈아 밟아대느라 정신이 없었다. 백미러를 넘겨다볼 여유조차 없었으니 어디로 가고 있는지 짐작조차 하지 못한 것은 두말할 필요도 없었다. 앞차만 따라가다보니 어느새 여의도였다.

"잠깐 쉬었다 가자."

그가 지시한 대로 나는 한강 둔치로 차를 몰고 내려갔다. 한강 시민공원 주차장에 차를 세웠다. 널따란 주차장은 텅 비어 있어서 차를 대는 데 어려움은 없었다. 긴장한 탓인지 갈증이 났다. 그는 한강을 바라보며 담배를 피워 물었다.

"뭘 좀 마시겠어요?"

"난 괜찮아. 신경 쓸 거 없어."

의례적인 사양인지 정말 싫은 것인지 판단이 서지 않아 다시 물었다.

"정 그렇다면 난 아이스크림."

"날도 추운데……. 따뜻한 커피라도……."

"부라보콘!"

찬바람이 휘몰아치는 한겨울의 한강 변에서 나는 아이스크림을 찾아 헤매야 했다. 공원 여기저기에 듬성듬성 있는 간이 매점 어디에서도 아이스크림을 찾아볼 수 없었다. 간이 매점에서 판매하고 있는 것은 인스턴트커피나 녹차와 같은 따뜻한 음료이거나 오뎅이나 떡볶이 같은 주전부리가 전부였다. 아이스크림은 없냐고 물으면 간이 매점의 주인들은 떡볶이를 휘적거리던 손길을 멈추고, 오뎅에 꼬치를 꽂던 손놀림을 멈추고 뜨악한 표정으로 쳐다보았다. 빈손으로 돌아가 아이스크림 같은 건 판매하지 않는다고 사실대로 말해버리면 그만인 일이었지만 갈 데까지 가보자는 쓸데없는 오기가 생겼다. 유람선 선착장 앞에 설치된 비교적 큰 매점에서 나는 아이스크림을 구입할 수 있었다. 내가 마실 따뜻한 캔커피도 샀다. 그는 신경 쓸 거 없다고 사양하던 사람이었나 싶을 정도로 아이스크림을 맛나게 먹어치웠다.

"참 좋은 세상이지. 엄동설한에도 아이스크림을 맘대로 먹을 수 있으니. 참. 이번 주말까지 첫눈에 관한 시를 한 편 써야 되는데 시상이 도통 떠오르지 않아서 말이야. 괜찮은 아이디어가 있으면 주저하지 말고 말해줘."

아이스크림을 먹고 기분이 좋아졌는지, 서툰 내 운전 실력에 마음을 졸이다 긴장이 풀어져서인지 그는 딴사람처럼 수다스러워졌다. 잠시 휴식을 취하고 다시 도로 위로 나왔을 때도 그는 나에게 계속 말을 시켰다. 결혼은 왜 안 하느냐. 언제부터 글을 쓰기 시작했느냐. 책은 냈느냐. 소설 제목은 뭐냐. 남자친구는 있느냐. 교회는 왜 안 나가느냐. 운전하는 데 신경을 곤두세운 탓도 있었지만 나는 그의 말을 건성으로 들었다. 내가 성실하게 대꾸하지 않자 그의 말투가 점차 신랄해졌다.

"요즘 젊은 친구들 보면 걱정이야. 결혼은 필수가 아니라 선택이라고 하지 않나. 결혼해도 조금만 수틀리면 이혼해버리지. 자기들끼리 즐기겠다고 애도 안 낳지. 이런 추세라면 백 년쯤 후에 우리 나라 인구는 구한말 수준으로 줄어든다는데 이 나라는 누가 지켜. 석유도 안 나오고 땅덩어리도 작은 나라에서 그나마 믿을 것이라고는 우수한 인력뿐인데 인구가 줄어들면 이 나라는 끝장이야."

나는 여전히 대꾸하지 않았다. 차는 여의도를 빠져나와 왔던 길을 다시 달리고 있었다. 내가 차를 몰고 여의도까지 갔다는 사실이 꿈만 같았다. 돌아가는 길은 한결 수월했다. 길이 눈에 익은 데다 운전도 별거 아니다 싶었던 것이다. 집으로 돌아오는 동안 내내 그는 우리 나라의 이혼율 증가와 출산율 저하에 대해 우려를 표명했다. 역시 나는 아무 반응도 보이지 않았다.

"남들 사는 대로 사는 게 제일이야."

집 앞에 무사히 도착했을 때 그는 그렇게 자신의 연설을 마무리했다. 남들 사는 대로 살기 싫은 나는 별 탈 없이 집에 돌아올 수 있다는 사실에 안도했다. 이런 페이스라면 친구를 마중하러 인천공항까지 차를 몰고 나갈 수 있을 것 같았다. 첫날의 교습은 그렇게 마무리되었다. 빠뜨린 게 있다. 다음 날 약속 시간을 정하고 돌아서는데 그가 잊고 있었다는 투로 말했다.

"참, 내게 지금 주행 교습을 받는 예순다섯 먹은 할머니가 있는데, 그 할머니는 나를 꼬박꼬박 선생님이라고 부른다. 내일 보자."

페르난도 서커스단과 상관없고 페르난도 서커스단의 라라 양과도 상관없는 이 이야기에는 교훈도 판타지도 없다. 교훈에 목마른 자는 일기를 쓸 일이고 판타지를 갈구하는 자는 남의 일기를 훔쳐볼 일이다. 교훈에 무심하고 판타지도 경원하는 이 가난한 이야기에는 기록해도 그만 삭제해도 그만인 대화들과 사건이라고 이름 붙이기 망설여지는 어렴풋한 삶의 기미들과 미세한 감정의 균열이 존재할 뿐이다.

교습 둘째 날의 코스는 서울역을 지나 광화문을 뒤로하고 동대문까지 다녀오는 것이었다. 교통이 혼잡한 도심을 파고드는 코스라 그는 자주 브레이크를 밟아댔다. 첫째 날에는 별로 의식하지 못했지만 그가 브레이크를 밟는 것이 점차 거슬렸다. 그는 여전히 나의 운전 실력을 신뢰하지 않았고 굳이 그럴 필요가 없는 대목에서도 브레이크를 가차 없이 밟았다. 그것이 내 신경을 건드렸다.

"아저씨 브레이크 좀 그만 밟으세요."

"내가 얘기했던가? 주행 교습을 시키고 있는 예순다섯 먹은 할머니는 꼬박꼬박 나를 선생님이라고 불러."

"아저씨는 저를 못 믿는 거죠?"

"운전하는데 믿고 안 믿고가 어디 있어?"

"필요 없는 데서도 브레이크를 밟고 계시잖아요? 아저씨!"

"내 30년 무사고 운전의 비결이 뭔 줄 알아?"

"……."

"도로 위에서는 아무도 믿지 마."

"운전은 믿음의 문제가 아니라면서요?"

"생각해봐. 마약 먹은 놈, 술 처먹은 놈, 정신 나간 놈들이 차를 몰고 다니는 것을. 폭주족? 그놈들은 소리라도 요란하니 미리미리 피하기라도 하지. 그런데 이놈들은 멀쩡하게 달리다 갑자기 쓱 덮친다고. 끔찍해."

시청 앞을 지날 때였다. 광화문 방면으로 가는 신호를 받고 차량들이 진행하는 도중에 노란불이 들어왔다. 교차로에 진입해버린 앞차가 엉거주춤 정차하고 말았다. 그가 급히 브레이크를 밟았다. 뒤에서 경적 소리가 시끄럽게 울렸지만 앞차는 꼼짝하지 않았다. 잠시 후 남대문 방향으로 신호 대기 중이던 차들이 바뀐 신호등을 보고 교차로로 신속하게 머리를 들이밀었다. 교차로를 건너지도 못하고 어정쩡하게 발을 들인 앞차가 남대문 방향으로 진출하는 차량에 걸림돌이 되었다.

"여자가 집구석에서 얌전히 살림이나 할 것이지 운전도 못하면서 차는 끌고 나와서……."

신경질적으로 내뱉는 그의 말이 귀에 거슬려 나는 그를 빤히 바라보았다. 그는 여전히 전방을 응시하고 있었지만 분명히 내 시선을 의식하고 있었을 것이다. 그는 "노란불일 때는 무조건 지나가야 한다. 그러지 않으면 사고 나기 십상이야"라는 말을 변명처럼 늘어놓았다. 앞차의 여자는 자신의 차를 간신히 피해 제 갈 길을 가는 운전자들의 노골적인 손가락질과 비난을 숙명처럼 감수하며 운전대를 붙들고 있었다.

동대문에 있는 의류 쇼핑몰 뒤의 이면도로에 잠시 차를 세우고 휴식을 취하는 사이 그는 내가 묻기도 전에 전날과 같이 아이스크림을 사달라고 했다. 나는 내 몫의 커피와 그가 먹을 아이스크림을 사기 위해 근처의 편의점에 갔다. 편의점에서 나는 그가 원하는 아이스크림을 찾을 수 없었다. 나는 다른 아이스크림을 샀다.

"부라보콘은 없어?"

"없대요."

"난 이런 건 안 먹어."

먹기 싫으면 관두라고 하면 그가 어떤 표정을 지을까 궁금했지만 나는 잠깐 기다리라고 말하고 편의점에 다시 갔다. 편의점 냉장고를 바닥까지 뒤졌지만 그가 원하는 아이스크림은 없었다. 나는 편의점 점원에게 양해를 구하고 조금 전에 샀던 아이스크림을 반납했다. 그가 원하는 아이스크림을 사기 위해 나는 동대문역 근처까지 가야 했다. 이번에도 그는 아이스크림을 맛나게 먹었다. 커피를 마시며 나는 아이스크림을 먹는 그의 모습을 찬찬히 바라보았다. 그는 아이스크림 먹는 기쁨을 되도록 오래 즐기고 싶은 건지 아이들처럼 혓바닥으로 천천히 핥아먹었다. 겨울이기에 망정이지 더운 여름이었다면 아이스크림은 진작에 녹아 흘러내렸을 것이다. 아이스크림을 먹는 동안 그는 조용했다. 그나마 다행이었다.

의류 쇼핑몰에 둘러싸인 조그만 광장에는 놀러 나온 젊은이들이 많았다. 방학 중이라 평일 낮 시간인데도 중고등학생 또래의 아이들이 삼삼오오 무리를 지어 몰려다녔다. 교복 차림도 간혹 눈에 띄었다. 벤치에 앉아서 뭔가를 먹거나 마시는 치들도 있었고 광장 한복판에서 인라인 스케이트를 즐기는 치들도 있었다. 아이스크림을 먹는 동안 한마디도 하지 않던 그는 즐거움의 원천이 입속으로 모두 사라지자 다시 수다스러워졌다.

"첫눈에 대한 시를 써야 하는데 통 시상이 떠오르지 않네. 좋은 생각 없어? 작가 양반."

"어제도 말씀하셨어요."

"그랬나? 좋은 생각 없어?"

"없어요."

잠시 침묵이 흘렀다. 그러나 그의 침묵은 그리 오래가지 않았다. 대답에 소극적인 나의 태도에 빠르게 적응한 그는 나에게 이것저것 묻는 대신 자신의 신상에 대해 이러저러한 얘기를 늘어놓았다.

그에게는 네 명의 딸과 한 명의 아들이 있었다. 이른 나이에 얻은 딸들은 모두 결혼해서 손주가 도합 일곱이었다. 마흔다섯에 본 늦둥이 막내아들은 올해 수능을 쳤는데 법대에 보낼 거라고 했다. 친구들과 몰려다니며 밴드인가 뭔가를 한다고 해 걱정이라고 했다. 법대에 입학하면 고3 때보다 더 열심히 해야 하는데 시험을 치자마자 머리를 노랗게 물들이더니 전자 기타만 붙들고 산다고 혀를 찼다. 지난 환갑 때는 딸들이 보내줘 부부동반으로 동남아 여행을 다녀왔다고도 했다. 노량진역 앞 횡단보도 앞에서 잠시 신호 대기 하는 동안 그는 나에게 자신의 지갑에 넣고 다닌다는 가족사진도 보여줬다. 보여줬다기보다는 전방을 응시하고 있는 내 눈앞에 사진을 들이밀었다고 해야 정확할 것이다.

십오 년쯤 전에 찍은 사진이라고 했다. 네 명의 딸들은 하나같이 커다랗고 동그란 뿔테 안경을 쓰고 있었다. 십오 년 전이라면 시력이 좋은 사람도 멋으로 뿔테 안경을 걸치고 다니던 시절이었다. 그의 말에 따르면 자식들이 모두 눈이 나쁘다고 했다. 자신은 아직도 돋보기 없이도 신문을 읽을 수 있다고 했다. 자식들이 죄다 외탁해서 그렇다는 것이었다. 그러고 보니 그의 곁에서 웃을 듯 말 듯한 어눌한 표정으로 서 있는 그의 아내도 딸들과 똑같은 안경을 걸치고 있었다. 하마터면 나는 웃음을 터뜨릴 뻔했다. 그러나 웃음은 터져 나오지 않았고 혈연의 질긴 유전 앞에서 나는 착잡했다. 사진 속에서 심통이 난 얼굴로 카메라를 노려보고 있던 아들도 지금은 안경을 쓰고 있다고 그가 말했다. 사진 속의 그는 자신을 쏙 빼닮은 어린 아들을 품에 안은 채 활짝 웃고 있었다. 가족사진은 손을 타 가장자리가 나달나달했다.

"최근에 찍은 사진은 없어요?"

내가 물었다.

"있기야 있지. 하지만 난 그 사진이 좋아."

사진을 수첩에 집어넣는 그의 얼굴은 그리 밝지 못했다. 나는 상상한다. 그의 인생에서 가장 좋았던 시절을. 안 먹고 안 쓰며 모은 돈으로 크진 않지만 변두리에 집 한 칸 마련했을 것이다. 자기 이름이 새겨진 문패를 닦고 또 닦았겠지. 줄줄이 딸을 낳으면서도 포기하지 않고 노력한 끝에 아들을 얻었을 땐 세상을 다 가진 기분이었으리라. 어린이날이면 아이들을 데리고 창경궁으로 경복궁으로 나들이를 가고 집에 돌아오는 길엔 주인이 화교인 중국집을 일부러 찾아가 탕수육을 자장면을 주문했겠지. 어버이날 아이들이 학교에서 숙제로 써온 편지를, 필경 '부모님 전상서'라고 띄어쓰기가 틀린 관용구로 시작했을 편지를 읽으며 눈시울을 붉혔겠지. 성실한 남편으로서 든든한 아버지로서 그가 일군 작은 왕국이 선사하는 안온함을 기꺼워했을 테지. 그러니 한물간 농담 같은 가족사진 속에서 그가 번번이 확인하고자 하는 것은 가족이 아니라 가족 속의 자신일 것이다.

아버지는 사진관을 운영했다. 그러나 가족들이 함께 찍은 사진은 많지 않았다. 그나마 대부분 아버지는 그 사진들 속에 존재하지 않았다. 사진 찍으면 늘 눈을 감던 엄마, 장난기 어린 표정을 지으며 손가락으로 브이 자를 만들곤 하던 큰오빠, 카메라만 들이대면 얼굴이 잔뜩 굳던 작은오빠, 그리고 나. 사진 속에 아버지의 자리는 없다. 아버지의 자리는 언제나 사진 속의 얼굴들이 응시하고 있는 카메라 저편에 마련되어 있었다. 카메라를 남의 손에 넘기는 법이 없던 아버지는 카메라의 각도나 음영, 혹은 가족들의 표정을 잡아내는 시선으로서 존재했다. 이상하게도 사진을 보면 부재하는 아버지의 존재가 더욱 강하게 느껴졌다. 교차로 신호등의 파란불이 노란불로 바뀌면 나는 브레이크가 아니라 액셀을 밟았다.

페르난도 서커스단과 관계없고 페르난도 서커스단의 라라 양과는 더욱 관계없는 이 이야기의 가난한 서사에는 이렇다 할 중심이 없으니 운전 연습용으로 개조된 차를 몰고 다닌 길을 되짚어보는 것으로 이야기를 전개할 수도 있을 것이다. 하지만 나의 서툰 운전 솜씨가 그려낸 동선이 대단한 의미를 갖는 것은 아니다. 남산순환도로를 한 바퀴 돌았다거나 남부순환도로를 타고 테헤란로의 정체를 뚫고 잠실을 거쳐 미사리까지 갔다거나 사당사거리에서 남부순환도로를 버리고 과천 쪽으로 우회전해서 경마장과 대공원까지 갔다는 사실은 그 자체로 나에게 아무 의미가 없다.

그가 나에게 방향을 제시하는 기준은 다만 '전날 가지 않은 곳으로'였다. 하지만 일견 무의미해 보이는 그 동선에 그가 나에게 늘어 놓은 말이나 일주일도 채 안 되어 잊혀질 그의 사소한 행동, 그리고 그런 것들에 대한 나의 느낌이 겹쳐진다면 사정은 달라진다. 예컨대 동물원 입구에서 그가 "마누라에게 청혼한 곳이 바로 창경궁 동물원 원숭이 우리 앞이었지"라고 말할 때 그의 휴대폰이 울렸다는 것, 그리고 전화를 건 사람은 그의 아내였다는 것, 그가 벤치에서 일어나 저만치 걸어가는 바람에 자세한 내용은 알 수 없었지만 어떤 문제 때문에 다투었다는 것의 의미는 동물원이라는 공간적 배경을 소거하면 전혀 달라질 것이다. 생각해보니 그가 안내한 장소들은 그에게 어떤 추억을 상기시키는 곳이었다. 그 추억이란 대개 그의 가족과 관련된 것이었다. 그가 한 여자를 만나 가정을 이뤄 자식들을 낳고 기른 세월이 고스란히 그 동선에 녹아 있었다. 그렇다 하더라도 그의 추억이 나의 것일 수는 없어서 대책 없이 감회에 젖어 들추는 그의 추억이 나로서는 요령부득이었다.

첫째 날과 둘째 날과 마찬가지로 그 이후에도 그는 똑같은 양복에 똑같은 넥타이 차림으로 나타났고 운전에만 신경을 곤두세울 뿐 별다른 대꾸를 하지 않는 나에게 자신의 가족에 대한 이야기를 늘어놓왔다. 중간에 잠시 쉴 때면 어김없이 부라보콘을 먹었으며 정치적 문제에 대해 핏대를 세웠고 굳이 그럴 필요가 없다고 여겨지는 대목에서도 가차 없이 브레이크를 밟았으며 여전히 첫눈을 소재로 한 시를 완성하지 못했다. 그는 매번 나에게 "좋은 생각 없어? 작가 양반"이라고 물었다. 그때마다 내 대답은 한결같았다. "없어요." 그쯤 되면 포기할 만도 했건만 전에 그런 질문을 한 적이 없다는 듯, 혹은 그런 질문을 했다는 사실을 기억하지 못하는 것처럼 그는 천연스레 같은 질문을 나에게 던지곤 했다. 그런 일이 반복되자 그가 나를 놀리는 것은 아닌가 의심이 들 지경이었다. 첫째 날과 둘째 날과 달라진 점이라면 그의 아내로부터 수시로 전화가 왔다는 것 정도였다. 하루에 두 시간씩 6일 동안 연수를 받기로 했는데 그는 바쁘다는 이유로 하루에 교습 받는 시간을 늘려 5일로 마무리 짓자고 했다. 나로서도 하루라도 연수 기간을 단축하고 싶은 심정이었다. "고맙습니다"라는 말이 튀어나올 뻔했다.

도로주행 연수 마지막 날 그가 안내한 곳은 행주산성이었다. 행주산성은 처음이었다. 임진왜란 당시 권율이 왜군을 격파했다는 그곳은 유원지가 되어 있었다. 산성으로 진입하는 길 인근에는 각종 보양식을 파는 식당이 즐비했다. 자동차를 처음 장만하던 날 가족을 태우고 드라이브하러 나온 곳이라고 그가 말했다. 그곳에는 노인들이 대부분이었다. 주말이었다면 사정이 달라졌을지도 모르지만 그날 행주산성을 찾은 사람들은 짝을 이룬 노인들이 전부였다. 그들은 손을 잡거나 손을 잡지 않은 채 느릿느릿 산책을 하고 있었다. 나무 그늘에 자리를 펴고 앉아 막걸리를 나눠 마시는 커플도 있었다. 그는 아이스크림이 먹고 싶다고 했다. 산성 입구 가게에서 나는 부라보콘을 샀다. 아이스크림을 들고 돌아왔을 때 그는 통화를 하고 있었다.

"자꾸 전화질하지 말라 그랬지. 어디긴 어디야 도로 위지. 전화질할 정신 있으면 하나밖에 없는 아들놈 단속이나 잘해. 오토바이를 사달라고? 꿈 깨라 그래. 이놈의 자식이 허파에 바람만 잔뜩 들어가지고 말이야. 전화 끊어."

내가 다가오는 것을 본 그는 서둘러 전화를 끊었다. 그는 나와 눈이 마주치자 어색하게 웃어 보였다. 아이스크림을 먹고 나면 말이 많아지곤 하던 그는 부라보콘을 다 먹고 나서도 한동안 말이 없었다. 하늘은 맑았고 겨울치고는 춥지 않은 날씨였다. 주위의 노인들이 이쪽을 흘끔거렸다. 산성 주위에서 짝을 지어 데이트를 즐기는 노인들을 바라보고 있으려니 기분이 묘했다. 내 눈앞에 펼쳐진 것은 시간의 흐름으로부터 비켜선 듯한 풍경이었다. 그는 여전히 말이 없었고 나는 서둘러 벤치에서 일어났다. 벤치에서 일어나는데 아랫배가 찌를 듯이 아팠다. 생리가 시작된 것이었다. 평소보다 일주일이나 빨랐다. 운전 연수 때문에 신경이 곤두섰다고 하더라도 지나치게 일렀다. 리어카 행상이 파는 번데기 냄새가 역했다. 산성 입구 가게에는 생리대가 없었다.

집으로 돌아가는 길에 나는 편의점에 들러 생리대를 샀다. 편의점 점원에게 겨우 열쇠를 빌려 화장실에 갈 수 있었다. 인구 천만이 넘는 이 거대한 도시에서 갑작스러운 용무 때문에 화장실을 찾아 발을 동동거렸던 사람들은 알 것이다. 이 도시에서 화장실을 얻어 쓰기가 얼마나 어려운가를. 다행히 편의점의 점원은 아르바이트 여학생이었다. 팬티에는 이미 혈흔이 묻어 있었다. 일주일이나 앞당겨진 생리 앞에서 나는 망연했다. 아랫배의 통증은 점점 격해졌다.

한강대교를 건널 즈음 그가 자신이 쓴 시를 읊어보겠다고 했다.

듣고 감상을 이야기해 달라는 것이었다. 꾸깃꾸깃 접힌 A4 용지를 펼치더니 그는 몇 번 헛기침을 하면서 분위기를 잡았다.

"첫눈. 전방에 날아온 위문 편지인 양 반가운 첫눈은 순희의 이마처럼 서늘해서……."

그는 한껏 분위기를 잡고 시를 낭송했지만 내 귀에 들어올 리가 없었다. 낭송이 끝나도 내가 아무 반응을 보이지 않자 그가 먼저 입을 열었다.

"어때? 작가 양반."

"글쎄요."

"제아무리 작가라도 역시 한 번 들어서는 잘 모르겠지? 다시 들어봐."

그는 처음부터 다시 시작했다.

"첫눈. 박수동. 전방에 날아온 위문 편지인 양 반가운 첫눈은 순희의 이마처럼 서늘해서 더욱 애달다. 산짐승의 울음조차 쾅쾅 얼어붙은 혹한 속으로 추억처럼 첫눈이 내린다. 첫눈이 내리면……."

장식적인 수사가 많고 감상이 여과되지 않은 시였다. 시 낭송이 끝나자 그는 나에게 어떠냐고 재차 물었다. "손질하면 더 나아지겠군요"라고 나는 건성으로 말했다. 그것은 상찬의 말도 질책의 말도 아니었지만 그의 얼굴이 환해졌다. 신바람이 난 그는 어디를 어떻게 고치면 좋겠느냐고 물었다. 구체적으로 조목조목 지적해 달라고 했다. 아랫배의 통증은 더욱 심해져서 날카로운 송곳으로 살을 후비는 듯했다.

"솔직한 얘기를 듣고 싶으세요?"

"괜찮으니까 솔직히 얘기해줘."

그는 집요했다.

"첫눈이라는 단어가 너무 많이 나오면 곤란하죠. 첫눈에 대한 가장 훌륭한 시는 첫눈이라는 단어가 하나도 안 나오는 거예요. 게다가 그 너절한 감상은 또 뭐예요? 엘리엇이 그랬어요. 시란 감정의 노출이 아니라 감정으로부터의 도피다. 아시겠어요? 감정으로부터의 도피. 저 같으면 아예 처음부터 다시 쓰겠어요."

"……."

그는 아무 말도 하지 않았다. 아랫배의 통증은 수그러들 기미가 없었다. 그는 낙담한 표정이 역력했지만 나는 아무 말도 하고 싶지 않았다. 그는 생각에 잠긴 듯 팔짱을 낀 채 눈을 지그시 감고 있었다. 잠시 후 그가 한숨을 내쉬며 베레모를 벗고 이마를 쓸어내렸다. 머리털이 듬성듬성했다. 모자를 벗은 그의 옆모습이 낯설었다. 집까지 오는 동안 내내 약속이라도 한 것처럼 그도 나도 입을 열지 않았다. 침묵 속에서 아랫배의 통증은 한층 선명했다. 집 앞에 도착했을 때 그가 나에게 '초보 운전'이라는 글자가 큼지막하게 박힌 안내판을 건넸다. 선물이라고 했다. 직접 만들었다고 했다. 프린터로 출력해서 코팅 처리한 것이었다. 나는 그동안 고마웠다고 말했다. 좀 심했나 싶은 마음이 들어 그에게 물었다.

"그런데 순희는 대체 누구죠?"

"내 마누라야."

그가 멋쩍어 하며 대답했다. 나에게 손을 한번 흔들고 나서 그는 주차된 차가 많아 비좁은 골목길을 능숙하게 빠져나갔다. 나는 근처 정육점에 들러 소고기 등심을 샀다. 평상시에는 거들떠보지 않다가도 생리 때만 되면 고기를 구워 먹는 버릇이 언제부터 생겼는지 나는 기억하지 못한다. 살코기는 윤기가 흐르는 게 육질이 좋아 보였다. 내친김에 슈퍼에 들러 상추와 깻잎도 샀다.

고기를 굽고 있는데 전화벨이 울렸다. 엄마였다. 안부 인사가 몇 마디 오간 뒤 이번 설에 고향에 내려올 거냐고 엄마가 물었다. 명절 때 집에 내려가면 엄마는 맞선을 보는 자리에 내 등을 떠밀었다. 나는 재작년부터 명절에는 고향 집에 내려가지 않았다.

"또 맞선 나가게 하려고?"

"네 아버지가 가족사진 찍자고 하신다."

"가족사진?"

"그래. 오빠네 식구들도 모두 올 거다."

"갑자기 가족사진은 왜?"

"가족사진 찍는데 이유가 필요하냐? 네가 짝 찾을 때까지 기다리다가는 영영 못 찍을 것 같아서 그래. 내려올 거지?"

"생각해볼게."

"생각은 무슨……. 무조건 내려와."

보기와 달리 고기는 질겼다.

페르난도 서커스단과 관계없고 페르난도 서커스단의 라라 양과는 더욱 관계없는 이 이야기는 사실 한 장의 그림으로부터 비롯된 것이다. 이를테면 그 한 장의 그림은 교훈도 없고 판타지도 없는 이 가난한 이야기의 모티프인 셈이다. 그것은 내 책상 바로 앞 창문에 붙어 있는 그림이다. 오렌지빛의 색채감이 강렬한 그 그림은 구도가 특이하다. 화면의 오른쪽 상단에는 줄을 입에 물고 위태롭게 매달려 있는 젊은 여자가 그려져 있다. 여자는 두 팔을 앞뒤로 벌려 가까스로 몸의 평형을 유지하고 있다. 인상파 화가인 드가는 여자들을 즐겨 그렸는데 그의 그림에 등장하는 여자들은 대부분 무용수이거나 매춘부였다. 그러나 그 그림들의 주인공은 무용수나 매춘부가 아니라 그들의 방심을 집요하게 파고드는 '시선'이었다. 화가의 시선은 냉혹했고 그림 속의 모델들은 속수무책이었다. 줄을 입에 물고 허공에 매달려 있는 페르난도 서커스단의 라라 양의 모습은 그것을 올려다보는 시선의 존재로 인해 더욱 위태롭게 느껴졌다. 그 그림을 표구점에서 우연히 접했을 때 나는 타인들의 고압적인 시선에 갇힌 한 여자의 운명을 보았다. 그 여자는 타인들의 시선 속에서 올라가지도 내려오지도 못하고 허공에 매달려 있을 뿐이었다. 추락하지 않기 위해 이를 악문 채.

다음 주에는 설이다. 고향에 내려갈지 말지 나는 아직 마음을 정하지 못했다. 그가 교회 소식지를 보내왔다. 소식지 1면에는 '첫눈을 맞으며'라는 시가 실려 있었다. 그의 아들이 어떤 노래를 즐겨듣는지, 그의 아내가 어떤 브랜드의 옷을 좋아하는지, 그의 딸들이 몇 평짜리 아파트에 사는지, 그의 손주들의 장래희망이 무엇인지 알고 있는 나는 그러나 정작 그가 어떤 사람인지 잘 모르겠다. 첫눈을 소재로 한 그의 시는 한강대교를 건널 때 들려주었을 때와 크게 달라지지 않았다. 첫눈이라는 단어가 줄어든 것 같기도 했다. 요 며칠 큰눈이 몇 차례 내렸다. 연수를 마치자마자 차를 몰고 세차장으로 달려간 성의가 무의미해지고 말았다. 코팅된 드가의 그림이 부착된 창문을 열면 친구가 넘겨준 프라이드가 훤히 내다보인다. '초보 운전'이라는 글자가 선명했다. 저 차를 몰고 고향에 내려가면 가족들이 뭐라고 할까 상상하다 나도 모르게 피식 웃고 만다.

제목을 「페르난도 서커스단의 라라 양」이라고 붙여놓고 첫머리에
서 작가는 능청을 떤다, 이 이야기는 페르난도 서커스단의 라라 양
과는 관계없는 이야기라고. 그러나 끝에 가서 보면 작중 화자의 방
창문에 인상파 화가 드가의 그림 〈페르난도 서커스단의 라라 양〉이
붙어 있다(246p 그림 참조). 이 그림에 대해 화자는 "줄을 입에 물고 허
공에 매달려 있는 페르난도 서커스단의 라라 양의 모습은 그것을 올
려다보는 시선의 존재로 인해 더욱 위태롭게 느껴졌다"라고 말한다.
화자는 이 그림에서 "타인들의 고압적인 시선에 갇힌 한 여자의 운
명"을 보고 그것을 "타인들의 시선 속에서 올라가지도 내려오지도
못하고 허공에 매달려 있을 뿐"이라고 묘사한다. 이 그림은 이빨로
밧줄을 물고 아찔한 높이까지 올라간(자기가 올라간 게 아니라 도르
래 너머로 밧줄이 잡아당겨진 것이지만) 곡예사를 밑에서 쌍안경으

로 바라보고 그린 것이다. 그러니까 실제로 이 여자는 올라가는 중일 수도 있고 일시적인 정지 상태일 수도 있으며 정지 이후에는 더 올라가거나 다시 내려올 수도 있는 것인데 이는 어디까지나 실제 상황이 그렇다는 것이고, 그림은 정지 순간의 동결이므로 그림 속의 여자에게는 화자의 묘사가 썩 어울린다. 아니, 이미 그림이라는 것 자체가 시선에 의한 포획이니 화자의 묘사는 더없이 적확한 것이랄 수도 있다.

중요한 것은 화자가 그림 속의 라라와 자신을 동일시하고 있다는 점이다. 화자는 서른네 살의 독신녀로서 작가인데, 휴대전화도 자동차도 신용카드도 남편도 없이 의도적인 결핍의 삶을 살고 있다(거기서 자부심을 느끼면서). 그런 화자에게 갑자기 자동차가 주어지고 운전을 하지 않으면 안 되는 상황이 닥쳐든다. 그래서 화자는 도로 주행 연수를 하게 되고, 소위 프리랜서 드라이버라는 박수동(환갑이 넘었으니 노인이라고 해야 하나?)에게 연수를 받게 된다. 박수동의 삶은 진부하고 상투적인 삶이다(마치 그가 썼다는 시가 그런 것처럼). 박수동이 보여주는 가족사진에서 화자는 자신의 아버지를 연상한다. 화자의 가족사진은 대부분 아버지가 찍었고 그래서 사진 속에 아버지는 없고 대신 아버지의 시선만이 있다. 그렇다, 시선이다. 라라 양에 대한 고압적인 시선은 바로 화자에 대한 아버지의 시선, 혹은 화자가 아버지에게서 느끼는 시선인 것이다. 그 시선이 요구하는 것은 흔히 하는 말로 상징적 거세인 것이고, 화자는 그 거세를 거부하는 것이다. 이 거세의 내용은 상투적 세계로의 편입이다. 그러니 연수 마지막 날, 다시 말해 그 편입의 첫발을 디딘 날, 화자가 격심한 생리통을 겪는 것은 자연스러운 일이다. 마치 라라 양이 "추락하지 않기 위해 이를 악무"는 것처럼.

그림과 화자의 관계가 밝혀지는 끝부분에 가서 앞에서 펼쳐진 운전 연수 이야기가 한꺼번에 다른 이야기로 모습을 바꾼다. 모자이크 조각들이 순간적으로 흩어졌다가 재조직되듯이 말이다. 여기에 이 작품의 묘미가 있다. 페르난도 서커스단의 라라 양과는 관계없는 이야기가 일순간에 페르난도 서커스단의 라라 양(그리고 라라 양과 동일시되는 작중 화자) 이야기로 바뀌는 장면에서 강력한 설득력이 생겨나는 것이다. 예리한 위태로움의 느낌과 함께.

　아마도 이 모든 것은 작가의 계산 속에 들어 있는 것이리라. 그런데 혹시 작가는 이 모든 것을 함정으로 설치해놓은 것이 아닐까. 함정 너머에 자신의 더 은밀한 의도를 숨겨놓은 채 말이다. 그렇더라도 우리는 일단 여기서 멈추어야겠다.

Edgar Degas, 〈페르난도 서커스단의 라라 양〉

여름휴가

전경린

1962년 경남 함안에서 태어나 경남대 독문과를 졸업했다.
1995년 《동아일보》로 등단했으며, 소설집으로 『염소를 모는 여자』
『바닷가 마지막 집』, 장편소설로 『아무 곳에도 없는 남자』
『내 생에 꼭 하루뿐일 특별한 날』 『난 유리로 만든 배를 타고 낯선 바다를 떠도네』
『열정의 습관』 『검은 설탕이 녹는 동안』 등이 있다.
1996년 한국일보문학상, 1997년 문학동네소설상,
1999년 이수문학상 등을 수상했다.

여름휴가

    고속도로 톨게이트를 빠져나와 T읍 방향으로 국도를 따라가다가 늙은 수양버들이 늘어서 있는 읍의 초입에서 좌회전 신호를 받고 철도 건널목을 지났다. 그리고 어둠 속에 물안개가 부옇게 피어오르는 하천 둑길을 따라 가다가 좌회전 해 시멘트 다리 위로 올라섰다. 모든 것이 Y가 일러준 그대로였다.

    묘정은 다리 한가운데 차를 세우고 차창을 열었다. 참외 썩는 냄새와 더운 물비린내가 울컥 들어왔다. 다리 아래서 검은 하천 물이 쿨럭쿨럭 소리를 내며 흘렀다. 담과 처마 사이로 흐릿한 불빛이 새어나오는 마을 집들을 지나 숲길을 따라 들어가면 5층짜리 아파트 몇 동이 숨어 있을 것이다.

    아이들은 목이 꺾인 채 배를 내밀고 잠들어 있었다. 내려오는 사이사이 휴게소에서 먹은 음식이 아이들을 더 고단하게 만들었을 것이다. 묘정은 몸을 뒤로 기울여 피자롤과 감자튀김과 핫도그와 탄산음료가 장을 가득 채우고 있을 아이들의 배를 쓰다듬었다.

"다 왔어."

"아빠 집이야?"

작은아이가 덜 깬 얼굴로 잠꼬대처럼 중얼거렸다. 일곱 시간 동안 달려온 뒤였다. 들뜬 작은아이에 비해 큰 아이는 난감한 표정을 지었다.

묘정은 Y에게 전화를 걸었다. 통화는 간단했다. 그는 5층 계단을 내려올 것이다. 헤드라이트에 언뜻 비친 마을의 집들은 저마다 곰팡내 나는 빈방들을 안고 있는 듯 캄캄하고 적막했다. Y는 지난 몇 년 동안 해마다 집을 옮겼다. 그때마다 변두리로 나가더니, 결국은 시골 소읍까지 밀려났다. 일을 하고는 있었지만, 그것이 늘 도모 중이기만 해서 막상 뚜껑을 열면 결과는 없었다. 8개월 도모해 시작하면 한 달 만에 끝이 나는 식이었다. 마지막에 동업자에게 배반당하다시피 사업을 실패한 후로는 크게 한번 터뜨려 만회할 생각뿐 차근차근 일할 줄을 모르게 되었다. 그러니 아이들 양육비를 보내주겠다던 약속도 지키지 못했다. 3년 사이에 세 번 받은 게 다였다.

차를 세우자 아들은 냉큼 내려 아빠에게로 달려들었다. 부자 상봉 뒤에 좀 어색한 부녀 상봉이 이어지는 사이, 묘정은 곁눈으로 Y를 흘깃 보았다. 이번에도 묘정은 허방을 딛는 듯 놀랐다. 얼굴은 표나게 변하는 것 같지 않은데, 해마다 키가 줄어드는 것 같았다. 저렇게 작았었나……. 적어도 함께 살 때는 작다는 생각은 해본 적이 없었다. 묘정과 세상 사이를 가로막고 선 가늠되지 않는 높이의 벽이었고, 조금 비켜놓을 수도 없는 압도적인 무게로 버티던 태산이었고, 밖으로 나갈 수 없었던 긴긴 울타리였고, 세상으로부터 바랄 수 있

는 모든 것이 오직 그를 통해서만 오던 유일한 통로였고 희망이었
다. 그렇게 때문에 한편으로는 여지없는 절망이기도 했다.

　아이들 가방을 양손에 들고 계단을 올라가는 Y의 뒷모습을 묘정
은 유심히 보았다. 약간 휘어진 등과 허리와 엉덩이, 그 사이에 Y의
키를 접어 넣는 비밀 장소가 있을 것만 같았다. 그곳에서는 돌이킬
수 없는 슬픔이 푸른 독이 되어 척추의 연골들을 녹일 것이다.

　묘정은 뒤돌아 떠나고 싶은 마음을 누르며 Y의 집으로 들어섰다.
실내의 공기엔 모기향과 칼칼한 곰팡이 냄새와 퀴퀴한 먼지 냄새 외
에도 뭐라 말하기 힘든 상실과 슬픔과 원한의 냄새가 끈적하게 배어
있었다. 어딘가에 영원히 사라질 수 없는 수천 필의 폐비닐이 채곡
채곡 쌓인 채 허옇게 부식되고 있는 느낌……. 환기를 위해서인지
방 문들을 활짝 열어놓았고 잡동사니를 쌓아놓은 베란다 문도 열려
있었다. 두 개의 사용하지 않는 방엔 여전히 옛날 살림살이들이 가
득했다. 묘정이 버리고 갔던 장롱과 화장대와 서랍장, 카펫과 커튼,
아이들 책상과 책장, 봉제 인형들과 운동기구들과 장난감, 부엌살림
들과 등나무 의자들과 소파, 벽에서 내려진 거울과 액자들……. Y는
한 칸 방만 쓰지만, 늘 짐을 넣을 두 개의 방을 더 얻곤 했다. 그러느
라 시골 읍으로까지 밀려 나오면서도, 미련스러운 고집을 버리지 않
는다.

　묘정은 못 본 척했다. 묘정이 제 아픔에 급급해 미처 헤아리지 못
했던 어떤 격렬한 아픔이 Y로 하여금 짐들을 끌고 다니게 할 것이
다. 그게 다 삭아 없어졌을 때에야 짐들도 사라질 것이다. 그리고,
짐들이 사라진 뒤엔 지금 Y가 받쳐주고 있던 아픔이 묘정의 몫으로
고스란히 돌아오고 말 것이다.

　아이들은 여름방학 기간의 2주 동안 아빠와 함께 보내기로 했다.

아들은 즐거워하지만, 딸은 난감해한다. 이제 아빠를 어떻게 대해야 할지 모르겠어……. 떠나기 전에 딸아이는 그렇게 말했었다. 아마 내년 여름엔 아빠에게 오려 하지 않을지도 모른다.

묘정은 Y가 내준 차를 마셨다. 그의 손등과 팔에 모기 물린 자국들이 나 있었다. 묘정은 차 한 잔을 다 마시지 못하고 나섰다. 여동생에게 갈 길이 멀다는 핑계를 대고. 아이들이 작별인사를 했다. 아들의 얼굴엔 어색한 슬픔이, 딸의 얼굴엔 막막한 저항감이 어려 있다. Y는 내다보지 않았다. Y는 묘정이 돌아서자 기다렸다는 듯 곁눈으로 묘정의 뒷모습을 쳐다보았다. Y의 눈에 놀라움이 어렸다. Y 역시, 묘정이 그의 뒷모습에서 발견한 것을 보고 있었다.

다리 위에서 묘정은 차를 세우고 두 손으로 가슴을 눌렀다. 손바닥에 피가 흥건하게 고이는 듯했다. 장판도 다 여미지 못한 어둑한 방 안에 주린 짐승처럼 놓여 있던 빈 장롱과 서랍장, 거울이 흐릿한 화장대, 둘둘 말린 채 세워진 카펫과 커튼들, 커다란 봉제 인형들과 빈 책상과 거꾸로 쟁여져 있던 등나무 의자들……. 하나하나, 묘정과 눈이 맞아 그녀의 집 안에 들어선 것들이었다. 그녀의 계획 속에서 자리 잡고 질서를 유지하고, 그녀의 시선과 손길과 음성과 호흡을 흡수하며 빛을 내고 숨을 쉬고 무슨 생각이라도 하듯 저마다의 추억과 감정을 저장해온 사물들……. 버림받은 사물들은 묘정의 인기척 없이 천 년도 더 고집을 부리며 존재할 수 있을 것 같았다. 묘정은 버려진 것을 힘껏 밀어 바다로 내밀어 보내듯 힘주어 차를 출발시켰다. 현실을 과거로 만드는 결단, 그 외에는 삶을 바꿀 방법이 없었다.

교육 공무원인 여동생은 신도시에 아파트를 분양받아 살고 있었다. 정리정돈과 청소에 강박증이 있는 여동생 집은 모든 내용물이 안으로 수납되어 호텔처럼 텅 비어 있었다. 살림을 깔끔하게 감출 수 있는 것이 자존심이라는 사실을 묘정은 새삼 깨달았다. 그녀는 취직하면서부터 독립해 서른두 살이 되도록 독신이었다. 이마와 볼이 동그랗고 눈이 커다란 여동생은 조용한 듯 하지만 2년 전엔 유부남과 연애를 해 양쪽 집이 발칵 뒤집힌 적도 있었다. 다행이 간통 고소까지 당하지는 않아 직장은 잃지 않고 넘어 갔었다. 부모를 대신해 장녀인 묘정이 남자를 만나러 갔었다. 남자는 동생에 비해 키가 작고 체구도 얇고 눈 코 입도 작고 날렵했다. 묘정은 그에게 엄마 아버지의 당부를 전했다. 그는 헤어지라는 청을 거절하며 몇 년이 걸리든, 꼭 이혼하고 동생과 결혼하겠다고 결심을 밝혔다.

샤워를 하고 몇 마디 안부를 서로 묻고 나니 벌써 자정이었다.
"작은언니, 내일 올 거 같아. 또 눈이 빠지게 맞았대."
굳이 자신의 침대를 내주고 선풍기에 예약 타이머를 누른 여동생은 지나가는 말처럼 툭 던지고 작은 방으로 건너갔다.
묘정은 화장대 서랍을 다시 열어보았다. 조금 전 거울로 쓰기 위해 뚜껑을 들어올렸을 때 본 콘돔 상자가 그대로 있었다. 상자를 열어 세어보니, 네 개가 비었다.

다음날 여동생이 출근해버린 빈집에서 깨어난 묘정은 맞은편 벽에 걸린 액자의 그림을 오래 바라보았다. 보나르의 〈전원의 식당〉. 그 그림은 처녀 시절 묘정의 침대머리에 걸려 있었던 그림이었다. 붉은 벽과 활짝 열린 창문, 출입문 밖은 일년초들이 꽃을 피운 뜰이고 그 너머는 낮은 숲, 그 너머에는 강인지, 호수인지 푸른 물이 가득했다. 그리고 식탁 위엔 디저트가 담긴 접시 둘, 장식장 위엔 칸나 같은 붉은 꽃이 꽂힌 화병, 문 바깥을 향해 놓인 흔들의자엔 고양이 한 마리, 창틀엔 집 바깥에서 고양이에게 말을 거는 상냥한 보나르 부인……. 원하기만 한다면, 나중에 그런 식탁쯤은 가질 수 있으리 라고 믿어 의심하지 않았던 시절이었다.

그 식탁에 날마다 음식을 차리고, 그 자리에 앉아 편지를 쓰고 전 화를 받고 남편과 밤에 차를 마시고 가족의 기념일을 달력에 표시하 고 선물을 포장하고 여행을 계획하리라고 꿈꾸었다. 그런 식탁을 중 심에 둔 삶은 잘못될 리가 없다고 생각했었다.

무엇이 어디에서부터 어긋났을까……. 삶이 주무르는 대로 머리 를 들이밀고 호락호락 반죽되지 못한 것이 잘못이었을 것이다. 삶에 대해 미리 상상하고 꿈꾸었던 것이 잘못이었을 것이다. 그러나 균열 의 뿌리는 질기고 독하게 그들을 끌고 갔다. Y와의 첫 만남으로, 만 남 이전 각각의 성장기로, 각각의 출생으로, 출생 이전으로……. 그 리고 그들의 생이 끝날 때까지, 생이 끝난 뒤에도 얼마든지 끌고 갔 다. 피할 수 없었던 일인 것이다. 운명의 내부에 씨앗처럼 박혀 있었 던 프로그램이었다.

마루와 부엌 사이를 서성이며 커피를 세 잔이나 마신 뒤 언젠가 가본 적이 있는 근처 강가에 나가보기로 했다. 곧 비가 올 것 같이 흐린 날씨였다. 마분지로 만든 것 같이 얄팍하고 각진 신도시는 비 를 맞으면 가만히 녹아버릴 것만 같았다. 묘정은 신도시를 빠져나가 외부순환도로를 타고 구도시 쪽으로 달렸다.

강 상류 쪽에 옛날엔 나루집이었다는 조그만 찻집이 하나 있었다. 긴 진입로에 먼지와 거미줄을 잔뜩 뒤집어쓴 희부연 측백나무들이 서 있고 근처 밭엔 배추와 시금치가 잔설에 발을 묻고 있었다. 3년 전 겨울 오후였다. 별사탕 모양의 녹색 열매가 다닥다닥 붙어 있는 측백나무들을 지나가니 잔디 덮인 마당에 비치 테이블과 의자들이 뒤집어져 있었다. 인적이라곤 없어 장사를 하는지 의심스러웠지만, 차가운 강바람에 쫓겨 묘정은 무거운 나무 문을 밀었다.

테이블 세 개가 간신히 놓인 좁은 실내에도 의자들이 쓰러져 있기는 마찬가지였지만 공기는 따스했다. 스토브에서 김이 올라오고 오디오에서는 한영애의 노래가 흘러나왔다. 머리를 중학생 남자애처럼 골격에 바짝 붙여 자른 여자 하나가 강이 흘러가는 창가 자리에 오도카니 앉아 담배를 피우고 있었다. 눈자위와 볼이 붉게 부어올라 있었다.

쉰 살을 살짝 넘겼을 여자는 넘어진 일인용 소파 하나를 세우고는 묘정을 앉혔다. 묘정은 모과차를 주문했다. 차를 가져온 여자는 묘정이 앉은 소파를 창가 쪽으로 바짝 당겨주었다. 강의 얼음덩이 위에 청둥오리들이 앉은 채 둥둥 떠내려가는 게 보였다. 커다란 해오라기는 강 가장자리에 발을 담그고 물밑을 골똘히 내려다보고 있었다. 그 새 때문에 강은 더욱 깊은 정적에 잠겨 있었다.

"애들 아버지가 왔다 갔어."

눈이 마주치자 찻집 여자가 이해하라는 의미를 던지며 실내를 눈으로 가리켰다. 마치 속을 터고 지내온 친구를 대하듯 했다. 여자와 앉아 있는 동안 두 통의 전화가 왔고 한 명의 낚시꾼이 컵라면을 먹기 위해 끓인 물을 얻어 갔다. 남편에게 얻어맞은 뺨이 다 식지도 않은 채 여자는 교태를 떨며 남자들의 전화를 받았고 낚시꾼에게 김치를 담아주며 눈웃음을 지었다.

여자는 쉰세 살이라고 했다. 한때 은행원이었던 남편은 뇌물 수수에 걸려 계속 내리막길을 걷다가 마지막엔 곰탕집을 열었다가 완전히 끝장이 났다. 남편은 채권자에게 넘어가버린 집에 아직 살고 있고, 큰아들은 대학 근처에서 하숙을 하고, 작은아들은 군대에 가 있고, 그녀는 강가의 오두막 찻집에서 살며, 장사도 하고 낚시꾼들과 연애도 하며, 세월을 보낸다고 했다. 주방 뒤에 침대 하나 겨우 들어가 있는 어두운 침실이 있었다.

이런 외딴 곳에서 자면 무섭지 않으냐고 물으니, 가진 것 하나 없으니 겁나는 게 없다고 대답했다. 차라리 망하고 나니, 걸리는 거 없어 좋다고……. 이왕 이 꼴이 되었으니 하는 말이지만, 전 재산 자진 헌납하고라도 사볼 만한 자유라고 했다. 천 원 한 장을 내줄 때도 계산기를 두드리는 좀팽이 남편에게 매여 세숫물에 익사해 죽을 인생인 줄 알았는데, 말년에 이렇게 남자들한테 사랑받고 살 줄 상상이나 했겠느냐고 부어오른 볼이 아프도록 깔깔깔 웃었다.

이제 쉰 살 중반도 넘었을 것이다. 마른 갈대가 솜털처럼 따스해 보일 강가를 걷다가 아직 오두막 찻집이 있으면, 불쑥 들어가 보아도 좋을 것이었다.

박물관에 들어선 건 뜻밖이었다. 구도시를 몇 바퀴나 빙빙 돌았으나 끝내 강으로 나가는 출구를 찾지 못한 채 그만 박물관 방향으로 들어오고만 것이었다. 묘정은 박물관 주차장에 차를 세우고 내렸다. 야외 스피커에서는 거문고 산조가 흘러나오고 있었다. 강이나 박물관이나, 시간만 좀 보내면 될 뿐 상관은 없었다.

날씨가 흐려서인지 인적이라고는 없었다. 거대한 적벽돌 건축물은 무덤처럼 공허해서 속이 빈 악기 같았다. 박물관 회랑의 정적 속으로 발을 딛자 새하얀 샌들이 바닥을 밟는 소리가 또각또각 울렸다. 울림이 밖으로 나가지 못하고 빙빙 돌며 공명 현상을 일으켰다.

회랑 곁 야생 정원에 개망초꽃이 새벽 같은 부연 밝음 속에서 꿈처럼 흔들리고 있었다. 저 멀리 회랑이 끝나는 어둠 속에 티켓을 파는 조그만 여자가 인형처럼 앉아 있었다. 또각또각……. 두꺼운 벽 안에서 나선형으로 휘도는 샌들의 무거운 울림소리는 묘정을 다른 곳으로, 점점 더 다른 곳으로 이끌고 갔다.

아홉 살 무렵, 작은아이는 밤에 잠자는 동안 나무들이 다른 곳으로 갔다가 온다고 믿었었다. 가구들도 자리를 바꾸고 인형들도 외출한다고 상상했다. 낮 동안과 다른 일들이 밤에 일어나고 물건들도 낮과 밤에 각각 다른 역할을 한다고 상상했다. 그래야 나무들은 다른 나무들을 만날 수 있고, 가구들은 역할에서 벗어날 수 있고, 낮 동안 노동한 물건들도 밤의 유희를 통해 보상을 받을 수 있다고 했다. 작은아이는 아빠와 엄마도 자신이 잠든 밤엔 낮과는 퍽 다른 일을 할 거라고 추측하는 듯했다.

아이들이 잠든 뒤부터, 아이들이 잠 깨기 전, 밤이 가장 깊숙한 새벽 한 시부터 네 시까지……. 10개월여 동안 묘정은 뿌리를 뽑고 나가는 나무처럼 밤이면 다른 곳을 헤매었다. 묘정의 발소리는 밤의 계단을 울리고, 골목을 울리고, 아스팔트길을 초조하게 울렸다. 사람들이 잠든 거리는 밤이라는 악기의 거대한 내부 같이 공명 현상을 일으키며 다른 골목과 다른 계단들과 다른 거리로 가서 부딪치고 다시 울렸다. 집에서 가장 가까운 모텔은 비상문을 들어서서 한 층을 오르면 그때부터는 붉은 카펫이 깔려 있었다. 그것을 밟는 순간 묘정의 두 발은 녹아 거품이 되는 듯했다.

마지막 날 밤에도 사랑을 나눈 남자는 깊은 잠에 빠졌다. 그와 함께 옆방에서는 뒤치는 소리가 나기 시작했다. 옆방 젊은 여자는 머리카락이 뽑히는 듯한 얄팍하고 신경질적인 신음 소리를 냈다. 여자의 몸이 마구 밀리는 소리가 나고 끝이 나는 듯 하더니, 뒤이어 옆방 남녀가 다투기 시작했다. 아직 응석이 남아 있는 젊은 남자는 좀 다르게 해보자고 조르고 여자는 아파서 싫다고 거절하기를 계속했다. 그런 틈틈이 짧고 신경질적인 여자의 신음 소리가 났다.

새벽 세 시경이었다. 묘정은 잠든 남자의 가슴에 얼굴을 묻었다. 그날 따라 남자는 유난히 연약해 보였다. 어깨도 좁고 가슴도 작고 살은 물렀다. 남자는 다음날 또 고단한 하루를 보낼 것이고 묘정도 마찬가지였다. 늘 그랬듯이 완전히 이완되어 넋이 빠져나간 듯한 남자에게 묘정은 또 보자고 속삭이고 반쯤 벌어진 입에 입을 맞추어 작별했다. 복도로 나갔을 때 옆방 남녀는 아직도 투닥거리고 있었다. 묘정이 붉은 카펫이 깔린 계단을 다 내려갔을 때 여자의 날카로운 비명이 새어 나왔다.

모텔을 나오니 이슬이 맺히는 축축한 공기 속에 찔레꽃 내음이 새하얀 망사 너울처럼 얹혀 있었다. 5월이었다. 세 시 사십오 분의 깊은 어둠 속으로 묘정의 샌들 소리가 또각또각 울렸다. 산부인과와 수예점과 마트와 부동산 중개소들과 화장품 가게와 미장원, 비디오 가게와 구두 수선집과 중국집과 유리집들이 있는 상점 거리를 초조하게 걸었지만 무엇인가 뒤에서 당기기라도 하는 듯 나아가기가 힘겨웠다. 약국과 문구점과 사진관과 금은방과 PC방……. 어느 지점에서 리플레이라도 되는 것처럼 묘정은 상점 거리를 벗어나지 못했다. 이상한 밤이었다. 샌들이 바닥에 닿을 때마다 거대한 악기를 타건하듯 육중한 공명 현상이 일어났다. 찔레꽃 내음은 더욱 짙어져 바로 머리 위에 꽃 너울을 이고 질질 끌며 가는 듯했다. 서두르느라 묘정의 걸음이 리듬을 잃고 허둥댔다. 요의가 엄습했다.

묘정이 간신히 피아노학원 근처에 왔을 때 남자 둘이 맞은편 건강원 가게 앞에 서 있는 것이 보였다. 묘정은 순간적으로 피아노학원 앞을 지나쳐버렸다. 마을 피아노학원 선생이 밤이슬을 맞고 다니더라는 소문을 내고 싶지는 않았다. 묘정은 이제 쇳덩이처럼 무거워진 샌들을 끌고 산 쪽으로 올라 풀이 무성한 공터로 달려들어 갔다. 공터 끝 플라타너스 나무 뒤에 찔레꽃 덤불이 하얗게 형광빛을 발하고 있었다. 풀은 이슬에 흠씬 젖어 묘정의 치맛단이 금세 다 젖었다. 묘정은 플라타너스 뒤에 몸을 숨기고 속옷을 내렸다. 찔레꽃 덤불 속에서 굴뚝새들이 후다닥 자리를 바꾸었고 그때마다 이슬이 머리 위로 후두둑 떨어졌다. 그리고 찔레꽃 내음이 붉은 젖내처럼 뭉클 흘러나왔다.

참았던 오줌이 새어 나오자 묘정의 체온이 빠르게 하강했다. 이마에 이슬이 툭툭 떨어질 때 하나의 예단이 몸 중심을 베듯이 서늘하게 지나갔다.

밤이슬을 맞는 외출은 그렇게 끝이 났다. 남자는 묘정이 오지 않는 모텔방에서 전화를 해 묻고 또 물었다. 오지 못하는 이유를 설명해 달라고. 어떻게든, 무슨 말로든 자신을 좀 납득시켜 달라고. 묘정은 도무지 대답할 수 없었다. 마을의 그 모든 벽에 부딪쳐 반향하던 샌들의 무거운 울림, 망사 너울 같이 끌리던 찔레꽃 내음, 치맛단을 적시던 밤이슬, 풀잎들의 뿌리로 스며들어간 숲속의 배뇨, 빠르게 하강하던 체온…… 그런 것들이 떠올랐다가 흩어져갔다. 묘정은 간신히 입을 열었다.

"발소리가 너무 무거워 갈 수가 없어요. 피아노 배우러 오는 아이들이, 내게 말했지요……. 내가 치는 피아노는, 건반 위에 빗방울이 떨어져 저절로 울리는 소리 같다구요. 내 발소리가 너무 무거워서, 그래서 그래요…….”

박물관의 특별 전시실엔 ‘선사시대부터 통일신라까지’가 기획 전시되고 있었다. 그곳에서 묘정은 뜻하지 않게 고향과 마주섰다. 옛 아라가야 지역이었던 읍내 전경이 파노라마 기법으로 찍혀 있고 넓은 들 한가운데에 솟은 머리산은 헬기로 위에서 찍어 특별히 확대해 놓았다. 아라가야의 시조가 이 머리산에서 등장했고, 역대 왕들이 이 산에 묻혔다. 거대한 봉분들마다 일련번호들이 붙어 있었는데, 그 중 제34호 고분은 봉토 지름이 34.5m, 높이가 9.7m로 가장 큰 규모의 왕릉이었다.

무덤 속엔 미늘쇠와 덩이쇠 같은 풍부한 철기가 부장되어 있는데, 최근 고분군 끝 자락에 있는 마갑총에서는 고구려 벽화에 그려진 것과 같은 말갑옷이 출토되었고, 성산패총에서는 목관이, 제8호 고분에서는 다섯 사람의 순장 유골이 확인되어 더욱 관심이 높아졌다고 소개되어 있었다.

글자들을 읽으면서도 묘정의 머릿속엔 읍사무소 전경만 선연했다. 고향은 이제 읍사무소와 그녀 사이의 긴장으로 함축되었다. 공자工字 모양의 굽다리 접시와 불꽃 모양의 창을 낸 굽다리 접시 앞에서 묘정은 걸음을 멈추었다. 어린 시절 마당가에 뒹굴던 그릇들이었다. 묘정은 토기들로 소꿉놀이를 했었고 엄마는 줄지어 놓아 화단 턱을 만들기도 했고 할머니는 재떨이로 썼으며 그 중 말짱한 것들은 장독이나 아버지 방 장식대 위에 놓여지기도 했다. 묘정은 뒷마당에 쪼그리고 앉아 공자 모양의 어둑한 굽다리 창에 눈을 붙이고 반대편 창과 프레임을 맞추며 그 너머의 봄과 여름과 가을과 겨울들을 보려

애썼었다. 1500여 년의 시간을 지나가는 창인 줄도 모른 채, 어린 묘정은 불꽃 무늬 창 너머로 현실이 아득히 함몰되는 시간의 마술을 즐겼었다.

　박물관을 빠져나왔을 때, 빗방울이 떨어지고 있었다. 빗방울 사이로 거문고 산조가 여전히 울렸다. 묘정은 가슴이 뻐근해지는 가벼운 협심증 증세를 느꼈다. 머릿속에서 읍사무소 전경이 지워지지 않았다. 탱자나무 담과 가운데에 전형적인 관공서 정원을 조성한 자갈 깔린 마당과 늘 물걸레질이 되어 있어 미끄러운 사무소 바닥과 허리 위까지 올라오던 차가운 시멘트 턱과 서류 냄새와 커다랗게 소리를 지르며 아는 사람을 맞이하는 쾌활한 공무원들과 울려대는 전화벨 소리, 그리고 친척이거나 아버지 동료이거나 이웃이거나, 엄마의 계원이기 마련인 너댓 명의 민원인들…….
　그곳엔 아버지의 호적부가 있고 묘정은 불명예스럽게도 서류를 더럽히며 되돌아가 있었다. 읍사무소 직원의 삼촌인 이웃 사람으로부터 묘정의 이혼 소식을 듣게 된 아버지는 이혼한 딸은 친정에 발을 들이지 않겠다는 원칙을 밝혔다. 아버지는 딸의 이혼 소식을 부끄러워했고 자신의 호적이 더럽혀진 것을 용서하지 못했다.

　"그 꼴로 운전을 해오다니, 앞이 보이기는 하니?"
　"한쪽으로 보는 거야."
　여동생의 한쪽 눈은 자주색 피멍이 든 채 흉하게 부어올라 있었다.
　"어떻게……."
　묘정은 말을 이을 수가 없었다. 가늘고 긴 목과 유난히 흰 팔과 다리, 곳곳에 피멍 얼룩이 들어 있었다. 전체적으로 여리게 생긴 묘정과 달리 이목구비가 또렷해 처녀 시절엔 딸들 중 제일 예뻤는데, 자주 맞다보니 코뼈와 광대뼈가 솟아 인상을 사납게 만들어놓았다. 어릴 때부터 짐승처럼 본능적이고 쾌활하고 다정하고 때로는 사나운 애였다.

"그 인간이 유리컵을 던졌는데, 피하지를 못하고 눈에 정통으로 맞아버렸지 뭐야. 이번엔 하도 더러워서 비는 시늉도 하지 않고 마음대로 해보라고 들이밀었더니, 진짜 잡아먹을 개 패듯 가리지 않고 차고 밟고 패더라……. 정말 내가 개였어."

"신발 가게는 어떻게 했니?"

"닫아두었어. 이 꼴로 어떻게 나가겠어. 가게 하지 말라더라. 아파트 분양받은 중도금을 내가 애들 실내화 팔고 아줌마들 슬리퍼 팔아서 차곡차곡 넣는데도 고마운 줄을 몰라. 내 돈은 돈인 줄도 모른다구. 가게도 하지 말고, 술도 한 잔 마시지 말고, 친구도 만나지 말고, 친정도 가지 말고, 죽은 듯이 집구석에만 들어앉아 있다가 퇴근해오면 제 시중이나 착착 들고, 시댁에나 잘하라는 거야. 겨우 입에 풀칠이나 하게 벌어다 주는 주제에, 종을 부리는 왕처럼 살려고 해. 쪼들리면 아이들 학원도 보내지 말고 보험도 해약하고 집도 늘이지 말고 콧구멍 같은 집에서 평생 살재. 그냥 눈도 코도 생각도 없는 무뇌아처럼 살라는 거야."

묘정은 그 남자 뜻대로 사는 게 그리 어려우냐고 물을 수 없었다. 사랑만 있으면 되는 일이지만, 사랑이 없으면 결단코 안 되는 일이었다. 눈 맞아 희희덕대던 젊은 한때는 가진 것 없이도 그렇게들 살았지만 젊음도 사랑도 통장의 돈처럼 탕진되고 만다. 잔액이 없는 통장처럼 소통 불능, 지급 불능이다.

"이번엔 왜 그랬어?"

"마시지 말라는 술 마셨다고. 딱 생맥주 500cc 두 잔 마시고 개 맞듯이 맞은 거야. 아들 데리고 재혼한 친구가 가게에 찾아와서 힘들다고 울지, 마침 잘 아는 사람이 생맥주집을 개업해 인사라도 해야했지……. 그렇게 되니, 조심해야지 하면서도 마시게 되었지 뭐야. 한 잔 마시니, 또 한 잔 마시게 되고 안 마시던 술이라 왈칵 취해버렸고……. 그런데, 그럴 수도 있는 거 아냐. 마누라 몸이 지 거야? 마누라라는 여자는 제 기분에 입각해서, 제 이유에 입각해서 술도 못 마시냐구? 이따금 취하면 안 되냐고? 다른 집들은 마흔 가까이 되면 좀 풀어준다는데, 이 인간은 나이가 들수록 더해. 마누라를 개패듯 패고, 저는 밤이라고 침대에 뻗어져 코를 골고 자는데……, 정말 식칼 잘 갈아서 심장에 콱 찔러 넣고 싶더라."

여동생이 울기 시작했다. 폭력을 쓰는 남자들은 모를 것이다. 여자들이 그 한 대 한 대를 얼마나 잊을 수 없어 괴로워하는지를. 묘정도 몇 번인가, Y에게 돌아가려 한 적이 있었다. 그러나 묘정의 발목을 붙든 것은 폭력의 기억이었다. 몸이, 내장이, 골수가 용서하지 않았다. 마음이 돌아갈 수 없는 섬처럼 몸에 포위되어 있는 줄을 Y는 모를 것이다.

"이러고 산 게 십 년이야. 이젠 그 인간 용서가 안 돼. 내 몸이 그 인간에게 진저리를 친다구……. 이웃집 남자가 밤 사이에 죽었어. 자다가 보니 죽어 있더래. 그 소식 듣고 얼마나 부러웠는지……. 그집은 부부지간에 좋아서 죽고 못 살았어. 그런데 저승사자가 덜컥 잡아간 거야. 보험도 잔뜩 들어놓았다대. 나도 그 인간 앞으로 종신 보험까지 넣어놓고 소식 없이 늦는 밤마다 제발 어디서 교통사고가 나 즉사하게 해달라고 촛불 켜놓고 비는데……. 죽으라는 놈은 안 죽고……. 이렇게는 못 살아. 언니, 나, 아버지가 심장마비로 넘어가더라도 이혼할 거야."

쏟아지던 말이 뚝 끊어졌다. 말이 끊어지자 여동생은 쇼핑 봉지를 풀어 맥주를 꺼냈다.

"이놈의 술, 오늘 밤에 실컷 마실 거야."

막내 여동생은 시종일관 눈살을 찌푸린 채 작은언니를 쳐다보고만 있었다.

"뭘 쏘아보니? 그 난리를 겪고도 아직도 유부남이랑 놀아나면서. 누가 모를 줄 아니? 너도 잘난 척하지만, 그 수렁에서 못 벗어나. 제발 너라도 그렇게 살지 말아라, 응?"

"내가 왜? 이렇게 사는 게 어때서? 난 즐기는 중이야. 그것도 아주 진지하게. 이건 내 삶의 스타일이야. 부도덕하다고? 그 사람 몇 달 전에 이혼했어. 이제 도덕적으로도 하자 없는 거지? 그런데 난 결혼할 마음이 없어. 그렇게 미개한 짓을 왜 하겠어. 적어도 난 결혼을 할 만큼 안정되고 현명한 사람이 아니란 걸 알아. 그리고 언니들처럼 이 생에 대해 욕구가 너무 강하거든. 언니들은 무엇보다 스스로 일을 저질렀다는 걸 인정해야 해. 지금 현재에 대해 피해자인 척하며 일방적으로 원한을 갖기엔 책임이 너무 막중하단 말이야."

막내 여동생은 토막토막 끊어지는 짧은 말들을 남기고 작은방으로 들어가버렸다. 다음날 출근해야 하니 자야 했다.

"독한 년, 누가 그걸 모르냐……. 그래도 이만큼 맞았으면 누가 흰 수건을 던져주고 엉겨 붙은 연놈을 좀 떼어줘야지. 잘못 시작해서 실패했다는데, 그걸 인정한다는데, 실패한 링에서 내려가 다시 시작해볼 기회를 갖고 싶다는데, 그게 왜 이렇게 안 되냐, 왜 이렇게 안 돼? 왜 그 인간은 도장을 안 찍어주고, 아버지는 딸과 인연을 끊

겠다고 펄펄 뛰냐고? 이혼률 세계 3위라는 나라에서 왜 나만 안 되
냐고……."

여동생은 맥주잔을 단번에 비우고 거푸 비웠다.

다음날 묘정은 눈가가 짓이긴 풀처럼 시퍼렇게 변한 여동생을 차
에 태우고 고향으로 갔다. 고속도로 톨게이트를 빠져나가자 여동생
이 몸을 뒤로 빼며 놀라 물었다.

"왜 이리로 가? 집에 가는 거야?"

"집에 간 지 3년이나 됐어."

"아버지가 오지 말랬잖아."

"알아."

오래된 환부가 새롭게 아파왔다.

"그런데?"

"그렇게 난리 치는데, 집에야 들어가겠니……."

군청과 문화원을 지나 호적이 돌아와 있을 읍사무소 앞을 지나고,
출입문 앞에 결핵 환자들의 엑스레이 사진이 빨래처럼 널려 있던 옛
날 보건소 자리를 지나고……. 집으로 가는 길을 향할 때 묘정의 마
음이 베어지는 나무 둥치처럼 뻣뻣하게 무너졌다. 묘정은 오른쪽 길
로 꺾어 왕릉들이 있는 산 입구의 공원 쪽으로 들어갔다.

"이걸 써."

여동생은 묘정이 넘겨준 선글라스를 꼈다.

차를 세우고 공원을 오르는데, 절 앞쯤에서 머리 위로 화살이 지
나갔다. 현충탑 뒤쪽에 일장기가 그려진 과녁판이 보였다. 활터에
늙은 남자들 몇이 어른거렸다. 잠시 후엔 화살을 담은 통이 도르래

에 감기며 머리 위로 지나갔다. 활터와 과녁 사이의 거리가 어릴 때 느낌에 비해 한결 짧았다. 3·1운동 기념탑이 세워진 산 정상의 평평한 공원은 뒷마당처럼 좁고 플라타너스와 히말라야시다들도 키가 작아 당황스러울 정도였다. 보름마다 달집을 지어 불놀이를 했던 장소였다. 여전히 큰 것은 왕릉뿐이었다.

"눈 많이 왔을 때, 여기서 우리 눈사람 만들어놓고 시멘트 포대로 미끄럼 타며 종일 놀았잖아."

왕릉 앞에서 여동생이 옛일을 떠올렸다. 봄이면 봄대로 여름이면 여름대로 가을엔 또 가을대로 사계절 내내 찾아와 등을 문지르며 뒹굴던 곳이었다. 짐승처럼 천진스러웠던 시절이었다.

"그땐 삶이 무엇인 줄로 알고 살았을까……. 웃고 울고 싸우고 소리지르고, 삶은 어릴 때 다 살고 어른이 되어서는 벌만 받는 거 같아."

여동생이 늙은이처럼 중얼거렸다.

그녀들은 샌들을 벗어들고 산봉우리처럼 높은 봉분들이 차례차례 늘어선 평평하고 긴 능선을 따라 걸었다. 발 밑에서 까칠한 짧은 풀들이 눕고 잔돌에 찔리고 흙이 발가락 사이로 끼었다. 여동생은 가끔 아픈 듯 깨금질을 했다. 묘정은 작은 상처를 느끼면서 지긋이 자신의 전체를 눌렀다. 작고 여윈 남자가 하나 지나갔고 저 멀리서 뚱뚱하고 물렁한 남자 하나가 봉분 사이로 보였다가 사라졌다가 보였다가 사라졌다가 하며 다가왔다.

넓적한 나무 무늬 시멘트 탁자와 의자 두 세트가 놓여 있는 왕릉 앞에서 두 자매는 멈추었다. 그리고 하나 둘 셋, 센 듯이 동시에 평평하고 긴 탁자를 하나씩 점유하고 몸을 쭉 펴고 누워버렸다. 긴 호흡을 내쉴 때 커다란 새 한 마리가 날개를 치고 올라와 구름 한가운데로 지나갔다. 발가락 사이에 낀 흙가루가 마르며 떨어졌다. 그러자 몸이 옛 봉분 속에 부장되었다가 굴러 나온 귀퉁이 깨어진 토기같이 적막해졌다.

묘정은 불꽃 무늬 창 같은 아득한 눈으로 애써 프레임을 맞추어 산 아래를 내려다보았다. 멀리 아버지의 집이 보였다. 기와 지붕과 담과 대문……. 종이집같이 얄팍했다. 아버지에 대한 차가운 혐오와 젖은 비스킷 같은 연민이 몰려와 마음이 뭉텅 부서졌다.

"여긴 꼭 닫힌 상자 속 같아. 여기 외에 다른 세상은 없는 듯이 살아. 다들 아버지 같이, 스스로 나가든 밀려서 나가든, 상자 밖의 일은 불행이라고 믿고 불행을 추문처럼 부끄러워하는 사람들이지……. 세상이 얼마나 변했는데, 그 영감쟁인 자기 환상 속에서 살며, 그렇게도 권위적이기만 할까……. 그렇게도 무섭게만 굴까……. 하루하루 사는 게 얼마나 끔찍하게 사실적인데, 행복이나 불행 따윈 이 절실한 삶에 비하면 아무것도 아닌 것을……. 내가 원하는 건 진짜 삶이야."

"진짜 삶이 뭔데?"

"내가 살아 있는 거지……."

"그게 뭐냐고? 그게 뭐냐니까……."

여동생은 잠꼬대처럼 물었다.

"……난, 살아 있어. 그건 피부로 숨을 쉬고 있느냐의 문제야. 사람은 의외로 코와 입으로 숨을 쉬는 게 아니라, 피부로 숨쉬고 눈으로 숨쉬어야 사는 동물인지 몰라……. 다른 어느 때보다, 최근에 정말로, 난 살아 있어. 난 피부로, 눈으로 숨을 쉬고 있어."

묘정은 발가락을 꼬물꼬물 움직여 틈새의 흙을 떼어내며 더듬더듬 요령부득의 대답을 했다.

"그래? 살아 있다고? 언니가 삶에 삶아 데쳐지지도 않고 살아 있는 몇 안 되는 사람 중의 하나라고? 대단하네……. 난 삶아 데쳐질 각오도 되어 있어. 그런데, 난 그 새끼한테 데쳐지고 싶지는 않은 거야. 아, 너무 싫은 새끼야. 아버지도 싫고, 이곳도 싫어. 읍내에서 살고 있는 동창을 보면 사람이 바글거리다가 죽는 개미와 별 다를 게 없다는 생각도 들어. 난, 멀리 가고 싶었는데, 정말 멀리 가버리고 싶었는데……. 죽더라도 말이야, 번쩍이는 새 칼에 찔려 죽고 싶어."

여동생은 고향 읍에서 겨우 10킬로미터 떨어진 시의 변두리에서 살고 있었다.

중얼거리던 여동생은 어느덧 숨소리조차 공허하게 멎어버렸다. 팔을 베고 동그랗게 몸을 만 여동생 역시 아득한 옛날의 봉분에서 굴러 나온 금 간 토기 같았다. 묘정도 한 겹 한 겹 몸을 덮치는 수마에 눈을 감았다. 거대한 왕릉을 다진 수십 톤의 흙이 몸 위에 덮이는 듯, 죽음처럼 육중한 수마였다.

아이들이 건 전화 신호음이 흙더미를 뚫고 들려오는 듯했다. 간신히 잠을 헤치고 나와보니 천지에 눅눅한 어스름이 내려 있었다.

"엄마 간밤 꿈에 남자들이 나에게 벌레를 먹이라는 거야. 붙잡고 마구 먹이는 거야. 그리고 자기들이 핥아먹던 아이스크림을 먹으라는 거야. 아, 더럽고 징그러워서 혼났어. 엄마 대체 무슨 꿈이야, 이게?"

딸아이가 성적인 상징성이 있는 꿈 이야기를 했다. 보지 않아도 어떤 표정을 짓고 있을지 알 것 같았다. 뭉크의 그림 〈사춘기〉의 웅크린 소녀와 같이 경악한 가운데 불쾌하고 무섭고 호기심 어린 표정을 짓고 있을 것이다. 여자들은 다 그렇게 자라는가 보다. 네게는 또 어떤 일들이 생기려고, 그런 꿈을 꾸었을까……. 삶은 얼마나 음험하고 찬란한가. 축제 뒤에는 형벌이 오고, 형벌 뒤에는 위로가 오고, 위로 뒤에는 안전이 오고, 안전 뒤에는 권태가 오고, 권태 뒤에는 불감이 오고, 불감 뒤에는 다시 파괴의 축제가 오지. 어디에서도 머물 수 없다. 묘정은 다른 엄마들이 할 듯한 내용으로 단호하게 꿈풀이를 해주고 싶었다. 예컨대, 남자를 조심하라는 경고야. 이젠 남자를 조심하는 법을 배워야 하는 나이가 된 거야……. 그러나 묘정은 다른 대답을 했다.

"자랄 때, 여자애들 누구나 꾸는 꿈이란다. 자라느라고 그러는 거야."

그리고 누구나 겪는 일들이 준비되어 있지……. 네 속에서 자라는 욕망의 싹과 멀리서 촉수를 내뻗으며 더듬더듬 다가오는 욕망들, 그것들의 얽힘과 풀림이 어느 사이 물릴 수 없는 삶이 되어버리지. 삶에서는 달리 안전할 방법이 없어. 피신할 곳도 없어. 삶에 먹히지 않고 살아 있겠다는 각오 밖에는…….

"아빠 집은 지낼만 하니?"

"우리 집보다 그리 못하지도 않아."

딸이 어차피 못마땅하다는 듯 조금 빈정대며 말했다. 아빠 집에 가는 동안, 몇 번이나 놀라지 말라고 당부했던 게 기억났다. 하긴 골목길 피아노학원 2층에 방을 얻어 쓰는 형편이니, 시골 아파트에 비해 썩 나을 것도 없었다. 그나마 학원마저도 벌써 두 달 전에 내놓았다.

다들 형편이 어렵다 어렵다 했지만, 소문처럼 떠돌다가 실제로 불덩이가 발등에 딱 떨어진 건 올해 초부터였다. 아이들 회비가 이 집 저 집에서 밀리더니, 싼 맛에 가까운 곳에 보내던 엄마들이 급기야 학원을 끊기 시작했다. 생활이 쪼들리는데, 수학이나 영어도 아니고, 피아노 같은 교양이 무슨 대수겠는가. 태권도보다 먼저 끊는 것이 피아노였다. 스무 명 정도로는 집세 내고 나면 생활비는 적자로 이어졌다.

묘정은 저녁 먹은 빈 그릇들과 붉은 국물이 남아 있는 찌개 냄비와 반찬 그릇들과 수저들 사이에서 발작적으로 가계부와 통장을 펴고 계산기를 두드리며 지출 줄일 곳을 찾아 눈을 두리번거리곤 했다.

식비와 공과금을 찬찬히 훑어보고 은행 이자와 월세와 의류 구입비, 책, 신문과 우유, 학원비로 넘어가면 그녀 역시 그 칸에 눈길이 오래 붙들렸다.

그녀의 가계부를 넘겨보면 삶이란 참으로 단순한 것이었다. 일요일엔 가까운 고궁에 가 한나절을 보내는 것으로 휴일을 메우고, 전달과 달리 사들인 것도 없었고 눈에 띌 만한 별다른 것을 먹지도 않았다. 잠자고, 일어나서 일하고, 또 잠자고……, 돼지고기와 고등어와 두부와 계란, 콩나물 사이에서 묵묵히 살아가고 있었다.

묘정은 두 달 전부터 신문과 작은아이 영어학원을 끊었다. 그 다음엔 큰아이 학원비를 줄일 수 있을 것이다. 그 다음에는 무엇을 줄일 수 있을까……. 그건 인생을 줄이고 호흡을 줄이는 짓이었다. 게다가 그녀로선 더 줄일 수 있는 인생도 호흡도 없었다.

그러지 말아야지 하면서도 저녁밥을 먹고 나면 찌개의 붉은 얼룩이 진 식탁에 멍하니 앉아 퍼져버렸다. 일어서려 해도 마음처럼 되지 않았다. 그런 때면 그녀의 발을 끌고 내려갈 검은 구멍이 발 아래서 뭉텅뭉텅 파이고 있는 듯했다. 이따금 발작적으로 수화기를 들고 싶을 때가 있었다.

Y의 번호를 누른다. 그리고 비명처럼 소리를 내지른다.

'아이들 중 하나는 데리고 가. 더는 나도 못해, 너도 알다시피 이건, 사랑의 문제도 윤리의 문제도 아니야.'

그리고 몸이 텅 빌 때까지 울부짖고 싶었다. 그러나 수화기를 들어올리지 못했다. 꼼짝 않고 식탁에 앉은 채로 밤 시간이 흘러갔다. 눈앞엔 부엌의 음식 쓰레기 봉지에서 만들어진 깨알처럼 작은 날벌레가 어지러이 날고 삶에 대해 유일하게 선명한 감정은 공포였다.

학원을 내놓고, 차라리 월급 교사가 되기로 한 건 그런 공포 때문이었다. 하지만 낡을 만큼 낡은 피아노와 장소의 한계 때문에 쉽게 넘어가지 않았다. 어영부영 보내는 동안 학원 사정은 더 악화되어갔다.

그날 밤 비가 억수같이 쏟아졌다. 하늘에서 북을 치는 것 같았다. 꿈속에서 묘정은 물속에 무릎이 빠진 채 서 있었다. 물이 찬 곳은 피아노학원이었다. 물은 점점 차서 허리까지 올라왔다. 묘정은 검푸른 물속으로 가만가만 들어갔다. 정강이와 무릎에 뭔가가 닿았다. 팔을 넣어 건져보니 새하얀 건반이 커다란 이빨처럼 뽑혀 올라왔다. 발에 밟히는 흰 건반과 검은 건반들을 지나 피아노들이 있는 곳으로 다가갔다. 피아노들은 방마다 뚜껑이 열린 채 물에 잠겨 있고 물 위로 흰 건반과 검은 건반들이 꽃처럼 둥둥 떠올랐다.

꿈에서 깨어 눈을 뜨니 두 여동생과 다리가 얽힌 채 한 침대에 잠들어 있었다. 여동생들이 묘정의 꿈 이야기를 듣고는, 물이 가득 들었으니 좋은 꿈이라고 장담했다. 학원이 잘될 모양이라고. 묘정은 그대로 가방을 꾸리고 여동생들의 배웅을 받으며 억수같이 퍼붓는 빗속을 나섰다.

휴가가 얼마 남지 않았다. 당장 페인트칠을 새로 하고 방들의 이름을 바꾸고, 피아노도 전부 조율해야 했다. 새 단장하여 재오픈한다는 현수막을 걸어 눈길을 끌 필요도 있었다. 아이들이 좋아하는 메트로놈도 몇 개 더 구입하고 방음 장치도 할 것이다. 엄마들에게 전화를 넣어 아이들의 재능에 대해 한마디씩 찔러주어 관심을 당겨야 하고 이런저런 경연대회에도 적극 참여해 좋은 성적을 내야 한다. 그리고 시끄럽다고 난리 치는 옆 부동산 가게 영감들에게 빵이나 소주라도 사 넣어주고 가물치 따위를 끓이느라 늘 골치 아픈 냄새를 피우는 건강원 여자에게도 실없이 웃어주어야 할 것이다.

그리고……,

그리고 묵묵히 계단을 오르내리며 피아노를 두드리고 고등어와 두부로 식탁을 차리고 일요일엔 두 아이와 고궁에 가고 가끔 한자리에서 세상이 달라 보일 때까지 오래 창을 내다보며 사는 것이다. 아이들은 묘정에게 말할 것이다.

엄마가 치는 피아노는 빗방울이 건반 위에 떨어져 저절로 울리는 소리 같아……. 사는 날은 흰 건반과 검은 건반의 레일에 실려 다른 날로, 또 다른 날로 그녀의 나룻배를 밀어줄 것이다. 그런 사이사이 계단 가운데 서서 안심한 여자처럼 잠시 웃기도 할 것이다. 피부로 숨쉬고 있다는 것을 느끼며, 눈으로 숨쉬고 있다는 것을 느끼며 글썽이기도 할 것이다.

묘정은 물에 잠기는 피아노를 구하러 가기라도 하듯 폭우 속에 액셀러레이터를 밟았다. 차가 휘청 미끄러졌다가 이내 균형을 잡고 내달렸다. 빙판같이 미끄러운 길이었다.

　어떤 의미에서 현대소설의 아버지라고 할 수도 있는 발자크는 '결혼'이야말로 소설의 가장 중요한 주제의 하나라고 보았다. 그래서 그가 가장 먼저 시도한 일종의 논문 같은 소설의 제목은 『결혼의 생태학』이었다. 과연 발자크는 결혼이라는 제도와 그 현실 속에는 한 사회의 모든 구조적 문제들이 투영되어 있다고 보았던 것이다. 결혼의 생태를 자세히 들여다보면 그 사회의 정치, 문화, 경제, 윤리의 모든 관계를 한눈에 볼 수 있는 것이다. 그의 수많은 소설들은 그리하여 '잘못 결혼한 여자들'의 이야기였다. 그것은 곧 19세기 프랑스 사회의 투영도가 되었다.

　그 후 이 같은 소설의 전통은 꾸준히 이어졌다. 플로베르의 『보바리 부인』이 그렇고 스탕달의 『적과 흑』이 그렇고 모파상의 『여자의 일생』이 그렇다. 근 1세기가 경과한 다음에도 크게 변한 것은 없다.

전경린은 그것을 의식했든 아니든 간에 이 오랜 전통의 맥락 속에 자리 잡는다. 단편 「여름휴가」는 그런 쾌적한 제목보다는 오히려 '결혼의 생태학'이나 혹은 '잘못 결혼한 딸들' 같은 제목이 그 내용을 더 잘 요약할 수 있는 것인지도 모른다.

그러나 21세기의 이 작가는 「여름휴가」라는 다소 중성적인 제목 속에 그 오랜 문제를 은폐시켜 놓았다. 이 작품은 어느 면에서 남성과 여성이 벌이는 스포츠 게임 같은 인상을 준다. 주로 한 소읍 가정 출신의 세 딸들 대 그들의 남성 관계가 주축을 이루고 있지만 그들 주위의 남성들과 여성들은 그 숫자에 있어서 게임의 규칙에 맞는 균형을 이루고 있다. 이 세 딸들에게는 각기 한 사람씩의 남편 혹은 연애 상대의 남자가 있다. 주인공 겸 화자인 묘정에게는 딸과 아들이 하나씩 있어 남녀의 균형을 이룬다. 소설에는 세 딸의 아버지가 중요한 역할을 하지만 어머니에 대한 언급은 없다. 이 불균형은 보나르의 그림에 등장하는 보나르 부인이 보상한다. 강가의 찻집 여주인에게는 물론 그녀의 이혼한 남편이 있다. 이 6대 6의 균형을 깨는 인물은 묘정의 "밤이슬을 맞는 외출" 상대인 '남자'다. 이 남자야말로 정태적 균형을 깨고 소설의 다이너미즘을 성립시키는 불균형의 인자가 되는 것이다.

소설은 큰딸인 묘정의 시점에서 서술된다. 그래서 이 이혼녀는 이야기 전체에서 유일하게 고유명사의 혜택을 누린다. 묘정. 만만치 않은 이름이다. 느끼기에 따라서는 불교적 어감이 감도는 두음은 발음기관의 상당한 곡예를 강요한다. 이런 묘한 이름을 가진 인물의 삶이 만만할 리 없다.

거의 대부분의 남자들은 "이혼율 세계 3위"라는 나라에서 권위와 폭력을 행사함으로써 여자들의 삶을 감옥, 지옥, 혹은 박물관으로 만들고 결국은 자기 자신의 삶마저 지옥으로 만들고 있다. 우선 "이혼한 딸은 친정에 발을 들이지 않겠다는 원칙"을 고수하며 "자신의 환상 속에 사는" 아버지가 그렇다. 세 딸은 바로 그런 아버지, 그런 아버지의 공간인 "상자 속" 같은 소읍 출신이다. 소설에 등장하는 여성들 중의 반인 셋이 남편에게 구타당한다. 주인공 묘정은 그래서 이혼했고 "폭력의 기억" 때문에 남편에게 돌아갈 수 없다. 남편에게 구타당하여 "곳곳에 피멍 얼룩"인 둘째 동생은 이혼을 원하지만 아버지의 "원칙"에 묶여 있다. "쉰 살을 살짝 넘겼을" 강가의 찻집 주인은 "남편에게 얻어맞은 뺨이 다 식지도 않은 채 교태를 떨며" 이혼녀의 자유를 구가한다. 두 여자는 이혼했고 그 중 한 여자는 자유롭고 묘정은 아직 자유롭지 못하다. 둘째딸은 아직 이혼도 하지 못한 상태다. 구타당하지 않은 다른 세 여자 중 셋째딸은 "그렇게 미개한" 결혼을 거부하며 "즐기기"를 원한다. 부녀 상봉을 "좀 어색하게" 느끼는 묘정의 딸은 이제 '여자'의 일생에 들어서려고 한다. 오직 그림 속의 보나르 부인만이 행복해 보인다. 상자 같은 집 안이 아니라 '집 바깥'에 나와 있기 때문일까?

이토록 권위와 폭력을 행사하는 남자들의 실상은 어떠한가? 묘정과 세상 사이를 가로 막고 선 "가늠되지 않는 높이의 벽"이었던 남편은 "해마다 키가 줄어드는" 것 같다. 둘째 동생의 남편은 "겨우 입에 풀칠이나 하게 벌어다 주는 주제"에 "밤이라고 침대에 뻗어져 코를 골고 자는" 것이 고작이다. 셋째 동생의 애인은 "동생에 비해 키가 작고 체구도 얇고 눈 코 입도 작다". 심지어 묘정이 밤이슬 맞는 외출에서 만나는 남자도 "그날따라 유난히 연약해 보였다".

그 결과 이 남자 여자들이 사는 공간은 하나같이 폐쇄적이다. Y가 사는 마을의 집들은 "저마다 곰팡내 나는 빈방들을 안고 있는 듯"하다. Y의 집 역시 "칼칼한 곰팡이 냄새와 퀴퀴한 먼지 냄새 외에도 뭐라 말하기 힘든 상실과 슬픔과 원한의 냄새가 끈적하게 배어 있다." 이혼녀가 사는 찻집은? 마당과 좁은 실내의 의자들이 "쓰러져" 있거나 "뒤집어져" 있다. 그녀는 "주방 뒤에 침대 하나 겨우 들어가 있는 어두운 침실"에서 기거한다. 묘정이 찾아간 박물관은 "무덤처럼 공허하다." 아버지의 집과 그 집이 있는 읍은 "닫힌 상자 속" 같다.

「여름휴가」는 그리하여 묘정을 중심으로 한 여성들이 이 폐쇄적인 공간으로부터 해방되려는 몸부림이다. 묘정은 전남편의 집을 나서면서 "버려진 것을 힘껏 밀어 바다로 내밀어 보내듯 힘주어 차를 출발시켰다. 현실을 과거로 만드는 결단, 그 외에는 삶을 바꿀 방법이 없기 때문이다." 그러나 현실을 과거로 만드는 것만으로는 부족하다. 그 다음에는 현재를 사는 방법을 찾아야 한다. 그 인식은 둘째 동생과의 대화에 잘 나타나 있다.

"진짜 삶이 뭔데?"

"내가 살아 있는 거지……."

첫째 중요한 것은 자아의 인식이다. 그것이 바로 '내가'라는 주어다. 다음으로 '산다'는 적극적 행동이다. 그러나 누구나 다 살아가는 것은 마찬가지일지 모른다. 그 삶을 생생한 현재의 존재로 강하게 인식하지 않으면 안 된다. 그것이 바로 살아 '있음'이다. 이 현재의 중심에 결코 남편의 것도 그 누구의 것도 아닌 나의 '몸'이 있는 것이다. 그래서 둘째 동생은 부르짖는다. "마누라 몸이 지 거야?" 묘정의 인식은 거기서 한 발 더 나아간다. "마음이 돌아갈 수 없는 섬처럼 몸에 포위되어 있는 줄을 Y는 모를 것이다." 그리하여 그녀는 "피부로, 눈으로 숨쉬고 싶어"한다.

이처럼 몸이 숨쉬는 현재의 강렬한 삶은 한번에 확보되는 것이 아니다. 이것은 매순간 삶으로부터 쟁취해야 하는 순간의 균형이다. 소설의 끝을 장식하는 문장, "빙판같이 미끄러운 길" 위의 삶은 그러므로 우리의 현재가 매순간 찾아내어야 하는 균형의 연속인 것이다. 이렇게 "삶에 먹히지 않고 살아 있겠다는 각오"는 과연 고단한 것이다. 그러나 그 고단한 균형의 연속이 때로는 가벼운 피아노 소리로 날아오르는 일도 있지 않을까? 세상의 수많은 묘정은 가끔 그런 순간들을 꿈꾸기도 할 것이다.

무심결

하성란

1967년 서울에서 태어나 서울예대 문예창작과를 졸업했고,
1996년 《서울신문》으로 등단했다.
소설집으로 『루빈의 술잔』 『옆집 여자』 『푸른 수염의 첫번째 아내』,
장편소설로 『식사의 즐거움』 『삿뽀로 여인숙』
『내 영화의 주인공』 등이 있다.
1999년 동인문학상, 2000년 한국일보문학상,
2004년 이수문학상을 수상했다.

무심결

한 문예지의 '궁금했습니다'라는 난에 평소 남자가 좋아하는 시인 K씨의 수필이 실려 있었다. K씨의 글을 읽는 것은 근 2년 만이었다. 글을 통해 K씨가 올해 초 서울 근교에 단층 목조 주택을 짓고 38년 동안의 서울 생활에 종지부를 찍었다는 것을 알았다. 짧막한 분량의 글은 대부분 그곳에서의 일상에 관한 것이었다. 베란다에서 자칫 밟아 짓뭉개버릴 뻔한 달팽이가 사나흘쯤 뒤 거실 끝에 놓인 벤자민 화분 위를 기어오르고 있더라는 것이며 마당으로 내려온 독사를 어쩔 수 없이 삽 끝으로 내려쳐야 했던 이야기며 어느새 남자는 K씨의 글에 몰입해 있었다. K씨의 산문은 그의 시와는 또다른 매력이 있었다. 원색 화보란인 까닭에 글 사이사이 볕이 좋은 창가나 수국이 만발한 화단 앞에서 포즈를 취한 K씨의 크고 작은 사진이 함께 실려 있었다. K씨가 꿰고 있는 흰 고무신은 헐거워 보였는데 발등까지 뻘흙이 덕지덕지 묻어 있었다.

사진상으로도 K씨의 시력이 급작스럽게 떨어졌다는 것을 짐작할 수 있었다. 어느 글에선가 K씨는 자신의 두 눈에 대해 쓴 적이 있다. 아라비안 나이트의 신기료 장수 이야기에 빗대어 자신의 지나친 욕심이 두 눈을 멀게 할 거라고 했다. "신기료 장수는 땅속에 묻힌 보물을 볼 수 있다는 앉은뱅이 노인의 유혹에 넘어가 한쪽 눈에 마법의 풀을 바르게 된다. 과연 한쪽 눈이 멀고 나자 모든 땅과 바닷속에 감춰진 보물들이 보이기 시작했다. 신기료 장수는 더 많은 보물들을 보고 싶어 안달이 났다. 다른 한쪽의 눈마저도 멀어버린다면 이 세상의 모든 보물이 모두 제 것이 되리라는 생각이 들었다. 남은 한쪽 눈에도 풀을 발라 달라고 앉은뱅이 노인에게 애걸을 한다. 한쪽 눈이 마저 멀었을 때 땅속과 바닷속의 보물은 사라지고 암흑만이 남았다. 노인이 재빨리 신기료 장수의 등에 올라탔다. 걸음이 뒤처질 때면 노인은 깡마른 다리로 신기료 장수의 허리를 졸랐다……." 하지만 남자가 알고 있는 K씨의 이력은 욕심과는 생판 무관한 것이었다. 남자는 K씨의 입가에 깊게 팬 주름이 그동안 그가 외곬으로 살아온 증거라고 생각해왔다.

집에서는 보이지 않지만 산 너머로 서해 바다가 펼쳐져 있어 비가 오거나 흐린 날이면 영락없이 물미역 냄새가 집 마당까지 밀려온다고 했다. 이곳에 와서야 눈에 보이지 않는 것들에 대해 머리 숙여지는 날들이 많아지고 있다고 K씨는 덧붙였다. 화보에 실린 어떤 사진 속에도 K씨가 직접 설계했다는 목조 주택의 전경은 나와 있지 않았다. K씨의 얼굴을 클로즈업한 사진 위로 목조 건물의 천장널이 슬쩍 끼어들었는데 침목처럼 시커먼 나뭇장 아래 어른 주먹만 한 풍경이 매달려 있었다. 혹시 K씨의 산책 끝에 바다가 있는 것일까, 그래서 흰 고무신창으로 뻘흙을 묻혀 나르고 있는 것일까. K씨의 산문은 시와 마찬가지로 남자에게 잡념이 들끓게 했다.

글의 맨 끝부분에 이르렀을 때 남자는 방금 읽은 한 문장 때문에 가슴이 덜컥 내려앉고 말았다. '자식을 앞세우고 걸어가는 산책길에서 자꾸만 현기증이 인다. 햇빛마저 서글프다.'

남자가 K씨를 마지막으로 본 것은 8년 전이었다. 혼기를 한참 놓치고 결혼해 마흔이 다 되어서야 얻은 큰아들은 지금쯤 대학을 졸업하고 직장인이 되어 있을 것이다. 그 아래로 다섯 살 터울이 나는 딸아이가 하나 더 있었다. 혹시나 잘못 읽은 것은 아닌가 싶어 방금 전의 그 문장을 소리내어 읽어보았다. '자식을 앞세우고 홀로 걸어가는 산책길에서 자꾸만 현기증이 인다. 햇빛마저 서글프다.' 이번엔 앞뒤 문장까지 함께 읽어보았다. 하지만 그 문장의 이해를 돕는 어떤 실마리도 찾을 수 없었다.

K씨가 살고 있던 개포동의 아파트를 방문했을 때 현관문을 열어준 것은 초등학교 6학년이던 K씨의 딸아이였다. K씨는 물걸레로 마루를 훔치고 있다가 걸레를 들지 않은 손을 뻗어 남자에게 악수를 청했다. 오래된 시영 아파트는 비좁았고 해가 잘 들지 않았다. 머리를 양갈래로 총총 땋아내린, 눈이 커다란 계집애는 제 아버지의 무릎에 한 손을 올려놓은 채로 낯선 방문객을 멀끔히 바라보았다. 윤이라고 했던가 연이었던가, 외자로 된 이름이었다. 초등학교 교사인 K씨의 부인은 집에 없었다. 계집애가 부엌에서 달그락거리더니 오렌지 주스 두 잔과 초코파이 두 개가 놓인 쟁반을 내왔다. 계집애가 신고 있는 흰 면양말의 바닥은 맨땅을 디딘 것처럼 새까맸다.

'궁금했습니다'는 한동안 근황을 알 수 없었거나 독자들로 하여금 호기심을 불러일으키는 문화계 인사를 찾아가는 난이었다. 남자는 K씨의 얼굴 사진을 한참 들여다보았다. K씨가 신고 있는 흙 묻은 고무신도 찬찬히 살폈다. 사진 속의 침침해 보이는 눈은 노안 때문이기도 하겠지만 어쩌면 끊임없이 흘린 눈물 때문에 여린 눈가의 살갗이 짓물러버린 것일 수도 있다는 생각이 들었다. 골이 깊이 패게 다문 입술은 다시 보니 무언가를 견뎌내려고 이를 앙다물고 있는 것처럼 보였다. 남자는 8년 전에 처음이자 마지막으로 단 한 번 K씨를 보았을 뿐이었다. 간간이 이어지던 전화통화는 5년 전이 마지막이었다. 1년에 한 번 정초에 부치던 연하장도 3년 전쯤 수취인 불명이라는 도장이 찍힌 채 반송되면서 끊겼다. K씨는 2년이 넘게 지면에 모습을 나타내지 않았다. 도대체 K씨에게 무슨 일이 있었던 것일까. 얼핏 창밖을 내다보았다. 밖은 이상하리만치 고요했고 바람 한 점 불지 않았다. 꽃사과나무 위로 드문드문 펼쳐진 하늘은 기차 침목을 엮어놓은 것처럼 거무튀튀했다.

주방으로 뚫린 작은 창으로 커다란 양은 곰솥들이 보였다. 시퍼런 불꽃에 뚜껑에서 흘러넘친 멀건 국물이 가닿을 때마다 곰솥 밑바닥으로 그을음이 끼었다. 에어컨은 고장이었다. 가슴패기에 금색실의 회사 로고가 새겨진 작업복 차림의 기술공이 가게 바닥에 부품들을 잔뜩 늘어놓은 채 에어컨 내부를 들여다보고 있었다. 벽에 걸린 선풍기들은 회전 방향을 바꿀 때마다 꼬리 긴 마찰음을 냈다.

편집장은 붉은 얼굴에 흘러내리는 땀을 연신 훔쳐댔다. 셔츠 겨드랑이의 누런 얼룩이 점점 커지고 있었다. 물수건으로 얼굴과 목을 닦아댈 때마다 소매 속으로 숱이 많은 겨드랑이가 눈에 들어왔다. 주문한 도가니탕이 나오기를 기다리는 동안 남자는 오전에 읽었던 K씨의 산문에 대해 운을 뗐다. 편집장도 K씨의 근황에 대해서 알지 못했던 모양인지 아이쿠, 탄성과 함께 들고 있던 물수건을 떨어뜨렸다. 편집부의 정은 밑반찬으로 나온 장아찌를 소리내 씹었다. "개포동요? 요즘 거기 투기가 장난 아녜요. 그런데 올 초라면 한몫 잡긴 힘들었을 거예요……. '우리는 철새처럼 만났다'의 그 시인 맞죠?" 뚝배기를 들어 국물을 소리내 마시고 수육을 건져 소스에 찍어 먹는 사이사이 K씨에 관한 이야기가 이어졌다. 기술공은 허리에 양팔을 얹은 채 속수무책으로 먼지 낀 에어컨 필터를 들여다보고 있었다. 갓 스물이 넘었을까, 이제 막 연수를 마치고 새 작업복을 입은 듯했다. 풀기가 가시지 않은 작업복의 솔기에 슬려 목덜미가 울긋불긋했다. 머릿속에서 줄줄 땀이 흘렀다. 왜 그런 흉사가 소문 하나 없이 잠잠하게 가라앉았는지 알 수 없다며 편집장이 물수건으로 얼굴을 훔쳐냈다. 정은 자꾸 K시인과 H시인을 혼동했다. 어린 자식을 앞세웠으니 아마도 가까운 친지들끼리 단출하게 장례식을 치른 모양이라고 편집장이 고개를 끄덕였다. 2년 동안의 공백 기간도 아마 그 일과 무관하지는 않을 거라며 정이 잇몸으로 음식을 씹는 노인처럼 수육을 우물거렸다. 살이 겹친 곳마다 땀으로 미끈덩거렸다. 식당 안으로 들어서던 덩치 큰 남자들이 식당의 열기에 기겁을 하고 도로 나갔다. 식당의 유리창으로 사차선 도로가 내다보였다. 미등을 켠 자동차들 위로 두꺼운 구름장이 몰려들고 있었다. 편집장이 구두를 신고 나가면서 이쑤시개를 빼물었다. "L선생은 알지도 몰라. 막역한 사이라고 전해들었거든."

여자는 남자에게 가랑이를 벌였다,라는 문장에서 남자는 조금 민망해졌다. 작가의 글씨체는 악필이었지만 분명 그렇게 씌어 있었다. 남자는 그 문장을 그대로 재교지에 옮겨 적었다. 맞은편에 앉은 정은 더위 때문인지 입을 반쯤 벌린 채 허공을 보고 있었다. 땀 때문에 숱이 적은 머리가 이마에 달싹 달라붙어 피곤해 보였다. 화장은 이미 지워져 잡티가 드러난 채였다. 정과 우연히 눈이 마주치자 남자는 뜨거운 냄비뚜껑에 덴 듯 시선을 피했다. 정이 눈을 가늘게 뜨고 남자의 얼굴을 들여다보았다. 가끔 고개를 들 때마다 의심스러운 눈초리로 남자를 지켜보고 있는 정과 눈이 마주쳤다.

"L선생도 K선생의 근황에 대해 아는 게 없더군." 편집장이 남자의 담뱃갑에서 담배 한 개비를 꺼내 물었다. "외려 그 사실이 확실한 거냐고 반문하시더라구. 그 양반 지난 2년 동안 시를 쓰지 않은 것은 물론이고 친구들과도 연락을 딱 끊었던 모양이야." 편집장이 천장에 대고 입을 동그랗게 말았다. 고리 모양의 담배연기가 천천히 가라앉았다.

남자는 K씨가 산문을 발표한 잡지사에 전화를 걸어 전화번호와 주소를 옮겨 적었다. 어쩌면 잡지의 편집자는 K씨의 근황을 알고 있을지도 모른다는 데 생각이 미쳤다. 하지만 전화를 받은 여직원은 담당자가 지금은 외근 중이며 언제 돌아올지 모른다고 전해주었다.

전화를 걸 생각으로 송수화기를 들었다가 도로 내려놓았다. K씨의 시집을 준비하는 동안 남자는 매일같이 그와 전화통화를 했다. 5년 전의 일이었다. 아무래도 전화보다는 편지가 나을 듯싶었다. K선생님께. 그렇게 쓰고 나니 말문이 막혔다. 태풍 루사가 북상 중이라고 썼다가 편지지만 몇 장을 구겨버렸다. K씨에게 연례 행사로 보내던 연하장도 끊은 지 3년이나 되었다. 그동안 두 차례 직장을 옮겼다. 이제 직장을 옮기기에는 나이가 너무 들었다라고 끄적거렸다가 이내 지웠다. 에어컨의 희망 온도를 평상시보다 낮추었는데도 후텁지근하다며 정이 손부채질을 해댄다. 편집장이 앉아 있는 칸막이 너머에서는 도넛 모양의 담배연기가 올라온다. 건물 꼭대기 어디선가

누군가 변기 물을 내린다. 한참 만에 그간의 격조함을 부디 용서하
시라고 썼다.

편지를 쓰는 동안 커다란 눈망울과 바닥이 시커멓던 양말로만 기
억되던 K씨 딸아이의 얼굴이 조금씩 선명해졌다. 사진에서 얼핏 본
목조 건물의 지붕선이 무척 아름다웠노라고 적었다. 화단에 핀 수국
이 지기 전에 댁으로 한번 찾아 뵙고 싶다는 말은 빈말이 아니었다.
하지만 왠지 K씨가 신고 있던 흰 고무신에 묻은 흙에 대해서는 쓰고
싶지 않았다. 초코파이를 내놓고 남자가 빵가루를 흘리며 초코파이
를 먹는 모습을 지켜보던 계집애와 그 계집애가 신발을 벗고 고무줄
놀이를 하느라 더럽힌 양말에 대해서도 쓰지 않았다. 단지 죄송하다
고만 썼다. 침목처럼 검은 목조 건물이 불길하다고는 하지 않았다.
편지에 적은 글들은 모두 변죽울림일 뿐이었다. 혹 그때 보아서일
까. 두 아이 중 흉사의 장본인이 꼭 그 계집아이일 것만 같았다. 하
지만 오늘 오전에 읽은 선생의 산문에 마음을 다쳤노라고만 썼다.

남자는 간신히 막 버스 시간에 댈 수 있었다. 버스 정류장까지 내
달리는 동안 온몸의 땀구멍에서 끈적끈적한 땀이 배어나왔다. 새벽
두 시의 서울 하늘을 올려다보며 숨을 골랐다. 산발적으로 흩어져
있던 비구름들이 조금씩 모여들고 있었다. 맨 뒷좌석에 연인으로 보
이는 한쌍의 젊은이들과 남자가 심야버스 손님의 전부였다. 버스는
냉방이 잘 되어 있었다. 땀이 마르면서 한기가 느껴졌다. 도심을 벗
어나면서 버스는 조도 낮은 가로등이 박힌 외곽 도로를 달리기 시작
했다. 버스 운전사는 가끔 룸미러 속의 버스 안을 들여다보았다. 오
전에 읽었던 K씨의 글이 좀처럼 머릿속에서 떨쳐지지 않았다. 밤마
다 산 너머 뻘밭까지 짐승처럼 배회하다 돌아오는 K씨의 모습이 떠

올랐다. 흰자위는 붉게 충혈이 되고 눈시울은 짓물렀다. 남자애의 손이 여자애의 겨드랑이를 간질이는 모양이었다. 여자애가 갈매기 울음소리를 냈다.

계집애는 이야기가 끝날 때까지 제 한 손을 아버지의 무릎에 올려놓고 있었다. K씨는 이야기 중간중간 남자에게로 향한 시선을 거두고 계집애의 옆얼굴을 들여다보고는 했다. 어머니가 출타 중인 티가 났다. 도배를 한 지 오래된 듯 도배지 곳곳에 어린아이의 낙서가 흐릿하게 남아 있었다. 비좁은 거실의 벽면이란 벽면은 온통 책장 차지였다. 책장에 꽂히지 못한 책들이 바닥 이곳저곳에 돌탑처럼 위태롭게 쌓여 있었다. 대낮이었지만 베란다 창으로는 해가 들지 않았다. 거실 창으로 내다보이는 베란다의 철창살에는 붉은 녹이 슬어 있었다. 천장에 얼룩이 밴 부엌 쪽에서는 집 안에 발을 들일 때부터 났던 시금한 냄새가 계속 풍겼다. 초코파이는 녹아 있었고 파이를 쥔 손가락에 초콜릿이 묻었다.

어심회전초밥전문점 화성갈비식당 강남주단 카페 올리브 구구약국 아톰만화방……. 술이 취한 채 이 골목을 통과하고 싶은 날이 많았다. 하지만 술은 버스를 타고 오는 동안 진작에 깨어 남자가 골목에 발을 디딜 때는 하루 중 가장 머리가 맑았다. 100미터 남짓 길게 이어진 이 상가 골목은 지난 10년 동안 아무런 변화를 겪지 않았다. 한동안 신문지상을 달구던 재개발 붐은 산업 도로를 사이에 두고 건너편에서 멈췄다. 아파트 딱지라도 얻을 요량으로 모여들었던 사람들이 상가 뒤편의 낡고 오래된 집들에 눌러앉았다. 간판들의 불은 꺼졌다. 골목 어디서고 인기척이라고는 느껴지지 않는다.

어심회전초밥전문점의 유리창에는 10년 전 붙여둔 메뉴판이 그대로 남아 있다. 매년 여름마다 물에 잠긴 부분의 글씨들은 획이 떨어져나가 온전한 글자 하나 없다. 초밥전문점의 사장 겸 주방장은 하루종일 잉크빛 대나무가 인쇄된 유카타를 걸치고 있다. 회전초밥틀은 돌지 않은 지 오래되었다. 틀 사이사이에 간장때가 눌어붙고 녹이 슬었다. 유리창에 붙은 메뉴는 스무 가지가 넘지만 지금은 인근 공사장에서 점심을 대놓고 먹는 인부들을 위해 막회를 넣은 회덮밥과 간단한 김초밥을 말 뿐이다. 공사장의 인부들은 돌지 않는 회전초밥 틀상에 둥글게 둘러앉아 밥을 먹는다. 손님을 끌기 위해 가게 밖에 세워두던 입간판들은 첫 수해 때 빗물에 휩쓸려가 버렸다. 간판의 글씨들도 지난 10년 동안 한 획씩 한 자씩 떨어져 나갔다. 획이 떨어져 나간 부분은 한동안 먼지 테두리가 남았지만 바람과 빗물에 그나마 먼지 테두리마저도 지워졌다. 아무도 새로운 간판을 달지 않았다.

　가게의 차양들은 물에 젖은 빨래처럼 축 늘어져 있었다. 골목을 들어오는 동안 또다시 땀이 흐르기 시작해 바짓단이 맨살에 들러붙었다. 바람은 불지 않는다. 젖었다 마르기를 반복한 옷에서 건어물 냄새가 난다. 단 한 번 이 골목까지 남자를 찾아오려던 여자가 있었다. 일요일 오전 늦잠을 자고 있다가 여자의 전화를 받았다. 여자는 교회에 예배를 보러 나온 길에 교외선을 탔다고 했다. 역에 내린 지 십 분 정도 되었다고 했다. 어디로 찾아가면 잠깐 볼 수 있느냐고 물었다. 잠이 확 달아났다. 뒷말이 자꾸 앞말을 앞섰다. 여자가 웃었다.

　"역 앞에서 계속 직진하세요. 철로를 따라 좀 걸으면 어심회전초밥전문점이라는 간판이 붙은 골목이 나와요." 하지만 어심회전초밥전문점이라는 간판을 여자는 찾을 수가 없을 것이다. 간판의 획은 모두 떨어져 나가고 어호저문저,라는 글씨만 남아 있을 뿐이다. "아, 그럼 카페 올리브에 들어가 계시겠어요?" 카페 올리브의 간판도 마

찬가지였다. 올ㅣㅂ,라는 뜻을 알 수 없는 글자만 간신히 붙어 있을
뿐이다. "아, 아닙니다. 그냥 역에서 기다리시겠어요? 제가 나가겠
습니다." 남자는 철로를 따라 뛰었다. 자갈돌에 운동화 밑창이 미끄
러지면서 몇 번이나 바닥에 손을 짚었다. 여자는 신축한 역사의 대
합실에 앉아 있었다. 남자는 대합실로 들어가지 않고 유리창 밖에서
여자를 지켜보았다. 여자는 손목시계를 들여다보고 개찰구로 나오
는 사람들을 지켜보기도 하다가 가끔 발장난을 치기도 했다. 남자는
역사 안으로 들어가지 않았다. 철로를 따라 걸어 집으로 돌아오면서
여자에게 전화를 걸었다. 갑작스레 급한 일이 생겨 나갈 수 없게 되
었다고 했다. 여자는 아무 말도 하지 않았다. 자갈밭을 딛는 소리만
이어졌다. 몇 분이 흐르고 여자 쪽에서 먼저 전화를 끊었다.

　이 상가 거리에도 호시절은 있었다. 지금은 모든 가게들이 해가
지면 문을 닫으려 시두르지만 힌때는 늦은 새벽까지 문을 열어두는
곳이 많았다. 아파트 단지가 들어서기 전만 해도 이곳은 주말이면
수천 쌍의 연인들이 즐겨 찾는 데이트 코스 가운데 하나였다. 허름
하고 작은 기차역의 출입구로 하루종일 수많은 사람들이 쏟아져 나
왔다. 역 앞으로 주말 특수를 노리려는 주점들이 들어서고 선물 가
게와 공기총 사격장 같은 오락실이 생겼다. 딱히 볼거리가 있는 곳
이 아니었다. 연인들은 철길을 따라 무작정 걸었다. 상가 골목은 데
이트 코스의 반환점쯤에 자리잡고 있었다. 회전초밥집의 회전판은
갖가지 회를 얹은 초밥 접시들을 싣고 쉴 새 없이 돌았다. 새벽까지
노래방에서는 악을 써대는 노랫소리가 새어 나왔다. 월요일 아침이
면 데이트 코스를 따라 구토물과 여자들의 머리핀, 귀걸이 한짝, 생
리대, 텅 빈 지갑, 동전 같은 것들이 떨어져 있고는 했다. 어머니는
아직도 호시절 타령이었다. 그때 벌어둔 돈을 곶감 빼먹듯 다 썼노

라고 했다.

K씨는 글에서 이곳에 와서야 눈에 보이지 않는 것들에 대해서도 고개가 숙여진다고 했다. 8년 전 개포동의 K씨 집을 찾았을 때 남자는 K씨 그리고 그의 딸아이와 함께 뒷산에 있는 절까지 산책을 했다. 사람들이 드나드는 입구 중앙에 커다란 목련나무가 심어져 절을 드나드는 사람들은 나무를 비켜서 걸어야 했다. 목련은 한창 절정이었다. 사십구재 준비로 바쁜 사람들이 절 마당을 분주히 오갔다. 절 뒷마당은 인적이 뜸했다. 절 어딘가에서 나이 든 여자가 소리 죽여 울었다. 우연히 영단靈壇 안을 들여다보게 되었다. 빼곡히 놓인 위패들 가운데 새것처럼 보이는 젊은 여자의 사진 하나가 눈에 들어왔다. 눈썹과 머리카락은 검은 여자였다. 여자의 사진 아래에는 빨간 리본을 단 미니 마우스 봉제 인형이 놓여 있었다. 인형의 노란 장갑 부분에 손때가 타 있었다.

이왕 온 김에 약수를 떠서 천천히 내려가겠노라고 K씨가 딸아이와 뒤처졌다. 절 마당에서 인사를 하고 헤어졌는데 문득 산을 내려가다 돌아보니 K씨는 인사를 나눌 때 그대로 목련 아래에 서서 남자의 뒷모습을 지켜보고 있었다. 남자는 K씨에게 다시 목례를 했고 K씨는 남자를 향해 손을 흔들었다. 산 모퉁이를 돌아 절 마당이 보이지 않게 될 때까지 몇 번이고 그런 일이 반복되었다.

남자의 이름을 따붙인 정육점 간판의 불은 꺼져 있었다. 가게 옆으로 난 골목길로 들어가면 살림집과 곧바로 통하는 철문이 나타난다. 어머니 방에는 아직 불이 켜져 있었다. 아버지는 아직 귀가하지 않았다는 표시였다. 인기척이 나자 어머니 방 쪽에서 끙, 소리가 새어 나온다. 어머니는 귀가가 늦어지는 아버지를 기다리다 기다리다 지치면 푸념처럼 한마디하곤 했다. 방으로 들어가는 남자의 뒤통수로 기어코 그 말이 날아온다. "아무래도 늬 아부진 한길에서 초상을 치르게 될 거다."

창문을 열어두었지만 바람은 방충망을 건너오지 못한다. 비닐장판은 끈적해서 땀에 젖은 살갗이 자꾸만 가 들러붙는다. K씨를 찾아가고 싶다는 생각을 하긴 했지만 매번 생각에서 끝나고 말았다. 손꼽아보니 K씨의 딸아이는 지금쯤 스물한 살의 처녀가 되어 있을 것이다. 불현듯 그날 K씨와 산책을 갔던 절의 영단에서 본 젊은 여자의 사진이 떠올랐다. 젊은 여자의 눈썹과 머리카락이 무섭도록 검었다. 그 여자의 사진 위로 K씨의 딸아이 얼굴이 겹쳐졌다. 초콜릿이 묻은 손을 어쩌지 못해 안절부절못하고 앉아 있던 남자를 보다 비싯 웃던 계집애는 스물한 살의 처녀로 자랐을 것이다, 만약 살아 있다면 말이다.

골목 저 끝에서 주정뱅이의 노랫소리가 들려온다. 아버지다.

1992년 처음으로 집이 물에 잠겼다. 밖이 소란스럽지 않았더라면 내처 잠을 자다 봉변을 당할 뻔했다. 방구들로 스며든 빗물로 비닐장판이 불룩하게 울었다. 어머니는 마당을 뛰어다니면서 악을 쓰듯 남자의 이름을 불러대고 있었다. 방문을 열자마자 문지방 밖에 고여 있던 빗물이 삽시간에 방 안으로 밀려들어 남자의 발목까지 차올랐다. 콘센트 가까운 곳을 지날 땐 두 발에 저릿저릿 전기가 느껴졌다. 물속에서 전기뱀장어 한 마리가 헤엄을 치고 있는 듯했다.

영업 중이 아닌데도 사람들은 모든 간판에 불을 밝혔다. 호시절로 되돌아간 듯했다. 얼마 지나지 않아 전기가 끊기면서 거리는 암흑천지가 되었다. 우왕좌왕하던 사람들이 부딪히며 나동그라지고 서로에게 욕설을 퍼부어댔다. 빗물이 콸콸 소리를 내며 낮은 지대를 찾아 흘렀다. 하수구에서는 오물 섞인 물이 역류했다. 상가 사람들은 두 손을 놓은 채 멍하니 서 있었다. 누군가 통곡을 했다. 누구는 미친 듯이 아이의 이름을 불러댔다. 애들이 한꺼번에 울어대기 시작했다. 남자들 몇이 가게로 뛰어들어가 물을 퍼내다가 양동이를 내던지면서 주저앉았다. 치킨집의 플라스틱 의자들이 물 위로 둥둥 떠올랐다. 물살은 몸이 기우뚱 한쪽으로 쏠릴 정도로 거셌다.

비가 멈춘 후 이틀 뒤에야 빗물이 빠졌다. 가게와 살림집에는 붉은 토사가 쌓였다. 쓸 물건과 쓰지 못할 물건을 추려내느라 시간이 다 갔다. 상가 골목 곳곳에 고장난 가전제품과 흙투성이의 책과 옷가지들이 산더미처럼 쌓였다. 아주머니들은 울다 웃다 했다. 살수차들이 물을 뿌려 토사를 씻어내고 가자 급수차가 도착했다. 아이들이 주전자와 페트병을 들고 급수차 앞에 길게 줄을 섰다. 하루에 한 번씩 소독차들이 하얀 연기를 뿌리면서 골목을 빠져나가면 반벌거숭이 아이들이 인디언처럼 괴성을 질러대면서 꽁무니를 쫓아갔다. 골목은 커다란 빨래터가 되었다. 며칠 동안이나 빨아넌 이불호청과 옷가지들이 바람에 날렸다. 정육점의 대형 냉장고 안에서는 해동된 고기들이 썩기 시작했다. 파리가 들끓었다. 어디서 왔는지 개들이 가게 앞으로 모여들었다. 고기는 개들에게도 줄 수 없었다. 어머니는 돌멩이를 던져 개들을 내쫓았다. 정육점의 고기들을 버리는 건 그런대로 괜찮았는데 아톰만화방의 만화들이 모두 젖어 종이죽처럼 못 쓰게 되었을 땐 자신도 모르게 욕이 나왔다. 아톰만화방의 만화를 보면서 남자는 한글을 뗐다.

기상청은 태풍 루사가 오늘 오후 세 시 전남 고흥반도 남쪽 해안지방에 상륙, 시속 30킬로미터의 속도로 북상 중이며 북진 또는 북

북동진하면서 전북과 강원 등지를 관통, 남부와 강원 지방에 많은 비를 뿌릴 것이라고 예보했다. 남자는 신문에서 구름 사진을 보았다. 태풍 루사는 둥근 구름띠 모양이었다. 편집장이 피워 올리는 도넛 모양의 담배연기와 비슷했다. 태풍의 눈은 별자리도 볼 수 있을 만큼 투명하다고 했다. 가끔 태풍의 눈에 갇혀 열대 지방의 새가 이동해 오기도 한다고 했다. 남자는 별자리를 관찰하듯 창밖을 내다보았다. 꽃사과나무의 이파리가 조금 떨렸다.

이듬해 여름에도 집들은 물에 잠겼다. 상가 골목을 아우르고 들어선 아파트 단지 때문일 거라는 추측들이 사람들 사이에 돌았다. 고지대에 자리 잡은 아파트 단지에서 자체적으로 해결하지 못하는 빗물이 저지대인 이곳으로 모여든다는 것이었다. 전기가 끊기고 암흑이었지만 상가 사람들은 예전처럼 당황하지 않았다. 너나없이 입고 있던 흰 내의 때문에 서로의 얼굴을 식별할 수 있었다. 상가 사람들은 괜찮으냐고 안부를 주고받기까지 했다. 이번에도 속수무책으로 빗물이 집 안으로 스며드는 것을 지켜볼 수밖에 없었다. 미리 챙겨둔 가방을 짊어지고 상가 사람들은 대피장소인 초등학교 강당으로 모여들었다가 물이 빠지자 집으로 흩어졌다. 토사를 퍼내는 데도 한결 요령이 붙었다. 아파트 단지의 부녀회에서 찾아와 수재민들에게 컵라면을 나누어주었다. 이번에는 젖은 벽지를 뜯어내고 새 벽지를 바르지 않았다. 물이 빠지고 벽이 말랐는데도 물이 차올랐던 자리에 얼룩이 남았다. 그땐 이만큼 물이 차올랐었지. 사람들은 추억을 이야기하듯 벽의 얼룩을 어루만졌다. 아주머니들은 울다 웃다 하지 않았다. 입을 꾹 다문 채 이불을 빨아널고 흙탕물을 뒤집어쓴 그릇들을 퐁퐁 탄 물에 닦았다. 가끔 개구쟁이들에게 소리를 칠 뿐이었다. 물을 그냥 마시면 안 된다. 꼭 끓인 물을 마셔야 한다.

망가진 가전제품을 청소차가 싣고 가면 집 안은 또다시 중고제품들로 채워졌다. 두 번의 침수 소동을 겪고 나자 이곳은 상습 침수지역이라는 딱지가 붙여졌다. 사람들이 피신한 초등학교 건물이 두 해 연속 뉴스를 탔다. 띄엄띄엄 찾아오던 부동산 중개사들의 발길이 아예 끊겼다.

점심을 먹고 돌아오는 길에 남자는 K씨에게 보내는 편지를 우체통에 넣었다. 편지를 막 넣으려는 순간 뚝, 빗방울 하나가 떨어졌다.

빗소리가 어찌나 컸던지 서로의 말소리를 알아듣기 위해 목청을 높여야 했다. 창밖의 꽃사과 나뭇잎들이 빗줄기에 찢겨 떨어졌다. 푸른 꽃사과 열매가 바람이 불 때마다 우두두 떨어져 내렸다. 외출에서 돌아오는 직원들의 신발 밑창에 으깨진 꽃사과 열매가 묻어 들어와 여기저기 돌아다녔다. 물비린내에 달큰한 사과향이 섞여 났다. 행인들은 우산대를 두 손으로 바투 쥐고 종종걸음쳤다. 시도 때도 없이 여자들이 비명을 질러댔다. 뒤집어진 우산을 접었다 펴느라 여자들은 울상이 되었다. 날아가는 우산을 잡으려 사람들이 허둥댔다. 간판이 바람에 덜컹거리고 입간판들은 1미터 밖으로 날아가 떨어졌다. 웨딩드레스를 입은 신부가 우산도 받치지 않고 거리를 걸어갔다. 질질 끌리는 드레스 자락으로 스며든 흙물이 무릎 높이까지 올라가 있었다. 신부의 뒤를 커다란 골프우산을 받쳐든 턱시도 차림의 신랑이 뒤쫓아 갔다. 신부의 얼굴은 화장이 번져 얼룩덜룩했다. 신부가 신랑에게 뭐라고 고함을 쳤다. 빗물 때문에 눈물은 보이지 않았다. 가로수들의 줄기가 바람에 날리면서 채찍 소리를 냈다. 문득 오늘 점심에 결혼식에 간다던 아버지의 말이 떠올랐다.

제본 과정 전에 오자를 잡아낸 건 다행 중의 다행이었다. 편집장이 남자의 책상에 교정지를 던졌다. 곧 출간 계획이 잡혀 있는「붉은 강」이라는 소설의 재교지였다. 편집장은 직원들을 성姓 하나만으로 부르는 습관이 있었다. "야, 강! 이제부터 널 가랑이라고 불러주마." 남자는 영문을 모른 채로 붉은 줄이 그어진 교정지를 들여다보았다. 붉은 볼펜의 교정은 분명 남자 자신의 필체였다. 정은 어느새 남자의 의자 뒤에 와 서서 교정지로 얼굴을 들이밀고 있었다. 정이 붉은 줄이 그어진 문장을 소리내 읽기 시작했다. 여자는 남자에게 가랑이를……. 정이 폭소를 터뜨리면서 남자의 어깨를 사정없이 내리쳤다. "이제 보니 강 선배……." 남자는 허겁지겁 초교를 찾아 펼치고 손가락으로 글씨들을 짚어 나가기 시작했다. 자꾸만 행을 놓치고 처음부터 다시 읽어야 했다. 여러 번 확인했지만 여자는 남자에게 가랑이를……이라고 읽었던 그 문장은 온데간데없었다. 대신 여자와 남자는 실랑이를 벌였다,라는 문장만 있을 뿐이었다.

정은 남자의 뒤를 쫓아다니면서 야유를 퍼부었다. "그럼 그때 내 시선을 피했던 게 바로 이것 때문이었어요? 응큼하긴……." 워낙 비좁은 곳이어서 삽시간에 직원 모두가 그 일을 알게 되었다. 요 며칠 남자는 K씨와 그의 딸아이에 대한 생각으로 골머리를 앓았다. 편집장이 남자의 책상에 와 걸터앉으면서 담뱃갑에서 담배를 꺼내 물었다. "편집 1, 2년차들은 틀린 글씨만 보면 그냥 지나치질 못해. 화장실 낙서에까지 교정을 본다니까. 편집 4, 5년차들은 틀린 글씨가 오히려 인간적으로 생각되는 거야. 그런데 편집 7, 8년차들은 어떤 줄 알어? 지들이 소설을 쓴다니까." 엘리베이터 앞에서 남자와 마주친 경리부의 새내기 최도 그 일에 대해 알고 있는 듯했다. 남자를 보자마자 화들짝 놀라며 쏜살같이 사무실로 뛰어들어가 버렸다.

집으로 들어가는 도로가 유실되었다. 커다란 개천이 도로를 가로

지르며 새로 생겨났다. 붉은 흙탕물이 흘러넘쳐 도로가의 나대지들에 물이 찼다. 좌석버스는 길이 끊긴 곳에서 유턴해 돌아갔다. 승객들 몇은 버스를 타고 시내로 돌아가고 몇은 버스에서 내려 빗줄기 속에 서 있었다. 붉게 흘러넘치는 물을 보고 있자니 K씨의 글이 생각났다. '눈에 보이지 않는 것에 대해 머리 숙여지는 날들이 많아지고 있다.' 어쩌면 지금 도로를 가로질러 흘러가는 저 물길이 원래 제자리였는지도 모른다는 생각이 들었다. 심야버스 속에서 가끔 아스팔트 도로 아래를 흘러가는 물소리를 들은 것도 같았다. K씨의 글은 언제나 남자의 머릿속에 오래 머물러 있었다.

빗소리 때문에 어머니도 남자도 목청을 높였다. 상가 골목이 침수되었다고 했다. 화장실이 넘치고 하수구가 역류했다고 했다. 그러면서 어머니는 "그런데 어쩌냐. 니 아버지가 여적 안 온다"라고 했다. 말끝에 무어라 이야기를 이었지만 전화가 끊기고 말았다. 남자가 다시 전화를 걸었지만 전화는 불통이었다. 남자는 좌석버스를 타고 다시 시내로 나왔다. 시내도 비 피해가 속출하고 있었다. 거센 빗줄기에 가로수들의 뿌리가 드러났다. 쓰러져 엉킨 가로수들 때문에 행인들이 도로로 걷고 있었다. 자동차가 지나갈 때마다 행인들은 고스란히 물세례를 받았다. 횡단보도를 건너려던 사십대 남자가 감전사고로 숨졌다는 소식도 들려왔다.

남자는 편집부의 장의자에 누워 밤을 새웠다. 밤새도록 비는 멈추지 않았다. 논의 물꼬를 살피러 나갔던 육십대 남자가 급류에 휩쓸려 실종되었다. 공원묘지가 산사태로 무너져 백여 개의 무덤이 유실되었다. 조간에서 남자는 신원을 알 수 없는 육십대 사내의 죽음에 대한 기사를 읽었다. 사내의 사망 추정 시간은 토요일 오후였다. 연초록 양복을 입고 키는 170센티미터쯤이라고 했다. 사내는 남자 고등학교의 뒷담 아래에서 발견되었다고 했다. 그 학교 이름이 낯설지 않았다. 매일 아침 버스 정류장에서 마주치던 학생들의 교복에서 그 이름을 본 것 같았다. 아버지는 토요일 오후 상가 번영회 회원의 딸 결혼식에 참석한다고 했다. 아버지의 여름 정장은 연초록빛의 양복, 단벌뿐이었다. 후미진 골목이었다. 2미터 높이의 슬레이트 담 너머 고등학교 운동장이 있었다. 보충수업을 위해 학교에 남은 아이들이 축구를 하며 큰 소리로 떠들어댔다. 아버지는 술이 취해 아무 곳에 서나 쓰러져 잠을 자는 부랑자로 오해받을 만했다. 예식장의 피로연 장을 나올 무렵 이미 걸음을 제대로 떼어놓는 것이 힘들 만큼 만취 해 있었을 것이다. 남자가 K씨에게 쓴 편지를 우체통에 넣을 때 빗 방울이 쏟아지기 시작했다. 새벽에 신문을 돌리던 사람은 길가에 쓰 러진 아버지를 알아보지 못했다. 어두운데다가 거친 빗줄기가 시야 를 방해했을 것이다. 아버지의 오른손 손등 위로 자전거 바퀴가 지 나갔다. 아니, 아니다. 남자는 고개를 흔들었다. 신문활자는 너무 작 았다. 남자는 다시 그 기사를 읽었다. 사내의 인상착의는 방금 전 남 자가 읽은 것과 전혀 딴판이었다. 사내는 돛을 펼친 요트가 프린트 된 비치 셔츠에 면 반바지를 입고 있었다고 했다. 사내가 발견되었 다는 학교도 남자가 한 번도 들어본 적이 없는 학교였다. 여자는 남 자와 실랑이를 벌였다. 여자는 남자와 실랑이를 벌였다. 심각하게 생각할 일은 아니었다. 남자는 요즘 부쩍 K씨의 일에 신경을 썼다.

월요일 오후에야 길은 복구되었다. 상가 골목의 물은 그때까지도 덜 빠진 채였다. 흙탕물에서 온갖 냄새가 났다. 남자는 바지를 무릎 까지 접어 올리고 흙탕물 속을 첨벙첨벙 건너갔다. 초등학교 강당에 서 어머니는 아주머니들과 수다를 떨며 앉아 있었다. 물에 젖어선 안 될 것들은 미리 가방 안에 싸두었다고 어머니가 남자를 보고 웃었다. 아버지는 보이지 않았다. 길이 끊긴 참에 친구 집에 눌러앉아 술을 마시고 있다는 전화를 받았다고 했다.

토사를 쓸어내고 물에 젖은 물건들을 골목에 쌓아두는 일들이 상가 사람들에게는 연례 행사가 되어버린 듯했다. 살수차가 동원되어 거리의 오물을 쓸어가고 급수차가 들어와 물을 배급했다. 조무래기들도 쓰레받기를 들고 제방에 스며든 흙을 집 밖으로 떠내고 있었다. 아이들은 침수된 집의 물과 흙을 떠내면서 잔뼈가 굵을 것이다. 집 안에 들이찬 빗물의 수위가 조금씩 높아지고 있었다. 벽에 걸어 놓은 달력이 젖었다. 달력을 떼어내면서 남자는 내년엔 좀더 높은 곳에 못질을 해야겠다고 생각한다. 빗물을 쓸어내다 방바닥에서 시작되는 틈을 발견했다. 틈으로 검지손가락이 쏙 들어갔다. 해마다 빗물에 지반이 쓸려가면서 집의 뿌리도 조금씩 드러나기 시작했다. 이제 몇 해가 지나면 물 위로 둥둥 떠다니는 건 플라스틱 의자나 소쿠리, 가벼운 가전제품들이 아니라 집들이 될 것이다. 금세 파리가 들끓었다. 소독차가 하얀 연기를 뿌리면서 골목 안으로 들어왔다. 낯익은 냄새다. 이런저런 잡음에 섞여 주정뱅이의 노랫소리가 들려온다. 연기 때문에 골목 끝이 보이지는 않지만 아버지가 틀림없다.

"강 선배, 누가 왔는 줄이나 알아요? 사장실에? 정은 흥분해서 두 손바닥을 비벼댔다. "지금 사장실에 귀신이 와 있다구요, 귀신. 도대체 강 선배 요즘 왜 그래요? 남자의 어깨를 내리치던 정이 턱짓으로 편집부 문을 가리켰다. 문가에 커다란 눈망울을 한 젊은 여자가 서 있다. 남자는 한눈에 그 여자를 알아보지 못했다. "귀신, 귀신." 정이 입을 벙긋거린다. 여자는 한번에 남자를 알아본 모양이었다. "한번 만난 적이 있었는데요." 여자가 입술을 작게 오물거렸다. 불현듯 머리를 총총 땋아내린 K씨의 딸아이 얼굴이 떠올랐다. "K선생님? 그렇다면 윤?" 그제서야 여자의 얼굴에 희미하게 웃음이 번졌다. "아니요, 연이에요. 윤은 제 오빠고……."

사진에서 느낀 것처럼 K씨의 시력은 2년 전부터 급작스레 나빠지기 시작했다. 시를 타이프하거나 출판사에 전해주는 일을 이제는 연이 도맡아 했다. "눈이 잘 보이지 않게 된 후부터 아버진 좀 까다로워지셨어요. 어렸을 때 비닐로 된 비료포대를 쓰고 논 적이 있었는데 사물이 전부 그때처럼 부옇게 보인대요." 그렇다면 흉사의 주인공은 딸아이가 아닌 장남 윤이었을까. 연이 가방에서 편지봉투를 꺼내 탁자에 올려놓았다. 남자가 K씨에게 보낸 바로 그 편지였다. "아버진 강 선생님의 편지를 받고 즐거워하세요. 그런데 읽어드릴 수는 없었어요. 지난 태풍에 우편물들이 모두 젖어버렸거든요. 글씨가 번져 읽을 수가 없었죠. 간신히 강 선생님의 이름은 확인할 수 있었어요."

연과는 출판사 앞에서 헤어졌다. 연이 뒤돌아 남자를 물끄러미 올려다보았다. 검은 눈동자 속에 초등학교 6학년 계집아이의 장난스러움이 남아 있었다. 초콜릿이 묻은 손을 어떻게 해야 할까 전전긍긍하는 남자의 모습을 계집애는 재미있게 지켜보았다. "아버진 수국이 지기 전에 강 선생님이 한 번 오셨으면 하세요. 웬일인지 요즘 그동안 소식이 끊겼던 친구분들로부터 전화가 여러 통 걸려왔지요. …… 눈이 나빠지고서부터 아버지의 즐거움이란 윤 오빠와 절 앞세우고 산책을 하는 것뿐이랍니다."

남자는 문예지를 뒤적여 '궁금했습니다' 난을 다시 읽었다. L선생이 K씨의 근황을 확인하려 전화를 걸었을 것이다. K씨의 산문은 여러 번 읽어도 새롭게 읽혔다. 3박 4일 간에 걸친 달팽이의 여행과

뒤꿈치를 물릴까 어쩔 수 없이 뱀의 모가지를 향해 삽 끝으로 내리쳐야 했던 이야기에 금방 몰입할 수 있었다. 침침한 눈으로 어떻게 달팽이를 발견했고 뱀의 모가지를 단번에 겨냥해 내리칠 수 있었는지에 대한 의심은 품지 않았다. K씨는 글에 그렇게 썼다. 이곳에 와서야 눈에 보이지 않는 것들에 대해 고개 숙여진다라고.

남자는 며칠 동안 자신을 괴롭혔던 그 문장에 이르렀다. 연의 지적대로였다. '두 자식을 앞세우고 뒤따라가는 산책길에서 자꾸만 현기증이 인다. 햇빛마저 서글프다.' 전혀 다른 그림이 눈앞에 펼쳐졌다. 장성한 아들과 딸의 보폭은 크다. 시인은 일부러 걸음을 늦추고 아이들의 뒷모습을 보며 걷는다. 눈부신 햇살이 아이들의 어깨에 걸려 있다. 왜 그런 오독을 하게 되었는지 알다가도 모를 일이었다. 무심결이었을 것이다. 사진 속의 K씨는 8년 전보다 훨씬 노쇠해 보였다.

두 자식을 앞세우고 뒤따라가는 산책길에서 자꾸만 현기증이 인다. 햇빛마저 서글프다. 그 문장은 늙어가는 것, 사그라지는 것에 대한 안타까움의 노래였던 것이다.

　「무심결」은 읽는 동안 내내 독자를 기묘한 분위기에 빠뜨리는 매력을 발휘한다. 소설이란 건물이 눈에 보이는데 투시도가 짐작되지 않는 것이 매력이지만 독자를 붙잡아 매는 흡인력의 큰 부분은 줄거리보다도 무정한 문체에 의존한다. 출판사에서 근무하는 주인공 남자는 시인 K의 근황이 궁금하다. 세속 도시를 표표히 떠나 바다 냄새가 풍기는 곳에서 사는 시인의 무욕한 삶에 대한 존경심이 크게 작용했겠지만 그의 궁금증은 "자식을 앞세우고 걸어가는 산책길에서 자꾸만 현기증이 인다. 햇빛마저 서글프다"라는 대목에 모아졌다. 그 중에서도 앞세운 자식, 즉 부모보다 먼저 죽은 아이가 누구인지가 알고 싶은 주인공의 궁금증에 독자까지 끌어들인다. 그 궁금증은 나중에 죽었다고 짐작한 인물이 등장하는 것으로 풀린다. 위에 인용한 대목은 산책길에서 잰 걸음으로 앞서가는 젊은 자식을 뒤에서 바라보는 아버지의 심정을 그린 뜻, 문자 그대로의 뜻으로 해독해야 하는 것이었다. 궁금증이 오독에서 비롯되었다는 것인데 실상 주인공의 오독은 여기에 그치지 않았다.

원고에서 "여자와 남자는 실랑이를 벌였다"를 "여자는 남자에게 가랑이를 벌렸다"로 읽고 교정지에 잘못 옮겨 적은 오독이 있었고 조간 신문에서 "신원을 알 수 없는 육십 대 남자의 죽음에 대한 기사"를 읽고는 옷차림, 장소, 시간에 비춰보아 여지없이 자신의 아버지라고 생각하게 만든 오독이 있었다. 그러나 마지막 오독은 "신문 글자가 너무 작아" 다시 읽어보았더니 죽은 사나이의 인상착의, 옷차림, 사망 장소는 방금 전에 읽은 것과는 전혀 딴판이었음을 스스로 깨닫는다. 실랑이를 가랑이로 읽은 것과 자식을 앞세웠다는 오독은 타인에 의해 해결된 반면, 신문기사의 오독은 스스로 금세 깨달은 것이다. 주인공의 궁금증은 풀렸다. 모두 무심결에 잘못 읽었다고 판명되었기 때문이다. 주인공의 궁금증이 풀리는 지점에서 독자의 궁금증이 시작된다. 알다시피 모든 실수는 무의식의 작용이며 오독 역시 읽는 사람의 무의식이 투사된 결과이다. 실랑이를 가랑이로 읽은 것은 기표의 유사성에 기인한다는 점에서 무의식에 의존한 해석의 여지가 줄어들며 자식을 앞세운다,라는 문장의 오독은 기의의 양가성, 혹은 1차적 의미와 수사학적 의미의 차이에서 비롯된 것이지만 마지막 신문기사의 오독은 철저히 무의식적 욕망의 투사이다. 제목 '무심결'을 '무의식'으로 고친 뒤 이런 식으로 작품을 읽는다면 이 소설은 정교하게 짜여진 정신분석 소설이 된다. 여기에 독자의 무의식까지 겹쳐 이 소설을 읽는다면 한결 흥미진진한 독서 체험을 만끽할 수 있으리라.

국자 이야기

조경란

1969년 서울에서 태어나 서울예대 문예창작과를 졸업했다.
1996년 《동아일보》로 등단했으며,
소설집으로 『불란서 안경원』『나의 자줏빛 소파』『코끼리를 찾아서』
중편소설로 『움직임』, 장편소설로 『식빵 굽는 시간』
『가족의 기원』『우리는 만난 적이 있다』 등이 있다.
1996년 문학동네신인작가상, 2002년 오늘의젊은예술가상,
2003년 현대문학상을 수상했다.

국자 이야기

1

수년 전부터 나는 균형에 대해 생각해왔다. 그것은 사람뿐만 아니라 동물들도 선호한다는 대칭적인 외모에 관한 것도 아니고 평균대 위에 올라가 한 발을 든 채 다음 동작을 생각해야 하는 현실적이며 합리적인 균형도 아니며 지극히 개인적인 한 사람의 일상, 뭔가꾹 참고 있는 듯한 표정을 한 채 한 치의 흐트러짐도 없이 하루하루를 보내야 하는 내 일상의 사소한 리듬에 관한 것이었다. 그래서 나의 외삼촌이 함께 살지 않겠느냐는 제의를 해왔을 때 오래 생각하지도 않고 덜컥 결정해버릴 수 있었다. 다만 생각을 통제할 것인가환경을 통제할 것인가 하는 문제로 하룻밤 고민했을 뿐이다. 나는한 번도 혼자서는 살아본 적이 없는 사람이다. 가장 큰 이유는 내가 혼자 사는 것을 원치 않았기 때문이겠지만 나는 내가 다른 누군가와 함께 있을 때만 내 자신답다는 걸 깨닫는다. 그래서 꼭 가족이 아니어도 되었다. 그러나 나는 많은 것을 잃어버렸고 벌써 여러 달째 혼자 살고 있었다. 이제 내 가까이에서 나를 들여다봐줄 수 있는 사람이라고는 외삼촌밖에 없는 것도 사실이긴 했다. 다른 선택이 있을 수 없었다. 내가 균형에 대해 생각하게 된 건 필시 누가 누구에게 상처를 주는가, 하는 문제에 대해 집착하기 시작한 이후부터일 것이다. 말로 내뱉으면 스스로 비열해져버리는 감정들이 있다. 생전의 아버지가 나에게 남겨준 것이 있다면 말을 하는 것의 어려움과 말을 내뱉고 났을 때의 책임감 같은 것일 게다. 무슨 말인가 마구 쏟아내버리고 싶을 때가 있다. 그러나 그럴 때마다 수치스럽지 않은가? 죄책감에 빠지지는 않는가? 후회하지 않는가? 하는 거대한 목소리가 볼륨을 최대한으로 틀어놓은 음악처럼 쿵쿵쿵 들려오는 듯하다. 말을 하는 대신 나는 굴러가는 실타래를 쫓아가듯 여러 개의 동작들, 이를테면 정해진 시간에 책을 읽거나 산책을 하거나 유리 조각을 치우는 일을 되풀이하기 시작했고 그것은 나의 일상을 장악해버렸으며 곧 리듬이 되어버렸고 그것은 마치 내 생의 가장 중요하며 꼭 필요한 하나의 가치처럼 느껴지게까지 되었다. 내가 하는 일의 행위에는 일정한 순서와 그걸 꼭 하지 않으면 안 되는 당위성 같은 게 있다. 그 행위는 나에게 마술처럼 강력한 적응의 의미를 지녔기 때문이다. 그래서 그 행위를 하고 있는 순간에는 일시적으로나마 불안과 긴장이 완화되는 것을 느낀다. 나는 하지 않을 수 없다. 그걸 나는 균형이라고 알고 있었고 사람들은 강박관념 혹은 과장하는 데 익숙해져 있는 사람들은 강박장애라고까지 말했다. 하긴 사람들은 즐겁고 유쾌한 생각이나 행동이 머릿속을 사로잡고 있을 때는 그걸 강박

관념이라고 부르지는 않을 것이다. 그러나 나는 유리 조각을 치우지 않을 수가 없다. 그것은 어디에나 널려 있으므로 걸레를 들고 닦고 또 닦아야 하는 것이다.

어느 날인가 나는 실제로 아무것도 하지 않은 채 그대로 꼼짝 않고 드러누워 하루를 보낸 적이 있다. 극도의 불안과 긴장이 더는 참지 못할 두려움과 갈망으로 변해 내 몸을 찌르기 시작했다. 내가 같은 행동을 반복해서 하지 않으면 일어날 여러 가지 극단적인 상황들, 집 안 구석구석에 숨겨져 있는 유리 조각들 때문에 발바닥에 상처를 입을 거고 금방 피투성이가 돼버릴 것이며 결국 나는 걷지도 기지도 못하는 사람이 되어버릴 거라는 등의 걱정들은 사실 현실적으로 일어나기 힘들다는 것을 깨닫고 있었다. 그러나 그걸 깨닫는 순간 나는 자리에서 벌떡 일어나지 않을 수 없었다. 불안이 극에 달할수록 강박적인 반복 행위는 계속되어야만 했던 것이다. 아주 어렸을 적에도 외삼촌과 함께 살았던 적이 있다. 그때는 외삼촌이 오갈 데가 없는 신세였을 것이다. 삼촌이 보기엔 아마 지금 내가 그렇게 보일지도 모르겠다. 게다가 나는 실직한 지도 너무나 오래되었고 다시 취직이 된다는 아무런 보장도 할 수 없는 상태였다. 이제 여덟 살이 된 사촌과 함께 지내는 것도 아주 나쁘지만은 않을 것이다.

2

나에게는 누군가 꼭 필요하지만 그 이유에는 석연치 않은 데가 있다. 누군가 함께 있을 때라야만 내 자신답다는 건 어쩌면 함께 살기 위한 변명일지도 모른다. 그 사실은 이사를 하기 전날 밤 문득 든 생각이다. 누구나 다 완전하지는 않을 것이다. 나는 내가 비합리적이며 비이성적인 사고를 갖고 있다는 것을 스스로 잘 알고 있음에도 불구하고 그것을 극복하려 하기보다는 익숙해진 행동을 반복함으로써 불안을 감소시키려고 한다. 그건 문제를 알고 있으면서도 한사코 문제를 직면하지 않으려고 하는 태도와 마찬가지다. 그리고 내가 꼭 누군가와 함께 있어야 하는 한 가지 이유는 때로는 타인의 도움을 받아 그 행위를 수행해야 할 때가 있기 때문이다. 저기에 분명히 유리 조각이 하나도 없죠? 라거나 내가 가스 밸브를 잠그고 나온 게 정말로 맞는 거죠? 라고 반복적으로 확인을 해봐야 한다는 말이다. 그러니까 나는 남의 도움 없이는 살아가기 힘든 유형의 사람이다. 그러나 이번의 경우는 단지 그 이유 때문만은 아닐지도 모른다.

예전에 나는 무엇이든 강박적으로 수집을 하지 않으면 견디지 못하는 한 사람을 알고 지낸 적이 있다. 집 안은 곧 쓰레기 더미로 가득 찼고 그는 그 안에서 평화로우나 다소 지친 듯한 모습을 한 채 발 디딜 틈도 없는 공간에 몸을 웅크리고 앉아 있었다. 우리는 이따금씩 얼굴을 잊지 않을 정도로만 만났다. 여러 해가 지난 후에 다시 그의 집에 가보았다. 발을 뻗고 잘 수 있을 만한 좁은 공간도 없이 그는 아주 오래전부터 그래왔던 것처럼 남루한 옷을 입은 채 쓰레기 더미 속에 서 있었다. 그는 여기서는 더 살아갈 수가 없노라고 말했다. 그 말을 하던 순간의 그의 모습을 지금도 잊을 수가 없다. 따뜻하고 온화한 날이었는데도 그의 입에서는 차갑고 흰 입김이 뿜어져 나오는 것 같았다. 그 역시 특별한 고통을 겪은 적이 있는 사람이었으므로 나는 그를 이해하지 않을 수 없었다. 먼 데로 떠나기 위해서 필요한 물건을 찾기 위해 우리는 그 쓰레기 더미 속을 헤집지 않으면 안 되었다. 남들이 보기엔 낡고 가치 없어 보이는 물건들에 대한 집착으로 온 방 안에 그 엄청난 더미를 수집해놓았지만 그 속에서 그는 정작 자신이 찾고자 하는 것은 결국 찾을 수 없었다. 그날 그가 찾던 것은 눈에 잘 띄지도 않는 얇고 납작하며 어두운 녹색의 여권이었다. 그 뒤로 그의 소식을 전혀 듣지 못했다. 그는 떠났을까. 몇 번인가 그의 집 앞을 서성거린 적이 있다. 한 시절 그와도 함께 살 수 있었을지도 모른다. 그러나 나는 끝내 그러지 않았다. 지금 나는 내 앞에 놓인 거대한 쓰레기 더미를 보고 있다. 정말로 내가 찾고 싶은 게 있어도 정작 찾지 못하게 만드는 크고 검고 단단한 덩어리를 말이다. 딱딱한 부채로 누군가 내 어깨를 탁, 하고 내리치는 느낌이 들었다. 균형에 대해 집착하기 훨씬 오래전부터 나는 내가 진정으로 원하는 게 무엇인지 알고 싶어했다. 그것은 혼자 살아서는 찾을 수 없을지도 모른다. 환경을 열어두는 것. 그것이 아마 내가 이사를 결정한 가장 큰 이유가 될 것이다.

3

집안 분위기는 내가 상상했던 것과는 달랐다. 외숙모가 집을 나간 게 3년 전이라고 들었다. 나는 외숙모가 집을 나간 장면을 직접 보지는 못했지만 친지들은 모일 때마다 그 이야기를 했으므로 내가 직접 본 것 마냥 떠올릴 수가 있다. 그 사람은 정말 외숙모였을까. 언젠가 시내의 한 커다란 건물에서 막 빠져나왔을 때 흰 눈이 펑펑 쏟아지며 어둠이 몰려오고 집으로 가는 버스는 좀체 오지 않고 인적은 끊기고 있을 때의, 뭔가 극적인 것을 요구하는 듯한 어느 금요일 저녁에 그 눈보라 속을 타박타박 걸어가고 있는 한 여인의 뒷모습을 본 적이 있다. 몸매랄 것도 없이 키도 작고 마른 편이었던 외숙모가 집을 나가면서 유일하게 챙겨들고 나간 물건이 바로 이불이었다. 외숙모는 맨발에 외삼촌의 고무 슬리퍼를 꿰어 신고 무거운 이불을 머리에 인 채 뒤뚱뒤뚱거리며 골목을 내려갔다고 했다. 그 말을 전해 준 사람은 동네의 세탁소 주인이었다. 세탁소 주인은 이불을 들고 걸어 내려오는 외숙모가 자신의 가게로 오는 거라고 생각해 문을 활짝 열고 밖으로 나갔다. 그 앞을 무연히 지나쳐버리는 외숙모를 불러 세울 수가 없었노라고 했다 한다. 그랬을 것이다. 외숙모는 오른쪽 어깨에 작두를 둘러맨 심정으로 어떤 망설임도 없이 한 방향만을 보고 걸어갔을 테니 말이다. 말하기를 좋아하는 사람들은 그 이불 속에 통장과 금괴를 숨겼을 거라고 했고 어떤 이는 그 이불 속에 내연의 남자를 둘둘 말아 감췄을 거라고도 했다. 외삼촌은 외숙모를 찾는 것을 포기했다. 이불을 들고 나갔으니 어디 한곳에 오래 머물지는 않을 것이다. 오래된 북의 내부처럼 외삼촌도 그리고 누구도 외숙모가 집을 나간 영문을 알지 못했다. 단지 할 수 있는 일만을 할 수밖에 없을 때가 외숙모에게도 있었던 모양이다. 그 마음이 나는 쓸쓸하고 피곤했을 거라고 짐작한다. 그리고 남은 사람들도 그럴 거라고 짐작했던 것이다.

키가 훌쩍 커버린 사촌을 나는 오랫동안 응시했다. 점점 커가는 사촌을 위해 외삼촌이 내 손을 빌리고 싶어하는 건 아닐까 하는 생각은 틀렸다. 사촌의 얼굴은 따뜻한 느낌을 주는 붉은빛으로 상기되어 있었고 눈동자는 까맸으며 말투는 온순하고 부드러웠다. 지금까지 단 한 번도 위험에 빠져본 적이 없는 그런 얼굴을 어린 사촌의 얼굴에서 읽었다. 어머니를 잃고도 이 세상에는 아직 제가 겪어보지 못한 수많은 경이들로 가득 차 있다는 걸 믿고 있는 듯 기대를 저버리지 못한 얼굴 앞에서 그러나 나는 이상하게 목이 메어왔다. 그건 뭔가 내내 꾹 참고 있는 듯한 내 표정과 다를 것이 없게 느껴졌던 것이다. 그날 저녁, 외삼촌은 정종을 마시고 같은 노래를 되풀이해 불렀다. 난 해변에 쓰러져 있었고 눈을 떴지. 당신이 탄 검은 돛배는 밝은 불빛 속에 너울거리고 당신의 두 팔은 지쳐서 흩어지는 것 같았어. 뱃전에서 당신이 내게 손짓하고 있는 것을 보았지. 그러나 파도는 말하고 있었어. 당신은 영원히 돌아오지 않을 것이라고.

4

한 사람을 보면 그가 어떤 환경에서 자랐는지 아버지는 7초면 알 수 있다고 말했다. 이를테면 저 사람은 아마 야생 동물들 속에서 자란 사람일 거다, 혹은 저 사람은 찬사와 기대 속에서 자란 사람일 것이다,라고 말하는 식이다. 그건 아버지가 사람을 판단하는 기준이 되기도 했지만 찬사와 기대 속에서 자란 사람들도 때로 합심하여 아버지를 궁지에 몰아넣기도 했다. 그런 아버지는 정작 궁핍과 굶주림 속에서 자랐고 나는 한숨 속에서 키워졌다. 그래서 아버지 식으로 말하자면 나는 한숨 속에서 성장한 사람이며 그건 외삼촌도 마찬가지다. 중국 음식을 만드는 요리사가 된 지 벌써 30년이 가까워오지만 외삼촌에게도 역경은 자주 찾아왔다. 아이엠에프 때인가 외삼촌은 다니던 식당에서 사직당한 뒤 한강에 나가 살기 시작했다. 먼 훗날 외삼촌이 세상을 떠나 만약 내가 그를 기억할 만한 공간을 찾게 된다면 거기가 바로 한강일 것이다. 한강은 왜가리가 살고 흰뺨검둥오리와 물총새가 살고 달맞이꽃 망초 개망초가 피는 평화로운 땅이 아니라 내게는 가을과 겨울, 어느 한 시절 헐벗은 나의 외삼촌이 살던 장소다. 외삼촌은 거기서 하루에 서른 마리도 넘는 붉은귀거북이를 잡았다. 성격이 온순한 토종 생물인 남생이가 급격히 불어나는

외래종 붉은귀거북이에게 생존의 위협을 받던 때였다. 그때 한강에
는 외삼촌 말고도 전문적인 거북이잡이들이 십여 명 더 있었다고 한
다. 그들은 잡은 거북이를 애완용이나 약재용으로 팔아넘겼다. 불법
은 아니었지만 외삼촌은 그때 어쩐지 내내 쫓기는 듯한 심정이었다
고 말했다. 외래종 거북이라고는 해도 거북이를 잡는 것은 붕어나
누치 쏘가리를 잡는 것하고는 좀 다른 데가 있었을 것이다. 하루의
절반을 외삼촌은 축축한 모래톱에 방수포를 깔고 누워 있었다. 그러
고는 집에 두고 온 자신의 국자에 대해 생각하곤 하였다.

　외삼촌의 책장에서 나는 특이한 제목의 책을 발견했다. 『국자의
기능과 개량에 관한 연구』『개량 국자의 제조방법 및 그 능력』이라
는 제목을 가진, 책이라기보다는 복사본을 묶어놓은 묶음집들이었
는데 읽어보지 않았지만 모두 국자에 관한 것이었다. 국을 퍼 담거
나 휘저을 때 쓰는 국자 말이다. 피식 웃음이 나왔다. 내가 아주 어
렸을 적, 외삼촌이 우리 집에서 함께 살던 시절에 그가 나를 때린 적
이 한 번 있었는데 그때 나를 때린 도구가 바로 국자였던 것이다. 중
국 요리를 하는 외삼촌에게 국자는 오른팔, 아니 자신의 몸이나 마
찬가지다. 하루에 열 시간도 넘게 주방에 서 있어야 하는 외삼촌은
한순간도 손에서 국자를 놓을 새가 없다. 다른 요리와 달리 특히 중
국 요리는 뜨거운 불 위에서 순식간에 요리를 하는 경우가 대부분인
데 재료를 볶을 때는 말할 것도 없거니와 양념의 양을 재거나 갖은
재료를 팬에 섞는 그 모든 순간에 국자를 사용하는 것이다. 그러니
계량저울이나 비커, 계량스푼 같은 것들은 필요가 없었다. 국자 하
나만 있으면 모든 것이 가능하기 때문이다. 외삼촌에게는 30년 가까
이 써온 국자가 하나 있었다. 그 국자는 외삼촌의 선배 요리사가 물
려준 것이고 선배는 선배의 스승이었던 요리사에게서 물려받았다고

했으니 외삼촌조차 그 국자가 얼마나 오래된 것인지는 알지 못한다. 동네 중국집 요리사였던 외삼촌을 호텔 중식당 주방장으로까지 만들어준 그 국자를 나도 한 번 본 적이 있다. 그저 약간 길고 날렵해 보이는 손잡이가 달린 평범한 스테인리스 국자였으며 목 부분에 수차례 땜질한 자국이 남아 있고 볼 끝이 닳아서 청결해 보이지도 않는 그저 그렇고 그런 국자였다고 기억된다. 하지만 외삼촌은 새것을 구입하거나 주방에 남아도는 다른 국자를 사용할 생각은 전혀 하지 않았다. 언젠가 외삼촌은 국자를 새것으로 바꾼 일이 있다고 한다. 얼마 지나지 않아 단골손님들조차 발길을 끊기 시작했다. 음식의 맛이 바뀌었던 것이다. 손에 맞지 않는 새 국자를 버리고 그 이후로 외삼촌은 낡고 오래된 그 국자만을 사용하고 있다. 그게 벌써 20년이 훨씬 더 지난 일이 되었다. 책이나 음악, 자동차 혹은 축구공 같은 것을 생각하지 않고서는 자신의 삶을 생각할 수 없는 사람들이 있듯 세상에는 흔해빠져 보이는 국자 같은 것 없이는 삶을 생각할 수 없는 사람이 있다는 사실을 나는 외삼촌을 통해서, 그의 집에 들어가 살기 시작하면서부터 알게 되었다. 외삼촌은 자신의 한결같은 맛을 지키는 것만큼 자기 생에서 가치 있는 일은 없다고 생각하는 사람이었다. 그리고 그것은 그 국자 없이는 불가능한 일이었다. 나는 곧 외삼촌을 이해하게 되었다. 어느 일요일 오전인가 맨손체조를 하느라 몸을 이리저리 움직이고 있는 그의 몸에서 오른쪽 팔 하나가 국자의 모양을 하고 있는 것을 발견했던 것이다. 국자는 부드럽고 유연한 동작으로 삼촌의 어깨에서 흔들거리며 아침 햇살 속에서 반짝거리고 있었다. 경이로운 눈으로 나는 외삼촌과 국자를 동시에 바라보았다. 그 국자는 세상에 단 하나밖에 없는 것이었다.

축축한 모래톱에 누워 국자에 관한 생각을 하고 있다가 문득 외삼촌은 벌떡 일어났다. 이 고통은 견딜 수 없는 것이 아니라 극복의 대상일 뿐이라는 생각이 스쳤고 그 순간 외삼촌 자신도 납득하기 어려울 만큼의 강렬한 의지를 느꼈던 것이다. 그리고 외삼촌은 너는 믿지 못하겠지만,이라면서 수줍게 덧붙였다. 그 사실을 말해준 건 바로 자신의 오래된 국자였다고 말이다. 어쨌거나 외삼촌과 내가 모두 그 사실을 기억하고 있는 것은 사실이었다. 내가 유독 한강에 나가 살던 시절의 외삼촌을 기억하는 것은 그 시절에 외숙모가 집을 나갔기 때문이다. 그 가을, 붉은귀거북이가 한강을 잠식하던 무렵이었다. 그 후로 한동안 나는 거북이가 거북이를 덥석 잡아먹는 꿈을 꾸곤 하였다. 아닌 게 아니라 그건 붕어가 붕어를 잡아먹는 꿈하고는 좀 다른 데가 있었다.

5

방금 막 내가 지나온 거리의 풍경에 대해 사촌이 물어왔을 때 운동화를 벗다 말고 나는 당황하지 않을 수 없었다. 내가 밖에 나갔다 온 것이 전혀 실감이 나지 않았기 때문이다. 혼자 있을 때 가장 불편한 건 내가 어떤 사람인지 말해줄 이가 아무도 없다는 사실이다. 사촌은 내가 나간 지 세 시간이 되었고 그동안 창밖은 어두워졌으며 자신은 빨래를 개었다고 말했다. 세 시간. 장갑을 벗어 식탁 위에 올려놓았다. 땀을 흘리며 걸어왔다는 걸 명백하게 말해주려는 듯 구겨진 두 짝의 검은 장갑에는 아직도 내 체온이 남아 있었다. 나는 걷는 것을 좋아하고 날마다 걷고 있으며 스스로 정한 반환점을 돌아 집으로 다시 돌아오는 거라고 생각했다. 그러나 걷고 있을 때조차도 내 눈은 밖을 보지 않고 뒤를 향해 있었다. 사촌은 일기를 쓰고 있었던 모양이다. 밖의 거리에 대해 알고 싶어했으나 나는 아무것도 본 것이 없었다. 아무것도 말해줄 게 없었다. 반환점에 대해서도 생각해보려 했으나 그것도 잘 기억나지 않았다. 어디까지 걸어갔다 온 것일까. 반환점은 처음부터 없었는지 모른다. 앞을 보며 걷고 있다는 생각은 틀렸다. 눈을 뒤에 두고 걷는다는 것은 목적지를 향해서 걷는 게 아니라 목적지로부터 점점 더 멀어지고 있는 행위이며 그것은 결국 정점으로부터 멀어진다는 것을 의미했다. 걷는다는 것은 이제 내게 아무런 의미가 없어졌다. 그러나 나는 걷기를 멈추지 않았다. 그리고 거리의 사람들과 풍경들, 10미터 앞의 거리를 내다보며 걷는 것을 연습했다. 나는 사촌에게 내가 본 것에 대해 말해주고 싶었다. 밖엔 온통 유리 조각들뿐이다,라고 그 아이에게 말해줄 수는 없었다. 붉은 것을 붉다, 어두운 것을 어둡다,라고만 나는 말해왔다. 내가 밖을 보지 않았기 때문이다. 발 앞에 흩어져 있을지도 모를 유리 조각들에 대한 걱정만 했을 뿐이다. 걷는다는 행위는 내 의지를 시험해보기 위한 방법이기도 했다. 처음에 나는 집 밖에 나가는 것에 대해 극심한 공포를 갖고 있었다. 거리엔 온통 유리 조각들 투성이였다. 내 눈에는 그토록 많이 띄는 유리 조각이 어떻게 다른 사람들 눈에는 보이지 않는지 이해하기 힘들었다. 비닐봉지를 들고 나가 한 걸음 한 걸음 옮길 때마다 유리 조각들을 주웠다. 한 걸음 한 걸음 걷는 것이 너무나 고통스러운 일이 되었다. 그러나 그것은 내가 선택하고 행동할 수 있었던 최선의 적응이었다. 사람들은 아랑곳없이 거리를 활보했다. 설령 유리 조각을 밟고 서 있어도 그걸 얼굴에 드러내지 말아야 할 때가 있다는 걸 내게 깨닫게 해주려는 듯이. 아이가 입을 꾹 다문 채 내 얼굴을 물끄러미 바라보고 있었다. 말투가 부드럽고 온순하다는 느낌은 말수가 유독 적은 데서 온 느낌이라는 걸 알아차렸다. 상처가 밖으로 드러나는 걸 극도로 주의할 줄도 알고 있었다. 술에 취해 침울해진 외삼촌이 잠든 사촌의 등허리를 손바닥으로 문지르며 내 살 중의 살, 뼈 중의 뼈라고 중얼거리곤 했다. 내가 듣기에는 다소 과장된 표현이었지만 그러나 내가 아는 한 외삼촌은 과장이라는 걸 전혀 할 줄 모르는 사람이었다. 외삼촌의 국자 이야기를 내가 곧이곧대로 믿은 것도 바로 그 때문이다. 무엇을 두려워하는가. 사촌을 내려다보며 때때로 나는 질문했다. 그 질문은 누워서 쏜 화살처럼 곧장 내게로 날아왔다. 힘겹게 입을 열어 나는 사촌에게 이렇게 물었다.

너는 왜 통 밖엘 나가질 않는 거니?

사촌과 나는 우리가 본 것에 대해 그리고 앞으로 우리가 볼 것에 대해 더 정확하고 정교한 언어로 말해야 할 필요가 있었다. 그것이 우리가 외삼촌과 그의 국자를 기억하는 유일한 방법이 될 테니까.

6

세탁을 하거나 음식을 만드는 일 따위야 아무래도 상관없지만 나를 가장 곤혹스럽게 하는 것은 초등학교 1학년인 사촌의 준비물을 챙겨주는 일이었다. 실내용 슬리퍼, 털실, 색종이, 주사위, 고깔모자 같이 용도를 짐작할 수 있는 것 외에 바늘, 거울, 말린 꽃, 밀가루, 옥수수수염 같은 것들은 어디에 쓰이는지 짐작하기 힘들었다. 사촌은 그런 것들에 대해 일일이 말해주지 않았지만 그래도 묵묵히 챙겨주었다. 집에서 구하기 힘든 것은 멀리까지 나가서라도 사다 주었다. 이틀 뒤에 필요하다며 사촌이 내민 준비물들을 읽어내려 가다가 '눈알'이라고 씌어진 것을 발견했다. 준비물이 적힌 종이를 꼼꼼히 다시 읽어보았다. 눈알 밑에는 찰흙, 나무젓가락, 철사, 물감 같은 것들이 적혀 있었다. 납득할 수 없는 것은 역시 눈알뿐이었다. 그러나 어떻게든 나는 내일모레까지 눈알이라는 걸 구하러 다니지 않으면 안 되었다. 어느 날인가는 버스를 타고 재래시장에 가 좁쌀, 팥, 보리, 검은콩, 흰콩을 사온 적이 있었다. 준비물엔 각각 약간씩,이라고 되어 있었지만 나는 낡은 옷을 잘라 오자미처럼 만든 조그만 주머니에다 곡류를 가득 채워서 들려 보냈다. 나는 사과가 한 알 필요하다면 세 개를 싸주었고 열 가지 색 색연필이 필요하다면 스무 가지 색이 든 색연필을 준비해주었다. 아무래도 사촌에게는 다른 것이 필요할 테지만 내가 해줄 수 있는 일은 그것밖에 없었다. 며칠 뒤 사촌은 커다란 도화지 위에 그린 시계를 내게 보여주었다. 아라비아 숫자가 큼직큼직하게 씌어진 둥근 시계였고 숫자의 면은 연노란색의 좁쌀과 붉은색의 팥과 검은색, 흰색의 콩으로 각각 메워져 있었다. 우유부단하나 완벽주의적인 성향이 있고 실수에 대한 염려가 큰 사촌이 만든 시계는 입체적이고 정교해 보였다. 나는 그 종이 시계를 거실 벽에다 붙여두고 오고 갈 때마다 숫자 3, 오후 세 시에 붙어 있는 흰색 날콩을 하나씩 뜯어먹기 시작했다. 시계에서 세 시가 사라진 날은 이상한 적막감이 하루 종일 집 안에 가득 맴돌았다. 검은콩 5시를 그리고 붉은팥 9시를 뜯어먹었다. 내가 살고 있는 장소의 시간은 한동안 오후 세 시부터 밤 아홉 시까지는 존재하지 않았다. 무엇에 쓰이는지 짐작하기도 힘든 준비물을 챙겨주는 일은 곤혹스럽긴 했으나 매번 새로운 기대를 갖게 하였다.

처음에 나는 '눈알'이라는 것을 어떻게 말해야 할지 몰랐다. 그러나 동네 문구점 주인은 내 말이 떨어지기도 전에 지금은 눈알이 다 떨어지고 없다고 했다. 나는 그럼 눈알을 어디서 살 수 있느냐고 물어보았다. 어디긴요. 문구점 주인은 말했다. 눈알이란 건 세상 어디에나 존재하고 있다고 말하는 투였다. 세 정거장을 걸었다. 고양이의 눈, 개의 눈, 곰의 눈, 사자의 눈, 독수리의 눈, 공룡의 눈을 상상하며 이웃 동네 초등학교 앞 문구점으로 갔다. 거기엔 눈알이 있었지만 내가 상상했던 탁구공 모양의 완전한 원형과는 좀 다른 것이었다. 플라스틱으로 만들어진, 편편한 아랫면과 볼록한 윗면 속에 검은 동자가 굴러다니는 그런 눈알이었다. 크기는 일 원짜리만 한 것부터 오백 원짜리 동전보다 약간 큰 네 종류의 것이 있었고 나는 그중에서 가장 큰 눈알을 샀다. 그러나 내가 원한 건 오백 원짜리 동전만 한 눈알이 아니라 야구공만큼 크고 위협적인 눈알이었다. 사촌은 이것으로도 크고 튼튼한 공룡의 눈을 만들 것이다.

그날 저녁에 사촌은 내가 설거지를 하는 동안 식탁 의자에 앉아서 일기를 썼다. 문득 뒤를 돌아다보았다. 의아스러울 만큼 이 풍경이 전혀 낯설지 않았다. 가스레인지 위에는 찻물을 올려놓았고 곧이어 쉭쉭거리는 뜨거운 김이 주방 가득 번졌다. 홍차를 타서 커다랗게 후르륵 소리를 내면서 마셨다. 오늘은 유리 조각을 줍지도 않았고 앞으로 일어날 일에 대한 불안이나 나쁜 결과에 대한 걱정에 사로잡히지도 않았다. 집 안은 따뜻하고 고요했다. 자정 무렵, 외삼촌이 들어왔다. 여느 때보다 한 시간쯤 늦은 귀가였다. 나는 잠든 사촌의 등허리께를 긁어주고 있었다. 불을 끈 사촌의 방문을 천천히 외삼촌이 열었다. 어둠에 반쯤 가린 그의 얼굴을 보았다. 그리고 내 생각이 틀렸다는 사실을 알아차렸다. 아주 작은 사건이기를 바랐다. ……아무래도 어딘가 유리 조각들이 나뒹굴고 있는 것만 같았다. 나는 자리에서 벌떡 일어났다. 외삼촌은

국자가 사라졌다,

라고 말했다. 외삼촌을 다시 올려다보았다. 그는 국자가 없어졌다,라고 말하지 않았다. 외삼촌의 국자는 정말로 사라져버린 것이다.

7

한 남자가 있었다. 그는 무리 속에서도 눈에 띄는 사람이 아니었고 말수가 많은 것도 아니었으며 실수를 자주 하는 사람도 아니었다. 주의해서 눈여겨보지만 않는다면 이 세상의 수많은 사람들 중 하나처럼 보였을 것이다. 되레 너무나 평범해 보여서 그가 자리에 없어도 사람들은 그가 없는 줄을 몰랐다. 그가 자리에 있을 때 역시 마찬가지였다. 남다른 데가 있다면 그것은 그가 완벽한 대칭과 균형에 대해 집착했다는 사실이었다. 물건들은 늘 일정한 자리에 대칭이 되도록 놓아야 했으며 오른손을 사용할 때는 꼭 왼손도 함께 사용했다. 그는 물을 마실 때도 왼손과 오른손에 두 개의 잔을 쥐고 마셨다. 왜 그렇게 하지 않으면 안 되는지 자신조차 알지 못했지만 한 가지 분명한 건 그렇게 하지 않으면 땅이 갈라져버릴 것만 같은 심한 불안감에 휩싸이곤 한다는 것이었다. 그래서 그의 집에 가장 많은 건 사물들이 대칭으로 놓였는지 어느 각도에서나 확인할 수 있는 거울들이었다. 거울들 속에서 그는 자신 또한 사물들처럼 정확한 균형과 대칭을 이룰 수 있도록 노력했다. 그것은 타인에게는 피해를 주지 않는 일이었지만 사람들은 견디지 못했다. 사람들은 그를 가운데로 몰아놓곤 원을 그리며 빽빽하게 둘러섰다. 자, 한번 돌아보라고. 그들은 말했다. 어딜 봐도 완벽하게 대칭을 이루고 있을 거야. 두려움에 질린 그는 왼쪽 뇌가 마비된 실험용 쥐처럼 한 방향으로만 빙빙 돌았다. 이제 좀 편안해지는가? 쥐몰이를 하듯 사람들은 그를 향

조경란 | 국자 이야기   321

해 더욱 좁혀들며 조롱했다. 나는 그가 곧 고함을 치거나 울음을 터뜨리거나 할 거라고 생각했다. 그는 멈춰 섰다. 그러곤 최선의 방법을 찾아낸 듯 눈을 꾹 감아버렸다. 어쩌면 그는 그때 감은 눈 속에서 자신이 그토록 찾고자 했던 완벽한 균형과 대칭의 세계를 발견했을지도 모를 일이었다. 누군가 그에게 툭 말을 던졌다.

그런데 말야, 자네 얼굴만큼은 대칭이 아니구만.

……그때 나는 내 발밑에 떨어져 있는 수많은 유리 조각들을 발견했다. 그 문장은 이미 완곡한 유머를 넘어서는 말이었으며 그것은 꼭 그들이 그를 향해 뱉어놓은 침처럼 더럽고 되돌릴 수 없으며 탐욕스럽고 맹목적이며 위험한 파편처럼 보였다. 사람들은 흩어졌다. 그는 자신의 짐을 챙겨 집으로 돌아갔다. 나는 문을 밀고 나가는 그의 뒷모습을 지켜보았다. 짐 가방은 오른손에만 들려 있었고 늘 오른손과 똑같은 것을 쥐고 있었던 왼손은 주머니에 꽂혀 있었다. 그는 정말로 육체적 균형을 잃는 사람처럼 금방이라도 비틀거리며 쓰러져버릴 것만 같았다. 나는 그가 지금 넘어지면 다시는 일어나지 못할 것이라고 짐작했다. 그는 다시는 같은 자리로 되돌아오지 않았다. 집에 도착한 후 그는 문을 걸어 잠그고 거울을 들여다보았다. 오른쪽 눈썹은 왼쪽 눈썹보다 이마 쪽으로 살짝 치켜 올라갔고 귀밑 아래로 내려와 있는 머리카락과 턱수염 또한 대칭이 아니었다. 이걸 이제서야 발견하다니. 그는 놀라움을 감추지 못했다. 그 놀라움은 곧 걷잡을 수 없는 불안감으로 이어졌고 그는 자신이 할 수 있는 일을 하는 수밖에 없었다. 그는 칼로 눈썹과 머리카락과 수염을 모두 밀어버렸다. 인간을 포함한 많은 척추동물들의 심장과 위는 왼쪽에, 간과 맹장은 오른쪽에 자리 잡고 있다. 그것은 인간의 외모는 균형 잡힌 대칭성을 추구하며 진화해온 반면에 그 내면은 비대칭성을 지

향해왔기 때문이다. 그가 끝까지 그 사실을 몰랐던 걸 다행이라고 말해야 할지 나는 망설여진다. 이윽고 그는 만족한 듯 웃음을 지으며 거울을 들여다보았다. ……그는 웃음을 멈추곤 두 입술을 수평으로 꾹 다물어버렸다. 대머리가 된 자신의 두상이 좌우 대칭이 아니라는 사실을 발견했던 것이다. 그는 잠시 망설였다. 그러고는 마치 영원히 기억하고 싶은 문장에 힘껏 밑줄을 긋듯이 오른쪽 두상보다 볼록하게 튀어나온 왼쪽 두상에 깊숙이 칼을 찔러 넣었다.

8

내 예감은 빗나갔는지도 몰랐다. 나에게는 아무런 일도 일어나지 않았다. 그건 외삼촌에게 아무 일도 일어나지 않았다는 말과 다르지 않다. 그때의 나는 하나로 살려면 둘이 필요한 것처럼 나의 모든 것이 외삼촌과 긴밀하게 연결돼 있다고 느끼고 있었다. 친밀감하고는 약간 다른 감정이었다. 외삼촌은 국자를 찾아 나서지 않았다. 여느 때처럼 출근을 하고 같은 시간에 퇴근했다. 주말에는 나 대신 밥을 짓거나 사촌과 함께 동물원에 다녀오기도 했다. 사촌이 학교에 가 있는 동안에 나는 걸레질을 하는 대신 외삼촌을 보고 배운 대로 맨손체조를 하였다. 국자에 관해서는 서로 아무런 말도 하지 않았다. 국자를 잃어버린 외삼촌은 국자를 잃어버리기 전의 외삼촌과 전혀 다를 것이 없어 보였다. 그러나 그는 세상에 단 하나밖에 없는 나의 외삼촌이 아니라 세상의 수많은 평범한 남자들 중 하나로 보였고 그것은 나에게 생각보다 큰 실망을 안겨주었다. 국자를 잃고도 긍지와 긍지보다 더한 그 무엇을 잃지 않았다면 그 국자는 내가 알고 있는 것처럼 외삼촌과 한몸이었던, 그것이 없으면 외삼촌이 존재하지 않는 것과 다를 바가 없다던 특별한 존재가 아니었을 것이다. 그러나 실망감과 동시에 나는 말할 수 없는 쾌감을 느꼈다. 외삼촌에게는 있으나 나에겐 없는 것이 바로 그 국자였으니까. 나는 싱크대나 변기를 닦는 일, 장을 봐 오는 일 같은 걸 외삼촌에게 시키기 시작했다. 장을 봐 오면 오래된 두부를 사 왔다거나 상한 바지락을 사 왔다며 집어던지기까지 했다. 국자가 없는 한 그나 나나 별반 다를 게 없는 인간이었기 때문이다. 급기야 나는 경멸에 가까울 만큼 외삼촌을 무시했고 그는 정말 자신이 아무것도 아닌 사람이라는 걸 인정이라도 하는 듯 한마디 불평도 하지 않았다. 내가 만약 거실 바닥에 개처럼 엎드려 내 귀를 핥으라고 명령해도 아무런 저항도 느끼지 않고 그렇게 할 무력한 얼굴을 하고 있었던 것이다. 그리고 사촌도 달라져갔다.

이사를 온 첫날, 나는 사촌의 얼굴에서 지금까지 한번도 위험에 빠져본 적이 없는 자의 얼굴을 보았고 그것은 나를 슬픔으로 내몰기도 했었다. 그러나 어느 날부터인가 사촌은 더는 감출 것이 없다는 듯 여덟 살짜리 여느 평범한 아이로 되돌아가 아무것도 아닌 일에도 울음을 터뜨리거나 떼를 쓰곤 방문을 걸어 잠그고 들어가 있기 일쑤였다. 불안을 경이로 두려움을 성숙함으로 자신을 겨우 가려주고 지탱해주던 가면을 어느 날 아주 작심을 하고 돌연히 벗어버린 듯한 태도였다. 가질 수 없는 것에 대한 결핍을 적나라하게 드러내놓고 있는 사촌의 얼굴이 나는 지긋지긋해졌다. 간식을 잘 챙겨주지도 않았고 준비물도 챙겨주지 않았다. 아이는 점점 더 풀이 죽은 얼굴이 되었고 한때 금방 터질 것 같은 양배추의 아름다움을 갖고 있던 뺨에는 말라붙은 눈물 자국이 떠나질 않았다. 학교에서 면담을 요청하는 전화가 한 번 왔으나 나는 가지 않았다. 그 사실을 외삼촌에게도 알리지 않았다. 변하지 않은 사람은 나밖에 없는 것 같았다. 그들이 변했다는 걸, 나는 뒤늦게야 깨달은 셈이었다. 외삼촌의 무력감은 국자를 잃어버리고 난 뒤부터 시작되었다는 것 또한 말이다. 내 예감은 빗나가지 않았던 것이다. 다만 옷자락에 가려 있던 손을 보지 못한 것이다. 살아 있어도 이미 죽은 사람들이 있다. 외삼촌이 그러했다는 걸 나는 너무나 뒤늦게 깨달았고 그건 이미 돌이킬 수 없는 일이 되어버렸다.

9

나는 잠에서 깨어났다. 몸이 둘로 쪼개지는 것만 같은 통증이 왔다. 무릎에 얼굴을 묻곤 약간 흐느껴 울었다. 통증 때문이 아니라 이제 내가 목도해야 할 불운한 일에 대한 공포에 사로잡혀 있었던 것이다. 그러나 저항할 수 없었다. 밖으로 나갔다. 어두운 식탁 의자에 외삼촌이 반듯하게 고개를 세운 채 앉아 있었다. 그 앞에 다가가 마주 앉았다. 우리는 서로 얼굴을 보려 하지 않았고 보려고 애써도 그 농밀한 어둠 때문에 볼 수가 없었을 것이다. 꼭 하지 않으면 안 되는 말에 대해 생각했다. 그리고 하지 않으면 나중에 후회할 것만 같은 말들에 대해서도. 그러나 나는 여전히 말하는 것엔 서툴렀고 말은 내가 원하는 대로 나와주지도 않을 것이므로 침묵을 지키고 있는 수밖엔 없었다. 어둠 속에 있지만 반짝이며 벌어진, 젖어 있는 그 눈. 돌연 그와 나의 눈이 마주쳤다. 외삼촌은 피식 웃었다. 그 웃음을, 나는 오래 기억하고 싶었다. 언젠가 외삼촌과 사촌을 데리고 놀이공원에 다녀오던 날 근처 식당에 가서 저녁을 먹은 적이 있다. 전골 그릇 옆에 따라 나온 국자가 눈에 띄었다. 그 플라스틱 국자가 눈에 띈

건 여느 국자처럼 테이블에 눕혀져 있는 게 아니라 앞접시처럼 작은 접시에 받혀진 채로 반듯하게 서 있기 때문이었다. 사촌은 장난 삼아 국자를 손끝으로 건드려보았다. 국자는 바닥으로 기울었다가 오뚝이처럼 벌떡벌떡 일어서곤 했다. 외삼촌은 우리에게 그게 오뚝이 국자라고 설명해주었다. 나는 어? 쓰러져도 자꾸만 일어서네 하면서 외삼촌의 몸의 일부인 국자를 생각하며 웃었다. 외삼촌도 웃었고 쓰러졌다 자꾸만 황급히 일어서는 국자를 장난감처럼 갖고 놀던 사촌도 큰 소리를 내며 웃었다. ……그때는 국자에 대한 농담을 하면서도 웃을 수가 있던 시절이었다. 외삼촌의 국자를 잃어버리기 전이었으니까. 나는 그때가 떠올랐다. 다시 한 번만. 그러나 내가 무슨 말을 해도 외삼촌은 웃지 않을 것이다. 나 역시 지금은 웃을 수가 없다. 우리는 한 번도 그렇게 마주 앉아보지 못했던 사람들처럼 긴 시간 동안 앉아 있었다. 그리고 나는 어둠 속에 어둠만 존재하고 있는 게 아니라는 사실을 처음으로 깨달았다. 말해질 수 없는 것, 함부로 말할 수 없는 것들이 거기엔 엄연히 존재하고 있었고 그건 내가 미처 알지 못한 한 세계였다. 갑자기 나는 그 어둠 속에서 내가 느끼고 보았던 것들에 대해 사촌에게 말해주고 싶은 충동을 느꼈다. 외삼촌이 먼저 자리에서 일어났다. 그는 나를 물끄러미 또 내려다봤다. 이제 그를 마주 볼 용기가 없었다. 그는 방문을 열고 들어갔다. 차가운 식탁 유리 위로 눈물 한 방울이 떨어지는 것을 보았다. 그러곤 황급히 울음을 멈추었다. 그 방문이 다시는 열리지 않아 나는 중국식 단추가 달린 청결한 흰색 가운을 입은 그가 뜨거운 불 앞에서 요리하는 모습과 그가 헐렁한 파자마를 입은 채 한 손으로 엉덩이를 북북 긁으면서 자는 모습을 더는 볼 수가 없겠지만, 나는 벌거벗은 몸으로 누군가 내게 던지는 얼음 조각들을 고스란히 맞고 서 있는 심정이 되었지만 결코 그의 이름을 불러 세울 수가 없다. 그가 원치 않을 것이었다.

외삼촌이 국자를 잃어버린 그 직후에 내가 완벽한 대칭과 균형에 집착했던 한 남자를 떠올린 것은 그의 이야기가 마치 내게 하나의 경고처럼 느껴졌기 때문이었다.

10

잠든 사촌의 등허리를 쓰다듬어보았던 것도 너무나 오래된 일 같았다. 나는 사촌이 앉아 있었을 책상을 쓰다듬고 있었다. 내가 학교에 불려 온 것을 사촌은 모른다. 그게 얼마가 되었든 당분간은 그래야만 한다는 암묵 속에서 사촌과 나는 아무런 말도 하지 않고 지내고 있었다. 그건 생각만큼 그렇게 불편한 일은 아니었다. 그러나 밤이면 아이의 울음소리 때문에 나는 잠을 설쳐야만 했다. 아이는 소리를 내지 않고 우는 방법을 다 잊어버린 것 같았다. 사촌이 학교에 가고 빈집에 나 혼자 있을 적에도 아이의 방 쪽에서 울음소리가 들려오곤 했다. 사촌은 학교에 가지 않고 하루 종일 벽장에 숨어 눈물을 흘리고 있는 것인지도 모른다. 그러나 사촌의 방에 들어가볼 수가 없다. 어떻게도 그를 도울 수가 없기 때문이다. 교실을 돌아나오려다 말고 교실 뒤편에 있는 장식대를 쳐다보았다. 긴 뿔을 가진 사슴, 코가 제법 날카로워 보이는 코뿔소, 갈기를 휘날리고 있는 사자, 코끼리, 큰곰, 그리고 공룡들. 아이들이 찰흙으로 빚어놓은 동물들이 진열되어 있었다. 그리고 동물들 얼굴에는 언젠가 내가 산 것과 똑같은 공작용 눈알이 박혀 있었다. 장식대 앞으로 다가갔다. ……누가 말해준 것도 이름표를 붙여놓은 것도 아니었지만 나는 한눈에 내 사촌이 만든 작품을 알아볼 수 있었다. 그것은 농구공이나 축구공만 한, 정말 실물 크기의 고양이만큼 커다랗게 만든 다른 아이들의 찰흙 덩어리 속에서 그 아이들이 만들다 잘못 떨어뜨린 동물의 귀나 꼬리의 일부분처럼 겨우 내 중지만 한 크기로 장식대 맨 귀퉁이에 간신히 놓여 있었기 때문이었다. 지금까지 내가 한 번도 본 적이 없는 기묘한 형태였다. 눈알을 사주면서 내가 기대했던 사자나 독수리, 곰이나 공룡처럼 크고 힘센 동물이 아니라 머리엔 조그만 뿔 같은 것이 달려 있으며 다리는 세 개밖에 없고 꼬리는 짧고 뭉툭한 모양을 하고 있었다. 게다가 그토록 작은 짐승의 이마엔 오백 원짜리 동전만 한 눈알이 두 개 붙어 있었다. 몸통에 비해 눈알만 압도적으로 큰, 어디에도 존재하지 않을 것 같은 짐승처럼 보였다. 나는 실망했다. 어떻게 보아도 그걸 동물이라고 말하기는 힘들었기 때문이다. 그것은 차라리 부화하지 못하고 썩어가는 하나의 알처럼 보였다. 손끝으로 툭 쳐보았다. 불완전한 세 개의 짧고 가는 다리로 지탱하고 있던 그 볼품없는 짐승은 무기력하게 툭 교실 바닥으로 떨어져버리고 말았다. 실망은 분노로 변했다. 누가 내 얼굴에 차가운 물을 뿌려대고 있는 것 같았다. 이걸 만든 건 내가 아니잖아. 애원하듯 나는 나에게 말을 걸었다. 그러나 나는 연회장의 다 녹아버린 얼음 조각처럼 순식간에 쓸모없고 하찮고 불필요한 존재로 전락하는 것을 생생히 느끼고 있었다. 서둘러 교실을 빠져나와 교문 쪽으로 걸음을 옮겼다. 혹시 어디선가 사촌이 나를 지켜보고 있을지도 모른다는 불안이 몰려왔다. 나는 지금의 내 모습을 그에게 보여주고 싶지 않다. 분노가 지나간 뒤 손으로 입을 틀어막고 눈물을 참고 있는 나를 말이다. 분노 뒤에 찾아온 슬픔 때문에 나는 당황하고 있었다. 나는 한 번도 슬픔에 대해 생각해본 적이 없다. 언제나 두려움이나 공포 혹은 실망이나 배신, 상처에 관해서만 생각해왔다. 그러나 이 슬픔은 지금껏 내가 한번도 경험해보지 못한 가장 강렬하며 가장 고통스러운 감정으로 나를 짓누르고 있었다. 나는 이 슬픔을 극복할 수 없을 것이다. 그것은 고통이나 공포처럼 일시적으로 극복할 수 있는 감정이 아니라 어쩌면 내가 느낄 수 있는 가장 순수한 감정일지도 모를 테니까.

11

나는 그날 밤 외삼촌이 앉았던 식탁 의자에 앉아 있었다. 그때 그에게 하지 못한 말들이 떠올랐다. 그것은 말이라기보다는 일방적인 질문에 가까운 것들이었다. 이제는 대답을 들을 수도 없는 질문들. 그러나 나는 어둠 속에 앉아서 가만히 고개를 끄덕이고 있었다. 그날 외삼촌과 나 사이에 흘렀던 침묵은 어디든 갈 수 있고 누구에게나 닿을 수 있는 언어였기 때문이다. 세 시가 되기를 기다렸다가 사촌의 방문을 열어보았다. 잠든 척하고 있는 아이의 손을 잡아끌었다. 눈물 자국이 말라붙은 채로 아이는 나를 물끄러미 바라보았다. 이제는 경이도 기대도 사라진 쓸쓸하고 고단해 보이는 얼굴이었지만 그 얼굴은 거울 속의 나를 들여다볼 때처럼 내겐 가장 익숙해진 얼굴이기도 했다. 두꺼운 점퍼를 입히고 아이를 데리고 옥상으로 나갔다. 나는 아이에게 그날 내가 어둠 속에서 보았던 것, 어두운 것 속에 존재하는 다른 것들에 대해서 말해주고 싶었다. 나는 사촌한테 이해받고 싶었던 것은 아니었을까. 이제 곧 저녁 내내 북쪽 하늘 지평선 아래에 숨어 있던 북극에 가장 가까운 별 북두칠성이 동쪽에서부터 서서히 나타나기 시작할 것이었다. 추위 속에서 덜덜 떨고 있는 사촌을 뒤에서 덥석 안아버렸다. 아이는 몸을 뒤틀다가 포기하듯 멈췄다. 팔백만 광년이나 떨어진 멀고 먼 거리였다. 나는 이등성의 어둡고 반짝이는 별들이 많은 북쪽 하늘에서부터 기린자리, 용자리, 카시오페이아자리, 케페우스자리를 지나 큰곰자리와 북극성을 안고 있는 작은곰자리를 손가락으로 가리켜주었다. 거기에 일곱 개의 별 모양이 희미하게 반짝거리고 있었다.

저게 북극성이다.

나는 사촌의 귀에 대고 속삭였다. 꼬리에 못이 박힌 것처럼 등대처럼 항상 그 자리를 돌고 있어야 하는 별자리다. 내 목소리는 너무나 작아서 어쩌면 사촌에게까지 들리지 않았는지도 모른다. 사촌은 등을 그대로 내 품에 기댄 채 고개를 들고 서 있었다. 멀고 먼 바다로 고기잡이를 나간 배들도 저 별을 보고 배의 방향을 잡았단다, 하늘을 날던 비행기도 저 북극성으로 제가 가야 할 길을 알았고 그리고 애, 육지를 걷던 사람들도 저 별을 보고 길잡이를 삼았단다. 사촌과 나는 동시에 북극성을 쳐다보고 있었다. 별들은 동쪽으로 동쪽으로 움직이기 시작했고 그 별들을 따라 사촌과 나도 동쪽으로 몸을 틀었다. 나는 어둠 속에서도 뚜렷이 보이는 저 별들과 그 별과 우리가 떨어진 수억 광년의 거리와 우리를 정면으로 향해 커다란 나선형의 모양으로 움직이는 은하를 보여주고 싶었다. 그 안에서 보잘것없이 작고 초라한 한 인간으로서 자신의 내부와 외부의 힘들 사이에서 힘겹게 싸우고 있는 한 인간, 그의 모습을 보여주고 싶었다. 그리고 우리 곁에 가깝게 있는 주목의 열매처럼 붉고 환한 지붕 위의 불빛과 어디든 갈 수 있는 휘어진 길들과 예측할 수 없는 땅의 굴곡들. 사촌은 순간, 손가락으로 하늘을 가리켰다. 거기엔 일곱 개의 별이 반짝거리고 있었다. 그리고 그는 말했다.

저거, 국자 모양이다.

나는 다시 동쪽 하늘을 올려다보았다. 일곱 개의 별 모양은 정말로 국자 모양을 하고 있었다. 사촌은 자신이 찾아낸 국자 모양의 별자리와 내 얼굴을 번갈아 쳐다보면서 웃고 있었다. 오랫동안 실추를 거듭하던 끝에 어쩌다 한 번 멀리 도약한 것을 스스로 자랑스러워하는 듯한 웃음이었기 때문에 나 또한 사촌을 따라 웃지 않을 수 없었다. 곁에 누가 없어도 사촌이 영원히 기억할 수 있도록 나는 다시 국자 모양의 별들을 따라 별자리를 말해주었다. 네가 혼자일 때라도 이건 잊지 마라, 일단 국자 모양의 별을 발견하면 그게 큰곰자리인 거다, 저기 국자 손잡이 반대편에 있는 별 두 개를 따라가면 보이는 저 별이 북극성이고 북극성 손잡이 끝에 달린 작은 국자 모양의 별자리는 작은곰자리고 북극성에서 아까 네가 발견한 큰 국자 반대쪽으로 조금 더 가면 네모난 집과 지붕 모양의 별자리가 있지, 그건 케페우스라는 자리야, 거기서 다시 지붕 꼭대기에서 조금 더 가면 W자 모양이 보이지? 그건 카시오페이아자리라는 거다. 그러나 사촌의 눈은 여전히 작은곰자리, 북극성을 이루고 있는 국자 모양의 별을 향해 고정되어 있었다. 사촌은 아직 어린아이에 불과하지만 나는 그가 내가 하는 말을 다 알아들을 수 있을 거라는 믿음을 버리지 않았다. 추위와 별들 속에서 우리는 분리되기 이전의 몸처럼 하나로 껴안고 있었다. 그리고 나는 다시 격렬한 슬픔을 느끼고 있었다. 나는 사촌이 한숨과 슬픔 속에서 성장하기를 바라지 않는다. 사촌은 언젠가 내 살 중의 살, 뼈 중의 뼈라고 불렸던 적이 있는 소중한 사람이었으니까. 사촌은 아직도 국자 모양의 별을 보고 있었다. 어쩌면 사촌은 저걸 제 아버지의 별로 기억하게 될지도 모른다. 그리고 그 별을 지표로 삼아 성장해나갈지도 모른다. 그 별은 또 어쩌면 일곱 겹의 소가죽으로 만들어져 어떤 창으로도 뚫리지 않는 아이아스의 방패처럼 사촌을 지켜줄지도 모른다. 그러나 나는 문득 이런 생각이 든다. 외삼촌이 잠든 사촌의 등을 긁어주면서 읊조리듯이 말한 내 살 중의 살, 뼈 중의 뼈라는 말은 혹시 사촌이 아니라 외삼촌의 국자를 두고 한 말은 아니었을까. 혹시 너는 아니? 그새 죽순처럼 키가 커져버린 사촌을 더 힘껏 껴안았다. 그리고 나는 꼬리를 바짝 치켜들며 네 발로 버티고 있는, 북두칠성을 안고 있는 큰곰자리가 순간 번쩍, 빛나는 것을 흐린 눈으로 지켜보고 있었다.

나는 수년 동안 내가 벗어나지 못했던 균형에 대해 생각했다. 내 삶의 정교한 하나의 의식이라고 생각해왔던 그것은 일시적인 정렬일 뿐이었으며 또한 내 자신의 내부와 외부 사이의 힘든 투쟁에 대한 역사이기도 했다. 그리고 아침이 오면 사라지는 저 밤의 별들처럼 이제는 나를 지나가버릴 것이다. 나는 내가 누구보다 의존적인 존재이며 앞으로도 크게 달라지지 않을 거라는 걸 안다. 그러나 다른 사람의 도움을 받아가며 내가 균형이라고 믿고 있었던 강박 행위를 수행하기 위해서가 아니라 내가 믿고 의지하며 기댈 수 있는 것을 찾기 위해서다. 나의 삶은 그것으로도 이미 한 세계이며 나의 의지가 그 세계를 관통하리라고 나는 믿는다. 내가 찾아낸 하나의 가치 때문이다. 우리는 어둠과 혹한으로 뒤덮인 밤의 하늘 밑에서 누구의 눈에도 보이지 않을 만큼 작은 점 하나로 아침이 올 때까지 서 있었다. 그날 새벽 사촌에게 그리고 나에게 일어난 변화는 말로 설명할 수 없는 것이다. 그전의 나에게는 다만 국자 같은 게 없었을 뿐이다.

　단편만큼 작가에 밀접히 관련된 형식은 없다. 그만큼 작가들이 이 형식에서 자기 얘기와 부딪쳤기 때문이다. 자기와 관련된 글쓰기라 해도, 크게 나눈다면, 자전적 요소를 중심으로 한 글쓰기와 현재의 자기 심정을 다른 인물이나 형편을 빌어 표현하는 글쓰기의 둘이 아닐까 싶다. 자기에 관련된 것이기에 어느 쪽이나 필사적일 수밖에 없을 터이다. 자기와의 싸움인 까닭이다. 이 나라 소설판에서 아직도 그나마 밀도 높은 형식이 단편인 소이도 이에서 말미암지 않은가 한다. 작가 중에서도 유독 이런 문제의 한복판에 놓여 있어 보이는 작가 중 한 분에 조경란 씨가 있다.

　「불란서 안경원」(1996년)으로 데뷔한 조씨의 작가적 자기 전개는 여러 다른 작가들의 경우와 어느 수준까지는 비슷했던 것으로 보였다. 이른바 자기의 자질 점검이라는 방황기가 이에 해당될 터이다.

그러한 방황기를 벗어나는 시기가 찾아오기 마련인데, 「코끼리를 찾아서」(2001년)를 계기로 한 자기 모색이 그것이다. 자기 얘기를 대담하게 자기 얘기로 쓰기에 나아간 형국이었다. 일종의 정면 돌파라고나 할까. 작가는 이렇게 썼다. (1) 나는 주로 반듯하게 누워 자는 편이다. (2) 직장 없는 아버지 고향은 여수이고 어머니는 전업주부이고 나는 세 자매 중 하나이다. 큰딸이다. (3) 친할머니도 연숙이 고모도 자살했고, 앞에 걸쳐 우리 집에 와 있던 도성이 삼촌도 죽었다. (4) 내가 글을 쓰고 있는 방은 옥탑방이다. 11년 전부터 이 집에 살았다……. (5) 7개월 간 회사를 다녔으나 그만두었다. 글쓰기 위해. (6) 세상에서 가장 행복한 사람은 아니지만 가장 불행한 사람도 아니다, 라고. 이런 것이 개인의 정보일 수 없지만 그렇다고 자기에 속한 사항이 아니라 할 수도 없다. 이런 어정쩡한 상태가 「나는 봉천동에 산다」(2002년)에 오면 하나의 뚜렷한 형상을 갖추게 된다. (1)~(6)의 상태에 있는 '나'란 잘 따지고 보면, 하늘을 받들고 사는 동네(봉천동奉天洞)의 주민이었던 것.

하늘을 받들고 사는 동네의 주민의 얘기, 그것이 소설이며, 소설이되 단편소설이며, 단편소설이되 조경란 씨의 글쓰기였다. 드물게도 하늘(아비)을 받들고 사는 사람들의 얘기였기에 그만큼 감동적이었다고나 할까. 그렇다고 해서 코끼리 얘기나 기린 얘기(「난 정말 기린이라니까」, 2003년)를 거푸 할 수도 없지 않았을까. 필시 몸부림이 뒤따랐을 터이다. 위기 의식이라고나 할까. 봉천동을 잠시 벗어나기가 그것. 봉천동 주민이 봉천동 벗어나기란 얼마나 어려운 일이었을까. 어째서? 봉천동이니까. 「국자 이야기」가 감동적인 것은, 봉천동 주민의 봉천동 벗어나기의 어려움을 그렸음에서 온다. 왜냐면 하늘을 받들 줄 아는 사람이 아니고는 하늘을 우러를 자격이 없

기에 그것은 그러하다. 하늘을 받들 줄 아는 사람이 작가이기에 그
것은 그러하다.

카스테라

박민규

1968년 울산에서 태어나 중앙대 문예창작과를 졸업했다.
장편소설로 『지구영웅전설』 『삼미 슈퍼스타즈의 마지막 팬클럽』이 있으며,
2003년 문학동네신인작가상, 2003년 한겨레문학상을 수상했다.

카스테라

1

이 냉장고의 전생은 홀리건이었을 것이다.

아마도 그랬을 거라고, 나는 생각한다. 즉 1985년 5월 벨기에의 브뤼셀이다. 리버풀과 유벤투스의 유럽 챔피언스리그 결승전. 흥분한 영국 응원단이 이탈리아 응원석을 향해 돌진한다. 담장이 무너진다. 서른아홉 명이 깔려 죽는다. 이 남자는 그 속에 있었다.

제정신이 들었을 땐 이미 하늘나라였다. 어이가 없군. 당연히, 걷잡을 수 없는 후회가 밀려들었다. 열을 식힐 줄 아는 지혜를 배워야해. 난 그게 필요. 그런 그에게 신이 다음과 같은 조언을 했다. 그럼 냉장고 같은 건 어떨까? 과연! 그는 무릎을 쳤다. 그거 보람찬 삶이겠는걸. 그런 이유로, 한때 리버풀을 사랑했던 이 남자는 냉장고로 태어났다. 그리고 굴러굴러 나의 소유가 되었다. 누가 뭐래도, 나는 그렇게 생각한다.

지금도 가끔, 나는 이 남자와의 첫날밤을 기억하고는 한다.

지극히 고통스러운 밤이었다. 처음엔 시끄럽다고만 여겼는데, 저러다 폭발하는 게 아닐까? 급기야 두려워져 도무지 잠을 잘 수가 없었다. 우웅 우웅. 한 채의 공장이 내뿜을 만한 소음을 한 대의 냉장고가 내뿜고 있는 광경은 — 가관이라면 가관이고 장관이라면 장관이었다. 조심조심 귀를 대보니 마그마와도 같은 것이 그 속을 맹렬히 흐르고 있었다. 나는 당장 코드를 뽑아버렸다. 여섯 개의 맥주 캔과 거대한 김치통, 저녁에 먹다 넣어둔 호두아이스크림이 그 속에 들어 있었다. 찌는 듯이 무더운 여름밤이었다.

어떻게 이따위 걸 팔 생각을 했지? 무너진 담장에 깔려 죽은 이탈리아인처럼, 나는 분하고 억울했다. 당장 그 망할 놈의 중고가전상을 찾아가 셔터를 박살내버리고 싶었지만, 당장 해야 할 일은 따로 있었다. 녹기 전에, 호두아이스크림을 먹어치우는 일이었다. 잠을 설친 탓에, 또 호두 냄새가 심한 설사까지 겹쳐 다음날 오후나 되어서야 그 중고가전상을 찾아갈 수 있었다. 굳게 닫힌 셔터 위에는 '내부 수리 중'이란 종이가 붙어 있었다.

방으로 돌아오니 이미 은은한 김치 냄새가 방 안 가득 퍼져 있었다. 될 대로 되라지. 그 시큼한 냄새에 자포자기의 심정이 되어 그만 플러그를 꽂아버렸다. 우웅, 훌리건들이 들이닥치는 듯한 맹렬한 소음이, 다시금 건물의 담장을 뒤흔들기 시작했다. 하필, 왜 나에게 이런 일이! 라고 생각하는 순간―몹시도 불운했던 나의 전생이 눈앞을 스치는 느낌이었다. 어쩌면 나는, 유벤투스를 응원하다 졸지에 변을 당한 불쌍한 이탈리아인이었을지도 모른다.

2

전생이야 어땠건 간에―결국 나는 이 냉장고와 함께 2년 이상을 살아왔다. 말도 안 된다,라고 여길지도 모르지만, 어쩔 수 없는 사실이다. 우선은 그 망할 놈의 중고가전상이 정말 망해버린 게 이유였고, 함께 지내다보니 그럭저럭 견딜 만했다는 게 또 하나의 이유였다. 게다가 말도 안 되게 튼튼했다. 정말 아무렇지 않았냐구?

정말, 아무렇지 않았다.

오히려 독신인 나로서는 그 굉장한 소음이 있어 외롭지 않을 수 있었다,라고 말할 수 있을 정도이다. 나는 인간, 결국엔 길들여지게 마련이다. 냉장고와 내가 만난 것은 대학 생활을 갓 시작한 일학년 때의 여름이다. 사상 유례없이 불쾌지수가 높았던 여름으로 기억한다. 집에 불만이 많았던 나는 학교 근처에서 무작정 자취를 시작했고, 그래서 그 좁은 방 안에 냉장고와 TV, 미니오디오와 나, 이렇게 넷이 옹기종기 모여 살고 있었다. 그러나 실제로는 나와 냉장고만이 살고 있었다는 느낌이다. 냉장고의 소음이 워낙 특출했기 때문이다.

정문에서 300미터 정도 가파른 언덕길에 위치한 이 원룸에는, 그래서 정말이지 아무도 찾아오지 않았다. 마침 방학이었고, 다시 말하지만 사상 유례없이 불쾌지수가 높았던 여름이었다. 언덕이라곤 해도 이렇게 아스팔트가 잘 놓여진 길인데 왜 인간들이 안 오는 거지? 늘 들르던 '언덕 위 호프'의 주인은 종종 나와 같은 생각을 푸념 삼아 늘어놓곤 했다. 글쎄, 왜 그럴까요? 굵어진 종아리를 어루만지며 나는 땅콩을 집어먹었다. 불쾌지수가 높은 날도 불쾌지수가 낮은 날도 아무도 찾아오지 않는 여름이었다.

나는 늘 불쾌할 정도로 외로웠다.

그런 연유로 냉장고와 나는 친구가 되었다. 그런 느낌이다. 다시 말하지만, 그 굉장한 소음이 있어 나는 외롭지 않을 수 있었던 것이다. 아무도 찾지 않는 그 '언덕 위 원룸'에서, 단둘이서 말이다. 세상의 여느 친구들처럼—냉장고도 알고 보니 좋은 놈이었다. 알고 보면, 세상에 나쁜 인간은 없다.

드물게도, 이는 1926년 제너럴일렉트릭이 세계 최초의 현대식 냉장고를 생산해낸 이후, 인간과 냉장고가 친구가 된 최초의 사례였다. 내가 최초라니! 도대체 우리는 냉장고에 대해 얼마나 소홀했단 말인가. 과연 이 세상에는 냉장고의 존재 가치를 제대로 알고 있는 인간이 있기나 한 것일까. 이 드넓은 세상에서 우리는 늘 인간만이 살고 있다 생각하게 마련이다. 그러나 조금만 더 주의를 기울이면, 바로 자신의 곁에 '냉장고'가 있음을 알 수 있다.

냉장고는 인격人格이다.

　자, 이제 저 소리에 귀를 기울여라. 그리고 느껴보아라. 압축기와 응축기, 증발기와 열교환기를 순환하는 저 냉장의 흐름, 기적의 사이클링을. 내가 냉장고에 매료되기 시작한 것은 저 순환의 소리에 서서히 눈을 떠가면서부터였다. 물론 처음부터 그랬던 얘기는 절대 아니다. 나 역시 '냉장의 세계라니? 알게 뭐야'에 속해 있던, 흔하고 흔한 인간의 한 명에 불과했으니까. 그러니까, 출발은 뭐니뭐니 해도 저 엄청난 소음을 줄여보겠다는 소박한 의지에서 비롯된 것이었다. 돌이켜보면 옹졸한 처사였지만, 나는 제조회사에 전화를 걸어 신속하고 정확한 A/S를 부탁했다. 변명이 아니라, 누구라도 그랬을 것이다.

　신속하고 정확할 줄 알았던 A/S는, 그러나 길고 지루하게 한참을 이어졌다. 제상 히터의 점검에서 각종 부품의 교체, 결국은 모세관의 청소까지. 방은 어수선했고, 중복에서 말복 사이의 언제나 찜통 같은 오후였다. 기사는 결국 네 번씩이나 내 방을 방문했고, 수리가 끝날 때마다 매번 다른 얘기를 늘어놓았다. 첫 방문 때는 "이제 괜찮을 겁니다", 두 번째는 "거참 이상하네", 세 번째는 "차라리 하나 사시죠", 네 번째는 들릴락 말락 죽어가는 목소리로 "이 짓도 이제 관둬야겠어".

　소음은 전혀 줄어들지 않았다.

　그럭저럭 2학기가 시작되었으나 절대로 맘이 개운할 리 없었다.

결국, 라디오를 분해해놓고 조립을 못해 애태우는 소년처럼—나는 냉장의 원리, 냉장고의 구조, 냉장고의 수리, 나아가 냉장의 역사를 공부하기 시작했다.

이상한 일이지만 그 냉장의 세계가 의외로 나를 빨아들였다. 말 그대로의 흥미진진. 나는 점점 학교를 빼먹는 일이 잦아졌고, 간혹 빨랫감을 들고 찾아가던 본가에도 어느 순간 발길을 끊은 지 오래였다. 뭐랄까, '냉장의 세계라니? 알게 뭐야'가 지배하는 눈부신 일상의 거리를 활보하다—갑자기 맨홀 속으로 떨어진 기분이었다.

어둡고 은밀하고 서늘한 냉장의 세계가, 그 속에 펼쳐져 있었다. 나는 한 줌의 프레온 가스처럼 지하 세계의 모세관 속을 온종일 헤매 다녔고, 밤이 되면 눈부신 한 줌의 성에가 되어 지하의 벽 어딘가에 들러붙어 얕은 잠을 청하곤 했다. 출구를 발견한 것은—올라가서 알게 된 일이지만—가을이 거의 끝나갈 무렵이었다. 눈이 부셨다. 그리고

세상의 풍경은 완전히 달라져 있었다.

3

그러니까, 일주일 정도를 꼬박 매달렸다는 기억이다. 꼼꼼한 진단을 마친 후, 가능한 경우의 수를 모두 생각해 수리에 열을 올렸지만 그래도 소음은 줄어들지 않았다. A/S 기사와 마찬가지로 도무지 원인을 짐작할 수 없었다. 절로 '차라리 하나 사버려?'라든지 '이 짓

이제 관둘래'가 튀어나올 법한 일이었지만, 이미 냉장의 세계를 이해하기 시작한 나는—A/S 기사와는 전혀 다른 각도로 그 문제를 해석하고 있었다. 그것은

이 냉장고는 강한 발언권發言權을 가지고 있다,

라는 것이었다. 그랬다. 홀리건의 전생을 지닌 이 냉장고는 남달리 강한 발언권을 가진 채 태어난 것이다. 어쩌면 이 남자는 유달리 목청이 크고 괄괄한 성격의 소유자였을 것이다. 리버풀과 유벤투스의 결승전에서 '받아버려!'를 외치며 난동을 선도한 인물도 분명 이 친구였겠지. 누가 뭐래도 나는 그렇게 생각했다. 멋지다!

'받아버려!' 라니.

냉장의 역사는 부패와의 투쟁이었다.

인류는 오래전부터 음식을 차갑게 보관하면 오랫동안 보존할 수 있다는 사실을 알고 있었다. 중국인들은 기원전 천 년 무렵부터 이미 지하실과 얼음을 이용한 원시적 냉장 기술을 사용하고 있었다. 굳이 따지자면, 인류 최초의 냉장고는 땅속—즉 지구였던 셈이다.

14세기의 중국인, 17세기의 이탈리아인들은 소금물이 저장된 용기가 상온보다 차가운 상태를 유지한다는 사실을 알아내었다. 소금물이 증발할 때 주변의 열을 빼앗아가기 때문이었다. 비록 초보적인 수준이지만, 기화열을 이용한 현대의 냉장 원리가 인류 역사에 최초

로 그 면모를 드러낸 순간이다.

1834년, 영국의 제이콥 퍼킨스가 얼음을 인공적으로 만드는 압축기를 발명, 특허를 얻는 데 성공한다. 퍼킨스는 압축시킨 에테르가 냉각 효과를 내면서 증발했다가 다시 응축되는 원리를 이용했는데, 그의 압축기는 훗날 냉장고의 탄생에 결정적인 기여를 한다.

1926년, 미국의 제너럴일렉트릭이 세계 최초의 밀폐형 냉장고를 생산해낸다. 이후 끊임없는 개선을 통한 현대식 냉장고의 역사가 시작된다. 1939년에는 냉장실과 냉동실이 구분된 오늘날의 가정용 냉장고가 탄생했고, 이 획기적인 형태의 냉장고는 크라랜스 버즈아이가 처리 과정을 개발해 만든 수많은 냉동식품들과 더불어, 환상적인 냉장 시대를 열어간다.

냉장고의 보급은 인류의 삶을 크게 바꾸어놓았다. 가장 획기적인 성과 중 한 가지는 식중독, 암 등 질병의 발생률을 대폭 낮춘 것이다. 신선한 야채를 항상 먹을 수 있는 점과 소금에 절이지 않은 생선의 섭취, 그리고 변질되지 않은 식품을 먹을 수 있게 됨으로써 냉장고는 현대의 인류가 건강한 생활을 누리는 데 커다란 공헌을 한 것이다. 냉장고를 통해, 비로소 인류는 부패와의 투쟁에서 승리한다. 환상적인 승리였다. 따라서 20세기를 냉전의 시대로 보는 시각에 나는 동의하지 않는다. 20세기의 인류가 거둔 가장 큰 성과는 다른 무엇보다 이 환상적인 냉장술이었다. 그렇다. 20세기는 환상적인 냉장의 시대였다.

저명한 냉동학자 테오도르 앵글은 자신의 저서『환상적인 냉장 시대』에서 위와 같이 저술하고 있다. 그랬다. 알고 보니 나는 '환상적인' 냉장의 시대를 살고 있었다.

과연!

때문에 나는 마음 깊은 곳으로부터 이 남자의 '강한' 발언권을 인정하기 시작했다. 물론 진심이었다. 저 정도라면, 확실히 나보다는 큰소릴 칠 만한 입장이었던 것이다.

분명, 지금도 뭔가 하고 싶은 말이 많은 거야.

냉장고를 보며 나는 중얼거렸다.
그것은 '마음 깊은 곳으로부터'의 충분한 공감이었다.

냉장의 세계에서 본다면
이 세계는 얼마나 부패한 것인가.

4

그러니까, 이 세상은 각자가 '냉장고'를 어떻게 사용하느냐에 달려 있는 게 아닐까. '언덕 위 호프'의 주인은 그런 얘기를 했다.

언제였냐 하면, 냉장고의 사용법에 크나큰 전환의 계기가 찾아든 무렵이다. 그것은 지극히 자연스러운 일이었다. 즉, 올 것이 왔다,

란 느낌. 그러니까, 어느 날 냉장고의 문을 열었는데 그 속에 여전한 풍경이 펼쳐져 있었다. 두 개의 맥주캔과 김치통, 입을 쩍 벌리고 있는 1.5리터짜리 우유팩과 한 줄의 계란. 입을 허 벌린 채 나는 생각했다.

환장할 노릇이군.

그것은 모든 인류에게 부끄러운 풍경이었다. 이 환상적인 냉장 시대에 겨우 이따위로 냉장고를 사용해왔다니. 과연 이 정도로 몰지각한 인간이었나? 나는 자성自省했고, 두 개의 맥주캔과 김치통과 우유팩과 계란들을 모두 끄집어냈고, 냉장고의 내부를 윤이 나도록 청소했고, 이제 앞으로는 뭔가 근사한 용도로 냉장고를 사용하리라는 굳은 각오를 다져나갔다. 그게 인류에 대한 도리야. 변질된 우유를 싱크대에 버리며 나는 생각했다.

그러나 훌륭했던 각오와는 달리, 막상 그 용도에 대해선 뾰족한 생각이 떠오르질 않았다. 고민은 날이 갈수록 깊어갔지만—뭐야, 사지선다형이 아니잖아. 친구들은 그런 식으로 나의 고민 자체를 부정했고—자식, 보기보다 태평한 성격이네. 선배들은 태평한 얼굴로 그런 대답들을 늘어놓았으며—싫어, 재밌는 얘기나 해줘. 재미가 없다는 이유로 여자애들은 괜한 짜증을 부렸다. 입을 허 벌린 채 나는 생각했다.

환장할 노릇이군.

그러나 결코 수확이 없던 것만은 아니었다. 앞서 말했듯 나는 '언덕 위 호프'의 주인으로부터 "글쎄다. 너 나이 때는 일단 뭐든지 다 담아보는 것도 방법은 방법이지"란 조언을 들었고, 주인집 아주머니로부터 "정말 소중한 것들을 보관하면 어떨까. 냉장 상태라면 더 오래 간직되지 않을까?"란 교훈을 들었으며, 도서관의 젊은 사서에게서 "인류를 위한다면 세상의 해악害惡을 가두는 게 우선 아닐까? 이를테면 미국 같은 것 말이지"란 충고를 들었고, 단골 레코드 가게의 주인으로부터—작은 메모지 한 장을 건네받았다. 글쎄, 혹시 도움이 될까 싶어서. 그가 건네준 종이 위에는 깨알 같은 글씨로 다음과 같은 메모가 적혀 있었다.

코끼리를 냉장고에 넣는 법

1. 문을 연다.
2. 코끼리를 넣는다.
3. 문을 닫는다.

"많은 도움이 되겠군요"라고, 나는 대답했다.

결국 그래서—나는 소중한 것이나 해악이 될 만한 것, 행여 그것이 미국이나 코끼리 같은 것이라고 해도 무작정 냉장고에 넣어버리기로 마음을 굳혔다. 그 정도면 '일단 뭐든지 다 담아보는 것'의 범주에도 포함이 되지 않겠나, 란 생각이었다.

첫 수납은 조너선 스위프트의 『걸리버 여행기』였다. 말 그대로 걸작이란 생각이 들어서였고, 냉장고도 그 결정에 큰 불만이 없어 보였다. 달에 첫발을 내려놓는 암스트롱처럼—나는 냉장실의 정중앙에 조심스레 한 권의 책을 내려놓았다. 걱정 마, 다 잘될 거야. 불안한 표정으로 낯선 세계를 두리번대는 걸리버를 안심시킨 후, 나는 조심스레 냉장고의 문을 닫아주었다. 성공이다. 이제 걸리버는 인류를 위해 오래오래 냉장 보관될 것이다.

그것이 시작이었다. 그후 나는 때로는 부지런하게, 때로는 되는 대로 인류의 걸작들을 읽고, 판단하고, 엄선하여 냉장고 속에 차곡차곡 쌓아갔다. 거의 대부분이 책이었고, 이 또한 명작인 두 편인가 세 편인가의 영화가 책들 사이에 끼어 있었다.

하루는 낮잠을 푹 자고 난 후 청명한 의식으로 방 안을 둘러보는데, '환상적인' 소음을 내고 있는 냉장고가 역시나 눈에 들어왔다. 인류의 명작은 쌓여가고 냉장고는 힘차게 돌아간다—순간 뭔가 제대로 되어간단 느낌이 강하게 드는 것이었다. 말 그대로,

환상의 냉장이다.

5

그래서 그 무렵의 일요일인데, 아버지가 찾아왔다. 오랜만이구나. 네. 요즘 왜 집에 들르지 않는 거냐? 할 일이 좀 있어서요. 그래, 나도 오늘은 할 얘기가 좀 있단다. 갑자기 찾아와서는 무척이나 답답한 얘기들을 주절주절 잘도 늘어놓았다. 그러니까 사실은 빚을 많이

지셨다, 이 말씀인가요? 그래, 그렇게 됐구나.

요컨대 상상을 초월한 액수였고, 아버지가 못 갚으면 내가 대를 이어 갚아야 할 빚이었고, 게다가 전부 달러 빚이었다. 사업하는 친구들이랑 나눠 쓴다고 말이다. 컨트리클럽 회원도 그냥 되는 건 아니고. 또, 넌 잘 모르겠지만 수십 년째 가장의 위치를 지켜오는 데도 얼마나 많은 돈이 들어갔는지 모른다. 어쨌거나 말이다. 너희들이 책임을 좀 져야 할 것 같은데 그래서 팔 건 내다 팔고, 뭐랄까 집에 있는 금이라도 모아볼까 싶은데 네 생각은 어떠냐.

나에겐 시간이 필요했다. 이 '아버지'란 것은 무척이나 복잡한 존재였기 때문이다. 누구나 소중하다고는 하지만 분명한 세상의 해악이다. 세상에 뭐 이딴 게 다 있지?

일단은, 이란 생각에 나는 그대로의 절차를 따랐다. 그대로의 절차라 함은 말 그대로 1. 문을 연다 2. 아버지를 넣는다 3. 문을 닫는다, 였다. 그렇게 해서 나는 아버지를 냉장고에 넣는 데 성공했다.

꽤나 시끄러울 줄 알았던 그날 밤은 의외로 조용했다. 혹시 얼었나 싶어 문을 열어보니 아버지는 독서를 하고 있었다. 어떻게, 온도는 맞으세요?라고 물으니 이 안에 좋은 책들이 많구나,라며 딴청이다. 물어본 내가 잘못이다. 사뭇 행정적인 어투로 나는 '식품의약품안전본부가 권장하는 식품의 냉장보관 온도 조항'을 낭독해주었다. 우유(살균제품)는 0~10°C, 소·돼지고기, 닭고기는 -2~0°C, 생선·어패류는 3~6°C, 어육 가공품은 10°C 이하, 두부나 묵은

0~10°C, 과실류는 3~6°C, 채소류(배추, 상추)는 7~10°C인데 어떤 걸 원하세요? 저기…… 인간은 없냐? 없어요. 잠시 생각에 잠겨 있던 아버지가 머리를 긁적이며 말했다. 뭐, 아무래도 육류 쪽이 아니겠니? 육류라…… 냉장온도를 -2°C에 맞춘 후

나는 문을 닫았다.

그 다음날은 어머니가 찾아왔다. 어라, 학교學校였나? 아무튼 차례차례였기 때문에 순서는 중요하지 않다. 또 지금에 와서는 어머니나 학교나 그게 그거란 생각도 드는 것이다. 어쨌거나 학교인지 어머니인지가 지난 학기의 성적표를 펼쳐놓고 하도 극성을 부린 통에, 머리가 나 시끈거렸다. 할 수 없어 서랍 속의 맥주를 꺼내 마셨다. 애좀 봐라. 그걸 왜 거기다 두니. 그럼 미지근해지잖아. 냉장고는 뒀다 뭐 하니. 미지근한 맥주를 한 모금 들이켠 후, 벌컥 냉장고의 문을 열었다. 냉장고에 들어간 것은 맥주가 아니라 어머니였다.

나는 문을 닫았다.

아버지와 어머니가 모두 냉장고에 보관된 그날 밤은 대규모의 유성流星쇼가 있었다. 보기 드문 현상이라 뉴스에서조차 그 사실을 떠들 정도였다. 나는 '언덕 위 호프'의 2층 창가에서 주인과 함께 떨어지는 유성의 무리를 바라보며 맥주를 마셨다.

부모님은 안녕하시냐?

네.

결과적으론 잘된 일인지 몰라.

물론,이라고 말한 후 나는 육포를 집어먹었다. 역시나 냉장은, 인류가 받은 커다란 축복이 아닐 수 없어. 주인이 대꾸했다. 이하동문이라고, 나는 생각했다.

6

말했던 대로, 차례차례였다. 나는 학교를 집어넣고, 동사무소를 집어넣고, 신문사와 오락실과 일곱 개의 대기업과, 다섯 명의 경찰 간부와, 낙도초등학교의 어린이들과, 경기고속 소속의 좌석버스와, 지하철 2호선과, 다섯 종의 삼각김밥과, 열한 명의 방송국 PD와, 쉰한 개의 벤처기업과, 두 명의 영화감독과, 세 명의 소설가와, 백구십이 명의 공장장과, 다섯 명의 회사원과, 서른한 명의 수입업자와, 두 명의 성형외과 의사와, 세 명의 댄스가수와, 두 사람의 취객과, 한 마리의 비둘기와, 세 명의 사채업자와, 두 명의 프로레슬러와, 한 명의 병아리 감별사와, 백팔십만 명의 실직자와, 삼십육만 명의 노숙자와, 예순일곱명의 국회위원과 대통령을 집어넣었다.

언뜻 닥치는 대로 집어넣은 듯하지만, 그러나 분명한 원칙을 따른 것이었다. 원칙은 물론 둘 중 하나—소중하거나, 세상의 해악인 것.

써놓고 보니 마치 대규모의 유성군群을 집어넣은 느낌이다.

물론 그 후에도 참으로 많은 것들이 냉장고 속으로 들어갔다. 그중 결정적이었던 것은, '미국'을 집어넣은 것이다. 어떤 이유인지 정확한 기억은 사라졌지만, 아무튼 크리스마스를 전후해서였다. 신문을 보다가 엉겁결에 문을 열고, 넣고, 닫은 것이다. 믿기진 않지만, 그러나 '미국'이 들어오자 냉장고 속은 일약 하나의 '국제 사회'가 되어버렸다.

야, 맥도날드가 없어졌더라?

며칠 후 '언덕 위 호프'에 놀러 온 레코드 가게의 주인이 호호 언손을 비비며 얘기했다. 저기 사거리에 있던 거 말이야, 그게 없어졌어. 아마 그럴 거야. 호프의 주인이 담담하게 대꾸했다. 앤 요새 학교도 안 가잖아. 정말? 그럼 어쩔 작정이냐.

학교가 없어졌어요.

그랬구나. 그러고 보니 요즘 없어진 게 많네.

그날은 셋이서 함께 맥주를 마셨다. 날도 추웠거니와, 공교롭게도 한 해의 마지막 날이자 한 세기世紀의 마지막 날이었다. 그랬구나, 코끼리를 넣듯이 넣었다 이거지? 레코드 가게의 주인은 무척이나 즐거워했다. 많은 도움이 될 거라고 제가 그랬잖아요. 거 참

살다보니 별일이 다 있구나.

그래, 지난 세기엔 참 많은 일들이 있었지. 세기의 마지막 날이라는 공교로운 이유로, 우리는 저마다 감상에 젖어들었다. 최초의 홀리건은 히틀러와 무솔리니였다는 말이 있어. 그런가요? 그랬던 거 같아. 그런데 너 중국은 어쩔 셈이냐? 중국이 왜요? 그거 몰라? 뭐요?

중국인들이 한날 한시에 점프하면 지구가 쪼개진다는 거.

뭐요? 이 나의 지구를 어쩌려는 거지?라는 생각이 드는 순간 이미 중국은 냉장고 속에 들어가버렸다. 뭐랄까, 냉장고로서는 치명적인 입장入場이었다. 12억 6,810만 명 중 미처 들어가지 못한 두 명이 가게로 찾아와 화를 냈기 때문에, 우리는 쉽게 그 사실을 알 수 있었다. 만만디! 만만디! 주인이 필사적으로 맥주를 권하자 그들의 화도 조금은 누그러지기 시작했다. 어쩔 수 없이, 나는 두 명의 중국인을 '언덕 위 호프'의 대형 냉장고 속에 넣어주었다. 이제는 그렇게도 되는구나. 대단한데? 이마의 땀을 닦으며 주인이 얘기했다.

그날 밤 우리는 많은 술을 마시고 헤어졌다.

방으로 돌아왔을 땐 자정이 가까운 시각이었다. 어둠 속에서 냉장고는 나를 기다리고 있었다. 우웅, 그의 소음이 오늘 따라 힘들게 느껴졌다. 한 세기를 정리하는 일은 냉장고로서도 보통의 일이 아니겠지. 외투를 벗으며 나는 생각했다. 옷을 갈아입고 세수를 하고 이빨을 닦은 후, 관둘까, 관둘까, 두 번의 관둘까를 결심했다가 결국 냉장고의 문을 열어보았다. 예상은 했었지만―정말이지 단 두 명을 제외한 어마어마한 중국이 그 속에 들어가 있었다. 대책 없구만. 입을 허 벌리고 서서 나는 생각했다. 뒤죽박죽. 나로서도 이젠 뭐가 뭔지 도무지 알 수 없을 지경이었다. 그것은

하나의 세계였다.

이불을 펴고 나는 자리에 누웠다. 두 개의 창문 틈으로 시린 웃풍이 새어 들어왔다. 세기의 마지막 밤은 그런 식으로 우리의 세계를 냉장하고 있었다. 오늘 밤만은 이 세계의 부패도 잠깐 그 진행을 멈추겠지,라고 나는 생각했다.

좀처럼 잠이 오지 않았다. 다음 세기에도 많은 일들이 일어나겠지. 다음 세기에도 많은 사람들이 죽고, 태어나겠지. 밑도 끝도 없는 생각들이 꼬리를 물고 이어졌다.

죽은 인간들의 영혼은 어디로 가는 걸까.
아마도 우주로 올라가겠지. 무엇보다 영혼은,
성층권이라는 이름의 냉장고에서 신선하게 보존되는 것이니까.
그러다 때가 되면 다시금 우리 곁으로 돌아오는 거야.
어쨌거나 그런 이유로
다음 세기에는 이 세계를 찾아온 모든 인간들을
따뜻하게 대해줘야지,라고 나는 생각했다.

추웠을 테니까,

많이 추웠을 테니까 말이다.

　마침내, 대규모의 유성이 떨어지듯 길고 아름다운 잠이 대뇌大腦
의 북반구 위로 몰려왔다. 대뇌의 고비사막 위를 걷고 있던 낙타들
이, 긴 꼬리를 그리며 낙하하는 유성의 무리를 쳐다보며―힘없이,
자신의 고개를 떨구었다.

　어둠 속에서, 평소보다 큰 소리로 냉장고가 울어대던

세기의 마지막 밤이었다.

7

　눈을 뜬 것은 다음날 아침이었다. 늘 그랬듯 우선 배가 고프고, 소
변이 마려웠다. 평소와 하나 다름없는 기상. 그런데 뭔가, 조금은 다
르단 느낌. 세기가 바뀌어서 그런 건가?라고 생각했으나, 절대 그럴
리가. 그럼 뭐지? 소변을 보고, 세수를 하고 방에 들어온 순간 비로
소 그 이유를 알 수 있었다.

　냉장고가 고요했다.

　도대체 어떻게 된 거지? 귀를 대봐도 극히 일반적인 순환의 소리
만이 본체의 깊은 곳에서 미약하게 들려올 뿐이었다. 어떻게 된 거
야? 순간 가슴이 철렁 내려앉았다. 이 세계는 어떻게 된 거냐구? 중
국은, 미국은, 그리고 부모님은! 나는 벌컥 냉장고의 문을 열었다.

놀랍게도 그 속은 텅 비어 있었고
오직 냉장실의 정중앙에
희고 깨끗한 접시 하나가 반듯하게 놓여 있었다.
그리고 그 접시 위에

한 조각의 카스테라가 있었다.

마치 하나의 세계를 다루듯
나는 조심스레 카스테라를 집어올렸다.
놀랍게도 따뜻한,
반듯하고 보드라운 직육면체가
손과 눈을 통해 거짓 없이 느껴졌다.

살짝 한입을 베어 물었다.
달콤하고 부드러운 향이 입과 코를 지나
멀리 유스타키오관까지 퍼져나갔다.

그것은
모든 것을 용서할 수 있는 맛이었다.

이상하게도
그 따뜻하고 부드러운 카스테라를 씹으며
나는 눈물을 흘렸다.

　박민규는 2003년 '문학동네작가상'과 '한겨레문학상'을 동시에 받으며 화려하게 문단에 등장한 신인이다. 등단작 「지구영웅전설」과 「삼미 슈퍼스타즈의 마지막 팬클럽」은 재기발랄한 문장과 도발적인 소설 형식으로 대중문화 세대의 감수성을 적절하게 재현하고 있다는 평을 받기도 했다. 그러나 혹자는 이제까지 그가 주로 장편소설에 주력한 만큼 단편에 있어서의 역량을 확인하기엔 시간이 조금 필요한 것 아니냐는 이야기를 하기도 한다. 이런 불안을 일거에 날려버리는 소설이 있으니 그의 단편 「카스테라」가 바로 그것이다.

　이 소설은 표제가 '카스테라'로 되어 있지만 소설의 대부분을 이끌어가는 화두는 오히려 '냉장고'라고 할 만하다. 사상 유례없이 불쾌지수가 높았던 여름, 대학 일년생이 된 화자는 불만이 많았던 집을 나와 대학 근처에서 무작정 자취를 시작한다. 좁디좁은 방은 냉장고와 TV, 미니오디오 등의 온갖 가전제품으로 채워지게 된다. 그러나 그 여름 화자에게 가장 강렬한 인상을 준 것은 오로지 냉장고뿐이다. 중고가전상으로부터 사들인 냉장고는 마치 한 채의 공장이 내뿜는 것과 같은 소음을 내며 자신의 존재를 각인시키길 반복한다. 마치 전생이 '훌리건'이었던 것처럼.

소설은 이 남자가 어떻게 하여 이 기괴한 골칫덩이 냉장고에 익숙해지고, 그것을 자신의 운명으로 받아들이며, 결국에는 자신의 전생이야말로 바로 이 냉장고가 아니었을까 의심하는 단계에까지 이르게 되었는지를 보여준다. 물론, 화자가 처음부터 이 냉장고에 만족했던 것은 아니다. 그는 처음에는 너무 화가 나 그 망할 놈의 중고가전상을 찾아가 반환을 요청하고자 했다. 그러나 되찾아간 중고가전상은 '내부수리중'이라는 종이만 붙어 있을 뿐 사람이라곤 보이지 않는다. 결국 속수무책, 화자는 2년 간 이 냉장고와 동거하게 된다. 그것은 "그 망할 놈의 중고가전상이 정말 망해버"렸기 때문이기도 하고 또 소음덩이 냉장고와 "함께 지내다보니 그럭저럭 견딜 만"했기 때문이기도 하다. 그는 점차 냉장고의 "어둡고 은밀하고 서늘한 냉장의 세계"에 빠져든다. 그는 "한 줌의 프레온 가스처럼 지하 세계의 모세관 속을 온종일 헤매 다녔고, 밤이 되면 눈부신 한 줌의 성에가 되어 지하의 벽 어딘가에 들러붙어 얕은 잠을 청하곤 했다." 그리고 그 세계로부터 벗어나는 출구를 찾자마자 "세상의 풍경은 완전히 달라져 있"음을 알아차린다. 그러니까, 그는 "이 세상은 각자가 '냉장고'를 어떻게 사용하느냐"에 따라 달라진다는 것을 깨닫게 된 것이다.

냉장고 사용법으로 인간을 평가하는 것은 이 소설이 개척한 재치 있는 에피그램 중 하나다. 작가에 따르면 냉장고 사용법은 크게 네

가지로 나뉜다. 우선 뭐든지 다 담아보는 것, 그 다음에는 가장 소중한 것들만 보관하는 것, 또 다른 하나는 세상의 해악들, 이를테면 미국과 같은 것만 가두어두는 것, 마지막으로 코끼리를 냉장고에 넣는 고전적인 농담에 관한 것. 그렇다면 화자는 어떻게 했는가. 그는 냉장고를 "인류의 명작"들을 쌓아두는 공간으로 이용하다가 어느 날 갑자기 그를 찾아와 답답한 이야기를 늘어놓는 부모를 넣어두는 곳으로 사용했다. 그러다가 그는 결국 냉장고에 학교와 동사무소, 신문사와 오락실, 일곱 개의 대기업과 다섯 명의 경찰간부, 낙도초등학교의 어린이들과 경기고속 소속의 좌석버스 등등을 집어넣었다. 원칙은 두 가지다. 소중하거나 세상의 해악인 것들만 넣는다는 것.

박민규의 냉장고는 이리하여 하나의 거대한 우주가 되었다. 냉장고는 "하나의 세계였다." 세기의 마지막 밤을 보낸 화자가 냉장고가 갑자기 소음을 멈추어버렸다는 것을 알아차렸을 때, 냉장고는 다시 질적으로 변환된다. 냉장고 속은 텅 비어 있었고 오직 한 조각의 카스테라만이 들어 있었다! 그는 "마치 하나의 세계를 다루듯" 그 카스테라를 조심스레 집어올려 살짝 한 입 베어문다. "그것은 모든 것을 용서할 수 있는 맛"이었다. 그는 이 따뜻하고 부드러운 카스테라를 씹으며 눈물을 흘린다.

이 우화가 말하는 바가 무엇인지 짐작하기란 쉽지 않다. 그는 왜 카스테라를 맛보며 눈물을 흘리는가. 그러나 그 눈물의 의미를 완전히 모를 정도는 아니다. 잦은 행갈이와 급기야는 시의 형식을 취하기까지 한 이 소설의 형식 파괴 충동에도 불구하고 여기서 두드러지는 것은 오히려 새로운 세계의 창조에 대한 소설적 열망이다. 물론 그 열망은 상투적인 무거움으로부터 살짝 비켜나 있는 것임엔 틀림없다. 박민규는 알고 있는 것이다. 코끼리를 냉장고에 넣으려면 코끼리를 냉장고에 넣고 문을 닫으면 된다는 것을. 그는 딱 그 만큼의 진지한 열정으로 냉장고 속에 이 세상을 집어넣었다. 그리고 문을 닫는다. 남은 일은 다시 냉장고를 열고 그 결과물을 확인하는 것뿐.

이리하여 '카스테라 문학'이 탄생했다. '카스테라'라는 기표는 바로 이 단순하고 유쾌한 창조의 결과물이다. 그것은 '대리석'처럼 딱딱하게 형태가 고정된 것도 아니고 '물'처럼 흘러버려 형태로 고정되는 것 자체를 완전히 부정하는 것도 아니다. 박민규는 자신의 문학을 '카스테라'라는 기표로 완성했다. 그는 아마도 알고 있는 것 같다. 자신의 문학이 결국은 대리석과 물 사이에 존재할 수밖에 없다는 것을. 그것은 대리석의 품위도, 물의 자유도 맛볼 수 없는 것일 수도 있을 것이다. 그러나 그의 '카스테라'는 이 모든 것을 용서할 만한 자부심을 지니고 있는 것이기는 할 터이다. 그러나 만약 이 자부심에서 그쳤더라면 그의 카스테라 문학은 자기 세대의 변명에 지나지 않았을 수도 있었을 것이다. 박민규는 여기다가 눈물을 덧붙였다. 이 눈물은 자신의 세대, 혹은 자신의 문학이 처한 상황에 대한 비가悲歌라고 할 수 있지 않을까. 그는 말한다, 카스테라 문학은 자긍과 회한 사이를 순환한다고. 이 순간 그의 문학은 지나간 '문학들'과 나란히 자리를 같이하게 된다. '문학'은 여전히 탄생되고 있는 것이다. 그것이 냉장고를 통과한 카스테라든 아니든. 첫 단편에서 이 정도의 야심만만한 이야기를 꺼낼 수 있는 작가라면 이 카스테라 문학을 지켜볼 필요가 있지 않을까. 그의 행보가 주목되는 이유다.

서울 동굴 가이드

김미월

1977년 강원도 강릉에서 태어나
고려대 언어학과와 서울예대 문예창작과를 졸업했다.
2004년 《세계일보》로 등단했다.

서울 동굴 가이드

　내가 살고 있는 곳, 서울고시원 203호에서 창문을 열면 신호등약
국이 정면으로 내려다보인다. 고시원과 약국은 횡단보도를 사이에
두고 있다. 이 보도에는 신호등이 없다. 약국 간판에 불이 들어오는
저녁 무렵, 행인들은 주의해야 한다. 간판의 신호등 그림이 너무 밝
고 문양도 선명해서 진짜 신호등으로 착각할 수 있기 때문이다. 다
행히 간판의 빨간불과 파란불은 늘 함께 켜져 있다. 횡단보도 앞에
섰는데 신호등의 적색등 녹색등이 모두 켜져 있다면 어떻게 해야
할까? 약국의 불 켜진 간판을 내려다보며 나는 가끔 그런 의문을 품
곤 한다. 물론 답은 매번 1. 그냥 건넌다 2. 건너지 않는다 따위의,
어린애도 금세 떠올릴 수 있는 수준에서 더 나아가지 않는다. 사실
애써 그럴 듯한 답을 떠올려봐야 뭐 하겠는가. 약국은 밤 아홉 시
십 분쯤 문을 닫는다. 여자는 대개 아홉 시 이십 분쯤 204호로 돌아

온다. 몇 시에 약국으로 나가는지는 알 수 없다. 내가 출근을 위해 고시원을 나서는 시각인 오전 여덟 시 반 이후라는 것만 짐작할 수 있을 뿐이다.

하지 마아, 옆방에서 들어어. 목구멍에다 마요네즈를 들이부은 듯 끈적끈적한 여자의 목소리가 베니어합판을 뚫고 귀에 와 꽂혔다. 204호다. 또 시작이군. 여자는 그 좁아터진 방 안에서 용케도 섹스를 즐긴다. 도중에 흐느껴 울거나 소리 높여 웃기도 한다. 뭐, 아무래도 상관없다. 그런 거 일일이 신경쓰면 이 고시원에서 못 산다. 방음은커녕 날이 갈수록 뛰어난 통음通音효과를 자랑하는 이곳의 널빤지벽 시스템은 오직 서라운드 입체음향에 익숙한 자만을 위해 존재하는 것이다. 벽 쪽으로 세워놓았던 간이 침대를 내렸다. 팔다리를 몸에 붙이고 갈고리 궐 ㅣ 자로 누웠다. 큰 대 자로 누워본 지가 얼마나 오래되었을까. 혼자 눕기에도 빠듯한 매트 위에 몸을 부리자 204호의 신음 소리가 박진감 넘치게 귓속을 파고들었다. 약국에서 소화제를 건네줄 때와는 영 딴판으로 힘이 넘치는 목소리였다. 하루 세번 식후에 복용하세요. 약국에서의 여자는 목소리에 매가리가 하나도 없었다. 그래서 나는 한 번도 저, 204호 사시죠?라고 아는 척을 해보지 못했다. 허, 고년 색 한번 잘 쓰네. 앞방인 202호 중늙은이의 촌평도 들려왔다. 204호가 들으면 어쩌려고, 목소리가 여간 우렁찬게 아니었다. 202호는 내게 시시각각 총무의 전언을 상기시켜준다. 처음 이곳에 왔을 때 총무는 말했었다. 학생이쇼? 여긴 도떼기시장이오. 공부하려면 딴 데 가보는 게 좋을 거요. 눈을 감았다. 온몸의 신경이 어쩔 수 없이 귀로만 쏠렸다. 남자는 용을 쓰느라 숨이 턱에 닿아 있었다. 저러다 숨넘어가면 어쩌나 싶어 내 심장이 다 벌렁거릴 지경이었다. 남자의 숨소리가 좀 잦아드는가 싶자 이번엔 여자의 교성이 숨가쁘게 고조되었다. 젠장. 협공인가. 숨 돌릴 틈이 없구만. 이렇게 살다간 시집도 못 가보고 화병에 걸려 죽을지도 모른다. 그렇게 생각하자 실없이 웃음이 나왔다. 솔직히 이건 오버다.

나는 시장통 입구에 위치한 이 개판 오분 전 분위기의 고시원이 마음에 든다. 203호는 2층 복도 맨 끝에 있다. 창이 없는 복도는 대낮에도 어둠침침하다. 현관에서 방까지 가는 십여 초 동안, 나는 종종 인적 없는 미개방의 동굴 속을 걷고 있는 듯한 착각에 빠진다. 방의 넓이는 한 평이 채 못 된다. 정중앙에서 앞으로 뒤로 옆으로, 그 어느 쪽으로도 두 발짝만 가면 벽과 맞닥뜨리게 된다. 고시원 생활 초기에는 자고 일어날 때마다 방 면적이 조금씩 줄어든 것처럼 느껴져서 불안에 떨기도 했다. 옆방 입주자들이 달도 채우지 못하고 퇴실하는 것을 볼 때면 나도 그만 나가야 하는 거 아닌가 고민이 되기도 했다. 그러나 입주 4개월째인 지금은 이 좁다란 방과 어두운 복도가 내 직장만큼이나 친숙하게 느껴진다. 여자도 의외로 잘 버티고 있는 것 같다. 그러고 보니 그녀가 204호에 들어온 지도 벌써 한 달이 다 되어간다. 여자는 왜 이런 데서 살까. 약사씩이나 되면서, 왜 말만 고시원이지 실정은 싸구려 여인숙이나 다름없는 이런 곳에서 사는 것일까. 자꾸만 여자에게 신경이 쓰인다. 그녀가 단골 약국에 새로 온 약사여서이기도 하고 옆방의 새로운 이웃이어서이기도 하지만, 그보다는 내가 퇴근 후에 별달리 할 일이 없기 때문이다. 거사가 끝났나보다. 합판 너머 204호는 지금 잠잠하다.

홍은 매표소 데스크 밑으로 고개를 숙이고 무언가에 열중해 있었다. 보아하니 손톱을 손질하는 모양이었다. 그녀는 줄칼을 쥐지 않은 나머지 한 손으로 치마 위를 털어내면서 이따금씩 왼쪽 어깨를

추어올렸다. 왼쪽 어깨와 턱 사이에 수화기가 끼워져 있었다. 네, 물론이죠. 국내 유명 동굴에도 흔치 않은 박쥐며 장님굴새우, 등줄굴노래기……. 어머, 잘 아시네요. 그럼요, 전문 가이드가 자세한 해설도 해주기 때문에 자녀분의 체험학습장으로는 최고입니다. 네? 아아, 걱정 마세요. 이곳은 전 세계 동굴 중에서 유일하게, 내부 어디에서나 핸드폰이 팡팡 터지는 곳이랍니다.

언제 들어도 상냥한 말투였다. 종결어미에 해요체와 합쇼체가 적절하게 섞여 말의 흐름도 매끄러웠다. 저 나긋하면서도 야무진 언변을 감상하고 있으면 누구라도 홍이 대화에 전심전력을 기울이고 있음을 믿어 의심치 않을 터였다. 때로는 나조차도 헷갈렸다. 홍이 통화를 하면서 손톱을 다듬거나 휴대폰으로 문자메시지를 보내거나 혹은 가스 고데기로 머리를 마는 것을 내 두 눈으로 보면서도 말이다. 손톱 거스러미가 잘 털어지지 않는지 홍은 자리에서 일어났다. 하이힐을 신은 두 발을 바닥에 신경질적으로 번갈아 굴렀다. 그 와중에도 그녀의 목소리 톤은 한 치도 흐트러지지 않았다. 그럼요, 인공 동굴이죠. 천연 동굴들은 너무 멀리 있지 않나요? 충청도에 강원도에 제주도에. 아이들 데리고 한번 다녀오기 참 힘들죠. 게다가 요즘 동굴들은 지나치게 관광 상품화되는 바람에 훼손이 심각한 상태예요. 관광객을 위해 켜놓는 전등 때문에 굴 내부에 이끼 끼죠, 표면이 검게 변하죠, 습도는 또 얼마나 낮아졌다구요. 그런 문제점들을 피해가면서 나아가 동굴 생태에 대한 학습 및 관람도 할 수 있도록 만들어진 것이 바로 이 '서울 동굴 탐험관'입니다.

파이팅! 통화를 끝낸 홍이 손을 흔들었다. 참, 내가 여기 서 있었구나. 종일 동굴 앞을 지키고 섰노라면 내가 여기 서 있음을 인식하게 해주는 건 나 자신이 아니라 그녀다. 매표소에 앉아 있는 홍은 내

키를 겨우 넘기는 낮은 동굴 입구에 서 있는 내게 때때로 말을 걸었다. 그럴 때 그녀의 표정은 마치 막대기를 쳐다보고 있는 것 같았다. 먹이를 삼키려 한껏 벌린 괴물의 아가리가 닫히지 못하도록 세로로 질러놓은 막대기. 내가 몸을 굽히거나 고개를 숙이는 순간 막대는 부러지고 괴물은 나를 한입에 삼켜버릴 것이다. 그게 걱정이 돼서 홍은 말을 시키는 것이다. 정신을 놓아버리면 안 된다고, 깜빡 졸다가 잡아먹힐 수도 있다고 경고해주기 위해서 말이다. 이런 쓰잘데없는 공상을 하면서 무료한 시간을 때우다보면 어느새 오전이 다 가곤 했다.

오후가 되자 관람객들이 띄엄띄엄 입장했다. 탐험관의 주 고객은 초등학생들이다. 녀석들 중 스물에 열아홉은 방학 내 미뤘던 숙제를 하기 위해 온다. 봄방학도 다 끝나가니 절박했겠지. 보호자 없이 온 네 명의 남자아이들을 앞세워 동굴 안으로 들어갔다. 서른두 개의 조명등이 켜져 있는 동굴 속은 어둡고 습했다. 십여 미터쯤 들어가자 첫 번째 석순이 나타났다. 시멘트 바닥 위에 석고를 이겨 모양을 빚고 그 표면에 수성도료와 유색유약을 칠해서 만든 가짜 석순이었다. 우와! 석순이잖아! 정말 신기하네?와 같은 감탄은 당연히 아이들 입에서 튀어나오지 않는다. 그걸 입 밖으로 내뱉는 건 내 몫이다. 어머, 여기 석순이 있네! 너희들, 이게 어떻게 만들어지는지 아니? 아이들이 뒤돌아보았다. 경계하는 표정으로 지들끼리 쑥덕거리더니 한 아이가 앞으로 나섰다. 허리에 그거, 뭐 하는 거예요? 다른 녀석이 거들었다. 우와, 꼭 기저귀같이 생겼다! 골반과 허벅지를 받쳐주는 안전벨트는 언제나 아이들의 호기심의 대상이 된다. 동굴 탐험 장비란다. 누나는 동굴 탐험가거든. 녀석들의 눈이 휘둥그레졌다. 상의와 하의가 원피스 형태로 붙어 있는 진주홍색 케이빙 슈트와 무릎까지 올라오는 고무장화, 자일이며 카라비너가 걸려 있는 벨트, 랜턴이 부착돼 있는 플라스틱 헬멧에 아이들은 열광한다. 관장의 예상은 적중했다. 그가 쓸데없이 불편하기만 한 탐험복을 내게 착용토록 한 데에는 타당한 이유가 있었다. 이를테면 가짜 동굴의 조잡함과 어설픔을 가이드의 튀는 복장으로 보완하려고 했달까. 실제로 아이들은 동굴보다 내 옷차림에 훨씬 더 많은 흥미를 보인다. 진짜 탐험가예요? 근데 왜 가짜 동굴에 있어요? 이런 식으로 나를 심문하면서 말이다. 뭐, 불만은 없다. 그런 거 하나하나 따지면 직장생활 못해먹는다.

이제는 내가 앞장서서 나아가기 시작했다. 가짜 종유석과 가짜 석순, 석주, 유석과 동굴산호들을 지나쳤다. 건축 시공사의 섬세한 손길을 거친 그 석고 덩어리들은 얼핏 보면 진짜 동굴 생성물처럼 보인다. 그러나 천연 동굴에서처럼 몰래 그것들을 따가는 몰상식한 관람객은 당연히, 이곳엔 없다. 동굴 안의 가장 큰 조형물인 대형 석주를 지나자 구아노, 삼엽충, 등줄굴노래기, 갈로와 등의 화석들이 진열돼 있는 쇼케이스가 나타났다. 아이들이 탄성을 지르며 진열대를 에워쌌다. 자, 여기를 봐라. 구아노는 박쥐의 배설물이야. 동굴에 사는 생물들에게는 귀중한 식량 자원이 되지. 그래서 박쥐가 사는 동굴에는 다른 생물들도 많이 산단다. 화석들에 대해 설명하는 사이 아이들은 다시 나를 앞질러간다. 나는 반도 채 하지 못한 설명을 접고 아이들의 뒤를 좇는다. 탐험관에서의 일과는 늘 이렇다.

주방에는 아무도 없었다. 머그잔에 정수기의 냉수를 받았다. 여자가 건네준 한방 생약소화제는 환약 형태로 되어 있었다. 식탁에 앉자 개수대 윗벽에 붙어 있는 안내문이 눈에 띄었다. 밥 무료 제공.

조리기구는 제자리에. 붐빌 때일수록 양보를. 그러나 고시원생들이 공동으로 사용하는 주방은 늘 한산했다. 물을 마실 때나 들를까. 원생들은 대부분 밖에서 끼니를 해결했다. 국도 반찬도 없이 달랑 제공되는 밥도, 칠 벗겨진 프라이팬이나 찌그러진 냄비 몇 개가 전부인 조리기구들도 정작 이곳의 입주자들에겐 불필요한 옵션들이었다. 스물세 개의 환약들을 손바닥 위에 올려놓았다. 이걸 어떻게 다 먹지. 입 안에 물을 머금고 약을 막 털어넣으려는 순간, 나는 얼떨결에 물을 잘못 삼키면서 사레가 들리고 말았다. 여자가, 다가오는 기척도 느끼지 못했는데 어느 틈엔가 내 앞을 가로막고 서 있었던 것이다. 된기침이 연이어 터져나왔다. 온몸의 피가 한꺼번에 몰린 것처럼 목구멍이 쓰리고 화끈거렸다. 목을 움켜쥐고 고통스럽게 기침을 토해냈다. 약들은 이미 바닥에 다 쏟아진 상태였다. 여자가 황급히 물이 든 머그잔을 내게 내밀었다. 물을 담아갈 요량이었던 듯 그녀의 옆구리에는 빈 페트병이 끼워져 있었다. 괜찮으세요? 여자와 정통으로 눈이 마주쳤다. 동공이 크고 깊은, 선량해 뵈는 눈이었다. 신, 신호등약국의 약사시죠? 가라앉았던 기침이 다시금 터져나왔다. 이런 상황에서 할 말은 아니었는데. 여자는 머그잔을 쥐어주느라 허리를 구부린 자세로 나를 이삼 초쯤 뚫어져라 바라보았다. 이 약 저한테 파셨잖아요. 기억 안 나세요?

여자가 선뜻 자신의 방에 가자고 할 줄은 상상도 못했다. 그러나 저 때문에 약을 못 먹게 되었으니 새 소화제를 주겠다는 그녀의 제의를 나는 마다하지 않았다. 방 안에는 집기가 많았다. 45리터들이 소형 냉장고가 있는가 하면 책상 위에는 VTR도 있었다. 특이한 것은 비디오카세트 옆에 늘어서 있는 자잘한 약병들이었다. 투명한 유리병들 속에는 하얀색 정제들이 들어 있었다. 과연 약사의 방다웠다. 디아제팜, 메드로, 바류제팜, 유니제팜, 바리움. 병 표면에 사인펜으로 씌어져 있는 낱말들을 소리 내어 읽었다. 퇴근 후에도 약에 대해 연구하시나 봐요? 여자는 약병 쪽을 보지도 않고 대꾸했다. 제가 먹는 약들이에요. 그녀는 자신의 직업을 약사 보조라고 밝혔다. 보조 약사가 아니라 약사 보조라고, 대화 도중에 내 말을 세 번이나 바로잡아 주었다. 개인사로 바쁜 주인 약사가 임시로 고용한 일종의 판매원이라는 거였다. 우리는 침대에 마주 앉아 맥주를 마셨다. 외로웠던 걸까. 그녀는 생각했던 것보다 훨씬 더 말수가 많았다. 그런 데서 일하면 무섭지 않아요? 컴컴할 텐데. 여자는 동굴 가이드라는 내 직업을 무척 흥미로워했다. 에이, 무서울 게 뭐 있어요? 전 무서워하는 거 하나도 없어요. 나는 맥주캔을 새로 땄다. 고시원엔 별별 사람이 다 산다던데, 안 무서워요?라고, 홍도 내게 물었었다. 여자의 머리 뒤 창문 너머로 이지러진 달이 보였다. 반달 언저리에 희끄무레하게 달무리가 져 있었다. 예전에 정말 무서운 일을 겪었더니 그후로는 세상 일이 다 시시해 보여요. 홍에게도 이 이야기를 했었다.

"제가 아주 어렸을 때였어요. 물놀이 갔던 바닷가에서, 전 평생 잊을 수 없는 광경을 봤어요. 모래밭에 여자 시체가 있었거든요. 여자는 몸이 퉁퉁 불어 있었어요. 팔 굵기가 웬만한 남자의 허벅지 굵기였죠. 그런데 그 팔 안에 쬐그만 여자애가 하나 안겨 있더라구요. 아니, 정확히 말하면, 음, 여자의 오른팔이 아이의 원피스 수영복 앞섶으로 들어가 사타구니 밑으로 빠져나와 있었어요. 아마 물속에서 아이를 놓치지 않기 위해 그런 자세를 취했던 거 같아요. 아이의 수영복은 진한 주홍색이었어요. 가슴께에 세 겹으로 프릴이 달려 있는, 제 수영복과 똑같은 거였죠. 걘 키도 꼭 저만 했어요."

진짜요? 무지 슬펐겠네요. 홍은 이렇게 대꾸하면서 머리를 좌우로 돌려 목 스트레칭을 했었다. 잠자코 맥주만 홀짝이고 있던 여자가 내 쪽으로 수그리고 있던 상체를 일으켰다.

"그애가, 자신 같다는 생각이 들었던 거예요?"

나는 눈을 내리깔았다. 발치에 빈 맥주캔 네 개가 나뒹굴고 있었다. 바람이 불었었다. 파도가 거세게 몰아치고 모래가 눈높이까지 치솟았었다. 웅성거리는 사람들의 다리 사이를 헤치고 들어갔을 때, 모래밭 위에 누워 있던 여자의 얼굴을 처음에는 알아보지 못했었다.

"아뇨. 그냥, 그 여자는 기분이 어땠을까. 물속에서 아이를 구하기 위해 수영복에다 팔을 집어넣는 그 순간에, 기분이 어땠을까. 뭐 그런 생각을 하는 거예요."

그 생각을 할 때마다 호흡이 곤란해질 만큼 가슴이 죄어와서 소화제를 먹어야 한다는 말은 하지 않았다. 여자는 고개를 끄덕였다. 너무 오랫동안 규칙적으로 끄덕여서 눈 뜨고 졸고 있는 게 아닐까 염려될 정도였다. 그러나 어깨에 손을 짚어보려는 순간, 여자는 고개를 들었다. 불콰해진 얼굴에 미소가 번져 있었다. 나도 예전에 무서운 일을 겪었었죠. 생각하면 잠이 오질 않아요. 수면제도 소용이 없을 때, 난 재밌는 영화를 봐요. 그녀는 비디오 리모컨을 들어 보였다. 한번 보실래요?

시청 거리가 1미터도 안 되는 악조건 속에서 본 비디오에는 홍콩 느와르 영화처럼 바바리코트를 입고 총 잘 쏘고 힘센 남자들이 떼거리로 나왔다. 다만 화면엔 총 대신 성기들이 난무했다. 남자들은 여자들의 배 위에서만 힘을 썼다. 대사는 거의 없었지만 줄거리가 확실하게 전달되는 영화였다. 내용인즉슨, 열 명의 사나이가 한 여인과 섹스를 해서 그녀의 채점에 의해 고득점자 다섯 명, 세 명, 최후의 한 명으로 추려진다는 거였다. 이 황당무계한 스토리의 압권은 마지막 장면이었다. 치열한 예선을 거쳐 최강자로 등극한 사나이의 심장에 여인은 칼을 꽂았다. 뛰어난 생식 능력으로 여성들을 위협하는 수컷은 죽어야 한다고 여인은 자못 비장한 어조로 부르짖었다. 너무 어처구니가 없는 결말이라 나는 콧김을 뿜으며 화를 내려고 했다. 그런데 여자가 난데없이 큰 소리로 웃기 시작했다. 잠이 오지 않는 밤이면 간혹 합판 너머에서 들려오곤 하던 바로 그 웃음소리였다. 여자의 손가락은 알몸뚱이에 피칠갑을 한 채 뒹구는, 생식 능력 뛰어난 수컷을 가리키고 있었다.

"저 새끼 말예요……. 똑같이 생겼어, 씨팔."

여자는 손 안에 든 빈 맥주캔을 우그러뜨렸다. 알루미늄캔 구기는 거야 어려운 일도 아니지만 왠지 지금 여자의 악력으로는 맥주병이라도 부스러뜨릴 수 있을 것 같았다. 여자는 웃음을 멈추지 않았다. 연신 소리 내어 웃으면서 같은 말을 되풀이했다. 똑같이 생겼어, 똑같애. 나는 여자의 말을 좀더 잘 듣기 위해 그녀 곁으로 바싹 다가앉았다. 그러나 여자는 등을 벽에 기대더니 눈을 감았다. 그녀가 반수면 상태에 있는 것 같아서 나는 화면 속의 남자가 누구랑 똑같이 생겼느냐고 물을 수가 없었다. 화면에는 엔딩 크레딧이 올라가고 있었다. 비디오카세트의 전원을 껐다. 플러그를 뽑으면서 보니 책상 뒤편에 비디오테이프들이 수북이 쌓여 있었다. 나는 불을 켜둔 채로 204호를 나왔다.

동굴 천장에서 또 물이 새고 있었다. 이걸 언제 다 치워요? 엊저녁부터 비가 왔으니 밤새 물이 샜을 거 아녜요? 홍은 오전 내내 입을 댓발이나 내밀고 불평을 늘어놓았다. 케이빙 슈트를 입은 내가 밖에 나갈 수는 없으므로 그녀가 혼자 위층의 레스토랑과 건물의 관리실을 뻔질나게 들락거려야 했기 때문이다. 물이 새는 곳의 윗부분은 같은 건물 1층에 있는 레스토랑의 테라스였다. 탐험관 바로 위층에 자리한 레스토랑 안에 들어가본 적은 없지만 테라스는 밖에서 보기에도 아기자기하게 잘 꾸며져 있었다. 사철 만개해 있는 꽃들과 십자매 한 쌍이 든 새장, 앙증맞은 빨간색 우편함은 한 장의 그림엽서처럼 잘 어울렸다. 건물을 세로로 잘라 단면도를 본다면 동굴 위에서 꽃이 피고 새들이 지저귀는 형국인 셈이었다. 나도 저런 데서 우아하게 일해봤으면 좋겠어요. 이런 구질구질한 동굴에서 청춘을 보내야 한다니 너무 비참해요. 홍은 점심을 배달시켜 먹을 때마다 식전기도하듯 노상 레스토랑 타령을 했었다. 어우, 재수 없어! 홍이 사나운 기세로 출입문을 밀어젖히고 들어왔다. 글쎄, 그 사람들 말예요. 아직도 방수처릴 안 했대요. 나는 동굴 바닥의 물기를 훔친 걸레를 손으로 쥐어짰다. 얼마 전에도 같은 자리에서 물이 샜었다. 그때 레스토랑 주인은 테라스 바닥에 당장 방수코팅 처리를 하겠다고 호언했었다. 그래서 어떡하겠대요? 보라색 아이섀도가 칠해진 홍의 눈두덩이 오르락내리락했다. 오늘 중으로 하겠다는데, 믿을 수가 있어야죠! 밤새 떨어진 물로 추적추적했던 동굴 바닥은 정오가 지나서야 어느 정도 말끔해졌다.

관람객은 셋뿐이었다. 석회암 동굴은 지하수나 빗물이 땅속으로 흘러 들어가면서 생긴 통로가 점점 더 커지면서 만들어집니다. 이때 스며든 지하수는 석회암을 녹이면서 동굴 천장이나 벽, 바닥에 여러 가지 퇴적물을 만들죠. 지금 보시는 종유석이 그 대표적인 예입니다. 환풍기 돌아가는 소리가 유난히 요란했다. 부모와 함께 온 아이는 동굴을 관람하는 내내 몸을 비틀었다. 평균치를 웃도는 습도 때문에 동굴산호며 유석들의 표면이 미끌미끌했다. 쇼케이스 유리에도 김이 서려 있었다. 어? 아까 들어왔던 데다! 에이, 뭐 이래? 아이가 동굴을 빠져나가면서 볼멘소리를 했다. 나는 녀석의 머리를 쓰다듬어주었다. 동굴 모양이 동그라미라서 그래. 집에 가서 견학문 쓰는 거 잊지 말아라, 알았지?

　이 동굴은 입구와 출구가 같다. 원형굴인 것이다. 한정된 공간 내에 직선굴을 만드는 것이 비효율적이므로 원형으로 설계했을 테지만, 관람객들은 이에 더러 실망하기도 했다. 동굴을 통과하고 나면 들어왔던 곳과는 다른, 새로운 어딘가가 나오리라 기대하는 것일까. 날이 궂어서인지 폐관 시간이 가까워오는데도 관람객이 없었다. 그럼에도 매표소에 앉아 있는 홍은 분주해 보였다. 그녀는 휴대폰 액정화면에 눈을 바싹 가져다대고 양 엄지로 버튼을 신나게 눌러대는 중이었다. 오락을 하고 있는 동안은 딴 세상에 있는 것 같아서 행복하다고 홍은 말했었다. 딴 세상. 한때는 나도 그랬었다. 이제껏 겪어보지 못한, 완전히 새로운 세상이 어딘가 반드시 존재할 거라고 믿었었다. 그 믿음 때문에 나는 대학 시절 학내 케이빙 서클에 가입했었다. 그러나 딱 한 번 동굴탐사를 다녀온 후 미련 없이 서클을 탈퇴해버렸다. 선배 대원들이 주굴의 길이를 측량하는 동안 나는 가지굴로 들어갔었다. 수로를 따라 형성된 가지굴의 길이는 짧았지만 그 막다른 벽은 몹시 기괴하고 음산했다. 이런 곳에 생명체가 존재할 수 있다는 사실이 경이로웠다. 나는 핸드랜턴의 스위치를 내렸다. 동굴 속에서 살아간다는 건 어떤 기분일까. 헤드랜턴도 껐다. 순식간에 절대의 어둠이, 그야말로 완벽하다고밖에 할 수 없는 어둠이 사방에서 밀려들어왔다. 눈을 감아도 떠도 똑같은 암흑이었다. 눈 없고 발 많은 동굴 생물들이 내 몸뚱이 위로 스멀스멀 기어오르는 것 같았다. 경이는 이내 공포로 바뀌었다. 핸드랜턴을 켜려고 서두르다가 랜턴을 떨어뜨리고 말았다. 당황해서인지 헤드랜턴의 전원 버튼도 쉽게 손에 잡히지 않았다. 퍼뜩 뒤를 돌아보았다. 아무것도 보이지 않았다. 왔던 길이 어느 쪽인지조차 분간할 수 없었다. 어디로 가야 하지. 그 짧은 순간에, 불현듯 바닷가에서 보았던 그 여자가 떠올랐다. 물속에서 여자는 어떤 생각을 했을까. 딸인 줄 알고 무턱대고 뛰어들었던 바다에서 엉뚱한 아이가 허우적거리고 있음을 깨달았을 때, 이미 오도 가도 못하게 된 그 캄캄한 물속에서 무슨 생각을 했을까. 어쩌자고 여자는 저와 아무 상관없는 아이의 수영복 속에 필사적으로 팔을 집어넣었던 것일까…….

숨이 막혔다. 명치 아랫부분이 뻐적지근했다. 매표 사무실 냉장고에 넣어두었던 사이다는 알맞게 차가워져 있었다. 맛이 약간 쓰긴 했지만 진짜 레몬을 우려서 낸 향은 근사했다. 약속했던 새 소화제예요. 함께 맥주를 마신 다음날이었다. 까스활명수 같은 거, 그래봤자 탄산가스예요. 습관처럼 소화젤 먹지 말고 차라리 이걸 마셔요. 204호가 자신의 소형 냉장고에서 꺼내준 페트병 안에는 기포가 송송 맺혀 있었다. 내가 만든 거예요. 중탄산나트륨이랑 시트르산이 만나면 이산화탄소가 발생하거든요. 거기다가 무가당 감미료와 레몬을 넣으면 프리미엄 사이다가 되죠. 소화제론 그만이에요. 그렇게 말하는 여자는 약사 보조가 아니라 보조 약사, 아니 메인 약사 같았다. 사이다를 마시고 제자리로 돌아오니 홍이 데스크 탁자에 팔을 괸 채 나를 근심스럽게 쳐다보고 있었다. 아무렴, 막대기가 움직이면서 사이다까지 마시니 놀랄 만도 하겠지. 파이팅! 나는 홍에게 손을 흔들어주었다. 동굴 앞에 입구 팻말과 나란히 서 있는 출구 팻말을 보자 마음이 편안해졌다. 출발지와 도착지가 같다는 사실은 언제나 나를 안심시킨다.

혼자서 동굴 안을 한바퀴 돌았다. 물받이용으로 갖다놓은 양동이
는 반나마 차 있었다. 양동이 앞에 쪼그리고 앉았다. 물은 정확히 3
초 간격으로 한 방울씩 떨어졌다. 물방울이 떨어질 때마다 거푸 트
림이 나왔다. 과연 프리미엄 사이다였다. 난 약사나 의사가 되는 게
꿈이었어요. 여자는 말했었다. 유전에 대해서 공부하고 싶었죠. 유
전이라는 이유로 치유가 불가능한 병들에 대해 연구해보고 싶었어
요. 그러나 여자는 바로 그 유전 때문에 의사도 약사도 될 수 없었다
고 했다. 나, 색맹이에요. 적색맹. 빨간색이랑 녹색을 구분 못해요.
그래서 신호등 앞에서 한참 눈치를 보죠. 사람들이 건너면 아, 파란
불이구나, 하고 나도 따라 건너는 거예요. 사람들이 서 있으면 아,
빨간불이구나, 하고 나도 같이 서 있는 거죠. 여자는 웃으면서 말했
지만 그녀의 목소리는 소화제 복용법을 알려줄 때처럼 힘이 없었다.

과녁을 벗어난 물방울 하나가 손등으로 떨어졌다. 양동이의 위치
를 내 쪽으로 조금 옮겼다. 어렸을 적 내 꿈은 뭐였을까. 생각이 나
지 않았다. 물방울이 떨어지는 속도가 점점 더 빨라졌다. 지금의 꿈
은, 그저 평범하게 사는 것이다. 길을 잃지 않고, 예상할 수 있는 일
들만을 겪으면서 무난하게 사는 것이다. 물방울이 사이를 두지 않고
연속적으로 떨어지기 시작했다. 물이 양동이 윗부분까지 차올랐다.
그러나 내가 다시 옛날로 돌아가 꿈을 꿀 수 있다면, 나는 그날로 돌
아갈 것이다. 수상구조대원이 될 것이다. 나랑 똑같은 수영복을 입
고 있는 아이와 그 아이를 껴안고 있는 여자를 향해 헤엄쳐 갈 것이
다. 물방울은 급기야 물줄기로 바뀌었다. 양동이가 넘쳐흐르고 굵은
물줄기들이 동굴 바닥을 휩쓸면서 하나로 합쳐졌다. 급격하게 높아
진 수위가 어느새 가슴까지 이르렀지만 두렵지 않았다. 나는 천천히
팔을 휘저었다. 저 멀리, 여자가 아이를 끌어안고 허우적거리고 있

었다. 아이의 수영복은 내 케이빙 슈트와 똑같은 진주홍색이었다. 여자를 향해 손을 뻗었다. 엄마, 나 여기 있어요! 엄마 딸은 걔가 아니라 나예요, 나라구요! 여자는 누군지 모를 아이의 수영복 속에 팔을 쑤셔넣고 있었다. 엄마, 나 여기 있다니까요! 여자는 내 손에서 닿을 듯 말 듯 멀어져가기만 했다. 물이 머리끝까지 차올랐다. 앞이 보이지 않았다. 아이는 해안선을 따라 걷고 있다. 모래밭은 가도 가도 끝이 없다. 엄마에게서 한참이나 멀리 떨어진 곳에 와 있다는 것을 깨달은 아이는 울면서, 왔던 길을 되돌아간다. 저녁 늦게야 다다른 곳에는 사람들이 많이 모여 있다. 그 속에서 아이는 본다. 몸이 퉁퉁 불어 있는 엄마, 그 팔에 안겨 있는 낯선 여자애, 제 것과 똑같은 그애의 수영복. 코와 귀와 입으로 물이 밀려들어왔다. 숨을 쉴 수가 없었다. 내가 모래사장에서 길을 잃어버리지만 않았어도, 엄마가 나를 찾아 헤매지만 않았어도, 그러다가 나와 똑같은 수영복을 입은 애가 물에 빠진 걸 발견하지만 않았어도…… 그런 일은 일어나지 않았을 것이다. 엄마, 미안해요……. 관장님 전화예요. 그만 퇴근하라는데요. 동굴 밖에서 홍의 목소리가 어렴풋이 들려왔다.

옥상의 빨랫줄과 건조대들은 이미 다른 사람들의 빨래들로 점령당해 있었다. 줄에 널린 빨간색 티셔츠 하나가 승전의 깃발처럼 펄럭였다. 승리라면 승리였다. 고시원의 방은 다섯 층을 통틀어 마흔여덟 개인데 세탁기는 두 대, 건조대는 세 개뿐이었다. 저녁 시간에 세탁기며 건조대를 차지하려면 부지런 전쟁을 치러야 했다. 젖은 빨래가 든 대야를 껴안고 계단을 내려왔다. 2층 현관 앞에서 총무가 게시판에 공지문을 붙이고 있었다. 연료비 관계로 부득이하게 다음 달부터 입실료를 인상합니다. 창 있는 방은 20만 원. 창 없는 방은

18만 원. 이런 씨팔. 뒤를 돌아보았다. 언제 왔는지 매사에 참견하기 좋아하는 202호 중늙은이가 등 뒤에 서 있었다. 이봐, 창 있는 방은 왜 2만 원 올리는 거야? 올리려면 똑같이 올려야지, 엉? 202호는 총무랑 연배가 비슷해 보였으나 무조건 반말지거리였다. 창가 쪽 방이 워낙 잘 나가서 그렇게 됐습니다. 잘 나가긴 염병……. 어여 만 원 내려! 아이 참, 형님은 창문 없는 방에 사시면서 왜 이러십니까? 뭐? 지금 나 싼 방 산다고 무시하는 거야? 두 사내가 옥신각신 다투는 것을 귓등으로 흘려들으며 방문을 열었다.

벽에 걸린 옷걸이에서부터 창틀에 박아놓은 못, 의자 등받이, 책상 모서리 할 것 없이 방 전체가 젖은 옷들로 뒤덮였다. 빨래의 습기 때문에 방 안의 공기가 눅눅하게 느껴졌다. 눈을 감고 머리 위로 팔을 뻗으면 어딘가 매달려 있는 종유석이 만져질 것도 같았다. 방 안을 대충 정리하고 나니 밤 아홉 시가 넘어 있었다. 아홉 시 이십 분. 여자는 조금 전에 횡단보도를 건넜을 것이다. 이십일 분. 지금쯤 고시원의 유일한 입구이자 하나뿐인 출구인 유리문을 밀고 계단을 올라오고 있을 것이다. 천장 낮고 폭 좁고 빛도 들어오지 않는 복도에서는 곧 슬리퍼 끄는 소리가 들릴 것이다. 이십삼 분. 이어서 204호실의 방문이 열릴 것이다. 이십오 분. 그러나 문 밖에서는 아무 소리도 들리지 않았다. 이상한 일이다. 여자의 퇴근 시간은 오차 3분을 넘긴 적이 없었는데. 창문을 열었다. 신호등 약국의 불은 이미 꺼져 있었다. 어디로 간 거지?

어젯밤 여자의 방에서는 예의 그 마요네즈로 범벅된 목소리가 들려왔다. 하지 마아, 옆방에서 들어어. 대사가 몇 개 없는 영화라서 이제는 대사 전체를 줄줄이 외울 수도 있었다. 이건 기회야. 흥, 거짓말. 왜 이러세요? 내가 입만 벙긋해도 배우의 입에서는 어김없이 같은 대사가 흘러나왔다. 변사 흉내를 내보는 것도 나름대로 재미있었다. 갈 거야. 난, 떠날 거라구. 어랍쇼, 이건 뭐지? 처음 듣는 대사였다. 애드리브도 아닐 테고. 벽에 귀를 가져다댔다. 떠난다구. 떠날 거라니까. 낮게 뇌까리는 목소리는 분명 여자의 것이었다. 누구랑 통화를 하고 있나. 내 추측을 비웃기나 하듯 여자는 큰 소리로 웃어 젖혔다. 죽여버릴 거야. 벽에서 귀를 떼기 직전, 그녀는 분명히 그렇게 말했었다.

행인도 차도 뜸한 횡단보도는 을씨년스러워 보였다. 여자는 정말 떠난 걸까. 누군가를 죽이러 간 것일까. 창밖으로 목을 빼고 건물의 위아래를 훑어보았다. 길가 쪽으로 나 있는 열여덟 개의 창문들 중 불이 켜져 있는 창은 아홉 개였다. 정적에 휩싸인 건물은 이산화탄소 구멍이 숭숭 뚫려 있는 거대한 식빵 같았다. 그 속에 파묻히면 안락하고 평온하게 잘 수 있을까. 창문을 닫고 자리에 누웠지만 잠은 쉬이 오지 않았다. 마흔 명이나 되는 사람들이 일제히 갈고리 꿸 자로 누워 있을 한밤의 고시원은 괴괴하고 적적했다. 천장을 올려다보았다. 누수 자국인지 쥐오줌 얼룩인지 거무스름한 화살표 무늬가 창밖을 가리키고 있었다. 여자는 아직도 돌아오지 않았다. 이따금 자동차 헤드라이트 불빛이 화살표를 훑고 지나갔다.

관장은 전화로 내일부터 이틀간 탐험관을 임시 휴관하겠다는 사실을 통보해왔다. 이해가 되지 않았다. 레스토랑이 테라스 바닥에 방수처리를 하는 것뿐인데 탐험관이 휴관을 하다니. 그게 아니래요. 홍이 귓속말로 속닥거렸다. 그녀는 어디서 들었는지 레스토랑이 지하층을 매입해서 대형 주차장을 만들 계획이라고 조잘거렸다. 정말이에요. 관장님도 여기 팔려고 레스토랑 사장과 타협 중이라던데요.

그래서 휴관하는 거예요. 오늘도 우리보고 일찍 퇴근하라는 거 봐요. 홍은 입사 이래 가장 생기 있는 얼굴을 하고 있었다. 전 거기서 일할 거예요. 서빙하는 여자 옷 봤어요? 명찰에 불도 들어온다니까요. 나는 홍의 성화에 못 이겨 레스토랑에서 그녀와 함께 저녁을 먹기로 했다. 수프와 스테이크와 샐러드, 후식으로 치즈 케이크까지 곁들여진 식사는 호화로웠지만 나는 먹는 데 집중할 수가 없었다. 천장에는 종유석 대신 샹들리에가 늘어뜨려져 있었고 홀 중앙에는 시커먼 화석들이 든 쇼케이스 대신 색색의 화환들이 놓여져 있었다. 천장은 너무 높았고 홀 안은 지나치게 밝았으며 가슴에 불이 들어오는 명찰을 단 여자들은 여러 개의 문으로 쉴새 없이 들락날락했다. 앉아 있는 홍의 등 뒤로 테라스가 건너다보였다. 바로 저 밑에서, 이틀 동안이나 물이 샜었지. 십자매 한 마리가 홰를 박차고 날아올랐다. 새장의 천장까지 이른 십자매는 곧 바닥으로 내려앉았다. 새는 노래하는 게 아니라 울고 있는 건지도 몰랐다. 필요하신 것 없으십니까? 정장을 입은 청년이 식탁 위로 정중하게 허리를 굽혔다. 테라스 바닥에 방수처리 하셨나요? 네? 청년은 반문도 점잖게 했다. 방, 수, 처, 리, 하셨냐구요. 한 음절 한 음절 끊어 발음할 때마다 홍의 얼굴 근육이 따라 움찔거렸다. 그녀의 과장되게 놀란 표정이 이곳에 잘 어울린다고, 레스토랑을 나오면서 나는 엉뚱한 생각을 했다.

여자는 약국 안에 없었다. 주인 약사는 전화통화를 하고 있었다. 그는 발로 드링크 상자들을 밀어 정리하면서 내게 물어보지도 않고 소화제를 내밀었다. 활명수를 천상의 음료라도 되는 듯 아껴 마시고 있는 대로 늑장을 부리다가 횡단보도를 건너 고시원 건물 안으로 들어설 때까지도 약사는 통화를 끝내지 않았다. 여자도 약국으로 돌아오지 않았다. 그녀를 만나지 못한 지도 벌써 3일째였다. 204호 방문을 두드려보았다. 반응이 없었다. 주방에도 세탁실에도 옥상에도 여자는 없었다. 옥상 한가운데 놓인 바지랑대가 바람도 없는데 휘청거렸다. 줄에 널린 빨래들의 무게를 지탱하기가 힘겨운 걸까. 장대의 허리를 잡고 바로 세워주었다. 여자는 어디로 간 것일까. 난간에 기대어 아래를 내려다보았다. 신호등이 없는 횡단보도가 또렷하게 눈에 들어왔다. 당장이라도 여자가 저 보도를 건너 고시원 건물 안으로 들어올 것 같았다. 속이 여전히 더부룩했다. 여자가 만들어준 프리미엄 사이다를 마시고 싶었다.

총무는 202호와 함께 복도에서 막 나오는 길이었다. 알았다구, 돈 더 내면 될 거 아냐. 202호는 말로는 투덜거리면서 입으로는 웃고 있었다. 짐작대로였다. 204호의 문은 잠겨 있지 않았다. 침대와 책상만 놓여 있는 방 안은 휑뎅그렁했다. 갈 거야. 난, 떠날 거야. 여자의 나직한 목소리가 떠올랐다. 그녀는 정말 떠날 준비를 하고 있었던 걸까.

"저기요, 204호 사시던 여자분, 그분 나가셨나요?"

202호의 배웅을 받으며 현관을 나서던 총무의 눈이 테 없는 안경알 밑에서 번득였다.

"요 앞 약국서 박카스 팔던 여자 말이오? 도둑질하다 들켰으니 뭔 낯으로 예 살겠소?"

그는 대답을 하면서도 걸음을 멈추지 않았다. 아가씨, 오늘 밤부턴 내가 거기서 산다우. 202호의 흥에 겨운 목소리를 뒤로 하고 총무를 따라 1층으로 내려갔다.

"엊그제 내보냈어요. 내 그 약사하고 좀 아는데, 아 그 여자가 수면제를 왕창 빼돌렸답디다. 자살하려고 그랬는지 어쨌는지 방에다 꼬불쳐놓구. 하마터면 고시원서 송장 칠 뻔했지. 인물 멀쩡해서 고용했더니 반 미친 여자였대요. 약 훔쳐간 걸 따지고드니까 울다가 웃다가 쌍욕을 하더래나 뭐래나. 나 원 참."

그는 사무실로 곧장 들어가지 않고 휴게실 소파에 앉았다. 리모컨으로 티브이를 켜더니 손등으로 이마에 맺혀 있는 것 같지도 않은 땀을 닦는 시늉을 했다.

"그 여자 땜에 얼마나 힘들었는지, 내가 아주 진이 다 빠졌어요."

어디서 비단구렁이라도 삶아 먹었나. 진이 다 빠졌다면서 그가 내뱉는 말에는 마디마디 전에 없던 기운이 넘쳤다. 박카스 파는 여자가 아니라 약사 보조예요. 그리고 수면제는 잠이 안 올 때마다 먹던 거였어요. 자살하려고 했던 게 아니라구요. 해명을 해야 했다.

"밤마다 뭔 놈팽이들을 끌어들이는지, 시끄럽다고 옆방서 신고도 들어왔단 말예요. 아무리 시장판이래두 그 짓을 할 데가 따로 있지, 어디 고시원에서……."

그게 아니에요. 비디오를 본 거였어요. 누군가와 닮은 남자가 나오는 영화였다구요. 나는 아무 말도 하지 않았다. 휴게실의 침묵을 깬 것은 기상캐스터였다. 내일 새벽부터 밤까지 전국적으로 많은 양의 비가 내리면서 기온이 상당히 내려갈 것으로 보입니다. 다음 달 상순쯤 한두 차례 대륙 고기압이 확장하겠지만 예년과 같은 극심한 꽃샘추위는 없을 것으로 기상청은 전망했습니다.

고시원 건물을 빠져나왔다. 출입문을 등지자마자 바람이 세차게 불어닥쳐 맨얼굴을 할퀴었다. 머리채가 뽑히고 귀가 떨어져 나갈 것 같았다. 목을 움츠리고 양손을 겨드랑이에 끼웠다. 내가 알고 있는 모든 욕들을 속으로 곱씹으며 걸었다. 아는 욕이 몇 마디 없어서 같은 욕을 반복해야 했다. 금방 싫증이 났다. 밖으로 나오긴 했지만 갈 곳이 없었다. 속이 울렁거렸다. 목구멍으로 신물이 올라왔다. 소화제를 한 병 더 마셔야겠어. 갈 곳이 생겼지만 기쁘다는 생각은 들지 않았다. 손목시계를 내려다보았다. 여덟 시 사십 분. 걸음을 재게 놀렸다. 그러나 횡단보도 앞에 이르렀을 때 나는 멈춰설 수밖에 없었다. 길 건너편, 약국 간판의 불은 이미 꺼져 있었다. 어떻게 된 거지? 아직 문 닫을 시간이 아닌데. 경계석과 보도 위에 하나씩 따로 올려놓은 오른발 왼발을 내려다보았다. 문득 이제껏 한 번도 해보지 않았던 질문 하나가 떠올랐다. 신호등의 빨간불 파란불이 모두 꺼져 있을 때는 어떻게 해야 할까? 1. 건너지 않는다 2. 그냥 건넌다……. 고개를 들었다. 누군가 정답을 가르쳐주는 사람이, 길을 안내해주는 사람이 있으면 좋겠다고 나는 생각했다.

　　김미월의 「서울 동굴 가이드」는 '서울고시원' 203호에 사는 한 처
녀에 관한 이야기다. 이 처녀가 사는 고시원은 작가에 따르면 "개관
오분 전"의 분위기를 자랑하는 곳이다. 채 한 평도 못되는 좁디좁은
방은 잠을 자려면 "팔다리를 몸에 붙이고 갈고리 궐ㅣ자로 누"워야
하고, 얇은 베니어합판에 의해 가리워진 벽은 "방음은커녕 날이 갈
수록 뛰어난 통음通音효과를 자랑"하며 옆방 처녀의 신음 소리를 여
과없이 들려준다. 그뿐인가. 창이 없어 대낮에도 어둠침침한 복도는
마치 "인적 없는 미개방의 동굴 속을 걷고 있는 듯한 착각"을 불러
일으킬 정도다.

　　흥미롭게도 이 처녀는 '동굴' 같은 곳에서 살고 있을 뿐만 아니라
'동굴' 속에서 일을 하기도 한다. "상의와 하의가 원피스 형태로 붙
어 있는 진주홍색 케이빙 슈트와 무릎까지 올라오는 고무장화, 자일

이며 카라비너가 걸려 있는 벨트, 랜턴이 부착돼 있는 플라스틱 헬멧" 차림으로 그녀는 아이들의 인공 동굴 체험학습을 돕는다. 즉 그녀는 보잘것없는 시설에 대한 불만을 특이한 복장에 대한 호기심으로 막아내도록 고안된 동굴 내 인공 장치 가운데 하나인 셈이다.

이쯤 되면 이 작가가 무슨 이야기를 하고 싶어하는지 짐작할 만하다. 이른바 "동굴 속에서 살아간다는 건 어떤 기분일까" 하는 점이다. 어떤 형태로든 알게 모르게 '동굴' 밖으로 나가는 출구를 알지 못하는 화자는 동굴 생활자라 할 만하다. 게다가 그녀가 빠져 있는 동굴은 입구와 출구가 같은 '원형굴'이다. 이 원형굴은 "동굴을 통과하고 나면 들어왔던 곳과는 다른, 새로운 어딘가가 나오리라"는 기대를 여지없이 배반한다. "딴 세상"은 없다. 다만 절대의 어둠, 즉 "그야말로 완벽하다고밖에 할 수 없는 어둠"만이 사방에 깔려 있을 뿐이다.

일견 「서울 동굴 가이드」는 표제가 말하는 대로 이 동굴 속 어둠으로부터 벗어나는 방법에 관한 탐구라고 할 만하다. 그러나 이 말만으로는 이 소설의 참신한 매력을 충분히 설명할 수 없다. 동굴에서 벗어나기는 이제까지의 소설이 열렬하게 탐구해온 영역에 속한다. 그런 만큼 이 소설이 신인만의 패기와 새로움을 확보하고 있다면 그것은 동굴을 벗어나는 방법적 새로움에 있다기보다 그 문제의 문제를 지적하는 차원으로 나아갔다는 데 있을 것이다.

"횡단보도 앞에 섰는데 신호등의 적색등 녹색등이 모두 켜져 있다면 어떻게 할까?" 이 질문에 화자는 "1. 그냥 건넌다. 2. 건너지 않는다"라고 답한다. 이 소설의 매력은 어린아이도 금방 떠올릴 수 있는 수준의 답 뒤에 다음과 같은 사실을 덧붙일 때 명백해진다. "사실 애써 답을 떠올려봐야 뭐 하겠는가" 답은 무의미하다는 것이다. 답은 이미 명백하다. 건너거나 건너지 않거나, 동굴 속에 있거나 동굴 밖으로 나오거나. 답이 무의미해지면 질문도 그렇다. 질문이 무의미해지는 순간 그것의 문제성은 소실된다. 즉 질문으로 존립하지 못한다는 것이다.

이 작가에 따르면 서울 동굴은 간절히 벗어나고 싶은 어둠이다. 소설의 마지막, "누군가 정답을 가르쳐주는 사람이, 길을 안내해주는 사람이 있으면 좋겠다"고 생각하는 것은 그 욕망의 발로다. 그러나 김미월은 그 가이드가 얼마나 '가짜'인지도 알고 있다. 가이드란 기껏 아이들의 눈을 속이고 호기심을 유발하는 엉터리에 다름 아니라고 이야기한 사람은 바로 작가다. 동굴 속 가이드란 존재할 수 없는 것이다. 따라서 화자가 소설의 말미에서 간절히 희구하는 안내원은 그것의 불가능을 더욱 명백히 드러내주는 역설적인 표지라고 할 만하다. 이제 막 소설을 쓰기 시작한 소설가가 이토록 어두운 비관적 인식을 또 그토록 명랑하고 천진한 방식으로 제기하는 사례도 드물 것이다. 이 작가가 승부를 보아야 할 곳은 바로 이 비극적 명랑성이 아닐까. 등단작으로부터 이 작품에 이르기까지 김미월 소설 속의 젊은 독신 여성의 삶이 발휘하는 이 고독한 천진성은 우리 소설의 한 개성으로 자리잡을 수 있을 듯하다.

2004 현장비평가가 뽑은 올해의 좋은 소설

지은이   이승우 외
펴낸이   양숙진

초판 1쇄 펴낸날   2004년 7월 28일

펴낸곳   ㈜현대문학
등록번호   제1-452호
주소   130-905 서울시 서초구 잠원동 41-10
전화   516-3770
팩스   516-5433
E-Mail   webmaster@hdmh.co.kr
홈페이지   www.hdmh.co.kr

찍은곳   대한교과서주식회사

ⓒ 현대문학 2004

값 9,500원

ISBN 89-7275-284-3 03810

서적(광명)　　　　　현대문학　　　　9,500 G

올해의좋은소설2004(현장비평가

송인서적　　　　0118663-00 06.01.02